RILEY PINE

Amant royal

Traduction française de
CLAIRE NEYMON

DIADÈME

HARLEQUIN

Titre original :
MY ROYAL TEMPTATION

Ce roman a déjà été publié en 2018

HARPERCOLLINS FRANCE
83-85, boulevard Vincent-Auriol, 75646 PARIS CEDEX 13
Service Lectrices — Tél. : 01 45 82 47 47 - www.harlequin.fr
ISBN 978-2-2804-7660-7

Composé et édité par HarperCollins France.
Imprimé en juillet 2022 par CPI Black Print (Barcelone)
en utilisant 100% d'électricité renouvelable.
Dépôt légal : août 2022.

FSC www.fsc.org
MIXTE
Papier issu de sources responsables
FSC® C159065

Pour limiter l'empreinte environnementale de ses livres, HarperCollins France s'engage à n'utiliser que du papier fabriqué à partir de bois provenant de forêts gérées durablement et de manière responsable.

Chapitre 1

Nikolaï

Il y a mieux, après une nuit torride passée dans les bras d'une conquête, que d'ouvrir un œil et de sentir le regard furieux d'un champion de boxe braqué sur votre anatomie. Mais il y a pire encore : découvrir que le champion en question est votre meilleur ami.

Je rectifie… *était* votre meilleur ami.

— Salut !

Je remonte le drap de satin de l'hôtel jusqu'à ma taille. Un string rouge apparaît à l'endroit exact où je l'ai laissé tomber, aux environs de minuit, après l'avoir arraché avec mes dents.

Si les yeux de Christian Wurtzer, baron de Rosegate, étaient des mitraillettes, il y a longtemps que je ne serais plus de ce monde.

— Tu es vraiment une ordure de première catégorie, Nikolaï.

Il serre les poings. Des poings énormes, propres à me réduire en bouillie. Mais je n'ai pas grand-chose à craindre, parce qu'ici, dans le royaume d'Edenvale, il est strictement interdit de frapper un membre de la famille royale.

Or, en tant que prince Nikolaï, troisième du nom, duc de Westcraven, héritier de la couronne d'Edenvale et mauvais garçon notoire de la dynastie, je tombe pile dans la catégorie

« intouchable ». Les lois s'avèrent souvent très contraignantes dans le monde dans lequel je vis, mais cette clause s'est révélée fort utile depuis que j'ai atteint l'âge adulte, en particulier dans des situations délicates impliquant le sexe opposé.

— Ordure, moi ?

Je passe une main sur ma barbe naissante et je bâille.

— Je suis le portrait craché de mon souverain de père, et n'oublie pas que ma pauvre mère a été contrainte de me propulser en ce monde devant un représentant officiel de la cour afin que ma légitimité ne puisse être contestée.

Je ressens soudain une pointe douloureuse du côté du cœur. C'est toujours le cas lorsque j'évoque le souvenir de ma mère qui nous a quittés il y a longtemps déjà, en donnant naissance à mon jeune frère Damien. Le premier méfait de ce salopard, aujourd'hui banni du royaume.

— Tu es allé trop loin, cette fois.

La voix rageuse, menaçante, de Christian me ramène brusquement au présent.

— Tu as couché avec ma sœur. Tu as compromis sa vertu.

Je ne crois pas le moment très approprié pour lui faire remarquer qu'il n'a pas besoin de la jouer féroce comme l'ours qui orne le blason de sa famille. Cette époque est révolue. Autrefois, nous étions un peuple de grands chasseurs et les plus fines lames d'Europe. Et, bien que notre royaume soit petit et sans ouverture sur la mer, notre réputation de guerriers impitoyables, aussi cruels que les Vikings, nous faisait craindre de tous. Aujourd'hui, nous sommes davantage connus pour nos casinos, la discrétion de nos banques et la somptuosité de nos résidences de luxe nichées dans la montagne. Edenvale est un terrain de jeu pour les gens fortunés, les célébrités, et tous ceux qui aspirent à le devenir.

— Qu'est-ce que je vais dire à mes parents ? lance Christian.

Il passe une main dans ses cheveux blonds tout en arpentant la moquette.

— Catriona est perdue. Ses espoirs de mariage et d'alliance avec une famille prestigieuse sont définitivement compromis.

— Allons, allons, sois réaliste. Fais une petite enquête dans le cercle de ses amis, du côté d'Ibiza. Tu verras qu'il est de notoriété publique que ta précieuse petite sœur avait perdu sa virginité bien avant que j'entre dans le jeu.

Si les parents de Christian ambitionnaient de marier leur fille vierge, ils ont raté le coche il y a déjà bien longtemps. C'est tout à fait typique de la mentalité de Rosegate que d'attacher de l'importance à une chose aussi futile qu'un hymen. Mais ce sont des gens conservateurs. Une particularité qui pourrait avoir son charme si leurs valeurs morales n'en étaient pas restées désespérément au stade le plus rétrograde qui soit.

Catriona Wurtzer bouge soudain en émettant un petit ronflement. Un sourire de pure félicité apparaît sur ses lèvres. Mes reins sont immédiatement assaillis d'un désir fulgurant. Cette magnifique bouche pulpeuse, dont la moue fait la couverture d'au moins trois magazines de mode ce mois-ci, m'a sucé avec une telle expertise que cette petite séance a bien failli me faire oublier le devoir royal qui m'attend ce matin.

Je roule hors du lit, enfile mon pantalon de smoking et ma chemise sans me soucier des boutons de manchette en or vingt-quatre carats posés sur la table de nuit. Catriona aime quand ça décoiffe et la chambre est sens dessus dessous après notre nuit endiablée. Ces babioles représenteront un pourboire plus qu'approprié pour la femme de chambre. Il est temps pour moi de regagner le château.

Mon père, le roi, et ma harpie de belle-mère, la reine actuelle, m'ont convoqué à une réunion privée ce matin, à 9 h 30 précises. Ce genre de convocation très exceptionnelle n'annonce rien de bon, raison pour laquelle, hier soir, j'ai sifflé du champagne à trois mille dollars la bouteille dans un gala de charité avant de me jeter avec délice dans un corps à corps avec la super top model, ici présente, et qui s'avère être la petite sœur de mon meilleur ami.

Je vais tenter de calmer le jeu.

— Depuis deux siècles, ta famille et toi, Christian, vous avez toujours été de loyaux sujets. Au regard de cette relation très estimable, je vais édicter un décret royal. Oyez, oyez, bonnes gens, que l'on célèbre la nouvelle comtesse du royaume !

Je ne peux m'empêcher de sourire, narquois, tandis que je poursuis.

— Un nouveau titre pour dédommager ta sœur.

Comme si coucher avec moi était une épreuve qui mérite dédommagement. C'est loin d'être le cas, mais qu'importe ? Ajoutons un château aux quatre orgasmes de Catriona. Je me sens d'humeur généreuse, ce matin.

— C'est trop aimable de votre part, Votre Altesse, dit Christian, manquant de s'étouffer.

Je sais qu'il rêve de m'envoyer au diable, mais le minuscule État de Rosegate est depuis toujours un enjeu, un territoire que Nightgardin, le pays situé au nord du nôtre, rêve d'annexer. La puissante famille Wurtzer est l'alliée de la mienne depuis des générations et Christian connaît, sans que j'aie besoin de les lui rappeler, certains faits fondamentaux.

Un, je suis sans scrupule. Deux, notre armée, petite mais redoutable, est la seule dissuasion possible face aux rêves hégémoniques de Nightgardin, notre ennemi héréditaire.

Et, dernier point, la vengeance ne connaît guère de lois.

Christian et moi avons fait nos études en Suisse et partagé la même chambre d'internat pendant cinq ans. Je l'aime comme un frère mais, ces derniers temps, il a accumulé de nombreuses dettes de jeu en pariant inconsidérément au black jack. D'après mes sources, pour pouvoir les rembourser, il aurait vendu aux journaux à scandales quelques informations croustillantes me concernant.

Je ne dis pas que je me suis payé sa sœur pour me venger.

Mais je ne dis pas non plus le contraire.

Un muscle tressaute à sa mâchoire. C'est un tic qui se manifestait déjà quand il se plongeait dans ses cours de maths, lorsque nous étudiions tard, le soir. Je suis certain qu'il rêverait de me dire qu'il faut que je « répare », que je glisse la bague au doigt de sa sœur. Mais hélas pour lui, seul l'un de nous deux possède une carte Black American Express avec crédit illimité.

Les limites sont faites pour ceux qui en ont besoin et je n'en fais pas partie.

Les gens peuvent me considérer comme un petit connard arrogant si ça leur fait plaisir. C'est la vérité. Mais au moins, je suis cohérent. Si quelqu'un essaie de me posséder, il se fera posséder en retour. Sans rancune. C'est ainsi que les gens qui ont le pouvoir le gardent.

Et je peux me montrer magnanime.

Ou pas.

Bref, vous l'aurez compris, la position de prince comporte de nombreux avantages… Sauf un. J'ai encore des comptes à rendre au roi. Je ne suis pas sur le trône. Pas encore.

En gagnant la porte, je jette un coup d'œil dans le miroir au cadre doré. Mais oui, c'est bien moi. Cheveux noir de jais encore ébouriffés, bouche légèrement insolente, yeux d'un gris profond, intense. Je fais un mètre quatre-vingt-dix et rayonne d'énergie. L'année dernière, j'ai été élu prince le plus sexy de toutes les familles royales réunies. Pour ne rien vous cacher, je trouve surprenant que c'ait été la première fois. En tout cas, si vous voulez mon avis, ce cher prince Harry, de l'autre côté de la Manche, n'a plus qu'à aller se rhabiller.

— Pour l'amour du ciel, réveille-toi, Catriona ! ordonne Christian au moment où je quitte la chambre.

J'anticipe le drame, traverse à grands pas le hall de l'hôtel et presse le bouton de l'ascenseur privé qui dessert la suite grand luxe du dernier étage. Mon garde du corps, X, attend dans la Rolls. Il y a passé la nuit. Il s'occupe. Il a l'habitude.

Je me glisse sur la banquette arrière sans un mot. Les haut-parleurs diffusent un cours de langue. Du mandarin. X collectionne les langues aussi facilement que les dagues médiévales. Ce n'est certainement pas ce qui me viendrait à l'idée pour me distraire, mais chacun ses passions.

— Au château, sire ? demande-t-il par l'Interphone, coupant le son de la stéréo.

Je sors mes lunettes de soleil de la poche de ma veste. La lumière se reflète sur les sommets enneigés et m'aveugle. Le mal de tête croissant qui m'assaille ne me rend pas d'humeur à goûter le soleil éblouissant de cette belle matinée.

— *Home sweet home*, dis-je avec une bonne dose de sarcasme.

Puis je me coule dans l'ombre salvatrice, au fond de la banquette.

Tandis que X démarre, j'ouvre le minibar et en sors une pleine poignée de mignonnettes de gin. Lorsque nous franchissons les douves du château, je jette la cinquième que je viens de vider et elle va rejoindre les autres à mes pieds. Mais l'alcool ne suffit pas à calmer les crampes qui me nouent l'estomac.

D'accord, c'est un acte impardonnable d'avoir couché avec la petite sœur de mon meilleur ami, vengeance ou pas. Mais je ne suis pas le prince charmant, qu'on se le dise !

Kate

Je pose les mains à plat sur mes genoux. Puis je me ravise et les pose sur le dossier à couverture de cuir placé devant moi, sur la table. Je suis seule et, si je le voulais, je pourrais me détendre, profiter du confort de ce fauteuil capitonné dont le cuir a la même couleur crème que le dossier. Mais il n'est pas très facile de se relaxer lorsqu'on se trouve assise dans l'imposante salle de réunion du palais royal d'Edenvale.

Pourtant, je suis déjà venue au château, mais c'était dans le cadre d'une visite organisée par l'université. Des circonstances bien différentes de celles d'aujourd'hui où j'obéis à une convocation officielle qui m'a été remise en mains propres par un émissaire royal. L'enveloppe était même scellée par l'un de ces curieux sceaux de cire.

Chère mademoiselle Katherine Winter,

Votre présence est requise au palais d'Edenvale demain matin, à 9 h 30 précises. Vous êtes priée de venir seule et de vous être libérée de toute obligation pour le restant de la journée. Votre entrevue avec le roi et la reine doit demeurer secrète. Personne ne doit savoir que vous vous rendez au palais et, à l'issue de votre venue, rien ne doit filtrer de ce qui s'y prépare, jusqu'à ce que le roi et la reine, au cas où ils souhaiteraient faire appel à vos services, entrent en contact avec vous.

La famille royale vous est par avance reconnaissante de votre discrétion et vous remercie d'accomplir votre devoir envers elle en vous conformant aux requêtes précitées.

Je ne peux retenir un rire narquois. Il résonne dans la pièce vide. Des requêtes ? Comme si j'avais eu le choix, une fois la missive décachetée. Bien sûr, Votre Altesse, je me libérerai pour la journée. Bien sûr, illustres souverains, je garderai le secret concernant ma visite au palais. Mais ce n'est pas parce que je me sens tenue par quelque fichu devoir envers vous. Tout ce qui m'importe, c'est de sauver ma petite entreprise et l'indépendance qu'elle me procure. Et si, pour cela, il faut que ce soit motus et bouche cousue au sujet de cette entrevue, ça me va.

J'espère qu'il y aura au moins une compensation financière digne de ce nom pour cette… cette… requête. Dieu sait que nous en avons besoin, ma sœur et moi. Notre compte est passé dans le rouge à cause des frais médicaux de plus en plus élevés de notre grand-mère. Une chute vertigineuse qui a fait grimper mon stress dans des proportions à peu près comparables.

Je pose le regard sur le fin bracelet en or que je porte au poignet. C'est le cadeau de ma grand-mère bien-aimée pour mes dix-huit ans. Il me rappelle les jours heureux. L'époque où elle se souvenait encore de mon nom.

Je ravale les larmes qui menacent de jaillir de mes yeux. Ce n'est ni le lieu ni le moment de me laisser submerger par mes malheurs personnels.

Nous ne perdrons pas l'appartement. C'est ce que je me récite comme une sorte de mantra pour me rassurer. *Et nous serons encore en capacité de nous occuper de grand-mère…*

Je me dis que si je répète souvent cette incantation, elle finira par se réaliser. Je m'apprête donc à le faire, une fois de plus, lorsque la porte de la salle de conférences s'ouvre brusquement. L'homme qui est venu me remettre l'invitation s'avance et annonce d'une voix tonitruante l'arrivée des souverains de notre petit pays.

— Leurs Altesses royales, le roi Nikolaï d'Edenvale et la reine Adèle. Veuillez vous lever.

Le héraut annonce leur arrivée comme s'il s'agissait d'une entrée à la cour. Bien sûr, je bondis aussitôt sur mes pieds et me fends d'une petite révérence. Mais personne ne me prête la moindre attention. Pourtant, je suis la seule personne présente dans la salle. On m'a enjoint de me rendre à une entrevue privée avec les monarques et ils ne daignent même pas m'accorder un regard.

J'attends toutefois que les serviteurs qui les suivent tirent pour eux les chaises disposées en bout de table. Puis je patiente encore tandis qu'ils prennent place solennellement. Au moment où je m'apprête à m'asseoir à mon tour, un homme fait irruption dans la pièce. Il est vêtu d'un smoking dont il porte la veste à la main et il s'emploie à rentrer sa chemise froissée dans son pantalon, achevant visiblement de s'habiller.

Il me fait un petit clin d'œil et me décoche un sourire aguicheur avant de reporter son attention sur le roi et la reine.

— Désolé, je suis en retard, dit-il en jetant un coup d'œil à une montre fictive à son poignet.

Puis il pose un baiser sur la joue de la reine, tandis que le roi — version poivre et sel de son fils, le prince Nikolaï — se contente de fixer ce dernier d'un air entendu.

Bien que ses parents, en l'occurrence son père et sa belle-mère, président en bout de table, le prince s'assied en face de moi et ouvre d'un geste désinvolte le dossier placé sur la table.

— Alors, dit-il en s'affalant dans son fauteuil et en parcourant distraitement les documents posés devant lui, quelle hache de guerre allons-nous encore déterrer ce matin ?

Il passe une main dans ses cheveux noirs, et ce simple geste me fait un tel effet que je me surprends à bouger sur mon siège, troublée. Bien sûr, j'ai déjà vu des photos de lui. Son portrait s'étale à la une des journaux à scandale quasiment toutes les semaines depuis qu'il est en âge de défrayer la chronique. Mais idolâtrer les stars ou les grands de ce monde n'a jamais été ma tasse de thé. Adolescente, je n'étais pas du genre à placarder dans ma chambre des photos de chanteurs ou de personnages en vue, comme le prince, véritable tombeur au sourire ravageur.

Car à l'époque déjà, il était beau comme un dieu.

Et il l'est encore.

Mais c'était également un personnage imbuvable, suffisant et prétentieux.

Et, d'après les gros titres où il est sans cesse question de lui, il est évident qu'en cela il n'a pas changé non plus.

Pourtant, lorsqu'il lève vers moi ses yeux couleur d'ardoise et que son regard croise le mien, je ne peux m'empêcher de me tortiller à nouveau sur mon siège. Chaque fois que j'ai eu l'occasion de le voir, en photo ou à la télévision, je l'ai toujours trouvé magnifique. Et quoique je ne regarde que très rarement ce genre de programmes stupides dont on nous abreuve quotidiennement, je ne m'attendais pas à ce que le personnage en chair et en os suscite une telle réaction chez moi.

Il est tout simplement superbe.

J'en ai le souffle coupé.

Et, comme s'il ne suffisait pas qu'il ait le pouvoir de faire naître ce titillement agaçant au creux de mon ventre, je sens les pointes de mes seins se dresser et presser la dentelle de mon soutien-gorge. Dieu merci, j'ai eu la bonne idée de ne pas déboutonner ma veste.

— Nikolaï..., dit la reine.

Mais le prince l'interrompt, un doigt levé, et se remet à parcourir le contenu du dossier. Moi, je n'avais pas osé l'ouvrir. J'attendais qu'on m'en donne l'autorisation.

De toute évidence, la rumeur disait vrai. La belle-mère et le beau-fils n'ont pas l'air de bien s'entendre. D'où ce manque de respect flagrant de la part du prince.

Il parcourt la première page, puis la deuxième et les suivantes encore. Son père croise les bras et pose sur lui un regard qui montre clairement qu'il ne se laisse pas impressionner par l'attitude de son fils. Quelque tactique qu'adopte le prince, il semble évident que c'est le roi qui aura le dernier mot.

Le prince Nikolaï referme brusquement le dossier et éclate d'un rire rauque.

— Nikolaï, dit le roi, aurais-tu l'obligeance de nous dire ce qui t'amuse à ce point ?

La reine pose une main sur le bras de son mari, mais le roi continue de fixer son fils d'un regard glacial. Je ne perds pas une seconde de cet échange, mon regard allant de l'un à l'autre comme dans un match de tennis au ralenti.

Le prince plisse les yeux et me fixe d'un regard intense. Instantanément, le titillement au creux de mon ventre est de retour.

Il prend tout son temps pour m'observer, un sourire narquois aux lèvres. Puis il pose les mains à plat sur la table et se penche vers moi. Il est si près que je sens les effluves d'alcool dans son souffle.

— Je trouve hilarant, commence-t-il d'une voix tendue, que non content d'espérer que je vais me marier, vous puissiez penser que Mlle Mariage.com va pouvoir se charger de me trouver une épouse. Pourquoi ne pas ouvrir un site de rencontres royales tant qu'on y est ?

Il a le toupet de se moquer de moi et de mon travail. Pas question que j'accepte de me faire humilier ainsi !

Une rage froide m'envahit qui remplace instantanément les frissons au creux de mon ventre.

Le prince se lève, lisse sa chemise froissée.

— Père, belle-maman, c'est toujours un immense plaisir de vous voir, lance-t-il, ironique.

Instinctivement, je me lève tandis qu'il fait le tour de la table. J'ai les joues en feu. Je suis furieuse.

— Je… Je ne représente pas une banale entreprise.com, dis-je. Les mariages que j'organise sont le fruit d'un travail sérieux, approfondi, personnalisé…

Je bafouille, prenant soudain conscience, non seulement de ce que l'on attend de moi ici, mais aussi du fait que mon client n'est absolument pas disposé à se marier.

— Inutile de poursuivre, ma jolie, lance-t-il, condescendant. Je préférerais vous baiser plutôt que vous laisser organiser mon mariage.

La reine a un hoquet offusqué et le roi abat violemment son poing sur la table.

— En voilà assez ! dit-il d'une voix autoritaire. Benedict va devenir prêtre. Damien est banni du royaume. Si tu ne te maries pas pour donner naissance à un héritier, le trône reviendra à la branche familiale la plus proche, c'est-à-dire à ta cousine Ingrid. Tu ne peux pas te dérober à ton devoir.

Un muscle tressaute à la mâchoire du prince.

— Je partage tout à fait votre opinion, père. C'en est assez.

Tout en parlant, il m'enveloppe pourtant de son regard pénétrant. Puis il se penche vers moi et je sens son souffle chaud balayer ma joue.

— Et vous y prendrez un plaisir insensé, murmure-t-il. Au point d'oublier jusqu'à l'existence du mot « assez ».

Il adresse à ses parents, encore sous le choc, un bref signe de tête et quitte la pièce, la tête haute.

Je n'en reviens pas.

Ce prince est vraiment un type imbuvable.

Mais le titillement insistant au creux de mon ventre ne semble pas avoir enregistré la nouvelle.

Peut-être attend-il qu'on la lui transmette sous pli cacheté.

Chapitre 2

Nikolaï

Ainsi, c'est donc de cela qu'il s'agit. De mariage ! À croire que père a perdu l'esprit…

Je me précipite en marmonnant dans l'escalier, la voie la plus rapide pour me sauver du palais. Deux étages plus bas, en m'apercevant, une jeune servante en robe noire et petit tablier blanc manque de laisser tomber le plateau d'argent qu'elle s'apprête à monter. Théières et tasses de porcelaine, choix raffiné de petits gâteaux… De quoi adoucir la nouvelle, j'imagine, et rendre plus conviviale cette petite entrevue, véritable embuscade au cours de laquelle mon père s'est fait un plaisir de me rappeler les lois ancestrales de notre royaume.

Je suis de si mauvaise humeur que je ne porte pas la moindre attention au cri qu'a poussé la jeune femme et ne tente même pas de la rassurer par le genre de clin d'œil enjôleur dont j'use habituellement en pareille occasion.

Je sens des gouttes de sueur perler à mon front. Un goût amer emplit ma bouche.

Je vais bientôt avoir vingt-neuf ans.

Je suis l'héritier de la couronne.

Le décret royal de 1674 concernant le mariage stipule que l'héritier du trône d'Edenvale devra être marié avant le coucher du soleil, le jour de son vingt-neuvième anniversaire.

Dans le cas contraire, il ne pourra prétendre à exercer le pouvoir. En outre, l'héritier du royaume d'Edenvale doit épouser une personne de sang noble. Il n'est pas nécessaire que la future épouse soit originaire du pays, mais elle doit appartenir à une famille de lignée aristocratique. Dernier point important, le mariage doit être librement consenti.

Tout cela paraît assez simple. Le problème c'est que je n'ai absolument aucune intention de me marier.

J'atteins le bas de l'escalier, me précipite vers la porte. Une fois dehors, j'inspire profondément. Enfin.

Bien évidemment, je connais ce décret concernant le mariage. Durant mes études, j'ai eu tout le temps de mémoriser les lois et proclamations qui régissent le royaume. Mais nous sommes au XXIe siècle. Jamais je n'aurais cru que mon père puisse songer à faire respecter cette pratique. Elle me paraît aussi désuète et ridicule que celle qui veut qu'aucun ministre ne puisse pénétrer dans le palais vêtu de pourpre ou que chasser sur les terres royales soit passible de la pendaison.

Tant que nous y sommes, on pourrait interdire certaines petites fantaisies sexuelles comme la sodomie. Je dois avouer m'y être adonné, pas plus tard que la semaine dernière, avec l'héritière d'un magnat de l'immobilier. Je ne suis pas coutumier du fait, mais c'est elle qui a insisté… Enfin, bref, je m'égare…

Le parc du château est parfaitement entretenu, avec ses haies soigneusement taillées en taupières, en forme de lapins ou de cygnes. Père adore se laisser aller à ses caprices les plus fantasques.

Le soleil, déjà haut, me brûle la nuque.

— Sire, sire, attendez, je vous en prie, crie une voix féminine derrière moi.

Puis j'entends celle qui m'interpelle ainsi pester, maugréer qu'il est impossible de courir avec des talons hauts.

Je sens ma mâchoire se crisper à m'en faire mal. J'ai

déjà entendu cette voix. C'est celle de Mlle Mariage.com, cette femme aux cheveux auburn que mon père a engagée.

C'est vraiment me faire insulte que d'avoir recours aux services de ce genre de personne. Comme si j'avais besoin d'aide pour trouver une femme disposée à m'épouser.

— Sire !

Elle insiste. Je sais que je devrais attendre, question de galanterie et tout le bazar. Mais je l'ai déjà dit, je ne suis pas le prince charmant.

Je m'engage dans le labyrinthe en donnant des coups de pied dans les cailloux du chemin. Je me moque éperdument d'être un gentleman. Je tourne à gauche, puis à droite, et de nouveau à gauche. Les parois végétales qui m'entourent font au moins trois mètres de haut et sont constituées d'un feuillage impénétrable. C'est le labyrinthe le plus grand d'Europe et mon terrain de jeux préféré depuis l'enfance. Je sais toujours comment en sortir. Le moment est venu de scmer cette marieuse tenace et de réfléchir à un plan pour échapper définitivement à la menace de ce projet de mariage invraisemblable.

C'est alors que j'entends un petit claquement sec et l'exclamation étouffée de quelqu'un qui se retient de crier.

Il ne manquait plus que cela.

Elle est tombée.

C'était prévisible. J'ai aperçu ses talons aiguilles, tout à l'heure, lorsqu'elle a croisé les jambes, dans la salle de réunion, et le chemin est traître, plein de cailloux.

J'ai aussi aperçu son très joli mollet, son genou fin, le galbe parfait de sa cuisse. Ce fut le meilleur moment de la réunion. Juste avant que je remarque le dossier posé sur la table et que je lise l'inscription gravée en lettres dorées dessus :

UNION ET FÉLICITÉ. VOS RÊVES DEVENUS RÉALITÉ.

Une petite brise fraîche descendue de la montagne caresse

mon visage. J'hésite. Je n'ai aucune envie de m'arrêter et je franchis encore quelques mètres. Après tout, je ne lui ai pas demandé de me suivre. Elle a très bien vu que je ne voulais pas de ses conseils et que je n'avais absolument pas besoin de ses services. Pourtant, elle a jugé bon de se lancer à ma poursuite. C'est sa faute ce qui lui arrive. Je ne la connais pas et je ne lui dois rien.

Soudain, l'image de sa délicieuse cuisse galbée traverse mon esprit. Sauf qu'elle se trouve glissée sur mon épaule, cette fois.

Bon, je corrige. Je n'ai rien à faire d'elle *professionnellement*.

Je pousse un soupir. Quoi que je ressente, je ne peux pas abandonner une femme blessée, la laisser livrée à elle-même dans ce labyrinthe.

Avant même de m'en être rendu compte, j'ai fait demi-tour. Il ne me faut pas plus de trente secondes pour la trouver.

Elle a ôté l'escarpin qui lui a été fatal et est assise sur le sol, en train de frotter sa cheville enflée. Les ongles de ses orteils sont vernis d'un très beau rouge vif.

J'aime beaucoup.

Ses lèvres parfaites sont maquillées exactement de la même teinte.

J'adore.

Mais ce qui me plairait surtout, ce serait de les sentir se poser sur mon sexe, s'arrondir autour de lui, le caresser.

Je le sens se tendre, d'ailleurs. Il m'a l'air tout à fait d'accord avec cette perspective.

Je me ressaisis aussitôt. Bon sang, ce n'est pas possible. Je suis vraiment incorrigible. Cette femme, sexy en diable, dirige une agence matrimoniale. C'est une ennemie. Il serait bon que je m'en souvienne. Mais allez dire cela à un sexe qui bande furieusement ! Il y a parfois des inconvénients à avoir une libido hyperactive.

C'est alors qu'elle lève la tête. Il me suffit de croiser le regard baigné de larmes de ses troublants yeux bleus et c'est le vide dans ma tête. En une fraction de seconde, c'est l'électroencéphalogramme plat.

Kate

Il me faut toute ma volonté pour soutenir le regard du prince sans faire la grimace tant la douleur dans ma cheville est violente. Mais il n'est pas question que je laisse cet individu, prince ou pas, prendre le dessus sur moi.

— Ça va ? demande-t-il.

— Vous voyez bien que non.

Je jette un coup d'œil à ma jupe ivoire. La fente de côté s'est déchirée et je suis certaine d'avoir une énorme tache d'herbe aux fesses. Sans parler de mes cheveux. Mon brushing était impeccable, mais à présent des mèches me tombent dans les yeux. Ce qui n'est sans doute pas plus mal, finalement, car cela me permet échapper au regard intense de ces yeux ardoise qui me fixent.

— Montrez-moi comment sortir d'ici, c'est tout ce que je vous demande, dis-je en m'efforçant de me lever.

Mais à peine ai-je posé le pied sur le sol que ma jambe se dérobe et je manque de tomber à nouveau.

Je manque, seulement, parce que Nikolaï Lorentz, prince d'Edenvale et héritier de la couronne, me rattrape aussitôt.

— Bon sang, fait-il entre ses dents. Vous vous êtes vraiment blessée.

— Et vous, vous avez dû dévaliser le minibar d'une limousine, dis-je en m'efforçant de dissimuler par cette remarque dédaigneuse le trouble que provoquent ses mains posées sur moi.

Mais ma respiration continue de s'accélérer. Il me porte avec une attention, une délicatesse que je ressens dans chaque fibre de mon corps et qui me bouleverse.

— C'était une Rolls, mais vous êtes extrêmement perspicace, mademoiselle…

— Winter.

Je n'ai pas d'autre choix que de me cramponner à lui en refermant les bras autour de son cou, mon escarpin au talon cassé dans une main.

— Ah-ah, dit-il, un sourire sarcastique aux lèvres. Je vois… *winter*… l'hiver…

Il se met à marcher. Je sens mes joues devenir chaudes. Ses doigts, sa paume, pressant ma cuisse nue font courir mille frissons sur ma peau.

— Vous êtes aussi glaciale que votre nom.

Je pousse un soupir excédé et m'efforce de m'écarter de lui.

— Absolument pas ! Je vous signale que c'est vous qui avez comparé mes services à un vulgaire site de rencontres. Mais sachez que mon travail est très subtil et qu'il s'appuie sur une étude fine de la personnalité et des composantes psychologiques de chacun de mes clients. Je vous signale en outre que vous venez de me coûter une journée de travail. Alors, excusez-moi si je ne suis guère réceptive et ne fond pas devant votre charme supposé irrésistible.

Il s'arrête net. Nous nous trouvons toujours dans le labyrinthe et je ne saurais dire si nous allons bientôt en sortir ou si nous nous y enfonçons.

Il jette un rapide coup d'œil autour de lui, comme pour s'assurer qu'il n'y a pas d'intrus dans les parages, puis il plonge son regard dans le mien. Un regard gris si intense que je suis incapable de détourner les yeux.

— Je ne me marierai pas, dit-il d'une voix parfaitement calme. C'est compris ?

Je ne bronche pas.

— Et moi, je ne renoncerai pas à ce travail.

— Dans ce cas, il semblerait que nous soyons dans une impasse.

Nos visages sont tout proches. Nos souffles chauds se

mêlent dans l'air chargé d'électricité. Le contact de sa peau sur la mienne me fait l'effet d'une brûlure. La voix de la raison a beau me dire que tout ce que je ressens est insensé, que cela ne peut pas être, un désir irrépressible m'étreint, palpite au creux de mon ventre.

Je n'ai plus eu de relation avec un homme depuis que mon fiancé, Jean-Luc, a trouvé la mort lors d'un saut à l'élastique, en Alaska. Il était l'amour de ma vie. Mais lui, c'était le frisson du danger et les poussées d'adrénaline qu'il aimait par-dessus tout. Peu après sa disparition, je suis venue travailler dans l'entreprise de Madeline, ma sœur aînée. Désormais, je consacrerais ma vie à donner aux autres ce dont j'avais été privée : un mariage heureux.

Il y a donc eu deux longues années de traversée du désert, d'abstinence, au cours desquelles il m'est arrivé parfois de me faire plaisir toute seule. Dans ma vie, il n'y avait eu que Jean-Luc. Je n'avais pas connu d'autre homme avant lui.

Mais la main du prince sur ma cuisse est ferme, puissante, infiniment troublante. Il suffirait qu'il bouge ses doigts d'un ou deux centimètres pour sentir combien je suis excitée, déjà toute moite.

Il déglutit. Je vois bouger sa pomme d'Adam et je sais alors que, quoi qu'il se passe en cet instant, je ne suis pas la seule à le ressentir.

C'est peut-être cela vivre dans l'instant, prendre un risque, une chose que je ne me suis jamais autorisée à faire. Je me devais d'être prudente pour deux. J'ai dû venir habiter avec Madeline pour économiser un loyer, limiter les frais. Je ne me suis jamais autorisée à me laisser aller à mes désirs.

Mais les mains de cet étranger sont chaudes, puissantes et, l'espace d'une seconde, j'imagine ce qu'elles pourraient me faire. C'est grisant ce désir que je sens monter en moi et la possibilité qui existe de le satisfaire, là, tout de suite. J'en ai la tête qui tourne et je bouge soudain contre lui, tout excitée, espérant aussitôt qu'il pensera que je me réinstalle dans ses bras. Mais dans le mouvement, mes lèvres effleurent soudain les siennes.

Il est surpris et inspire brusquement. Je souris.

— Vous ne me plaisiez pas, dis-je.

Jamais paroles n'ont été plus vraies.

— Vous non plus, répond-il, d'une voix rauque, profonde.

Toute ma vie, j'ai joué la sécurité, et à quoi cela a-t-il abouti ? À me sentir perdue et seule. Il émane de cet homme une puissance, une force incroyables. Il possède un pouvoir d'attraction irrésistible et je me sens incapable de lutter, comme chancelante au bord d'un précipice, attirée par le vide. Et soudain, la femme raisonnable que je croyais être perd le contrôle.

— Vous avez dit que vous préféreriez me baiser plutôt que de me laisser organiser votre mariage.

Il acquiesce d'un hochement de tête.

— En effet.

Je me penche vers son oreille, j'en mordille le lobe et je franchis la ligne derrière laquelle je me réfugie depuis trop longtemps. Je murmure :

— Moi aussi.

Je m'attends à une réaction fougueuse mais, au lieu de cela, je le sens bouger doucement sa main et le souffle me manque subitement lorsqu'il glisse son pouce sous la dentelle de ma petite culotte.

Il n'en faut pas davantage et je saute dans le vide, impatiente, avide de plaisir.

Il pousse un grognement.

— Vous êtes déjà tout excitée, tout humide, murmure-t-il.

Il s'agenouille, me tenant fermement dans ses bras tel un objet précieux. Puis il me pose délicatement sur l'herbe.

— Et j'ai envie de recueillir chaque goutte de cette rosée sur mes lèvres.

Il remonte ma jupe sur mes hanches et fait glisser ma

culotte le long de mes jambes. Il s'accroche à mon talon cassé et il l'en dégage, le glisse dans sa poche. Va-t-il le garder ? Cette seule pensée me donne le vertige et je bouge, me cambre sous son regard.

— Maintenant, Nikolaï..., dis-je.

Il sourit.

Et je me retrouve, l'instant d'après, les doigts enfouis dans ses cheveux noirs tandis qu'il me lèche, me suce, la pointe de sa langue pressant délicieusement mon clitoris déjà tout gonflé.

Je gémis et me cambre contre sa bouche. Ses lèvres caressent ma chair en feu. Sa barbe naissante picote délicieusement l'intérieur de ma cuisse, ajoutant encore au plaisir intense que je sens monter en moi.

— Vos doigts, Nikolaï, dis-je.

Et c'est un ordre.

Il obéit aussitôt et plonge un doigt en moi tandis qu'il continue de me dévorer avec sa bouche. Puis il joint un second doigt au premier et ma vue se brouille. Des étoiles dansent devant mes yeux. Mon corps tout entier est parcouru de frissons.

— Je voudrais tant que vous me baisiez, dis-je, osant formuler à voix haute ce que je désire.

Ce que je n'ai pas connu depuis si longtemps et qui m'a cruellement manqué. Je tente de retenir un gémissement, mais en vain, lorsque la caresse profonde de ses doigts en moi me fait chavirer.

Deux années. Il y a deux années qu'aucun homme ne m'a touchée. Cette pensée couplée à la sensation enivrante de ses mains sur moi, en moi, menace de libérer plus qu'une simple décharge d'adrénaline. Mais je parviens à contenir la vague d'émotions qui menace de m'engloutir. Parce qu'il n'est pas question de cela ici. Ces sentiments ne sont pas pour le prince.

Il lève la tête vers moi et ôte ses doigts de ma chair frémissante. Puis lentement, l'un après l'autre, il les lèche.

— Il me semble vous avoir entendue dire que, vous aussi, vous préfériez… Je suis prêt, ajoute-t-il en sortant un préservatif de sa poche. Vos désirs sont des ordres.

Chapitre 3

Nikolaï

Le goût de sa chair m'enivre, une douceur de miel mêlée à une fraîcheur un peu salée. Je déteste les agences matrimoniales, mais que dire de Mlle Mariage.com ? Je prends tout mon temps pour l'observer, allongée sur l'herbe, la respiration haletante. Son chemisier déboutonné laisse entrevoir un peu de délicate dentelle blanche sur sa peau satinée, la courbe envoûtante de sa gorge.

Oui, je crois que je pourrais me mettre à l'apprécier.

— Sire, dépêchez-vous.

Elle me regarde à travers la longue frange de ses cils sombres. Des traces de rouge à lèvres rouge vif maculent le contour de sa bouche sensuelle. C'est mon œuvre et, à cette seule pensée, mon sexe en érection presse violemment la braguette de mon pantalon de smoking. Mon corps tout entier se tend sous la violence du désir.

Je croise les bras, fixe d'un regard appuyé le préservatif et je souris, suffisant. Le masque est de retour, celui que j'ai pour habitude d'arborer. L'expression que l'on attend d'un prince, en particulier d'un prince qui a le monde à ses pieds. C'est instinctif chez moi, et tant mieux, parce que je ne suis pas habitué à être déstabilisé. Et cette femme est… *déstabilisante.*

— C'est une petite affaire très intéressante que vous

dirigez, dis-je en baissant la voix et en prenant un ton que je veux très sensuel.

— Je… Non… Enfin, je veux dire… Ce n'est pas à moi. Elle appartient à ma sœur, bafouille-t-elle, tirant sur la fente déchirée de sa petite jupe.

Accroc qui me gratifie d'une vue imprenable sur les cuisses satinées qui viennent de m'offrir un festin.

Ses yeux s'assombrissent. Elle se trouble sous l'intensité de mon regard.

— Et vous fournissez ces services…

Je m'éclaircis la voix et lève un sourcil interrogateur.

— … à tous vos clients ?

Sa gorge, ses joues rosissent lorsqu'elle comprend soudain ce que j'insinue. Elle est vexée. En colère et excitée, la combinaison que je préfère chez une femme. Celle qui m'excite le plus.

— Bien sûr que non, rétorque-t-elle d'un ton sec.

Je glisse un doigt entre mes lèvres et le suce lentement. Je sens les muscles de mon cou se contracter. Il a encore le goût d'elle. L'eau me vient à la bouche.

Brusquement, je vois une larme perler à sa paupière, glisser le long de sa pommette.

— Je ne sais pas ce qui m'a pris, dit-elle.

J'ai soudain envie de la réconforter. Bon sang, ce n'est pourtant pas mon genre. Il est temps que je me ressaisisse, que je reprenne mon offensive de charme, que je la retourne, que je glisse une main entre ses jolies cuisses et que je la prenne par-derrière, me plante profondément en elle et la secoue de mes coups de boutoir pour lui redonner le moral. Je parie même que le remède serait meilleur pour sa cheville que deux ibuprofènes et un pack de glace.

Alors pourquoi est-ce que je remets le préservatif dans ma poche et écarte une mèche de cheveux égarée sur son front ?

Elle tressaille au contact de mes doigts.

— Écoutez, commence-t-elle, laissant échapper un petit

rire amer, il y avait très longtemps que je... Enfin... Pour moi. Et vous... Vous êtes incroyablement séduisant. Cela fait beaucoup pour une personne normalement constituée.

Elle reboutonne son chemisier.

— Quoi qu'il en soit, c'est une erreur de jugement qui ne se reproduira plus.

Il semblerait que je ne sois pas le seul qui se réfugie derrière un masque lorsque la situation se complique. En un clin d'œil, ma fougueuse petite féline a rentré ses griffes et Mlle Collet-Monté est de retour.

— C'est dommage, dis-je, m'efforçant de ne pas paraître décontenancé. Il se trouve que les erreurs de jugement sont ma spécialité.

Je réajuste ostensiblement dans mon pantalon mon sexe en érection.

La pointe de sa langue rose fait une courte apparition, effleurant sa lèvre inférieure. L'espace d'une seconde, la petite féline est de retour.

— Vous me paraissez être... spécialiste en la matière, en effet, déclare-t-elle.

— Et vous, vous venez d'apporter une fois de plus la preuve que ma théorie est exacte.

— C'est-à-dire ?

Je lui tapote le bout du nez de la pointe de l'index.

— Que derrière toute femme apparemment sage se cache une petite délurée.

Elle tripote son collier de perles.

— Je ne vais pas essayer de vous prouver le contraire.

Elle rit. Un rire haut perché, nerveux.

— J'ai toujours été une fille sage. Un cunnilingus dans un labyrinthe royal est une première pour moi. Cela me ressemble tellement peu.

Je la crois. Elle a l'air d'un ange. Elle a beau m'avoir laissé jouer avec son clitoris, ses yeux de biche ne sont qu'innocence. C'est alors qu'une vision soudaine m'assaille, celle d'une femme nue sur mon lit, poignets et chevilles liés, ses jambes magnifiques grandes ouvertes, son sexe délicat à la chair rose, nacrée, exposé pour mon plus grand plaisir.

Je cille à plusieurs reprises. Je sens mes épaules se tendre. Je n'ai jamais invité une femme à me rejoindre dans le lit royal. L'aile ouest du palais est mon sanctuaire. Personne n'y est admis, hormis mon frère Benedict. Certainement pas mes conquêtes, et pas davantage mon père ni ma belle-mère. C'est le seul endroit où je peux être seul. Où je peux être véritablement *moi-même*.

Mon sexe appartient à toutes les femmes. Mon âme n'appartient qu'à moi.

— Ce qui s'est passé est une erreur, de toute évidence, murmure-t-elle tandis qu'elle se lève, chancelante. Nous sommes partis du mauvais pied.

— *Vous* êtes partie du mauvais pied.

Je désigne du menton son pied droit, nu, celui sur lequel elle peut à peine s'appuyer et je lui offre mon bras. Elle lève les yeux au ciel, mais l'accepte.

Puis j'ajoute d'un ton léger :

— Nous étions partis pour bien davantage.

Mon sexe bondit tel un chien affamé devant une friandise.

Je précise :

— *Vous*, en tout cas.

Elle a une moue dédaigneuse. Qui aurait imaginé que cette reine des glaces puisse se muer en une partenaire aussi passionnée et fougueuse ?

Intéressant.

Elle boitille, mais elle tient debout toute seule, à présent. Il me plaît de penser que cela n'est pas sans rapport avec mon petit séjour entre ses cuisses et la dextérité de ma langue. Une action bienfaisante, somme toute.

Je la guide hors du labyrinthe. Des taches d'herbe maculent sa jupe ivoire qui lui va à ravir. Un rappel de ce que nous venons de faire et le désir me tenaille de nouveau.

— D'après les journaux à scandale, il semblerait que vous cumuliez les aventures. Je doute donc que vous restiez très longtemps en manque. Combien de temps s'est écoulé depuis que vous avez…

— Plongé mon sexe dans la bouche d'une femme ou dans le sien ?

Elle a un hoquet de surprise. Elle est choquée par mes propos.

Je fais semblant de compter sur mes doigts.

— Sexe, six heures. Bouche, sept. Et si le frère de ma dernière conquête n'était pas venu nous déranger ce matin, cela ferait beaucoup moins longtemps.

— Vous n'êtes qu'un goujat.

— Non, je suis un prince.

Je me redresse de toute ma hauteur.

— *Votre* prince.

— Et moi, je suis ici au service de mon roi, rétorque-t-elle, le menton levé, refusant de se laisser impressionner par mon petit morceau de bravoure. Sire, vous êtes mon client. Il s'agit d'un ordre de votre père, mon souverain, ce qui signifie qu'il est grand temps pour moi de me mettre au travail. Je reviendrai demain, afin de dresser votre profil de personnalité.

— Je vous demande pardon ?

— Oui. C'est la procédure habituelle pour tous nos clients.

Le ton est sec et déterminé. Elle est tout à fait sérieuse.

Je pousse un soupir, agacé, mais aussi passablement impressionné.

— Ne comptez pas réussir à me marier, ma jolie.

— Ah bon ? J'affiche un taux de réussite de cent pour cent, déclare-t-elle avec un sourire suffisant. À demain, Votre Altesse.

Elle lâche mon bras et poursuit seule son chemin. Mais, manifestement, sa cheville la fait toujours souffrir, et elle rate la belle sortie qu'elle avait prévue. Elle est même obligée d'ôter son second escarpin. Je me retiens de rire quand je prends soudain conscience que je suis le dindon de la farce. Parce que c'est moi qui reste en plan avec une monumentale érection.

Quoi qu'il en soit, il faut que je la suive jusqu'au château. Il ne manquerait plus qu'elle aille raconter une histoire fabriquée de toutes pièces sur la façon dont elle a été traitée ici.

— Je peux parfaitement me débrouiller seule, lance-t-elle, comme si elle avait lu dans mes pensées.

C'est très déboussolant.

— Je crains de devoir insister, dis-je, franchissant la distance qui me sépare d'elle.

— S'il vous plaît.

Elle perd un peu de son calme. Le masque se fendille.

— Je… J'ai besoin d'être seule un moment.

C'est le signe que notre petite aventure impromptue ne l'a pas laissée indifférente.

Elle fait volte-face et se dirige vers la grille du palais, ses escarpins à la main. C'est à peine si elle boitille. Mlle Winter ne manque pas de cran, il faut le reconnaître.

Une femme comme elle pourrait mettre à genoux n'importe quel homme manquant un peu de maîtrise de soi. Heureusement, ce n'est pas mon cas. Cet ange est plus dangereux qu'un démon.

Kate

Peu importe que marcher me fasse mal. Je dois avant tout prendre de la distance. Et par distance, je veux dire l'espace qui me sépare de Nikolaï Lorentz.

Le seul problème, c'est que lorsque je franchis la grille qui me ramène vers les jardins, je me rends compte que, à moins de traverser les douves à la nage, je ne peux pas accéder à l'avant du château.

Seigneur ! Il vit dans un palais. Avec des douves. Et j'ai failli coucher avec lui dans ce fichu labyrinthe. J'ai supplié le prince de notre royaume de me « baiser », allongée dans l'herbe, ma jupe retroussée sur mes hanches. Mais qu'est-ce qui m'arrive ? Je ne *baise* pas. Je fais l'amour, moi, lorsque ça signifie quelque chose, avec un homme pour lequel je compte et qui compte pour moi. Et avec la promesse du mariage à la clé. Du moins, c'est ce qui m'est arrivé une fois.

Je suis en train de réfléchir à ce que je dois faire à présent lorsqu'un homme, âgé apparemment d'une quarantaine d'années, s'avance à ma rencontre.

— Je vous prie de m'excuser, mademoiselle Winter, dit-il. J'ai reçu la consigne de vous raccompagner chez vous.

Je secoue la tête.

— Merci, mais ce ne sera pas nécessaire. Si vous pouvez m'indiquer le chemin le plus direct pour gagner la route, je trouverai certainement un taxi.

Je jette un coup d'œil derrière moi, m'attendant à voir arriver Nikolaï, mais il n'y a personne.

— Mademoiselle, il n'y a pas de chemin direct pour gagner la route. Il faut traverser le château. Et j'imagine que vous préférez sortir discrètement.

Je pousse un soupir et, m'accrochant à ce qu'il me reste de dignité, je me redresse, tête haute, en dépit des mèches ébouriffées qui me tombent dans les yeux.

— Cela me va parfaitement de traverser le château…

Mais je m'interromps aussitôt, prenant conscience que je suis pieds nus, que je tiens mes chaussures à la main, et qu'un morceau de ma jupe déchirée pend contre ma cuisse. Ma détermination faillit aussitôt.

— Ainsi… On vous a demandé de me reconduire chez moi.

L'homme acquiesce. Quelques fils d'argent parsèment sa chevelure et accrochent la lumière. Ce n'est qu'alors que je remarque son costume de coupe impeccable, la façon dont il se tient très raide, les mains croisées devant lui. Il a la mâchoire volontaire et des yeux sombres au regard affûté. Il n'appartient pas à la famille royale, j'en suis certaine. Mais il émane de lui une incontestable autorité.

— Oui, mademoiselle. Son Altesse royale, le prince Nikolaï, m'a envoyé un message m'enjoignant de vous ramener chez vous en toute sécurité. Je peux vous faire passer par la cuisine et la sortie de service afin de vous éviter toute rencontre indésirable.

Je tends le bras et lui montre les chaussures qui pendent au bout de mes doigts.

— Je ne crois pas souhaitable, vu ma tenue, de croiser de nouveau le roi ou la reine, surtout si je veux garder mon travail.

Ma remarque ne suscite même pas un sourire. L'homme demeure impassible et se contente d'un hochement de tête.

— Par ici, mademoiselle, dit-il, prenant la direction du jardin par lequel il est arrivé.

Je lui emboîte le pas en clopinant, m'efforçant de n'interpréter en aucune façon le geste du prince visant à s'assurer que je suis bien rentrée chez moi. Je doute qu'il se soucie de moi, désormais. Il ne souhaite certainement qu'une chose, que je ne remette plus les pieds ici.

— Vous pouvez m'appeler Kate, dis-je, m'approchant de l'homme pour prendre le bras qu'il me tend.

Je n'en ai pas besoin, mais je crois qu'il serait impoli de refuser.

Le souffle me manque lorsque je referme la main sur son bras et rencontre des muscles si saillants et si fermes que j'en sens le contour à travers la veste de son costume.

— Comme il vous plaira, mademoiselle Kate, dit-il.

Je lève les yeux au ciel.

— Peut-être pourriez-vous laisser tomber aussi le *mademoiselle* ? Il me donne l'impression d'être une de ces gouvernantes sévères et collet monté.

Je ne peux retenir un petit rire nerveux. Il ne siérait

guère à une gouvernante de se comporter avec l'héritier de la couronne comme je l'ai fait aujourd'hui. Ceci dit, ce comportement ne correspond guère non plus à la femme que je croyais être.

— Comme il vous plaira, *Kate*, dit-il d'une voix dénuée de toute trace d'émotion.

Tandis qu'il ouvre une porte dissimulée dans le mur de brique, sur le côté du palais, je demande :

— Vous avez un nom, vous aussi ?

— Son Altesse m'appelle X, répond-il, m'introduisant dans un petit couloir.

Celui qui dessert les appartements des domestiques, j'imagine.

J'insiste.

— Comment vous appellent vos amis et votre famille ?

Il s'éclaircit la voix.

— Je n'ai ni amis ni famille, mademoiselle… Toutes mes excuses… Kate.

J'ai de la peine pour lui à cette idée tandis qu'il me guide vers une double porte blanche. Mais j'oublie aussitôt cette triste nouvelle lorsque nous pénétrons dans une immense cuisine où flottent des arômes délicieux qui me mettent instantanément l'eau à la bouche. Je n'ai pas pris de petit déjeuner, ce matin, parce que je devais me rendre au palais. Allez avoir de l'appétit avec ce genre de pression ! Et maintenant que je me trouve rassasiée d'une tout autre façon, je me rends compte que je meurs de faim.

— En désirez-vous un pour la route, mademoiselle ?

Une femme portant un tablier blanc se retourne. Elle est en train de sortir du four une pleine plaque de macarons qui embaument et qu'elle dresse sur un joli présentoir à trois étages.

— Volontiers, dis-je.

Elle saisit une petite assiette et y pose cinq de ces magnifiques friandises.

— Ce sera notre secret, dit-elle, adressant un clin d'œil et un sourire à X à qui elle tend mon trésor.

Il se contente d'un hochement de tête et continue de me piloter en direction de la sortie.

Quelques instants plus tard, je suis installée dans la luxueuse Rolls-Royce, une assiette de macarons sur les genoux et un pack de glace autour de ma cheville, consigne donnée par le prince, précise X. Il ne dira pas un mot de plus.

Il franchit la grille du palais, s'engage sur la route et prend la direction du centre-ville, où se trouve l'appartement que je partage avec ma sœur.

Une brise fraîche entre par les vitres ouvertes de la Rolls et vient se glisser sous ma jupe, me rappelant que je ne porte rien dessous, ma petite culotte se trouvant à l'heure actuelle dans la poche de la veste de smoking du prince.

Quelle honte ! Je voudrais disparaître. Je suis un cliché ambulant. La fille frustrée qui succombe au charme du prince. J'imagine déjà la une des journaux à scandale.

La main royale réveille
la libido d'une célibataire

Je n'avais pas fait une croix sur ma libido, loin de là. J'ai une imagination très fertile et je sais m'en servir. Mais la première fois que je me retrouve pour de bon avec un homme, ce n'est pas censé être avec le futur roi de mon pays, et ce n'est certainement pas censé provoquer un flot incontrôlable d'émotions, depuis longtemps refoulées.

Je ferme les paupières et tente de chasser l'image du visage de Nikolaï souriant avant qu'il ne plonge vers moi. Mais j'ai beau faire, fermer les yeux, les garder ouverts, tenter de m'absorber dans la contemplation du paysage qui défile, c'est toujours la même image qui revient. Nikolaï Lorentz me donnant du plaisir et en prenant lui aussi.

Dire qu'alors que je venais tout juste de lui dire que toute notre petite aventure n'était qu'une regrettable erreur, il a ordonné à son chauffeur de prendre soin de moi et de me reconduire jusqu'à mon appartement dans sa voiture privée, sans oublier ce pack de glace qui, en ce moment, soulage l'élancement dans ma cheville foulée…

Je suis peut-être un cliché ambulant, aux antipodes de tout ce dont je me serais crue capable. Mais le prince Nikolaï, duc de Westcraven, non plus, ne correspond pas à l'image que je m'étais faite de lui.

Je glisse un joli petit macaron au citron tout jaune dans ma bouche et je gémis de plaisir.

Non, il ne ressemble pas du tout à ce à quoi je m'attendais.

Chapitre 4

Nikolaï

Il n'y a rien de meilleur qu'une douche brûlante pour récupérer après une nuit torride passée dans les bras de la sœur de votre ex-meilleur ami, suivie d'un cunnilingus tout à fait impromptu dans le labyrinthe du palais avec la personne engagée par votre père pour dénicher votre future reine.

Ces dernières vingt-quatre heures se sont vraiment avérées pleines de surprises !

Je renverse la tête en arrière. Pas question d'utiliser un pommeau de douche standard. Je fais réaliser le mien selon des instructions précises afin qu'il me procure très exactement la douche que j'aime. Je pousse un grognement de plaisir, sentant mes muscles se détendre sous le jet puissant. Hum… Délicieux. Presque autant que de se retrouver agenouillé entre les cuisses envoûtantes de Mlle Winter. À genoux devant une femme, moi ! Je ne me souviens pas de la dernière fois où cela s'est produit.

Un souvenir jailli des profondeurs de mon inconscient vient me percuter avec la violence d'une météorite s'écrasant sur la Terre.

Il y a eu une femme, autrefois, qui m'a mis à genoux. Je n'étais guère plus qu'un gamin. Aujourd'hui, je suis un homme, bientôt à la tête d'un royaume.

Je saisis le flacon de mon gel douche préféré et en verse

une rasade généreuse dans la paume de ma main. Je connais une chose qui va me détendre. J'empoigne mon sexe et me mets à le caresser, lui imprimant tout d'abord un mouvement très lent de va-et-vient. Puis, progressivement, j'accélère et en arrive à ma technique infaillible, les deux mains refermées sur lui, poings serrés, sa taille me le permet amplement, et j'augmente le rythme. Je sens les muscles de mes fesses se contracter tandis que, les yeux fermés, je m'abandonne aux sensations qui me submergent.

Il est un fait certain, aucune femme, aussi experte soit-elle, ne peut caresser un homme aussi efficacement qu'il le fait lui-même. Dans ce cas, je suis le seul maître à bord ! Et pourtant, voilà que j'imagine soudain l'innocente Kate au visage d'ange. L'image de ses jolies mains fines, délicates, parfaitement manucurées, saisissant mon sexe m'arrache un grognement. Quel pouvoir possède donc cette étrangère pour venir ainsi envahir mes pensées ? Le désir taraude mes reins et mon sexe est tendu, gonflé et dur.

C'est alors que je me souviens.

Sa petite culotte en dentelle se trouve toujours dans ma poche. Je sors de la douche, me moquant éperdument d'éclabousser partout sur mon passage et je l'attrape dans ma veste. La soie ivoire fait un joli contraste dans ma main bronzée. Instinctivement, je la porte à mon visage et hume l'élégante dentelle française. Superbe. Envoûtant. Je suis un connaisseur en la matière et je peux dire que ceci équivaut à déboucher une bouteille de château-mouton-rothschild 1945. J'en garde une caisse dans ma cave. La bouteille est évaluée à vingt-cinq mille euros.

Je serre la petite culotte dans ma main et regagne la douche, m'activant sur mon sexe avec de plus en plus d'urgence tandis que son parfum bouleverse mes sens. Je me mets à transpirer et je me glisse sous le torrent d'eau fumante.

Certaines personnes sont impressionnées par les dégustations de vin, mais c'est pourtant très simple. Un bon cru est composé de plusieurs éléments : fruité, acidité, tanin, onctuosité. Des tanins très jeunes peuvent donner un vin qui agace la bouche, vous laisse la langue sèche. Au fil du temps, il va gagner en complexité, en souplesse, développer ses arômes. Et en matière d'arômes, je suis plutôt doué, capable de reconnaître un millésime à ses notes subtiles et complexes de baies rouges, café et épices.

Avec les femmes, il en va de même. Chacune a ses propres tonalités. Mais Kate Winter possède une palette qui n'appartient qu'à elle seule. Fruitée, avec une pointe de cerise, mais mêlée également de notes plus sombres, plus mystérieuses, comme on en trouve dans le sol riche des sous-bois. Elle est le fruit de la terre et je brûle de le récolter.

J'imprime encore à mon sexe quelques vigoureux mouvements de va-et-vient, et soudain mon souffle se fait rauque. Je sens le plaisir monter dans mes reins, intense, presque douloureux, et je bascule, tout entier secoué par les spasmes d'un orgasme comme j'en ai rarement connu. L'espace de quelques secondes, je ne suis plus là. Puis je reviens peu à peu, de nouveau présent au monde. Je me rince, coupe l'eau de la douche et saisis une serviette que je noue à ma taille.

Il me faut quelques minutes pour retrouver mon souffle. Après avoir vécu une expérience aussi intense, un tel moment de grâce, il n'y a qu'une personne que je peux aller voir : mon frère, le saint. Benedict va entrer dans les ordres. Il est vierge.

C'est insensé, non ? Mon père est immensément fier d'avoir un fils qui se destine à la prêtrise, à l'abbaye de St-Egbert. À mes yeux, c'est un destin plus funeste que l'enfer, et cela exerce sur moi une pression supplémentaire. En effet, Benedict met en péril notre lignée, étant donné que je suis l'héritier, et lui, la réserve. Mon jeune frère, Damien n'entre pas dans l'équation. Il est banni et, de ce fait, absent de la succession. Si je n'assure pas de descendance, la couronne pourrait revenir à ma cousine Ingrid. C'est une fille tout à fait gentille et je ne dis pas cela méchamment. Elle a dix ans.

J'enfile un pantalon de jogging et mes chaussures de sport. Songer à mon frère Damien m'a mis d'humeur maussade. Selon les dernières rumeurs, il résiderait en partie à Londres, en partie aux États-Unis. Je m'en moque éperdument. Il peut bien aller au bout du monde, si ça lui chante. En ce qui me concerne, ce ne sera pas encore assez loin.

Mais c'est tout de même un problème. On croirait que ma famille fait l'objet d'une mauvaise plaisanterie. Un fils, héritier du trône, totalement réfractaire à l'idée de se marier, un futur prêtre vierge et un mouton noir.

Je cours dans le palais silencieux, passant devant des rangées successives d'ancêtres qui semblent me jauger du haut de leurs cadres dorés. Se demandent-ils si je serai à la hauteur ? Si je remplis mon devoir et me montre digne de l'héritage qu'ils m'ont transmis ?

Au diable toutes ces idées noires ! Je sors et cours à m'en faire éclater les poumons. À la lisière des jardins, près de la rivière royale, se trouve la tour qu'occupe mon frère. Il l'appelle son sanctuaire et il n'a pas tort. Le pauvre bâtard ne connaît peut-être pas les joies du sexe, mais il a la paix. Et il la mérite car je n'emploie pas le mot bâtard à la légère.

Il n'existe pas de preuve manifeste, mais d'après les rumeurs, il semblerait que ma mère ait eu une brève liaison avec le chef des services secrets pendant que mon père participait à un sommet de l'ONU. Ce qui permet de le supposer ? Les incroyables yeux verts de mon frère qui ne sont ni ceux de ma mère ni ceux de mon père.

Je m'apprête à ouvrir la porte.

— Elle est fermée, sire, dit une voix mâle derrière moi, sur un ton très protocolaire.

Je me retourne. X est là qui m'observe, une expression totalement impénétrable sur le visage, comme toujours. On pourrait penser qu'après des années à le voir apparaître soudainement à mes côtés, sans qu'il ait fait ne serait-ce que grincer une lame de parquet, je me serais habitué. Eh bien, non. Ses arrivées furtives ne cessent de me troubler.

— Je crains que M. Benedict n'ait été appelé à l'extérieur pour affaire urgente.

— Où ?

— Au Vatican.

J'ai un petit haussement d'épaules.

— Évidemment.

Benedict est la seule personne que je considère comme un ami véritable et sur lequel je peux vraiment compter. Contrairement à Christian, j'en ai fait l'expérience récemment. Et en ce qui me concerne, je n'ai qu'un *seul* frère et c'est lui. Je sais que si je devais un jour croiser de nouveau la route de Damien, Benedict serait là pour me tendre le couteau afin de lui régler définitivement son sort.

C'est sans doute ce qui s'appelle une famille unie et heureuse.

Apparemment, je ne vais pas pouvoir bénéficier de ses conseils, ce soir. La seule chose qu'il me reste à faire c'est avaler un somnifère et espérer passer une nuit sans rêves.

Parce que demain matin, je vais me retrouver de nouveau face à Kate Winter. Et, cette fois, elle ne me proposera pas de goûter aux délices de son nectar. Elle viendra armée d'une liste d'épouses potentielles.

Kate

J'aurais dû m'en douter. Le lendemain matin, lorsque je regarde par la fenêtre de l'appartement, X est là en train de m'attendre dans la Rolls. Maddie jette un coup d'œil par-dessus mon épaule.

— Je ne comprends toujours pas, dit-elle.

Et je sens la déception dans sa voix.

— Pourquoi ont-ils demandé expressément que ce soit toi qui te charges de ce dossier plutôt que moi ? C'est *mon* agence, après tout.

Maintenant que le contrat est signé, je peux dire la vérité à ma sœur. Ce qui est très bien, car il vaut mieux qu'elle l'apprenne de ma bouche plutôt que de la découvrir lorsqu'elle me verra monter dans une Rolls dont la plaque porte le blason royal.

J'ai accepté la mission après que le roi et la reine sont tombés d'accord pour doubler mes émoluments, compte tenu de la difficulté qu'il y a à travailler avec un client aussi réfractaire que le prince. C'est la reine qui l'a suggéré. Il semblerait, bien que l'entreprise soit le bébé de ma sœur, que mon action déterminante dans les unions récentes de quelques célébrités n'ait pas échappé au radar royal.

— Allons, Maddie, dis-je. Que ce soit toi ou moi qui prenne ce dossier, peu importe. C'est une opportunité incroyable pour nous. Et puis, nous sommes partenaires, non ? Rien ne nous empêche de travailler ensemble sur le profil de Nikolaï.

En fait, il n'y a qu'à Maddie que je suis autorisée à divulguer la liste des candidates potentielles.

Bon, il est clair qu'elle n'a pas fini de bouder. Ceci étant, j'ai beau aimer ma grande sœur et louer son flair, c'est moi qui ai réalisé le record de quinze unions heureuses rien que dans les six derniers mois. Tout réside dans les entretiens. Une conversation en privé avec chacun des partenaires potentiels et je sens assez vite si le courant passe… Ou non. Ceci couplé avec mon succès récent auprès de célébrités, voilà qui explique certainement pourquoi c'est moi que l'on a choisie, mais je n'en tire pas de gloire. Si je suis fière de m'être aussi bien adaptée et de réussir dans la profession, on peut se demander pourquoi les mariages heureux sont toujours pour les autres et jamais pour moi.

Il est vrai que j'ai pris le risque de donner mon cœur une

fois et que le résultat a été catastrophique. Alors, non merci. Il vaut mieux que je me concentre sur les autres.

Je fais signe à X pour lui faire savoir que j'arrive. Puis je me tourne vers ma sœur et croise son regard bleu. Du même bleu que le mien.

— Maddie, nous avons besoin de cet argent. Il va bientôt falloir régler le trimestre de Silver Maples.

La santé de notre grand-mère se détériore de plus en plus vite. Son alzheimer empire de semaine en semaine. Nous représentons son seul soutien financier. En réalité, elle n'a que nous au monde. Et même si cela nous déchire le cœur de ne pouvoir nous occuper d'elle à la maison comme elle s'est occupée de nous, enfants, son État ne le permet pas. Silver Maples est une institution haut de gamme, l'une des meilleures d'Europe. Et le prix est en rapport avec sa réputation. Il est au-dessus de nos moyens en ce moment, mais j'ai la ferme intention de remédier à cela.

Je me garde bien de dire que je ne recevrai aucune rémunération si je ne parviens pas à conduire Nikolaï jusqu'à l'autel, s'il devait être mon premier et *unique* échec. Je garde également pour moi qu'en dépit de la promesse que j'ai faite de lui trouver une reine qui lui convienne, je sais déjà tout du vertige qui naît lorsque sa barbe naissante effleure l'intérieur si délicat de ma cuisse, lorsque sa langue caresse mon clitoris en feu. Et je sais également qu'en dépit des candidates au mariage qui me paraissent parfaites sur le papier, la seule preuve que le courant passe, la seule alchimie entre deux êtres dont je sois sûre à ce stade, c'est celle que j'ai ressentie dans le labyrinthe du palais, entre le futur roi et moi.

— Bon sang ! dis-je pour moi-même en passant devant ma sœur.

Ce n'est vraiment pas le moment de me laisser troubler par toutes ces pensées, je n'ai même pas encore avalé ma première gorgée de café.

— Je suis en retard.

J'attrape mon dossier sur la table de la cuisine et tends la main pour prendre la petite tasse qui doit contenir trois gorgées de ma drogue du matin lorsque je me rends compte que la machine n'est pas allumée. Je n'oublie jamais de préparer mon expresso du matin. Je ne suis décidément pas à ce que je fais, ce qui n'augure rien de bon alors que c'est le jour J avec mon client le plus important.

Je pousse un grognement, excédée, mais je n'ai plus le choix. J'embrasse en vitesse ma sœur sur la joue.

— Je t'aime.

Puis je fonce vers la porte et sors avant qu'elle ait eu le temps de me répondre.

J'ai décidé de laisser mes cheveux libres aujourd'hui, de laisser leurs vagues auburn se placer naturellement. Non pas que je m'attende à ce que se répète ce qui s'est produit hier. Mais on ne sait jamais ce qui peut arriver. Mieux vaut les laisser flous, non apprêtés, que de tenter d'avoir une allure sophistiquée pour finir décoiffée, pour ne pas dire échevelée. Parce qu'en réalité, je les préfère sophistiqués. De loin.

X tient la portière ouverte pour moi et lorsque je me glisse à l'intérieur, je découvre qu'un véritable festin m'attend, posé sur une tablette. Il y a une coupe contenant les fraises les plus appétissantes que j'ai jamais vues, une corbeille de viennoiseries et un mug de voyage en métal qui, je le présume, renferme du café.

Je suis émerveillée et jette un coup d'œil à X tandis que je m'assieds sur la banquette de cuir moelleux. Il incline la tête et je rougis, embarrassée par le traitement royal qui m'est prodigué alors que mes origines sont encore plus modestes qu'il ne peut sans doute l'imaginer.

— Avec les compliments de Son Altesse royale, le prince Nikolaï.

Bien que certaine que ce petit déjeuner raffiné ne lui a pas coûté plus que quelques secondes de son temps, un ordre royal envoyé par texto tout au plus, je me sens subitement flattée et tout émue qu'il ait pu penser à moi.

— Merci, X, dis-je en lui souriant.

Il m'adresse un petit signe de tête et referme la portière.

Je m'installe confortablement, saisis une jolie serviette pliée en forme de cygne et l'étale sur mes genoux tandis que X démarre tout en souplesse.

Aujourd'hui, je porte un pantalon noir avec un chemisier de soie verte et des chaussures plates. J'ai pris toutes les précautions afin que rien de fâcheux ne m'arrive. Je souris, fière de moi. Aujourd'hui, il ne me sera pas difficile de garder mes sous-vêtements.

J'ôte le couvercle du mug et respire le délicieux arôme du café. Hum… Quelle que soit la marque, il n'a visiblement rien à voir avec celui que j'achète en promotion au supermarché.

Je frappe à la paroi de verre qui me sépare de X. Au lieu de la baisser, il me parle dans l'Interphone.

— En quoi puis-je vous être utile, mademoiselle Kate ?

Je pousse un soupir, déplorant son insistance à m'appeler « mademoiselle », mais je décide de laisser courir.

— Je me sens un peu seule à l'arrière. Pourrions-nous nous parler sans l'Interphone ?

Je l'entends s'éclaircir la voix.

— Comme il vous plaira, mademoiselle Kate.

Je vois la paroi de verre descendre lentement. Je saisis une fraise et la croque, puis je me penche en avant.

— C'est vous qui avez plié la serviette en forme de cygne ?

— Non, mademoiselle, répond X sans quitter la route des yeux.

— Vous avez fait le café, alors ?

— Non, mademoiselle.

— Voulez-vous une fraise ?

La question suscite un très léger frémissement au coin de sa bouche et je décide aussitôt de m'assigner une seconde mission. Outre amener Nikolaï à se marier, je vais m'attacher à faire sourire X.

— Non, mademoiselle, répond-il.

Je suis déçue.

Je me tourne vers la vitre et constate que nous ne roulons pas en direction du palais. Nous allons vers la rivière. Une légère angoisse me serre la poitrine.

— Vous ne seriez pas en train de me leurrer avec ce petit déjeuner de rêve pour mieux me jeter ensuite dans la rivière, attachée à un sac de pierres ?

Il y a de nouveau cet imperceptible mouvement au coin de sa bouche, mais ça ne va pas plus loin.

— Nous nous dirigeons vers la rivière, en effet, dit-il. Mais Son Altesse n'a rien dit concernant un sac de pierres.

Je le fixe, suspicieuse, mais il ne regarde pas dans ma direction. Bien que nous nous dirigions vers la rivière et l'eau dont j'évite depuis toujours de m'approcher, je décide de ne pas m'inquiéter. Ma vie n'est certainement pas en danger. Je me réinstalle confortablement sur la banquette et saisis au passage un minipain au chocolat. Je rêve ! Il est encore tout chaud. Comment est-ce possible ?

Tandis que je me relaxe après avoir dégusté mon pain au chocolat, la Rolls s'immobilise. Cependant, X ne quitte pas son siège. Avant que j'aie eu le temps de lui demander si nous avons atteint notre destination, ma portière s'ouvre et le prince apparaît. Il porte un T-shirt noir très près du corps et un jean noir délavé. J'ai déjà dit que je n'avais jamais été le genre de personne qui se pâme devant les idoles ou les célébrités, mais il faut bien avouer que Nikolaï est à tomber à la renverse.

Il ouvre les bras comme s'il m'apportait le monde sur un plateau. Et depuis ce fantastique petit déjeuner, c'est en effet le sentiment que j'ai.

— Par une journée aussi belle, nous n'allons tout de

même pas nous enfermer pour travailler ? dit-il, le soleil faisant vibrer le gris de ses yeux.

Il me tend la main. Je la prends et, saisissant mon dossier de l'autre, j'émerge dans l'air frais et parfumé du matin.

— Non, dis-je, m'efforçant de me convaincre que l'onde de chaleur qui m'assaille n'est due qu'au café que je viens de boire et que j'abandonne dans la voiture.

Non. J'imagine que non.

Chapitre 5

Nikolaï

— Merci pour le petit déjeuner, dit Kate d'un ton hésitant.

— Il me semble que ce n'est que justice, mademoiselle Winter, après le festin que vous m'avez offert, hier.

J'affiche un sourire carnassier, espérant que rien de ce que je ressens ne filtrera.

— Très joli pantalon, au fait, dis-je.

Il lui va parfaitement, souligne sa silhouette et met en valeur sa taille fine, la courbe harmonieuse de ses hanches.

Je prends tout le temps de l'observer, et ce, pour deux raisons. D'abord parce qu'elle est encore plus belle que dans les rêves qui ont peuplé ma nuit. Ensuite parce qu'il est temps de lui faire peur pour qu'elle renonce définitivement à sa mission.

Je me moque éperdument de cette loi désuète concernant le mariage. Mais mon père est roi, et Edenvale est une monarchie très stricte. Il n'y a ni cConstitution ni Parlement. Sa parole a force de loi absolue.

Toutefois, malgré son décret, il est impossible que je me marie. Et je ne le ferai pas. Il y a des années que mon cœur ne peut plus aimer. Condamner une femme à toute une vie sans amour, puisque je ne peux pas en donner, serait une trop grande injustice. Si je ne respecte pas forcément les règles en ce qui concerne mes aventures, je me suis toujours montré honnête. Chaque beauté qui se retrouve dans mon lit sait que je n'ai rien à lui offrir, le lendemain matin, si ce n'est lui faire l'amour une dernière fois.

J'aime dire au revoir comme il faut.

Et je veux qu'il soit bien clair que je ne partagerai pas ma future couronne.

Père bluffe probablement avec son histoire de vingt-neuvième anniversaire. Il ne peut pas me confisquer le trône. Il ne le ferait pas. Quel autre choix aurait-il ? Benedict céderait notre pouvoir souverain au pape et à Rome. Damien ? Ma cousine Ingrid qui n'est encore qu'une enfant ? Nightgardin se frotterait les mains si une telle chose se produisait.

Un goût métallique m'emplit la bouche. Je suis tellement crispé que je me suis mordu l'intérieur de la joue et j'ai mal.

Damien a détruit mon univers. Le scandale qu'il a déclenché a failli détruire toute notre lignée. Il est banni, aujourd'hui. Il est même déchu de sa nationalité. Le seul titre auquel il puisse prétendre aujourd'hui, c'est « roi des traîtres ».

Père n'a pas d'autre choix s'il veut que la couronne demeure dans sa lignée. Il devra revenir sur sa décision, transiger, se ranger à mon point de vue. C'est ça ou laisser le royaume courir à sa perte. Et il ne l'envisage pas une seconde, c'est évident.

Je sens mes épaules se détendre. Pour l'instant, je vais me plier au petit jeu de Mlle Winter. Mais ce qu'elle ignore, c'est que c'est moi qui dicte les règles et que si je joue, c'est dans la ferme intention de gagner.

— Hum, hum, Votre Altesse ?

Un petit raclement de gorge ostentatoire m'arrache soudain à mes pensées.

— Mes yeux se trouvent ici, fait-elle remarquer. Un peu plus haut.

Je laisse mon regard glisser sur la rondeur parfaite de ses seins.

— Je sais exactement où se trouvent vos yeux, mademoiselle Winter. D'ailleurs, puis-je vous faire remarquer que la teinte de votre chemisier les met particulièrement en valeur. Leur bleu paraît aussi profond que celui de la mer, aujourd'hui.

Kate est troublée. Je le vois à sa poitrine qui se soulève, au rythme saccadé de sa respiration.

— Pouvons-nous en venir à ce qui nous occupe ? demande-t-elle très vite.

— Cela dépend. Est-ce qu'en venir à... ce qui nous occupe vous ferait plaisir ?

Je me plais à mettre des sous-entendus dans chacune de mes phrases et mon masque est parfait. Je suis en tout point le séducteur désinvolte qu'on s'attend à voir en moi. Comment Kate Winter pourrait-elle deviner que mon cœur s'emballe dès que je m'approche d'elle et qu'il passe en cinquième plus vite que ma Ferrari 250 Testarossa ?

Elle ne le saura jamais.

Je la vois serrer un poing tandis que son autre main se crispe sur son dossier. Les extrémités de ses doigts sont toutes blanches. Je parie que notre Reine des Glaces rêverait de me mettre son poing dans la figure pour effacer le sourire satisfait que j'arbore. Il faudrait qu'elle prenne un numéro. Il y en a beaucoup qui en rêvent et font la queue avant elle.

De plus, il vaut nettement mieux pour elle n'avoir rien de plus à faire avec moi que la mission qu'elle s'est assignée.

— X, dis-je sans la quitter des yeux. Les cannes.

— Très bien, Votre Altesse.

Il claque des talons et gagne le coffre de la Rolls. Ce bon vieux X. Aussi familier que mon ombre.

— Je ne suis pas vraiment fan de nature.

Elle jette un regard méfiant aux longues herbes qui se balancent, chasse un insecte qui tournoyait, prêt à se poser.

— Mais je suis impatiente de me mettre au travail. Voici le dossier, ajoute-t-elle, le brandissant. J'ai passé la nuit dernière à revoir toutes vos propositions et j'ai sélectionné cinq candidates.

Elle s'éclaircit la voix.

— Vos parents ont donné leur avis également, souhaitant que le choix se porte sur quelqu'un qui fasse honneur à votre image, et de ce fait, à l'image de la royauté. Votre belle-mère en particulier s'intéresse beaucoup à ce dossier. C'est une femme de convictions.

Je lève un sourcil. C'est le moins que l'on puisse dire. Ma harpie de belle-mère ne se prive pas de porter des jugements sur mon existence et ils sont en général peu favorables.

— Je pensais que nous devions définir une sorte de profil de personnalité.

Kate Winter détourne le regard.

— Votre belle-mère ne pense pas qu'il soit nécessaire de s'attacher outre mesure à la question de la compatibilité, dans la mesure où… Eh bien… Dans la mesure où vous n'entendez pas faire entrer de sentiments dans cette union. Vous vous êtes montré parfaitement clair sur ce point. On m'a donc demandé de vous fournir un choix *approprié.*

— Fascinant, dis-je d'un ton glacial.

J'ai passé toute la nuit à me caresser en rêvant de cette femme, à la douceur de son sexe, à m'imaginer la pénétrant encore et encore et, pendant ce temps, elle, elle opérait un choix *approprié*. Pas une seule fois, en cinq ans, je ne me suis soucié une seconde de ce qu'une femme pouvait penser après que j'ai couché avec elle.

Pas une fois, jusqu'à aujourd'hui.

Combien mon père la paie-t-il pour me compliquer à ce point l'existence ? Ma belle-mère serait prête à vider les coffres royaux si cela pouvait lui permettre de se venger. Mais elle ne me fera pas marcher comme l'a fait sa fille. Victoria a voulu me faire croire qu'elle m'aimait alors qu'elle ne songeait qu'à mettre la main sur ma fortune et, plus tard, devenir reine.

Désormais, les seuls bijoux de la couronne que je suis disposé à offrir au sexe opposé sont ceux de mon anatomie. Il est plus que vraisemblable que Kate Winter conspire avec ma belle-mère. La petite réunion impromptue d'hier faisait certainement partie d'un plan soigneusement élaboré pour me désarmer. Être l'héritier du trône d'Edenvale signifie vivre en permanence avec une cible invisible accrochée dans le dos. Mais il y a au moins un élément en ma faveur, je sais déjà qu'il y a un sniper dans mon entourage et qu'il se trouve dans le lit de mon père.

J'adresse un sourire glacial à Kate Winter. Si elle espère se mettre en embuscade et attendre tranquillement le moment de me planter une lame entre les omoplates, alors j'espère qu'elle est très patiente parce que je n'ai pas la moindre intention de lui donner cette satisfaction.

X revient et l'expression de la demoiselle passe de déboussolée à horrifiée.

— Des cannes à pêche, dit-elle dans un hoquet. C'est une plaisanterie, j'espère ?

— La pêche est l'une de mes passions, dis-je, mentant avec aplomb. Et elle me semble une métaphore tout à fait appropriée dans la situation actuelle.

Je prends une canne des mains de X et la lui tends. Elle s'en saisit sans protester, comprenant qu'il ne s'agit pas d'une demande, mais d'un ordre que lui donne son prince.

Je saisis le dossier qu'elle tient dans l'autre main et le tend à X.

— Nous n'allons pas en avoir besoin pour l'instant, dis-je.

Puis je me tourne de nouveau vers Kate.

— Après tout, il y a de nombreux poissons dans la mer, non ? Ou plutôt, devrais-je dire… dans la rivière ?

Je fais volte-face et me dirige vers le vieux pont romain.

— Comment pourrais-je être certain de vos capacités à en attraper un pour moi si je ne vous ai pas vue à l'œuvre ?

C'est un pont de pierre — voilà ce que je me répète mentalement pour me rassurer. *Un pont de pierre solide, qui ne va pas s'écrouler sous tes pieds. Nul besoin de lui dire que tu ne sais pas nager.*

Ma cheville n'est plus enflée, mais une douleur persiste qui m'oblige à ralentir l'allure. Il marche plusieurs pas devant moi, ne prenant même pas la peine de m'attendre. Son comportement a beaucoup changé depuis hier, lorsqu'il m'a portée après que je me suis blessée et fait raccompagner chez moi. Il a même eu la délicatesse de me faire apporter ce petit déjeuner, ce matin. Je me doutais bien que je me faisais des illusions en croyant qu'il s'agissait d'une attention particulière, voyant en Nikolaï Lorentz un homme différent de celui que décrivent les médias.

Je le rejoins au milieu du pont où deux seaux nous attendent. L'un doit contenir les appâts, et l'autre accueillera le produit de notre pêche. J'avale ma salive, la gorge nouée, en constatant combien le bord du pont est bas et peu propice à nous protéger de la rivière juste en dessous. Nikolaï s'assied sur le bord, visiblement très à l'aise et plonge la main dans le seau. Il en retire une chose qui ressemble à une petite tranche de saucisse. Je plisse le nez, un peu dégoûtée.

— De quoi s'agit-il ?

Il a un petit haussement d'épaules.

— C'est X qui a préparé les appâts. Il prétend que c'est ce qu'il y a de mieux pour attraper la truite. Vous avez rencontré Beatrice dans la cuisine hier, non ? C'est notre cuisinière en chef. Ce soir, le dîner royal dépendra du poisson que vous prendrez.

Le ton demeure froid. Je décide cependant de tenter de dérider Nikolaï.

— Dans ce cas, les idées ne me manqueront pas pour

commander chez un traiteur de quoi remplacer le fruit d'une pêche dont je reviendrai « royalement » bredouille !

Un sourire est sur le point d'effleurer ses lèvres. Il le réprime aussitôt, mais il est trop tard. Je l'ai aperçu et j'y vois le signe que je peux l'atteindre malgré le mur derrière lequel il se retranche aujourd'hui. Toutefois, je suis consciente que mon avenir dépend de son bon vouloir et, retenant un soupir, je plonge à mon tour la main dans le seau. Je saisis un petit morceau d'appât entre le pouce et l'index. Un frisson me parcourt au contact de cette matière gluante, mais je me garde bien de me plaindre. J'observe Nikolaï tandis qu'il fixe l'appât à son hameçon et je l'imite point par point. Ce qu'il me demande n'est peut-être pas si difficile, après tout.

Il lève les yeux vers moi.

— Vous avez déjà pêché ?

— Non, dis-je, secouant la tête. Mais j'apprends vite.

Il lance sa ligne dans la rivière et je l'imite. Il se tourne alors vers moi et sourit finalement.

— Que le meilleur gagne ! lance-t-il. Bien que ce ne soit pas une compétition.

Je souris à mon tour.

— C'est parti, Votre Altesse.

Nous pêchons en silence, lui toujours assis sur le rebord du pont et moi, debout, un pas en arrière. En moins de trois minutes, ça mord pour lui. Je vois l'extrémité de sa ligne plonger soudain. Il se lève aussitôt pour ramener sa prise.

Je ne peux m'empêcher d'admirer ses mouvements, la souplesse avec laquelle il fait tourner le moulinet, rembobine sa ligne, le jeu des muscles de ses bras, la tension des biceps. Et c'est cet instant d'inattention, cette fascination qu'il exerce sur moi, en dépit de toute logique, qui fait que la prise, en train de tirer violemment sur ma ligne, me prend totalement au dépourvu.

Je suis tirée en avant et je trébuche. Tout se passe en l'espace de quelques secondes. Je n'ai même pas le temps de crier que déjà je bute contre le rebord du pont et, perdant l'équilibre, bascule directement dans la rivière.

L'eau est fraîche et pourtant elle brûle ma gorge, mes poumons, tandis que, totalement paniquée, je respire et bois la tasse. Je tousse, mais ne fais qu'avaler davantage d'eau. Dans mon affolement, je remarque pourtant combien la rivière est claire, je vois le pont à travers et soudain, au moment où je coule, quelque chose qui tombe vers moi.

Des mains fermes m'agrippent et me ramènent à la surface. Lorsque j'émerge, je tousse, je recrache l'eau qui m'étouffait quelques instants plus tôt et j'avale l'air à grandes goulées. Instinctivement, je me débats, mais Nikolaï ne me lâche pas et continue de me tirer vers la rive.

— Kate ! hurle-t-il bientôt, la voix rauque. Cessez de vous débattre et remettez-vous sur vos pieds. Il n'y a qu'un mètre cinquante d'eau ici.

Mon cerveau enregistre ce qu'il vient de dire et je cesse tout mouvement, laisse mes jambes s'étendre sous moi, toujours fermement agrippée à son bras.

Mes chaussures touchent le fond de la rivière et je me hausse sur la pointe des pieds. Mon mètre soixante-cinq me permet d'avoir le visage complètement hors de l'eau.

Nous regagnons la rive et je m'y écroule, profondément humiliée.

Nikolaï se laisse tomber à son tour, sur le dos, la respiration haletante, T-shirt et jean plaqués sur son corps musclé.

— Mais enfin, dit-il, retrouvant un peu de souffle. Pourquoi ne m'avez-vous pas dit que vous ne saviez pas nager ?

Je tente de me convaincre que la mission qui m'a été assignée vaut la peine et que si d'autres désastres doivent encore s'abattre sur moi pendant la durée de ce contrat, le jeu en vaudra quand même la chandelle. Parce que si j'échoue, ce sont Maddie et ma grand-mère qui en paieront le prix.

— Vous êtes le prince, dis-je sombrement. Vous avez déclaré que nous allions pêcher, j'ai obéi.

Il se redresse brusquement, le visage grave.

— Vraiment, vous… ? bafouille-t-il. Vous avez pu penser que je pourrais vous mettre en danger… ?

Sa voix se perd de nouveau. Il tend la main, la pose délicatement sur ma joue et j'ai presque autant de mal à respirer que lorsque je me trouvais sous l'eau.

— Ça va ? demande-t-il.

Une inquiétude sincère transparaît dans ces mots. Cet homme qui est devant moi, je ne l'ai jamais vu dans les pages des magazines. Et il n'existait pas davantage dans le labyrinthe, hier. C'est un autre Nikolaï.

— Oui, ça va, dis-je, et ma voix est à peine un murmure.

La chaleur troublante de sa paume contre ma peau me fait oublier que je suis trempée.

— Je vous l'ai déjà dit, je ne me marierai pas, déclare-t-il.

Son regard gris, soudain assombri, paraît presque noir.

Je hoche lentement la tête.

— Et votre père vous confisquera le trône. Nikolaï, lorsque vous avez quitté la salle de réunion, hier, il a mentionné Damien…

Il pousse un petit grognement. Je poursuis.

— Si vous tenez vraiment au trône, le seul moyen de l'obtenir est de trouver une épouse et de vous marier.

Et c'est également le seul moyen de continuer à procurer à ma grand-mère les soins les meilleurs qui existent dans ce pays. Mais je me garde bien de le lui dire. Il m'attire, certes, mais je ne peux à nouveau devenir intime avec un homme. Surtout ce genre d'homme qui ne vit que pour le plaisir que lui procurera sa prochaine conquête. Cela, c'est au-dessus de mes forces.

Il pousse un long soupir.

— Je crains que vous n'ayez raison, dit-il.

Mon cœur se serre. Il y a tant de résignation dans sa voix.

— Alors, trouvons quelqu'un qui fera ce que je lui dis,

qui ne sera reine que de nom et saura que je gouvernerai Edenvale comme je l'entendrai lorsque le moment viendra.

Je hoche la tête.

— Si c'est là votre choix.

Il a un rire amer.

— Mon choix, dit-il, la mâchoire crispée. Ce serait un luxe de pouvoir choisir, non ?

Je frissonne, le froid me pénètre jusqu'aux os. Il laisse sa main glisser le long de mon cou, effleurer mon épaule, ma poitrine, les pointes de mes seins toutes dures, dressées contre la soie mouillée de mon chemisier. Ses doigts laissent un sillage brûlant.

— Et si mon choix est de vous toucher ainsi ? demande-t-il, se penchant vers moi, ses lèvres tout près des miennes. L'accepterez-vous, aussi ?

Il regarde un instant la rivière puis, de nouveau, plonge son regard intense dans le mien.

— Parce que vous avez *le choix*, Kate. Vous auriez dû me dire que bien que vivant près d'une rivière, vous ne vous êtes jamais baignée dedans.

Je sens les larmes affluer dans mes yeux et m'efforce de les refouler.

— Maddie et moi… C'est ma sœur… Nous avons perdu nos parents dans un accident de voiture, sur la route de la corniche. La rivière était beaucoup plus profonde qu'un mètre cinquante à l'endroit où leur véhicule a plongé.

Une larme roule sur ma joue et il l'essuie doucement. D'un geste beaucoup trop doux. Trop intime.

— J'étais trop jeune pour me souvenir d'eux mais, en revanche, je ne l'étais pas pour développer une peur panique de l'eau. Ce qui est drôle, c'est qu'il paraît, d'après ma sœur, qu'enfant, j'étais une excellente nageuse. Il semblerait que j'aie fait un blocage. Quoi qu'il en soit, voilà où j'en suis aujourd'hui.

Il passe une main dans ses beaux cheveux noirs trempés.

— Vous auriez dû me le dire, répète-t-il.

Je suis surprise par l'intensité de son regard.

— Vous *avez le choix*, Kate. Avec moi, il n'est pas question d'ordres. Comprenez-vous cela ?

— Oui, dis-je dans un murmure.

Il glisse une main sous ma nuque et m'étend sur le sol. Mon corps se laisse faire.

— Vous me trouverez une épouse royale, dit-il, se penchant au-dessus de moi.

Une goutte d'eau tombe de son visage et vient glisser au coin de mes lèvres. Il me faut toute la force de ma volonté pour ne pas la recueillir de la pointe de la langue.

— Oui.

— Et je ne l'aimerai pas, ajoute-t-il.

— Je le sais.

— Je ne *peux* aimer personne.

Sa voix résonne, vibration douce dans sa poitrine.

— Je sais, dis-je de nouveau, maudissant les battements de mon cœur qui s'emballe.

Nous appartenons à deux mondes différents, mais nous avons cela en commun. Je *peux* aimer, mais je ne veux pas. Pas après avoir tant perdu.

— Mais j'ai envie de vous dit-il, son souffle chaud contre ma bouche.

— Moi aussi, j'ai envie de vous.

Du bout de la langue, il effleure mes lèvres et je me cambre contre lui.

— Est-ce votre choix, Kate ? Choisissez-vous en toute liberté d'accepter ce que j'ai à vous offrir ?

Mon corps a déjà répondu. Il ne reste que ma voix.

— Oui, c'est mon choix, Votre Altesse.

— Appelez-moi Nikolaï.

Je sens mes lèvres trembler.

— C'est mon choix… Nikolaï.

Son nom est aussi délicieux sur mes lèvres que l'est sa bouche ardente.

Et il m'embrasse. Un long baiser, intense et lent, qui me chavire, m'embrase tout entière.

— Appelez-moi encore Nikolaï, dit-il d'une voix rauque, son sexe en érection pressant le mien en feu.

— Nikolaï, dis-je dans un murmure.

Et il plonge sa langue en moi, prend de nouveau ma bouche.

J'ai peut-être la liberté de choisir, mais j'ai aussi la sagesse de reconnaître que ce choix est pure folie. Il faudra que j'ajoute la mention « À regretter demain » sur mon planning.

Chapitre 6

Nikolaï

J'enfouis les doigts dans les boucles soyeuses de ses cheveux auburn et presse un peu plus fort mes lèvres sur les siennes, approfondissant notre baiser. Les larmes que je sens sur le visage de Kate me prennent au dépourvu et me déroutent. Le récit de la perte de ses parents menace de jeter à bas les défenses que je me suis soigneusement construites. Je ne sais comment le lui dire, mais je comprends son chagrin. Il y a de nombreuses années, un accident de voiture a changé ma vie. Kate et moi avons vécu une expérience du même ordre et qui constitue un lien inattendu entre nous. Nous avons tous deux été marqués par une tragédie qui a changé le cours de nos existences.

Bon sang. Je sens mon pouls battre dans mes tempes. Il faut que je réagisse. Je ne veux pas en savoir davantage sur Kate, m'intéresser à elle en tant que personne. Je veux qu'elle reste une femme de plus à ajouter à la liste de mes conquêtes.

Je compense ma frustration en prenant sa bouche avec fougue. Ma langue presse la sienne, s'enroule autour, avide. Je veux davantage. J'exige davantage. Tout. Et elle gémit soudain, s'offrant sans retenue.

Ma poitrine se serre. Ce baiser est en train de prendre le dessus sur moi. Les sensations déferlent dans mon corps, coulent dans mon sang, m'envahissent. *Doucement. Calme le jeu.* Je ne dois pas aller plus loin. Il ne doit rien y avoir d'autre entre cette femme et moi qu'une relation purement physique. Je dois m'en tenir à mon credo : faire chavirer les femmes, qu'elles crient mon nom. Et moi, tout ce que je veux en retour, c'est la satisfaction de mon plaisir.

Je laisse mes mains glisser jusqu'à ses seins, en caresse les mamelons du pouce, déjà deux petites pointes dures sous la soie mouillée de son chemisier. Elle gémit de nouveau, plus fort, cette fois.

Je suis écartelé, un pied au paradis, l'autre en enfer. Il est temps que je me ressaisisse, que je me calme. Après tout, séduire les femmes est ce que je fais le mieux. Mes doutes se dissipent et je prends les choses en main, la provoque, la pousse encore. Pas beaucoup, juste assez pour que le gémissement s'intensifie. Elle hoquette, pousse un cri étouffé. J'interromps notre baiser, mordille ses lèvres. Elles ont un goût de cerise. Je continue de la titiller, caressant, léchant, mordillant sa mâchoire, le lobe de son oreille, son cou. Un peu de son parfum s'y attarde que l'eau de la rivière n'a pas ôté. Chanel N° 5.

Cette femme me tue et de la plus belle façon qui soit.

Je hume son parfum, je m'en enivre.

— Dieu que vous sentez bon, dis-je.

Je la mords dans le cou. Pas assez pour laisser une marque, mais suffisamment pour obtenir toute son attention. Elle gémit de plaisir. Je sais par expérience que les femmes ne sont jamais opposées à un peu de domination dans ces moments-là.

— Ce que je fais vous plairait-il ?

— Mmm…

Je la mords de nouveau, un peu plus fort et appuie sur la morsure de la pointe de ma langue pour en calmer l'effet.

— Je vous ai posé une question. Je suis votre prince,

vous devez me répondre, dis-je, sur un ton à la fois autoritaire et enjôleur.

Je veux le contrôle, mais je veux aussi qu'elle sache qu'elle n'a rien à craindre, que je la protégerai de l'eau, des souvenirs douloureux qu'elle garde enfouis en elle. Elle ne pensera plus à rien. J'effacerai tout avec mes lèvres, ma langue, mes caresses.

Elle soulève les hanches, se presse contre moi.

— C'est si bon, murmure-t-elle. Si X n'était pas aussi proche, savez-vous ce que je ferais ? Je vous prendrais dans ma bouche…

Voilà un langage qui me plaît. On dirait bien que Mlle Collet-Monté se dévergonde. Mon pouls s'emballe et je sens mon sexe se dresser.

— C'est une bonne chose alors, qu'il soit allé faire un tour.

Elle s'immobilise.

— Il est parti ?

— Oui. J'ai entendu la Rolls s'éloigner pendant que nous marchions vers le pont.

Elle fronce les sourcils.

— Il savait que vous me séduiriez.

J'ai un petit haussement d'épaules.

— Peut-être avait-il juste envie d'un café ?

Elle s'écarte. Mon corps se sent déjà orphelin et, l'espace d'une seconde, je vacille, hésitant. Qui contrôle la situation ici, elle ou moi ?

— Vous séduisez de nombreuses femmes, sire, n'est-ce pas ? C'est une habitude chez vous.

C'est vrai. Pourquoi prétendrais-je le contraire ?

— *Nikolaï*, dis-je d'une voix ferme. Pas « sire ».

J'ai envie de l'entendre crier mon nom lorsqu'elle jouira, emportée dans un torrent de plaisir.

— Appelez-moi par mon prénom.

Mais je sais qu'il ne s'agit pas d'une simple envie de l'entendre le prononcer dans le feu de l'action afin de m'exciter davantage. Tout mon être la réclame, la veut plus proche. Je veux m'unir à elle, me perdre en elle, savoir si l'homme que je suis peut s'apaiser, trouver sa vérité auprès d'elle.

Dieu du ciel, je suis accro à elle !

— Vous séduisez beaucoup de femmes, n'est-ce pas, *Nikolaï ?*

Elle se mord la lèvre inférieure de ses jolies petites dents blanches et mon sexe se tend plus fort encore, presse mon jean. Mais je parviens à garder une voix calme.

— Oui, dis-je simplement. J'ai le goût de la conquête.

— Vous êtes un mauvais garçon, en somme.

En un instant, je me fabrique ce sourire suffisant, ce masque d'arrogance que l'on attend de moi. J'ai une réputation à défendre.

— C'est ce qui se dit, en effet.

Elle secoue la tête.

— Pourquoi ne pas céder ? murmure-t-elle, songeuse. Vivre dangereusement pour une fois, dans ma vie ?

De nouveau, elle reporte son attention sur moi.

— Nous pouvons faire ce dont j'ai parlé et demeurer néanmoins tout à fait professionnels.

Je hausse un sourcil, pour le moins étonné.

— Vos lèvres sur mon sexe… Croyez-vous vraiment que ce soit professionnel ?

J'avale ma salive, troublé. Elle le remarque et sourit, ravie à n'en pas douter de l'effet qu'elle produit sur moi.

Elle plisse les yeux, m'observe attentivement.

— Oui. Car une fois que je saurai ce que vous aimez, je serai en meilleure position pour vous trouver la bonne personne.

— En parlant de position, j'en connais beaucoup dans lesquelles il ne me déplairait pas de vous voir.

Elle pince les lèvres, puis je la vois hésiter.

— Dites-moi comment vous aimez qu'une femme s'y prenne ? demande-t-elle soudain.

— Je vous demande pardon ?

J'écarquille les yeux, interloqué.

— Vous voulez dire comment j'aime qu'on me suce ?

Elle veut que je le lui apprenne ?

— Oui. Expliquez-le-moi en détail. Si vous êtes un bon professeur, vous pourriez vous voir récompensé.

Elle pose la main sur mon sexe et le presse à travers mon jean mouillé.

— J'apprends vite et j'applique en général très bien les consignes qui me sont données, précise-t-elle.

Je décide sur-le-champ qu'en dépit de la raison pour laquelle elle a été engagée et de mon aversion pour le mariage, j'aime beaucoup la compagnie de cette femme surprenante.

Je marque un temps d'arrêt, me rendant soudain compte de ce que je viens de penser. *J'aime* ? C'est bien ça ? Ce mot n'appartient pas à mon vocabulaire. Voilà qui ne présage rien de bon. Mon cœur ferait bien de se tenir à distance, de rester en dehors de toute cette histoire.

Je m'éclaircis la voix.

— Vous voulez savoir comment sucer un sexe ? Très bien. Pour commencer, il faut que la femme en question en ait une très grande envie. Je veux qu'elle considère mon sexe comme une friandise dont elle aurait été privée.

Je la vois battre des cils.

— Poursuivez.

Bon sang. Je sais parler de sexe aux femmes en plusieurs langues, leur murmurer à l'oreille des propos assez osés, voire crus. Mais je n'ai jamais donné à personne de leçon détaillée sur l'art de faire une fellation. Car c'est tout un art, croyez-moi.

— J'ai besoin que vous m'aidiez, dis-je, la voix déjà rauque de désir. J'ai besoin d'un peu d'inspiration.

Elle hausse les sourcils, dubitative.

— Et comment puis-je m'y prendre ?

Je fais semblant de réfléchir.

— Que portez-vous aujourd'hui ? Un petit ensemble de lingerie ?

Elle hoche la tête, un sourire timide aux lèvres.

— Oui. Une culotte de dentelle rose poudré et le soutien-gorge assorti, dit-elle, passant la pointe de sa langue sur ses lèvres. Pourquoi ?

J'ai de la difficulté à avaler et, est-ce possible, je me sens devenir encore plus dur. Je n'ai plus qu'une envie, qu'elle se jette sur moi et m'arrache mon jean. Elle est allée, en toute innocence, bien au-delà de la mission que je lui avais assignée. *Bravo, Mlle Winter !* L'image de ce qu'elle porte sous ses vêtements trempés va m'inspirer pour les jours et les nuits à venir.

Que dire ? Kate Winter est ma muse en matière de sexe. Littéralement.

— On continue la leçon ? dis-je.

— Je vous en prie. Il y a longtemps que… Enfin… Je crois avoir déjà dit hier qu'il y avait longtemps. Un point c'est tout.

Je réprime un brusque accès de jalousie à la pensée de ses lèvres caressant un autre homme et je décide de lui donner exactement ce qu'elle demande afin qu'elle puisse m'en faire profiter ensuite.

— Sachez que je préfère être debout, lui dis-je, l'imaginant déjà agenouillée devant moi. Cela me permet de contrôler la situation et de voir, surtout. Les mains sont très importantes. Servez-vous-en. J'aime sentir des lèvres sur moi mais aussi des mains. Caressez mon sexe, massez mes testicules. Augmentez peu à peu le rythme. Le moment est alors venu de lécher doucement, à petits coups de langue, l'extrémité de mon sexe, d'enrouler délicatement votre langue autour, de le sucer en arrondissant bien vos lèvres, comme s'il s'agissait d'une friandise de votre parfum préféré.

— Arrêtez de parler de friandises, dit-elle, vous me donnez faim.

Elle a dit cela sur le ton de la plaisanterie, mais je suis certain, à voir ses pupilles dilatées, qu'elle est déjà très excitée, certainement toute moite.

— Ne vous servez jamais de vos dents. Contentez-vous de lécher, d'effleurer, jusqu'à ce que vous soyez prête.

— Prête à quoi ? demande-t-elle, la voix troublée, le souffle court.

— À me prendre tout entier dans votre bouche, aussi profondément que possible. Un gentleman ne presse jamais son sexe dans la bouche d'une femme. Il attend patiemment. Mais ce dont il a envie, c'est qu'elle l'absorbe tout entier en elle. Et pendant tout ce temps, qu'elle le regarde. Croyez-moi, c'est un point très important. Un homme aime que vous le preniez profondément en vous et que vous lui montriez combien vous aimez le sentir peu à peu pénétrer dans votre bouche. Regardez-le et prenez-le tout entier en vous en une seule fois, si vous voulez. Puis, recommencez, ménagez le suspense, absorbez-le peu à peu, par petites étapes, avant de le prendre profondément en vous.

— Et ensuite ?

— Ensuite, faites preuve de talent, d'imagination. Sucez, léchez, aspirez, variez le rythme, servez-vous de votre langue pour titiller le sexe sur toute sa longueur, de vos lèvres arrondies pour caresser, exercer de délicieuses pressions, mimer une pénétration en résistant, comme si vous vouliez l'empêcher d'entrer, pour mieux le laisser ensuite s'enfoncer profondément dans votre gorge.

Troublée, elle passe une main sur ses cheveux.

— Et à la fin ?

— Avalez, dis-je sans détour.

C'est elle qui a posé la question alors autant lui dire la vérité.

— Je n'ai jamais fait cela. J'étais trop intimidée.

— Vous n'êtes pas obligée, dis-je très vite.

Il est là, de nouveau, ce besoin inexplicable de la rassurer, de faire qu'elle se sente en sécurité.

— C'est juste que… Que vous m'avez demandé ce qui était le meilleur. C'est cela le meilleur. Il n'y a rien de comparable.

Elle reste un long moment silencieuse. Si bien que je me demande bientôt si je ne l'ai pas choquée. Ou pire, si je ne l'ai pas effrayée au point qu'elle n'a même plus envie d'essayer.

— Levez-vous, sire, dit-elle finalement.

J'obéis sans poser de question.

Elle se lève à son tour, franchit le peu de distance qui nous sépare, le regard rivé sur mon visage.

Puis elle se met à genoux.

— Je n'ai jamais mêlé travail et plaisir.

Déjà, ses doigts agiles dégrafent mon pantalon.

— Mais il s'agit de la mission la plus importante que j'aie jamais eue, alors peut-être me revient-il de m'assurer que vous êtes traité royalement.

J'enfouis les doigts dans ses cheveux, les serre dans mes poings. Et je sais, à la détermination que je lis dans son regard, que je vais bientôt me consumer…

Kate

Son jean étroit moule ses jambes musclées et, bien qu'il soit trempé, il ne me faut que quelques secondes pour le faire glisser.

Les pointes dures de mes seins pressent la soie mouillée de mon chemisier et je me demande s'il sait combien je suis excitée, proche de jouir. Ses paroles ont suffi à mettre mon corps en feu. Jamais rien de tel ne s'est produit avec Jean-Luc. À peine cette pensée me traverse-t-elle l'esprit que je me sens coupable. Comment puis-je oser comparer ce que je m'apprête à faire avec un homme que je ne connais que de la veille et ce qui s'est passé avec un homme avec lequel j'avais prévu de passer le restant de ma vie ?

Et pourtant, c'est la vérité.

J'aimais mon fiancé, mais je ne me rappelle pas l'avoir jamais désiré avec autant d'ardeur. J'ai toujours ressenti le sexe oral comme une obligation plus qu'autre chose. Et il jouissait toujours tellement vite que je n'ai jamais réellement su ce qui lui plaisait.

Mais j'ai tellement envie de goûter au sexe de Nikolaï que le désir palpite au creux de mon ventre.

Je commence en embrassant doucement l'intérieur de sa cuisse, puis je lève les yeux vers lui.

— Plus… Je veux plus, dit-il.

Et ses mots m'enflamment tout entière.

J'embrasse son autre cuisse, un peu plus haut cette fois et j'agrippe aussitôt ses fesses pour ne pas chanceler.

Il laisse échapper un grognement.

— Vos mains, dit-il, la voix tendue, le souffle court.

Il semblerait que je trouble mon prince. Il a de la difficulté à parler.

Je lève les yeux vers lui et souris. Puis je libère ma main droite et la referme sur ses testicules. Alors, sans prévenir, je lèche d'un petit coup de langue l'extrémité de son sexe. Il a un goût salé. Nous poussons tous deux un gémissement.

Il agrippe plus fort mes cheveux. Je referme la main sur son sexe, le sens palpiter sous ma paume et je le caresse sur toute sa longueur, le fais glisser dans ma main. Puis, arrondissant mes lèvres, j'en prends l'extrémité dans ma bouche. Je le lèche, enroule ma langue autour et doucement, je le laisse pénétrer en moi.

J'entends l'air siffler entre ses dents.

— Oui, dit-il. Oui… Continuez… Je veux plus.

Je sens mon sexe palpiter en l'entendant exprimer ainsi son désir. C'est un petit point presque douloureux au creux de mon ventre et je ne peux retenir un gémissement tandis qu'il plonge plus profondément en moi et que je sens le goût de lui m'envahir.

Ma main saisit son sexe à la base et j'accélère le rythme, le prends en moi plus vite, plus profondément, et je sens son corps qui tremble. Je m'écarte et plongeant mon regard dans le sien, je l'aspire soudain jusqu'à la garde et, pendant un bref instant, alors qu'il chancelle au bord du plaisir, je vois au-delà du masque une fêlure qui m'attire encore davantage vers lui.

Soudain, son corps est secoué d'un long spasme et un gémissement rauque monte de sa gorge. J'avale sa semence, lien intime que je n'aurais jamais cru possible. Je m'écarte, prête à contraindre mon corps tout tremblant à se lever, mais c'est lui qui s'écroule à genoux devant moi.

Il prend mon visage entre ses mains et plonge son regard dans le mien. Sans un mot, il prend ma bouche avec une telle ardeur, une telle fougue que j'ai peine à respirer. Il m'allonge sur le sol, sans parler, ses lèvres ne quittant pas un instant les miennes. Puis il glisse une main sous mon chemisier et je me cambre contre lui tandis qu'il caresse mes seins, en excite les pointes si sensibles.

Nous sommes des animaux, ne communiquant que par le désir sauvage qui nous anime tous deux. Et j'ai une envie folle de lui, de ses mains sur moi, en moi. Tout mon être désire Nikolaï Lorentz. Et parce que nous parlons le même langage, il le sait. Je le sens agripper ma culotte, la faire glisser le long de mes hanches, de mes jambes, tandis que sa langue se mêle follement à la mienne.

Finalement, lorsqu'il plonge deux doigts en moi, trouve tout de suite la caresse qui va me faire jouir, je crie son nom, tout entière emportée par un flot de sensations qui balaie toute conscience.

— Nikolaï !

Je ferme alors les yeux et ne vois plus que des étoiles.

Trempée, échevelée, je suis dans un État épouvantable lorsque nous regagnons la route et retrouvons X attendant à côté de la Rolls. Malgré son plongeon dans la rivière, Nikolaï, lui, est toujours aussi superbe. Ou peut-être est-ce moi qui ai encore des étoiles plein les yeux après ce qu'il m'a fait.

Que m'a-t-il *fait*, au juste ? Je me sens comblée et pourtant encore tout excitée.

X ouvre la portière à notre approche. Son regard demeure impassible. S'il savait que Nikolaï avait décidé de me séduire, rien dans son attitude ne le trahit. Mais lorsque je vois à l'intérieur de la voiture que mes fraises et mes scones ont été remplacés par une corbeille de croissants, j'éclate de rire.

Nikolaï fronce les sourcils. J'éprouve beaucoup de difficulté à me contrôler.

— Regardez, dis-je, lui montrant l'intérieur de la voiture.

Nikolaï se penche et lorsqu'il aperçoit les croissants, il ne peut se retenir de rire à son tour, et mon cœur se gonfle de bonheur. C'est la première véritable émotion que je lui vois manifester et j'ai la chance d'en être le témoin.

X hausse un sourcil surpris et s'éclaircit la voix.

— Votre Altesse, mademoiselle Winter, j'ai pensé que vous auriez peut-être envie de vous restaurer un peu.

Je ne songe même pas à nier, je suis affamée. Je me penche, saisis un croissant. J'en coupe un morceau que je glisse d'autorité dans la bouche de Nikolaï, interloqué. Puis je mords dedans à pleines dents.

— Vous avez raison, dis-je la bouche pleine, les cheveux emmêlés et probablement pleins de sable, les vêtements trempés et plaqués sur mon corps. Je meurs de faim.

X s'incline brièvement.

— Votre Altesse, je présume qu'il y a du matériel à récupérer sur le pont.

Nikolaï avale sa bouchée de croissant.

— Oui, merci. Une canne à pêche, le seau d'appâts et

le dossier de Mlle Winter. Vous pouvez remettre à l'eau la truite que j'ai pêchée.

— Très bien, Votre Altesse, dit X, sans marquer le moindre étonnement au fait qu'il n'y ait qu'une canne à récupérer.

Dès qu'il s'est éloigné, je me tourne vers Nikolaï.

— Vous aviez dit que le repas de ce soir dépendrait de ma pêche, non ?

Il a un petit haussement d'épaules et me décoche un sourire penaud qui me désarme complètement.

— Je n'aime pas le poisson, mais je me réjouissais par avance de vous faire subir une petite épreuve.

Furieuse, je vais protester avec véhémence lorsqu'il presse ses lèvres sur les miennes, me réduisant au silence. Je suis tellement prise au dépourvu que je m'abandonne tout simplement à son baiser.

— Si nous faisions une trêve ? demande-t-il lorsqu'il libère ma bouche.

— D'accord, dis-je, ma fureur envolée.

— Bien.

— Mais ce qui s'est passé aujourd'hui *ne doit plus* se reproduire, Votre Altesse. Je suis très sérieuse. Nous avons… Je veux dire, *j'ai* une mission à remplir.

Il hoche la tête.

— Bien sûr. Plus jamais, mademoiselle Winter. Vous avez ma parole.

Je pousse un soupir. Je sais qu'il sera bientôt mon roi et que mon travail consiste à lui trouver une reine. Mais en cet instant, je ne crois pas une seconde à la sincérité de la parole qu'il vient de me donner. Et à voir le sourire légèrement amusé qui flotte sur ses lèvres, il est clair qu'il n'y croit pas davantage que moi.

Chapitre 7

Nikolaï

— Oh ! oh, Son Altesse semble d'humeur très enjouée !

Ma peste de belle-mère, la reine Adèle, me toise, assise en face de moi, à l'immense table d'acajou. Même lorsque nous ne sommes que tous les trois, elle, mon père et moi, elle tient absolument à ce que nous dînions dans la salle à manger d'apparat qui peut accueillir jusqu'à cinquante convives. Trois magnifiques lustres de cristal l'éclairent et tout autour de la pièce lambrissée sont alignées des armures qui alternent avec des portraits d'hommes très bruns, aux visages sévères. Ce sont mes ancêtres, les rois d'autrefois.

Si j'en crois leurs visages, l'air sombre, renfrogné, est une tradition dans cette famille.

— Il se trouve, *Majesté*, que *je* suis d'excellente humeur, dis-je.

Je tamponne mes lèvres avec la serviette de lin fin, brodée aux armes de ma famille, et me fabrique un sourire aussi faux que le sien. La reine plisse les yeux, s'efforçant de percer le fond de ma pensée.

Bon courage !

Mon père coupe sa viande, totalement inconscient, comme à son habitude, de la petite guerre privée que je livre à sa femme.

— J'ai cru comprendre que tu avais rencontré Mlle Winter cet après-midi. Elle semble très compétente.

Il pique une bouchée avec sa fourchette.

— Et pleine d'enthousiasme.

— Tout à fait, dis-je.

Une image de Kate Winter assaille brusquement mon esprit. Elle est agenouillée devant moi, cheveux ébouriffés, tout mouillés et elle suce mon sexe, pareille à quelque mythique déesse des eaux, et je réprime un sourire satisfait.

— Je la trouve très commune, si je puis me permettre de donner mon avis, déclare ma belle-mère avec une moue de dédain.

— C'est une bonne chose, que personne ne vous l'ait demandé, répliqué-je aussitôt.

Elle ignore la mise en garde que je viens de lui lancer.

— J'avoue ne plus être aussi emballée à son sujet. En effet, comment une roturière pourrait-elle posséder l'éducation nécessaire pour faire un choix de cette importance ? Edenvale est la seconde dynastie la plus ancienne d'Europe. Le royaume a un très haut niveau d'exigence.

Une colère noire monte en moi. Comment cette harpie snobinarde qui n'est pas digne de lécher la semelle d'un escarpin de Kate peut-elle se permettre de parler d'elle avec un tel mépris ? Certes, mon entremetteuse préférée n'est pas de sang bleu, mais il y a plus de grâce et d'élégance dans son petit doigt que n'en a Adèle dans tout son corps botoxé.

Qui sait ce qui a pu pousser mon père à l'épouser ? Je ne me souviens qu'à peine de ma mère, mais de l'avis de tous, il s'agissait d'un mariage d'amour avec mon père. La reine Cordélia demeure bien-aimée dans le cœur de son peuple, aujourd'hui encore. Ce n'est pas grâce à Adèle, qui fait tout pour qu'on l'oublie.

J'étudie les rides fines qui barrent le front de ma belle-mère. Elle a toujours été acariâtre, mais depuis le décès de sa fille Victoria, elle est devenue carrément mauvaise.

Les derniers vestiges de ma bonne humeur s'évanouissent. Lorsque Adèle a épousé mon père, le seul point positif de cette union est arrivé sous la forme d'une belle jeune fille de dix-neuf ans pleine de vie, ma demi-sœur et mon unique amour. J'étais un jeune homme de vingt-trois ans, enflammé et stupide, déterminé à faire de Victoria ma reine. Père désapprouvait cette relation, mais il était évident qu'elle servait les ambitions d'Adèle. Elle n'aimait pas l'idée que je puisse faire l'amour avec sa fille, mais elle s'employa néanmoins à persuader mon père de donner son accord à cette union. Elle alla même jusqu'à arguer qu'elle renforcerait les liens royaux d'Edenvale. En effet, elle scellerait l'alliance de deux générations de lignées royales. La famille aristocratique d'Adèle avait toujours été l'une des plus fortunées et des plus influentes de notre royaume. Mais elle avait aussi la réputation d'être l'une des plus ambitieuses.

Trop ambitieuse à mon goût.

Au fil du temps, lorsqu'il m'arriva de boire un peu trop et de laisser mes pensées dériver, il m'apparut concevable qu'Adèle ait pu être l'instigatrice de toute cette histoire, qu'elle ait pu mettre sa fille unique sur mon chemin et lui dispenser ses conseils avisés pour séduire le cœur d'un prince solitaire. Si Victoria avait survécu à l'accident, peut-être serait-elle devenue aussi calculatrice et peu scrupuleuse que la femme qui me nargue en ce moment avec sa morgue d'aristocrate. Je n'aurai jamais la réponse à cette question. Mon jeune frère Damien avec sa conduite irresponsable a provoqué la mort de Victoria, ce qui lui a valu le bannissement et, de ma part, une haine éternelle.

— Eh bien, tâchez de conserver cette délicieuse humeur jusqu'à samedi soir, dit Adèle, plongeant sa cuillère dans la bisque de homard.

— Que se passe-t-il, samedi soir ?

Je lève un doigt, signalant au maître d'hôtel que je désire qu'il me resserve en vin.

Je suis tenté d'attraper la bouteille et de boire jusqu'à ce que l'ivresse me jette dans mon lit pour une nuit sans rêves. Je ne veux pas être assailli par des cauchemars concernant Victoria.

— Mlle Winter ne vous l'a pas dit ? poursuit ma belle-mère, un sourire mauvais aux lèvres. Elle a organisé votre premier rendez-vous.

Kate

— Non, dis-je lorsque j'ouvre la porte de l'appartement et me retrouve nez à nez avec X. Définitivement non.

Je m'apprête à refermer la porte — tout en sachant qu'il m'en coûtera, bien sûr, mais cette fois c'est trop —, lorsque Maddie se glisse derrière moi.

— Qui est ton ami ? demanda-t-elle.

Je suis certaine qu'elle doit bien avoir sa petite idée, vu l'allure de X et son costume impeccable.

Moi, en revanche, avec mon jean skinny et mon T-shirt de Fall Out Boy, j'ai l'air d'une adolescente américaine.

— Maddie, je te présente X. Il travaille pour la famille royale.

Ma sœur ouvre grand la porte. Bien sûr, elle est très élégante dans sa superbe robe bain de soleil, mais elle n'a aucun mérite parce qu'elle est sur le point de sortir. Elle a rendez-vous. Ce qui est parfait parce que j'ai hâte de passer la soirée que j'ai prévue. Je vais regarder un film en me délectant de ma glace préférée et ne plus penser aux événements étranges qui se sont enchaînés cette semaine. Mais voilà, ce n'est apparemment pas ainsi que les choses vont se passer. Le prince a visiblement décidé de bouleverser mes plans, mes pensées, mes je ne sais quoi… Tout simplement parce qu'il en a le pouvoir.

X s'incline brièvement pour saluer ma sœur et elle se penche sur mon épaule.

— C'est le chauffeur du prince, le type qui est venu te chercher l'autre jour ? Tu ne m'avais pas dit qu'il était aussi canon, dit-elle d'une voix censée être discrète, mais qui ne l'est pas du tout vu que X se trouve juste en face de nous.

Il hausse les sourcils, infime signe d'amusement de sa part.

— Mademoiselle Kate, dit-il, Son Altesse affirme que cela fait partie de vos obligations professionnelles.

Je lève les yeux au ciel.

— Quelles obligations ? demande Maddie.

— Dites-lui que c'est *non*, dis-je à X, ignorant ma sœur.

Il sort un téléphone de la poche intérieure de sa veste et jette un coup d'œil à l'écran.

— Mlle Kate décline votre invitation, déclare-t-il.

Je me sens devenir blême. Le prince a écouté toute la conversation depuis le début.

Lorsque j'entends sa voix, mon corps réagit aussitôt et je maudis Nikolaï Lorentz en silence.

— Kate, dit-il.

X dirige le téléphone vers nous.

— Je vais être en retard au rendez-vous que *vous* avez organisé pour moi si vous ne descendez pas tout de suite.

Je pousse un soupir et m'efforce d'ignorer l'expression médusée de ma sœur.

— Votre Altesse…, commencé-je.

— Nikolaï, coupe-t-il aussitôt.

Je me retiens de crier, exaspérée.

— Nikolaï. Vous n'y êtes pas du tout. Il s'agit de *votre* rendez-vous. Un rendez-vous que j'ai organisé. Et je doute que la comtesse de Wynberry et vous-même soyez ravis de me voir me joindre à vous pour dîner.

Maddie me serre l'épaule mais ne dit rien. Le rire de Nikolaï retentit dans le téléphone que X tient à la main.

— Vous ne vous joindrez pas réellement à nous, dit-il.

Vous serez dans la voiture avec X. Beatrice vous a préparé un véritable festin que vous dégusterez en attendant mon signal.

Je sens mes poings se crisper. Je ne peux retenir un grognement de colère.

— Vous ne manquez pas d'aplomb ! dis-je.

— J'ai besoin d'une assistante.

— C'est non.

— J'ai besoin qu'on m'appelle pour une raison quelconque si jamais les choses ne se passent pas bien. Et ce sera le cas si la comtesse n'accepte pas l'arrangement que je compte lui proposer.

Je sens une pointe d'amusement dans sa voix.

— C'est *non*, quoi qu'il en soit, dis-je, très ferme.

Le silence retombe pendant quelques secondes et je retiens mon souffle. Puis il reprend lentement en détachant chaque mot :

— Si je me conduis *mal*, ce qui ne serait pas étonnant vu ma réputation, cela pourrait effrayer une candidate potentielle. Mais si quelqu'un se trouve là pour m'offrir une porte de sortie respectable en cas de besoin, nous sommes tous gagnants, non ?

Il s'interrompt, me laissant le temps de prendre la mesure exacte de ce qu'il est en train de dire avant de porter l'estocade.

— Vous ne voulez pas courir le risque que je ne me marie pas, n'est-ce pas, Kate ?

Une rage folle s'empare de moi. Sait-il que le roi et la reine refuseront de me payer, quel que soit le mal que je me serai donné, s'il refuse de se marier ? Comment ose-t-il exercer sur moi ce genre de pression ? Et, comme il n'est pas question que je laisse Maddie assumer seule la charge financière de notre grand-mère, je dis ce qu'il convient de dire afin de le faire taire avant qu'il n'en révèle trop.

— Très bien. J'arrive.

X pousse un soupir et met fin à l'appel tandis que je fais volte-face et rentre dans l'appartement. Ma sœur me suit.

— Tu vas accompagner *le prince* à son rendez-vous ! Oh ! mon Dieu, Kate, pourquoi n'est-ce pas moi la veinarde chargée de ce dossier ?

J'attrape mon sac au pied du lit et le jette en bandoulière sur mon épaule.

— Crois-moi, là, tout de suite, je préférerais que ce soit toi !

Je ne prends même pas la peine de jeter un coup d'œil dans le miroir et fonce vers la porte où X m'attend patiemment.

— Tu ne vas pas te changer ? lance ma sœur derrière moi.

Je secoue la tête, lui réponds par-dessus l'épaule.

— Tu as entendu. Il va être en retard et je ne veux surtout pas faire attendre le prince et la comtesse.

— Amuse-toi bien ! dit-elle, tout excitée.

Aucun risque.

— Toi aussi, dis-je, espérant sincèrement que sa soirée sera plus drôle que la mienne promet de l'être.

— Si tu réussis, nous allons devoir refuser des clients.

Je plaque un sourire sur mon visage.

— C'est sûr !

Mon enthousiasme sonne faux, mais ma sœur ne s'en rend pas compte. Elle est trop gentille pour percevoir le sarcasme.

Maddie mérite vraiment la réussite et le bonheur. Elle a monté notre petite société à partir de rien et lorsque ma vie a basculé, il y a deux ans, elle m'a offert un toit et un travail dans lequel m'impliquer afin de ne pas sombrer dans le chagrin.

Voilà pourquoi, bien que l'attitude du prince m'exaspère au plus haut point, je quitte l'appartement et me dirige vers la Rolls garée le long du trottoir. Je fais cela pour *elle*. Pendant des années, je me suis appuyée sur ma sœur. Aujourd'hui, plus que jamais, elle a besoin de moi. Je ne gâcherai pas tout. Elle mérite que son entreprise prospère et cela signifie alléger pour elle le poids des factures relatives à la prise en charge de notre grand-mère. Chaque jour, il en arrive de nouvelles. Maddie s'efforce de ne pas me montrer combien elle est inquiète, mais je le vois aux cernes sombres sous ses yeux.

X m'ouvre la portière et je me glisse sur la banquette, en face de Nikolaï. Je croise les bras et le fixe droit dans les yeux.

— Vous êtes…, commence-t-il.

Mais je l'interromps aussitôt.

— Non, Nikolaï. Non. Ne dites rien.

Il hausse les sourcils, surpris.

— J'allais juste dire *belle*. Vous êtes très belle, Kate.

Je me contrôle. Pas question de me laisser perturber par ses compliments.

— X, lance-t-il lorsque ce dernier apparaît soudain au volant.

Quand est-il arrivé là ? Je donnerais ma main à couper qu'il vient juste de refermer ma portière.

— Savez-vous ce que signifie Fall Out Boy ? C'est ce qui est inscrit sur le T-shirt de Mlle Winter.

J'ai un petit hoquet ironique.

— Vous plaisantez, j'imagine ?

C'est alors que je vois de nouveau apparaître cette esquisse de sourire sur les lèvres de X. Nous partageons un instant de complicité, aux dépens de Nikolaï.

Ce dernier hausse les épaules.

— J'imagine qu'il s'agit de quelque groupe de rock à la mode. Il n'existe pas de T-shirt représentant la musique que j'écoute.

Je ris et tends mon téléphone à X par la paroi vitrée ouverte.

— C'est au début de ma playlist. Pouvez-vous mettre le premier morceau ?

X hoche la tête et, quelques instants plus tard, mon téléphone se trouve connecté aux enceintes de la voiture.

La tension dans ma gorge se dissipe lorsque les premières notes d'*Immortals* résonnent dans l'habitacle et je reste une fois de plus interloquée en voyant Nikolaï se détendre à son tour, pencher la tête sur le côté et sourire.

— Ce n'est pas Amadeus, dit-il, mais j'aime assez. Il me semble que j'apprends à aimer pas mal de choses nouvelles ces derniers jours, mademoiselle Winter.

Un frisson parcourt mon corps, mais je refuse d'y prêter attention.

Ne te fais pas d'illusions, cesse de croire qu'il peut être aimable. Tu sais pertinemment qu'il n'est pas le prince charmant.

Mais, ma colère se dissipant, je retrouve un peu de lucidité et le vois tel qu'il est réellement : ses cheveux noirs lissés en arrière, son costume du même gris que ses yeux et la cravate d'un bleu intense, élégante touche de couleur. Il est superbe et d'allure si… princière. Et lorsqu'il sourit soudain, son sourire illumine son visage et je dois combattre la vague d'émotion qui monte en moi parce qu'il ne me reste plus de colère pour l'arrêter.

Je secoue la tête et me remémore la raison pour laquelle je suis là : pour faire en sorte que ce rendez-vous se passe au mieux. Pour m'assurer que le prince Nikolaï Lorentz fait un pas de plus en direction du mariage… et par conséquent du trône de mon pays.

— Merci d'être venue, dit-il d'une voix douce.

Je m'efforce de sourire.

— De rien, dis-je, recouvrant mon sang-froid. Nikolaï ?

— Kate ?

— Avez-vous lu en détail le contrat entre mon entreprise et votre famille ?

Il rit.

— Qu'y a-t-il de si important à lire ? Vous avez été engagée pour me trouver une épouse. Vous vous acquittez de votre tâche, un point c'est tout. Les détails ne m'intéressent pas.

Je laisse échapper l'air que je retenais dans mes poumons, soulagée. Donc il n'est pas au courant de ce que je risque, de ce que ma famille risque, si j'échoue dans ma mission. Ma rancœur s'évanouit totalement en me rendant compte que son comportement de ce soir n'a rien d'exceptionnel. Nikolaï égal à lui-même.

— Très bien. Dans ce cas, dites-moi ce qu'il faut que je fasse pour que ce rendez-vous soit un succès.

À ces mots, X démarre et nous nous mettons en route. Ce soir, Nikolaï rencontre la première épouse potentielle.

Chapitre 8

Nikolaï

Je dois admettre que Kate est particulièrement douée pour choisir une candidate. La comtesse de Wynberry correspond parfaitement au type de femme qui me plaît habituellement. Des cheveux blond platine, un regard aguicheur et plein de promesses, et des seins voluptueux qu'elle expose avec fierté dans une robe de soie noire au décolleté profond, rehaussé d'un collier de rubis scintillants. Je ne connais pas un homme à qui elle ne plairait pas. Elle pourrait être la sœur de l'actrice américaine Scarlett Johansson.

Nous nous retrouvons dans mon salon privé au La Cœur, un restaurant trois fois étoilé au Michelin et installé dans un manoir du XVIIIe siècle. Par la grande baie vitrée, il offre une vue imprenable sur les Alpes. Le cadre est somptueux, et la femme superbe qui se penche sur la table a davantage l'air de vouloir me dévorer que de déguster la composition framboise-chocolat qui occupe son assiette en porcelaine de Limoges. En dépit de tout cela, je ne ressens qu'un vague ennui.

Le dîner s'est plutôt bien passé. Le filet de bœuf était cuit à la perfection, et le vin d'un millésime tout à fait digne d'intérêt. La comtesse n'a cessé de parler, de sa famille, de leur approbation totale en ce qui concerne notre union, puis de tout ce qu'elle envisageait de me faire une fois que nous aurions quitté le restaurant. J'aurais dû être en pleine érection rien qu'à l'entendre parler. Au lieu de cela, tout ce dont j'ai envie, c'est de me retrouver dans ma Rolls, aux côtés d'une jeune femme en jean, qui me fait me sentir comme je ne me suis plus senti depuis des années.

Profondément moi-même.

— Vous ne parlez pas beaucoup, susurre la comtesse, léchant avec ostentation sa cuillère.

De son pied nu, elle caresse ma cheville sous la table et je maudis mon sexe qui refuse de s'émouvoir. La comtesse pourrait attiser le feu qui couve en moi, souffler sur les braises allumées par une autre femme, celle qui a organisé ce rendez-vous, mais ce n'est pas elle qui pourrait l'éteindre.

— Je parle si j'ai quelque chose à dire, dis-je platement.

Son dessert a vraiment l'air délicieux. Je n'ai pas touché au mien, préférant finalement terminer ce dîner par un scotch, sec. Elle devrait cesser de jouer au petit jeu de la séduction et déguster ce qu'elle a devant elle. Mais, tant pis, j'ai pris ma décision, ce qui signifie qu'elle n'aura pas, de toute façon, le temps de le terminer. Et c'est peut-être mieux ainsi.

Elle me regarde, intriguée, et insiste, n'ayant manifestement pas perçu la mise en garde dans ma voix.

— Et avez-vous quelque chose à dire ?

J'ai perdu suffisamment de temps.

J'ôte la serviette de mes genoux et la pose sur la table. Puis je dis ce que j'ai à dire en phrases courtes et définitives. Je vois la comtesse écarquiller les yeux, le blanc gagnant de plus en plus autour de ses iris presque violets.

Une minute plus tard, elle me lance le contenu de son verre de champagne au visage. Elle se contrôle mieux que je ne l'aurais cru. Je pensais qu'elle ne tiendrait pas plus de trente secondes.

— Vous êtes bien tel qu'on vous décrit.

Elle saisit son étole de fourrure et se lève, une moue dédaigneuse aux lèvres.

— Un monstre pervers.

Je lui envoie un petit baiser et elle laisse échapper un petit cri outré avant de se précipiter vers la sortie.

Kate arrive en moins d'une minute, exactement comme je m'y attendais, tout échevelée d'avoir couru jusqu'à ma table.

— Que s'est-il passé ? demanda-t-elle, à bout de souffle. Je pensais que ma présence devait justement vous aider à *ne pas* faire une scène !

J'esquisse un geste vague de la main.

— Faites-moi confiance, ce qui s'est passé n'était *pas* une scène. Vous avez lu la presse à scandale, il me semble ? Je suis capable de bien pire, vous ne croyez pas ?

Elle a dû courir jusqu'ici sans même songer à prendre l'ascenseur. Elle a les joues toutes roses et sa poitrine se soulève au rythme saccadé de son souffle, plaquant ses seins contre le coton fin de son T-shirt. C'est le spectacle le plus captivant qui soit.

— La comtesse est partie furieuse, poursuit-elle. Elle a même menacé X de lui donner un coup de pied s'il se mettait en travers de son chemin. Je crois qu'on peut appeler cela une scène !

Je glousse à l'idée que quelqu'un puisse s'en prendre à X. Je l'ai vu soulever un paparazzi d'une seule main et le coller contre un mur tandis qu'il disloquait son appareil-photo de l'autre. J'ignore ce qu'il faisait avant d'être engagé au palais, mais une chose est certaine, il s'est frotté à plus coriace que la comtesse de Wynberry.

— Nous n'étions pas faits pour nous entendre, dis-je d'un ton las en me réinstallant sur ma chaise. Et, de toute façon, aucun photographe n'étant admis à l'intérieur…

Kate a un petit rire essoufflé.

— Oh ! mais il y en avait à l'extérieur, je peux vous le garantir.

Elle secoue la tête.

— J'avoue être surprise… Sur le papier, la comtesse et vous étiez faits l'un pour l'autre.

Je sens la déception dans sa voix, pourtant c'est un soulagement évident qui se lit sur son visage. C'est étrange combien je suis réceptif à toutes les subtilités de ses émotions alors que nous nous connaissons depuis à peine une semaine.

— La comtesse a très mal vécu le fait de s'entendre dire quelques vérités de base, dis-je.

— Des vérités ?

Elle croise les bras, baisse la tête. Une mèche auburn glisse sur son front.

— Nikolaï, qu'avez-vous dit à cette pauvre femme ?

Pauvre femme ? C'est peut-être finalement le terme qui convient. La comtesse est peut-être riche en biens matériels, mais elle manque cruellement d'un certain nombre de qualités humaines telles que la chaleur, la convivialité, la bienveillance. Des qualités dont je me moque éperdument en temps normal, mais qui, pour quelque raison obscure, m'importent ce soir.

— Asseyez-vous, Kate.

Je désigne la chaise en face de moi.

— Je promets de vous répéter exactement ce que je lui ai dit si vous me permettez de vous faire déguster ce dessert bouchée après bouchée.

Kate

Je croise les bras.

— Je n'ai plus faim, dis-je, n'osant pas regarder le dessert dans son assiette.

Au premier coup d'œil, il a déjà l'air divin. J'insiste pourtant et déclare avec fermeté :

— Je suis rassasiée, Béatrice m'a régalée d'un véritable

festin. De plus, il est hors de question que je permette que vous soyez vu en public, nourrissant une employée du palais.

Peu importe que nous nous trouvions dans un salon privé.

Il prend une bouchée du dessert et lèche voluptueusement la cuillère. J'avale ma salive et le regarde, les sourcils froncés.

— Très bien, dit-il. Comme il vous plaira. Je lui ai simplement dit ce que nous savons déjà tous les deux, que quelle que soit l'épouse que je choisirai, notre union ne sera rien de plus qu'un arrangement. Il n'y aura pas d'autre obligation physique que de me donner un héritier, quel que soit le temps que cela prendra. Je serai libre de satisfaire mes désirs ailleurs, avec qui bon me semblera. Oh ! et j'ai également mentionné le fait qu'elle n'aura, en aucun cas, son mot à dire sur la façon dont je dirigerai le pays.

Je plaque une main sur ma bouche, mais cela ne suffit pas à étouffer mon cri.

— Nikolaï !

Je me soucie peu que ce salon privé ne soit pas particulièrement insonorisé.

Il a un haussement d'épaules.

— Oh ! allons, dit-il. Je lui ai expliqué qu'elle ne manquerait de rien, qu'elle serait libre de se distraire avec qui elle voudrait, à la seule condition de faire preuve de discrétion.

Je serre les dents.

— Je sais que vous n'avez aucunement l'intention de prendre ce mariage au sérieux, mais aucune femme ne mérite qu'on lui parle ainsi. Vous auriez pu vous montrer plus délicat. Mais comme d'habitude, vous n'avez pensé qu'à vous et vous lui avez réglé son compte à la manière Nikolaï ! J'aurais dû savoir qu'il serait impossible de travailler avec vous, que vous seriez ingérable. Vous ne m'avez pas demandé de venir ici pour vous aider, n'est-ce pas ? Vous vouliez que je sois aux premières loges pour assister au petit numéro de Nikolaï Lorentz.

J'ai les joues en feu. Je serre les poings. Un instant, je

suis interloquée par sa beauté, son charme, la façon dont son regard parvient à me troubler. Mais l'instant d'après, il ne me rappelle que trop bien qui il est. Il est mon prince et sera très bientôt mon roi. Il a le pouvoir de se conduire comme il le fait et je ne suis rien de plus qu'un de ses sujets.

Je repousse ma chaise.

— Je vais appeler un taxi, dis-je en m'efforçant de conserver mon calme.

La colère ne me mènera nulle part. Elle ne rendra pas à la comtesse le respect qui lui est dû et je n'en gagnerai pas davantage de mon côté. Il ne me doit rien.

J'ai presque atteint la porte lorsqu'il m'arrête.

— Kate, attendez, dit-il.

Je l'entends pousser un soupir.

— S'il vous plaît.

Je me retourne. Il s'est levé, mais je n'ose pas revenir vers lui. Sa présence me trouble, malgré la distance qui nous sépare. Car s'il est bien une expression que je ne m'attendais pas à entendre de sa bouche, c'est « s'il vous plaît ».

— Je vous demande pardon ? dis-je.

Toute envie d'affrontement me quitte tandis qu'il me fixe de son regard intense, pénétrant.

Il passe une main dans ses cheveux impeccablement coiffés et les ébouriffe. Maintenant, il ressemble davantage au Nikolaï qui pêchait sur le pont et qui a plongé dans la rivière pour me sauver.

— Vous avez raison, dit-il. Sur quasiment toute la ligne. Mais vous oubliez un détail important.

Je croise les bras, hausse les sourcils, mais je ne dis rien.

— Je n'avais pas besoin d'aide, ce soir, c'est évident, commence-t-il, les mains posées sur le dossier de sa chaise. Je ne me soucie pas le moins du monde de ma réputation. Je laisse cela à mon père, à ma belle-mère, à tous ceux qui sont payés pour s'en occuper. J'imagine qu'il faudra que je soigne davantage mon image lorsque je serai roi.

Il me gratifie de ce sourire irrésistible qui est le sien, mais je ne vais pas tomber dans le piège. Pas cette fois.

— Je sais que vous vous moquez de ce que les autres pensent de vous, dis-je. Mais ce soir, il ne s'agissait pas seulement de votre réputation. Il s'agissait de la mienne également.

Il accuse le coup. Et c'est un spectacle si inhabituel que mon cœur se serre malgré moi. J'ajoute alors d'une voix ferme :

— Vous n'avez peut-être rien à perdre, mais moi, si, et ma sœur également. Notre famille vit grâce à cette petite entreprise. Nous avons des responsabilités à assumer. Toute cette histoire de mariage, qui n'est pour vous qu'une plaisanterie, est ce qui nous nourrit, nous assure un toit. C'est…

Il fait le tour de sa chaise, s'avance vers moi, et tout à coup je suis incapable de poursuivre. Je retiens mon souffle tandis qu'il s'approche, pose une main sur ma joue.

— Je suis un imbécile, dit-il.

J'acquiesce d'un signe de tête.

— Un royal crétin, ajoute-t-il.

Je ne démens pas.

— Peut-être aurais-je pu me comporter plus poliment avec la comtesse, mais ce n'est pas le plus grave. Le plus grave, c'est de ne pas avoir pensé aux répercussions que cela aurait pour vous.

J'ai la gorge serrée. Je m'éclaircis la voix.

— Vous parliez d'un détail important. Quel détail important ?

Je sens le parfum du whisky flotter dans son souffle chaud. Je me mords la lèvre, m'efforçant de bloquer toute réaction.

Il pose son front contre le mien, un geste bien trop intime, et mon cœur s'emballe.

— Si je vous ai demandé de venir ce soir, Kate, c'est parce que, en l'espace de six jours, il semblerait que je sois passé du stade où je ne voulais entendre parler ni de vous ni de votre mission à celui de ne plus pouvoir me passer de votre présence.

Il pose une main sur le mur, derrière moi. Je recule et me retrouve plaquée contre la porte. Troublée, je murmure :

— Nikolaï, il ne peut rien y avoir entre nous, c'est impossible.

La situation est différente de celle de l'autre jour, sur le pont. Je pouvais jouer au jeu de la séduction, faire semblant de croire que nous pourrions continuer à nous voir et vivre une petite aventure purement sexuelle. Mais maintenant ? Ce qu'il suggère est au-delà du possible.

— Et s'il existait un moyen, dit-il, ses lèvres dangereusement proches des miennes. Un moyen pour que vous soyez véritablement à moi.

Ma gorge se noue à cette pensée.

— Mais j'ai été engagée pour…

— Je le sais, dit-il. Et je continuerai à rencontrer les femmes que vous choisirez pour moi. Je m'engage même à me montrer courtois avec elles. Mais soyez assurée que je n'en épouserai aucune.

L'idée qu'il puisse prendre une autre femme dans ses bras, la caresser, sans parler de l'épouser, me fait déjà souffrir alors que je ne devrais pas. Mais j'ai besoin qu'il le fasse. La survie de ma famille en dépend. Quelle ironie ! Comment la vie peut-elle être aussi cruelle ?

— Quelle est la date à laquelle il faut impérativement que vous soyez marié ?

Je fais diversion, parce que je connais la réponse, bien sûr. Mais si je souris, la douleur se dissipera peut-être. Il n'est pas interdit d'espérer.

— Mon vingt-neuvième anniversaire.

— Qui est ?

Cela aussi, je le sais. Le jour de l'anniversaire du prince est un jour férié.

Il plisse les yeux et m'observe, cherchant visiblement à savoir à quel jeu je joue.

— Dans quatre-vingt-dix jours.

Je ferme les yeux et prends une longue inspiration. Puis je pose une main à plat sur son torse.

— Je vais prendre un pari.

Il rit.

— Allez-y.

— Vous serez marié pour vos vingt-neuf ans, dis-je, serrant les poings pour résister à l'envie de le toucher.

Je sursaute lorsqu'il pose un baiser très tendre sur mes lèvres.

— J'ai hâte de vous décevoir.

Je saisis sa cravate et l'attire tout contre moi.

— Et qui plus est, je vous promets que vous serez heureux avec votre épouse.

Après tout, je sais exactement ce que Son Altesse aime. Et ne serait-ce pas le comble de la réussite que de lui procurer une reine et le bonheur en prime ?

J'essaie de ne pas penser à la douleur sourde qui étreint ma poitrine en songeant à ce qui aurait pu être à moi et ne le sera jamais. Je ne veux pas que Nikolaï soit malheureux, mais je dois penser à ma famille. Je ne peux pas lui faire faux bond. Je réussirai donc. Pour nous deux.

— Il va falloir que vous déployiez tous vos talents, dit-il.

— Faites-moi confiance…

Je combats l'émotion qui m'étreint. Je ne veux pas que ma voix tremble.

— Je suis la meilleure.

Chapitre 9

Nikolaï

De retour dans mes appartements, à la nuit tombée, je me rends soudain compte que Kate n'a pas fixé les termes de notre pari. Je suis assis à mon piano et mes doigts virevoltent sur les touches, jouant une mélodie complexe, sensuelle. Vous ne croyez pas que la musique classique peut être troublante, sensuelle ? Écoutez le *Tristan et Iseult* de Wagner avant de répondre non. Un véritable chef-d'œuvre d'harmonie et de dissonance. La discorde la plus violente qui se mue soudain en passion intense. La musique coule de mes doigts tandis que j'essaie d'envisager quelle contrepartie je pourrais exiger de la délicieuse Mlle Winter si elle perd son pari. Quel paradoxe étonnant que cette chevelure de feu qui est la sienne alors que son nom ne promet que froideur. Elle est à la fois le feu et la glace.

Je repense à ses lèvres s'arrondissant autour de mon sexe. Je les revois le caressant, sa bouche l'absorbant tout entier, suave, au bord de la rivière. Il y avait une promesse dans son regard. La promesse qu'elle serait à moi si je le lui demandais. Et je le lui demanderai, du moins physiquement. Le plaisir de la chair, c'est tout ce que je peux lui offrir. Et du plaisir, je lui en donnerai sans compter.

Si seulement elle était de sang royal… Qui sait… Peut-être

réussirait-elle à me faire oublier la promesse que je me suis faite de ne jamais me marier ?

— Qui est l'heureuse élue ? demande une voix grave, profonde, derrière moi.

Je me retourne, furieux contre la personne qui ose venir troubler la solitude de mon sanctuaire. Benedict ! Je ne l'avais pas reconnu.

Il me regarde, le sourcil interrogateur.

Nous nous ressemblons énormément, hormis la couleur des yeux et la bonté qui émane de lui, à l'inverse de la distance agressive dont je fais généralement preuve. Je suis l'obscurité, et lui la lumière incarnée. J'entends les rumeurs qui courent à son sujet. Nombreux sont ceux qui ne voient en lui qu'un bâtard. Lui-même se voit ainsi. Je n'attache aucune importance à ces ragots. Demi-frère ou pas, il est mon seul et véritable ami.

— Bienvenue à la maison, bâtard, dis-je.

C'est une plaisanterie entre nous. Nos vulnérabilités sont nos armures. C'est ainsi que nous survivons, nous, les seigneurs du royaume, tous les yeux braqués sur nous.

— Tu jouais du Wagner, non ?

Il penche la tête.

— Tu n'en joues que lorsqu'une femme te tient pieds et poings liés.

Il a bonne mémoire.

— Cher Benedict, aurais-tu oublié que, s'il est question de liens, c'est moi qui attache la femme. Pardon d'offenser ainsi ta sainte sensibilité.

Je regarde la façon très simple dont Benedict est vêtu. Mon frère est au séminaire. Il prononcera ses vœux dans un an et deviendra prêtre, faisant ainsi, à tout jamais, la fierté de mon père. Il va demeurer vierge. Lorsque cette idée ne me donne pas des cauchemars, je la trouve extrêmement amusante. Benedict est l'un des hommes les plus convoités d'Europe et il se trouve qu'il a justement choisi d'épouser l'Église.

J'espère que Dieu saura réchauffer son lit.

« À quoi me sert d'avoir un héritier de rechange s'il choisit le célibat ? » aime à clamer mon père lorsqu'il a un peu trop bu. Il plaisante, mais je sais qu'il y a un fond de vérité dans ce qu'il dit.

Benedict ne se laisse pas troubler. Tout ce qu'il veut, c'est plaire au roi, se montrer digne de sa famille, de sa lignée, quoi que raconte la rumeur. Lorsque Benedict a déclaré que sa vie appartenait à l'Église, notre père a été le premier à le féliciter.

Combien de fois ne me suis-je pas demandé si une femme ne pourrait pas le tenter, le faire dévier de sa route ? Mais il affirme que son destin est tout tracé et que les plaisirs de la chair ne sont rien comparés à l'extase de l'âme.

Pour ma part, je dois dire qu'enfouir mon visage au creux des cuisses de Kate me conduit déjà aux portes du paradis. J'imagine ce que ce sera le jour où je plongerai mon sexe en elle !

— Je suis venu te souhaiter bonne nuit et te dire que je vais m'installer dans la tour sud, pour le moment.

Il y a longtemps que Benedict parle de prendre résidence dans le vieux donjon situé à la limite nord du domaine. Il trouve son environnement austère plus propice à la méditation et à la prière.

— Que s'est-il passé ? lui demandé-je. Je te croyais parti au Vatican pour de bon.

Il rit doucement.

— La cité du Vatican est maîtresse de ses propres décisions. C'est un territoire indépendant, me rappelle-t-il. Tu devrais le savoir, tu l'as étudié en classe.

— Ah oui, c'était avec Mme Everdeen, notre professeur de géographie.

Il penche la tête, avec aux lèvres un petit sourire qui en dit long.

— C'est vrai, je n'étudiais pas beaucoup. J'étais trop occupé à la regarder. Tu te souviens de ce petit truc étrange qu'elle faisait avec sa langue…

— Nikolaï, tu es vraiment incorrigible. Mais c'est quand même bon de te revoir.

Je traverse la pièce et le prends dans mes bras, lui donne quelques grandes tapes dans le dos.

— Moi aussi, je suis content de te voir.

— J'ai entendu dire que tu allais te marier. C'est ton épouse qui te donne envie de jouer du Wagner ?

— Non, c'est celle qui est chargée de la trouver, dis-je sans prendre le temps de réfléchir.

Maudit Benedict qui avec son regard plein de bonté pousse le pécheur que je suis à se confesser !

Il hoche la tête, pensif.

— Voilà qui a toutes les apparences d'un dilemme.

Une lueur d'espoir s'allume en moi.

— C'est toi l'intellectuel de la famille, celui qui réfléchit.

— Comparé à Damien et toi, il n'est pas difficile d'avoir ce statut.

Benedict est également le seul à ne pas craindre de parler de l'existence de notre jeune frère en ma présence.

Je ne relève pas.

— S'il existe une échappatoire au décret royal concernant le mariage, une façon pour moi de faire ce que je veux sans perdre la couronne, il faut que tu la trouves. Je suis fermement décidé à ne pas me marier. Tu le sais.

Il demeure un instant songeur.

— Une telle attitude va déplaire à notre père.

— Oui, je le sais.

Elle lui déplaît aussi, j'en suis certain. Mon frère n'aime pas faire de vagues. Je souris et j'ajoute :

— Et à Adèle.

Son visage s'illumine à cette pensée. Adèle et lui ne s'aiment guère.

— Très bien, répond-il

Un nerf tressaute à sa mâchoire à la simple évocation de notre belle-mère. Cette peste est la seule personne qui parvient à lui faire perdre son calme.

— Je vais voir ce que je peux faire.

— Tu es vraiment un saint. Tu seras canonisé, j'en suis certain.

Il sourit, mais son regard, d'un vert si lumineux d'ordinaire, demeure sombre.

— Pour quelle raison es-tu revenu, Benedict ?

Le ton léger de ma question ne suffit pas à masquer mon envie très sérieuse de savoir ce qui s'est passé.

— Tu ne me l'as pas dit.

Il esquisse un sourire que je suis un des rares à connaître. Un sourire qui n'est pas vraiment angélique.

— Il semblerait que la volonté de Dieu soit d'aider à faire en sorte que tu ne contractes pas les liens du mariage.

Il a à peine terminé sa phrase qu'il franchit la porte, me laissant seul. Il me faut quelques instants avant de me rendre compte qu'il n'a pas répondu à ma question.

Kate

C'est de la folie ! Où avais-je la tête lorsque j'ai lancé ce pari à Nikolaï Lorentz ? Je sais pourtant combien il est tenace, combien le jeu l'excite, et je viens juste de faire monter les enchères sur un pari auquel il se livre depuis longtemps, bien avant que je ne le rencontre, et qui consiste à désobéir aux lois du royaume. Comment puis-je me croire suffisamment forte pour le contraindre à les respecter ?

Je fais les cent pas dans la salle de conférences, celle-là même où j'ai rencontré le prince pour la première fois, il y a quinze jours, et celle, aussi, où le roi et la reine m'ont convoquée, aujourd'hui, pour une réunion privée. Sans leur fils.

Zut de zut !

La porte s'ouvre et je m'immobilise en apercevant Béatrice et une autre employée de la cuisine qui entrent, poussant un chariot chargé de minuscules sandwichs, de petits-fours et d'un service à thé des plus raffinés avec théière en argent. Les deux femmes me saluent et entreprennent de dresser la table.

Je me sens de plus en plus nerveuse.

— Est-il prévu que d'autres personnes que le roi et la reine assistent à notre réunion ?

Béatrice secoue la tête.

— Non, mademoiselle. Ces mignardises sont les préférées de la reine Adèle. Le roi les fait confectionner tout particulièrement à son intention lorsqu'elle est en…

L'autre employée lui lance un regard désapprobateur, mais Béatrice a un geste de la main signifiant qu'elle s'en moque et elle s'approche de moi.

— Ce n'est sans doute pas à moi de vous le dire, mais je pense qu'il faut que vous sachiez qu'aujourd'hui est la date anniversaire de la disparition de Mlle Victoria.

J'avale ma salive, la gorge nouée. Je dois rencontrer la reine le jour anniversaire de la mort de sa fille, celle qui était promise à Nikolaï ?

Cette date m'a totalement échappé. Bien sûr, je sais que Victoria et Nikolaï ont eu une relation. Qui ne le sait pas ? Mais l'accident de voiture qui a coûté la vie à Victoria remonte à des années maintenant. On n'en a pas beaucoup parlé, Nikolaï y a veillé. Il y veille encore, dès qu'il se trouve sous le feu des projecteurs. En outre, à moins que le roi n'ait quelque affaire d'importance qui appelle une couverture médiatique, Nikolaï demeure, pour la famille royale, le chouchou des médias. C'est lui qui occupe le devant de la scène.

Alors, pourquoi ? Pourquoi faut-il que le roi et la reine m'aient convoquée, tout particulièrement aujourd'hui, pour faire le point sur ma liste de candidates possibles pour le prince ?

Quelqu'un s'éclaircit la voix et Béatrice et moi levons les yeux en même temps. L'autre employée désigne d'un petit signe de tête la double porte d'entrée de la salle où se tient la reine Adèle, flanquée de deux gardes.

Elle porte une très belle robe noire, à longues manches et encolure carrée, qui met particulièrement en valeur les courbes exquises de son corps. Je comprends pourquoi le roi Nikolaï est tombé amoureux d'elle si vite après la disparition de la reine Cordélia. Elle est vraiment superbe, ses cheveux dorés, magnifiquement bouclés, encadrant harmonieusement son visage. Sur sa tête repose une tiare sertie de rubis. Elle est l'élégance et la grâce personnifiées. Mais son regard vert est de glace et je ne peux réprimer un frisson.

— Merci. Ce sera tout, déclare-t-elle.

Et les deux gardes, ainsi que Béatrice et son assistante, quittent la pièce, tirant les portes derrière eux.

Je penche la tête, m'incline tandis qu'elle gagne l'extrémité de la table. J'attends qu'elle s'asseye, ne sachant trop moi-même où prendre place, et je demande, comme une idiote :

— Puis-je vous servir une tasse de thé, Votre Altesse ?

— Prenez un siège, mademoiselle Winter, dit-elle d'une voix légèrement amusée.

Je m'attendais plutôt à y surprendre du chagrin. Elle revient probablement d'une visite au cimetière où elle se sera recueillie sur la tombe de sa fille. Ou peut-être s'y rendra-t-elle après notre entrevue.

Notre entrevue. C'est seulement en prenant place à l'autre extrémité de la table que je me rends compte que le roi ne se trouve pas là. C'est étrange.

— Son Altesse le roi Nikolaï va-t-il bientôt nous rejoindre ? ne puis-je m'empêcher de demander.

Elle rit doucement.

— Le roi a dû s'absenter pour régler certaines affaires de l'État, dit-elle. Nous ne serons que toutes les deux.

Elle me fixe, pose les mains à plat sur la table.

— Ne vous inquiétez pas, mademoiselle Winter. Je serai brève.

J'acquiesce d'un signe de tête, nerveuse. Je me sens mal à l'aise, seule avec elle. Tous mes sens sont en alerte.

— Je sais combien ce travail est important pour vous, commence-t-elle, d'une voix légèrement traînante.

Tel un animal qui jouerait avec sa proie.

— Oui, en effet, Votre Altesse, dis-je.

Elle étire ses doigts devant elle et sourit, son visage demeurant de glace.

— Et que votre sœur et vous gagnerez une somme importante si tout se passe comme prévu.

Doubler mon salaire a été vraiment *très* généreux de leur part, à elle et au roi.

— Oui, Votre Altesse.

Elle se penche en avant et, en dépit de la distance qui nous sépare, je ne peux empêcher mon corps de se crisper soudain.

— Et si vous ne réussissez *pas,* c'en sera fini de votre petite entreprise.

Le souffle me manque. Perdre la somme promise serait un coup très grave, mais Madeline et moi pourrions nous en remettre. Nous aurions…

— Cessez de réfléchir à ce que vous allez tenter de me répondre, mademoiselle Winter. Je n'ai pas pour vocation de ruiner qui que ce soit, tant que nos intérêts demeurent communs. Et nous désirons toutes les deux la même chose, n'est-ce pas ? Voir mon beau-fils se marier et le trône demeurer dans… la famille proche ?

— Oui, bien sûr dis-je.

Et je soutiens son regard, déterminée à ne pas me laisser impressionner, cette fois.

— Bien…

Je la sens se détendre légèrement.

— Dans ce cas, il ne vous reste qu'à poursuivre votre tâche. À rechercher toutes les charmantes et méritantes jeunes femmes qui pourraient convenir au prince et lui faire honneur, comme le souhaite son père.

Je suis sur mes gardes. Il y a quelque chose de bizarre dans ses propos. Jusque-là, elle ne me demande ni plus ni moins que de faire ce que je fais déjà.

— Puis-je vous poser une question, Votre Altesse ?

Elle hausse les sourcils, probablement surprise par mon audace. Mais elle incline néanmoins la tête en signe d'assentiment.

— Pardonnez ma méfiance, mais avez-vous l'intention de faire en sorte que je réussisse ou que j'échoue ? Car j'avoue ne pas comprendre pourquoi vous m'avez convoquée à cette entrevue, aujourd'hui.

Cette fois, son regard s'illumine et elle sourit.

— Vous allez *réussir*, mademoiselle Winter.

— Comment pouvez-vous en être certaine ?

Autant aller jusqu'au bout de mon audace puisque j'ai commencé.

Elle se lève et je fais de même.

— Parce que *je* vais trouver la femme qui mérite au plus haut point de partager la vie de mon beau-fils et nous la lui présenterons lorsque le moment sera venu.

— Mais ma liste…

Elle secoue la tête. Elle a fermé les yeux. Lorsqu'elle les rouvre, il y a quelque chose de si froid dans son regard que je suis parcourue d'un frisson.

— L'élue ne figurera sur aucune liste, mais lorsque je l'aurai trouvée, je vous le ferai savoir. Tout ce que vous aurez à faire, sera de convaincre Nikolaï que c'est l'épouse qu'il lui faut.

Elle me fixe, plisse les yeux.

— Ce garçon vous fait confiance. J'ai vu la façon dont il vous regarde. Continuez de l'occuper en maintenant ce climat de confiance tandis que j'agis de mon côté. Vous toucherez votre double salaire et peut-être même une prime. J'obtiens ce qui me revient de droit et Nikolaï ce qu'il mérite.

— Ce qui vous revient de droit ?

La question m'a échappé et je la sais outrecuidante.

Mais la reine ne prend même pas la peine de me répondre.

Elle saisit un minuscule sandwich au concombre sur le présentoir de porcelaine et le croque, un sourire satisfait aux lèvres tandis qu'elle le savoure. Puis elle quitte la pièce d'un pas léger, ne se préoccupant même plus de moi.

Un salaire double. Une prime. Ou une entreprise ruinée si je ne sers pas ses intérêts.

Nikolaï joue peut-être comme il l'entend, mais ce n'est plus lui qui dicte les règles.

Je me demande même s'il les a dictées un jour.

Chapitre 10

Nikolaï

Je me réveille, aveuglé par la lumière crue. Il est tard. Les draps de soie rouge sont repoussés au pied de mon lit à baldaquin.

Je suis entièrement nu.

Il n'y a rien de surprenant à cela. Je ne porte jamais rien pour dormir. Mon érection matinale, non plus, n'a rien de surprenant. Ce qui l'est, en revanche, c'est que je ne me précipite même pas sur mon téléphone pour appeler l'une de mes maîtresses. Elles sont nombreuses qui seraient ravies de satisfaire mon royal appétit matinal. J'ai d'ailleurs pris mes précautions en m'assurant que je n'aurai affaire qu'à des femmes que seul le sexe intéresse. Il n'est pas question de nouer la moindre relation. Sentimentales s'abstenir.

Mais aujourd'hui, la situation est différente.

Je referme la main sur mon sexe, en caresse l'extrémité du pouce. Il y perle une goutte de sperme. J'ai dû faire un sacré rêve ! Une image envahit brusquement mon esprit. Kate, allongée, ses cheveux auburn auréolant son visage, ses seins se soulevant au rythme saccadé de sa respiration tandis que je plonge profondément en elle.

Le souvenir fugace de cette scène, dans mon rêve, suffit à m'arracher un grognement.

Comme s'il avait senti le besoin urgent qui me taraude,

mon téléphone bipe soudain. Mais l'offre d'une simple partie de jambes en l'air tombe mal. Je fixe le nom sur l'écran et un désir fou embrase instantanément mes reins.

Kate Winter :

Bonjour. Temps superbe. Suis prête. C'est quand vous voulez.

Je serre plus fort mon sexe dans ma main et lui imprime quelques vifs mouvements de va-et-vient, songeant au goût enivrant de la chair de Kate sur mes lèvres. Soudain, je me cambre sur le matelas. Oh oui, je suis prêt !

Le téléphone bipe de nouveau. C'est X.

Songer à mon garde du corps manque de me couper tous mes effets. Il est comme un frère pour moi. Il nous est même arrivé de partager des femmes, lors de soirées débridées, lorsque j'étais plus jeune et plus fou. Mais cela ne signifie pas que j'ai envie de partager Kate. Un grognement étouffé monte dans ma gorge. Bon sang. Je n'ai envie de la partager avec personne au monde.

C'est étrange. D'habitude, je suis plutôt du genre à aimer une femme lorsqu'elle se trouve dans mes bras et à l'oublier aussitôt après. Loin des yeux, loin de mon esprit. Mais avec Kate, c'est différent. Je ressens une envie profonde d'aller au-delà d'une simple relation physique, de connaître davantage d'elle que son corps. Mais je n'ai aucune idée de ce qu'il faut faire face à ce… sentiment.

Quoi qu'il en soit, c'est quelque chose qui me déstabilise.

J'ôte la main de mon sexe et une conversation à distance s'engage entre nous.

Nikolaï :

Encore au lit…

Kate :

Comment ? Que faites-vous ?

Nikolaï :

Venez voir vous-même. Ce sera encore mieux à deux…

Kate :

Je vous demande pardon ?

Nikolaï :

Venez donc. J'ai un lit king-size très confortable.

Kate :

Et moi, j'ai l'héritière d'une prestigieuse entreprise de pâtisserie et confiserie qui vous attend à l'héliport.

Nikolaï :

?

Kate :

Elle s'appelle Regina Bjorn. Son père est Vlad Bjorn, propriétaire de la Bjorn Pastries & Confectionary, l'une des entreprises les plus importantes d'Edenvale. Vous avez rendez-vous au hangar royal à midi. Vous l'emmenez dans votre hélicoptère privé.

Nikolaï :

J'en salive par avance !

Kate :

J'espère bien !

Je pose mes pieds nus sur les lames de parquet froides. Le sourire que j'arborais en provoquant Kate se transforme en rictus. Je connais Vlad Bjorn. Il s'enorgueillit d'un titre de petit baron. C'est un homme corpulent, au visage rougeaud, et au tempérament hâbleur et provocant. Je sais qu'il a six filles, mais j'ai oublié à quoi elles ressemblent. Et cela me laisse de marbre. Je n'ai aucune envie d'emmener Regina se promener en hélicoptère alors que je pourrais flirter avec la délicieuse Kate qui n'a, bien entendu, aucun moyen de savoir que mon frère Benedict est en train de chercher la faille qui me permettra de contourner ce satané décret de mariage. Jusque-là, je dois jouer sagement mon rôle et me montrer aimable et courtois avec toutes les personnes avec lesquelles Kate prendra rendez-vous pour moi. Je ne dois pas éveiller ne serait-ce que l'ombre d'un soupçon.

Fort heureusement pour moi, je suis un excellent acteur.

Kate

J'ouvre de grands yeux en voyant la distance que nous parcourons pour rejoindre l'héliport. Je savais que la propriété autour du palais était immense, mais chaque fois que je me rends dans un lieu nouveau, je suis surprise. Mon monde est si petit en comparaison.

— Impressionnée ? murmure Nikolaï à mon oreille.

Son souffle chaud fait naître une infinité de petits frissons sur ma peau.

J'acquiesce d'un hochement de tête.

— Cette *voiture* tiendrait tout juste dans mon appartement. Alors, l'idée même d'un héliport privé est assez difficile à concevoir pour moi.

— Vous auriez dû faire la liste de ce qui vous paraît difficile à concevoir, dit-il d'une voix de velours.

Je me tourne vers lui et c'est à peine s'il s'écarte. Mon cœur s'emballe lorsque son regard croise le mien.

— Je sais que l'argent et tout ce qui a une valeur matérielle est de peu d'importance pour vous, dis-je, m'efforçant d'empêcher ma voix de trembler. Ce qui, au passage, parle plutôt en ma faveur, vu que je n'ai pas beaucoup à offrir dans ce domaine.

— Kate…, commence-t-il.

Mais je lève une main pour l'arrêter.

Je ne veux pas qu'il s'excuse d'être riche, pas plus que je n'ai à m'excuser de ne pas l'être.

— Nikolaï, nous appartenons à deux mondes différents, voilà tout. Ce n'est pas un problème.

Son regard s'assombrit et je voudrais lui demander à quoi il pense, mais la voiture ralentit et je comprends que nous approchons de notre destination.

— Et puisque je vais gagner notre pari, dis-je d'un ton que je veux léger, cherchant à dissiper l'ombre qui plane sur son visage, je vais être très directe.

— Directe ? répond-il, arborant déjà son sourire de prince.

Celui qu'il prépare pour sa rencontre avec l'héritière.

— J'ai quelque chose à vous demander, dis-je. Si je gagne, et j'en ai la ferme intention, vous m'accordez une faveur. Si c'est vous qui gagnez, ce qui est peu probable, ce sera à vous de m'en demander une.

— Existe-t-il des limites à ce que nous pouvons demander ?

— Pas en ce qui me concerne. Si vous n'êtes pas marié le jour de votre anniversaire, vous pourrez me demander ce que vous voulez. Et vous, entendez-vous mettre des limites ?

— Aucune, répond-il aussitôt, la voix soudain rauque. Demandez-moi ce que vous voulez, Kate. Maintenant. Dites-moi ce que vous souhaitez que je vous accorde.

Je n'ai pas le temps de répondre. La voiture s'immobilise, mettant fin à notre conversation.

— Le moment est venu de vous envoler pour Zürich, dis-je en m'efforçant de sourire.

— Ce n'est qu'un déjeuner, répond-il. X et vous devriez…

— Non. Il est hors de question que je vous suive dans vos nouveaux rendez-vous. Si vous souhaitez emmener X, libre à vous. Je ne suis venue que pour m'assurer que vous n'êtes pas en retard et pour vous rappeler de vous conduire en gentleman.

Il me regarde et m'adresse un clin d'œil.

— Auriez-vous oublié qui je suis ? Je ne saurais me conduire autrement qu'en gentleman.

— Nikolaï…

Il pose un baiser sur ma joue et la surprise me coupe la parole.

— N'ayez aucune crainte. Je serai à la hauteur du grand Nikolaï.

Je pousse un soupir.

— C'est bien ce que je crains.

La portière s'ouvre et X est là, prêt à l'escorter jusqu'au hangar.

— Je serai revenu avant la tombée de la nuit, dit-il en sortant. J'aimerais que vous soyez là à mon retour.

Il n'attend même pas ma réponse, présumant sans doute que je ne vais pas protester, qu'il va de soi que je vais obéir à tous ses caprices.

Et si j'ai prévu quelque chose ce soir ? ai-je envie de demander. Je ne le fais pas, pourtant. Car j'ai beau ressentir une intense chaleur, tout au fond de moi, à l'entendre exprimer son désir de me voir, je ne peux m'empêcher de me considérer comme ce que je suis et serai toujours : un épiphénomène dans sa vie.

X me rejoint dans la voiture et je regarde Nikolaï se diriger vers Regina Bjorn, somptueuse avec ses cheveux platine, debout devant une BMW dont les vitres teintées sont si foncées que je me demande si l'on peut véritablement voir au travers.

C'est moi qui ai eu l'idée que Nikolaï l'emmène à Zürich, dans le pays natal de sa mère où je sais qu'elle n'est plus retournée depuis l'enfance et qui lui manque beaucoup. Nikolaï marquerait ainsi des points avant même qu'ils aient quitté l'héliport. Je me tourne vers la piste. Nikolaï tient la main de Regina tandis qu'elle monte dans l'hélicoptère. Son écharpe de soie bleu azur s'envole dans la brise en virevoltant et vient se plaquer contre l'impeccable chemise blanche de Nikolaï. Ils sont l'image même du couple parfait.

Ma gorge se serre.

Je frappe à la séparation de verre devant moi et X la descend.

— Souhaitez-vous que je vous ramène chez vous, mademoiselle Kate ?

Je n'ai pas envie de me retrouver confinée dans les limites de l'appartement qui abrite en outre le bureau d'Union et Félicité. Je n'y trouverai aucun réconfort, surtout si je dois, en outre, répondre au feu de questions que Maddie ne manquera pas de me poser. Je ne veux pas penser à Nikolaï et à son rendez-vous et encore moins en *parler*. Alors, je décide de faire quelque chose que je fais rarement, quelque chose pour moi.

— X, dis-je, me sentant soudain de meilleure humeur, nous allons au cinéma.

— Il y a une salle de cinéma privée au palais, mademoiselle…

— Non, pas question. Ni palais ni traitement royal. Seulement vous et moi et le film d'action, avec courses-poursuites et explosions, qui est sorti le week-end dernier.

— Mais mademoiselle… Le palais possède ce film et nombre d'autres…

J'insiste.

— Non. Pas de traitement royal.

Il s'éclaircit la voix et met le moteur en route.

— Comme il vous plaira, mademoiselle Kate.

Il s'éloigne du hangar tandis que les pales de l'hélicoptère se mettent à tourner. Et lorsque ce dernier quitte le sol, je m'accorde le luxe de quelques secondes pour m'émerveiller, songeant que les mains fermes et puissantes qui manœuvrent cet engin impressionnant m'ont touchée, caressée, comme aucun homme ne l'avait fait auparavant.

Puis je me cale sur la banquette.

— Merci, X, dis-je.

Je lui tends mon téléphone.

— Peut-être pourriez-vous mettre ma playlist de Fall Out Boy pendant que vous conduisez. Et montez le volume, je vous prie, que je ne m'entende plus penser.

Mieux vaut que je me noie dans un flot de musique plutôt que dans mes pensées.

Je tends la main et attrape une bouteille dans le minibar.

— Et je vais boire un whisky, même s'il est encore très tôt.

— Comme il vous plaira, mademoiselle Kate.

Quelques secondes plus tard, la musique résonne à plein volume dans la Rolls.

X ne quitte pas la route des yeux tandis que nous approchons du palais, mais je jurerais avoir vu un petit sourire flotter un instant sur ses traits. Pourtant, l'instant d'après, il a déjà repris son allure imperturbable.

Je me sers une rasade de whisky et en bois une longue gorgée. Puis je renverse la tête en arrière sur le dossier et je ris.

— Pas de traitement royal, dis-je. Je me trouve dans une Rolls avec chauffeur privé et whisky à disposition. Et je dois revenir avant la tombée de la nuit pour retrouver le prince.

Je ris de nouveau, et Dieu que ce rire me fait du bien !

Pas de traitement royal. Bien sûr !

Chapitre 11

Nikolaï

Les montagnes sur le trajet qui mène à Zürich sont aussi altières et magistralement sculptées que les pommettes hautes de Regina Bjorn, et pourtant je ne ressens qu'une impression de vide. Émotionnellement, tout du moins. Car Regina s'est employée à remplir l'espace aérien de ses bavardages et commentaires, laissant entendre qu'elle s'y connaît en confiseries et *gâteries.*

— Après tout, c'est le métier de ma famille depuis des générations, lance-t-elle dans son micro en gloussant.

Nous portons tous deux des casques avec écouteurs.

Saisissant la manette qui me permet de commander l'appareil, je marmonne :

— Je m'en fous, de tes *gâteries…*

Mon commentaire hargneux lui échappe totalement. Comme d'ailleurs tout ce que j'ai pu dire depuis que nous sommes ensemble. Sauf lorsque j'ai feint de m'intéresser à l'entreprise de son père.

Confiserie et *gâteries* !

Lorsque nous regagnons l'héliport royal et atterrissons dans le soleil couchant, je me dis que je me suis rarement autant ennuyé de ma vie.

Je n'arrive pas à croire que Kate ait pu organiser ce rendez-vous grâce à son étude de profil ? Qu'est-ce que cela dit de moi et du personnage que je cultive avec tant de soin ? Le prince Nikolaï, futile, insolent et superficiel est-il finalement devenu Mr Hyde, celui qui l'emporte sur le respectable Dr Jekyll ? La façade que je présente depuis si longtemps au monde, cet homme que j'ai fabriqué, est-il celui que je veux être ? Je suis presque parvenu à me convaincre que le masque était réel, que c'était moi. Mais lorsque Kate me regarde, c'est comme si elle parvenait à voir quelqu'un d'autre en moi. La personne que j'aurais pu être si l'amour ne m'avait pas meurtri et si mon frère ne l'avait pas tué en précipitant Victoria au bas d'une falaise.

Cette pensée me trouble et je la chasse prestement de mon esprit tandis que nous descendons de l'hélicoptère. Je raccompagne Regina à sa voiture. Elle parle et parle encore. Et devinez de quoi ? De confiserie. Il m'a fallu supporter un exposé sur chaque spécialité de gâteau, bonbon, et sucre d'orge… Et, je ne vous mens pas, sur une infinie variété de sucettes. Et je ne parle pas des sous-entendus.

Il y a encore quelques semaines, j'aurais été capable de détourner cette conversation et d'initier une activité dans laquelle il n'est absolument pas nécessaire de parler, si ce n'est pour Regina de susurrer mon nom au moment ultime.

En tout cas, j'espère que Regina se fait plaisir toute seule en parlant car je ne vois pas qui serait capable, lors d'une conversation avec elle, de rester éveillé suffisamment longtemps pour bander.

Lorsque je lui souhaite bonne nuit, je ne suis pas tout à fait certain qu'elle s'en aperçoive.

La Rolls est garée à l'emplacement habituel. Tandis que je me dirige vers elle, impatient de mettre le plus de distance possible entre moi et l'héritière Bjorn, je suis surpris d'entendre de la musique. Il s'agit d'un vieux standard américain, *Sweet Caroline*. Plus précisément, les deux occupants de la voiture sont en train d'en chanter les paroles à tue-tête et X est loin d'être en reste. Je dirais même qu'il s'en sort très bien. Cet homme… Je secoue la tête. Décidément, il me surprendra toujours. Non seulement il est expert en tatouage et c'est lui qui a réalisé ceux que je porte, mais il est également grand maître, ceinture neuvième dan de Taekwondo, et mon assistant occasionnel dans des parties à trois. Et maintenant, voilà qu'il roucoule mieux que Neil Diamond ?

Le traître.

Mais qui est-il donc, au juste ? Je me suis souvent posé la question. En vain. X est mon garde du corps depuis que je suis en âge de sortir seul. J'ai l'impression de l'avoir toujours connu, qu'il a toujours été présent à mes côtés. Et pourtant, je ne sais rien de lui ni de ce qu'il fait lorsqu'il ne se trouve pas avec moi. En revanche, lui sait tout de moi.

Désormais, je crois qu'il peut ajouter crooner charismatique à son CV.

J'ouvre la porte, et Kate et lui s'arrêtent aussitôt de chanter. Ils me fixent.

— J'ignorais que vous étiez déjà de retour, dit Kate, pressant contre elle ce qui semble être un cornet géant de pop-corn.

Je hausse les sourcils, surpris.

— Vous n'avez pas entendu tourner les pales de l'hélicoptère ?

Je pilote un Eurocopter Mercedes-Benz, l'appareil le plus performant au monde, capable de voler très haut et à très grande vitesse. Qu'on puisse ne pas le remarquer, voilà qui est pour le moins curieux. Je me demande bien ce qui a pu distraire Kate et l'empêcher d'être attentive à mon arrivée.

Je me réprimande aussitôt. Suis-je donc réellement cette personne imbue d'elle-même que j'ai toujours cultivée ?

— Désolée. C'est l'heure des Golden Oldies sur Radio Royale. Notre station préférée, dit-elle.

— Notre ?

Ma surprise est totale.

— Souhaitez-vous prendre place, Votre Altesse, dit X d'un ton tout à fait tranquille en mettant le contact.

Je rétorque d'un ton acerbe :

— Je souhaiterais surtout savoir qui vous êtes et ce qu'est devenu mon garde du corps.

Je suis assailli d'une vague inattendue de jalousie qui m'étreint la poitrine.

— Votre sortie avec Mlle Bjorn vous a-t-elle donné satisfaction ? demande Kate, fourrant un morceau de pop-corn dans sa bouche.

— Non. Et où diable avez-vous trouvé cela ?

Elle prend un autre bout qu'elle croque aussitôt.

— Nous sommes allés au cinéma. On jouait *La Belle et la Bête*. X ne l'avait pas vu.

— Une omission qu'il doit être heureux d'avoir rectifiée, dis-je d'un ton sec.

Kate hausse les épaules.

— Je m'apprêtais à partager avec lui mon amour pour les films d'action, mais le classique de Disney l'a emporté. Apparemment X est impressionné par la royauté et le faste. Moi, beaucoup moins.

Elle réprime un sourire et je n'ai plus qu'à ravaler ma rage.

Je croise le regard de X dans le rétroviseur et tourne la tête vers la vitre. C'est profondément ridicule d'être jaloux de mon garde du corps. Mais j'ai du mal à me faire à l'idée que toute la journée, tandis que je supportais Regina, cette raseuse, il se trouvait avec Kate. Il prenait du bon temps. Il profitait d'elle. J'ai partagé des femmes avec X par le passé mais, cette fois, il n'en est pas question. Je ne veux la partager avec *personne*. À la seule pensée qu'elle puisse se trouver en compagnie d'un autre homme, même si je suis présent, j'ai une barre dans le ventre.

Je la regarde et une jalousie insensée vrille mon corps.

Elle est *à moi*.

Le sang bat dans mes tempes tandis que ces mots si purs, si simples, font écho en moi. *À moi. À moi. À moi.*

Voilà la vérité. Et il est temps qu'elle le sache.

— X, au palais.

— Je dois retourner à mon bureau, proteste Kate. Si votre deuxième rendez-vous a été un fiasco, je dois revoir le profil de la troisième candidate et mettre sur pied un plan d'action.

Je fais comme si elle n'avait rien dit et je poursuis :

— Je veux passer par l'entrée arrière.

Un mal de tête diffus assaille mes tempes. J'ai envie de tout arrêter, de cesser de faire semblant. Je ne me marierai jamais. Je ne suis pas fait pour ça et Kate perd son temps.

Ce ne devrait pas être mon problème, mais je n'ai pas envie qu'elle s'en aille. Du moins, pas encore. J'ai envie de profiter encore un peu de sa compagnie.

— Votre Altesse ? demande X.

Et je sais très bien ce qu'il veut dire.

— En êtes-vous certain ?

Aucune femme n'a jamais été admise de ce côté du palais, dans mes appartements privés.

Je réponds d'un bref signe de tête.

— Et faites vite.

Kate

— Où se trouvent le roi et la reine, ce soir ? demande Nikolaï tandis que X arrête la voiture d'un côté du palais que je ne connais pas.

— À Paris, jusqu'à demain pour la…

Il tousse.

— … Pour la cure de rajeunissement de la reine.

Nikolaï se tourne vers moi avec un large sourire.

— Souhaitez-vous prévenir votre sœur que vous ne rentrerez pas ce soir ?

Je croise les bras sur ma poitrine et le fixe, méfiante.

— Je n'ai pas à rentrer à une heure précise ni à demander la permission, Votre Altesse. Mais en revanche, j'ai du travail si je veux vous trouver la partenaire idéale. Par conséquent, je crois que je devrais…

— Rester, dit-il.

Son sourire s'évanouit et ses yeux gris s'assombrissent soudain, trahissant quelque chose qu'il est impossible de nier. Parce que je le ressens, moi aussi. Et ce, depuis qu'il est parti pour Zürich, malgré la présence de X et la séance de cinéma que nous avons partagée.

Je ne lui demanderai pas pourquoi il veut que je reste. Ni ce que cela signifie. Je ne laisserai ni la réflexion ni la logique prendre le pas sur ce que je ressens. Je peux rester sans mettre en péril ma mission ou l'entreprise. C'est ce que je m'efforce de croire, en tout cas, parce que la réponse est déjà sur mes lèvres.

— C'est d'accord, dis-je. Je reste.

La portière de Nikolaï s'ouvre et X est là. Cet homme est incroyable, l'exemple même de la volatilité. Je ne m'étais même pas rendu compte qu'il était sorti de la voiture.

Nikolaï se tourne vers la portière ouverte.

— Mlle Winter restera au palais, ce soir, X.

Ce dernier acquiesce d'un court signe de tête.

— Pouvez-vous m'accorder un instant seul avec votre invitée, je vous prie, Votre Altesse ? demande-t-il. Je l'accompagnerai ensuite à vos appartements.

Nikolaï sourit.

— On ne manque pas d'audace aujourd'hui, X ?

X ne bronche pas.

— Lorsque c'est nécessaire, Votre Altesse.

Nikolaï se tourne de nouveau vers moi. Il prend ma main, la porte à ses lèvres et l'embrasse.

— À bientôt, murmure-t-il.

Et il s'en va.

Quelques instants plus tard, ma portière s'ouvre et X me tend la main pour descendre de voiture.

— Laissez-moi deviner, dis-je, tandis qu'il me conduit vers une petite porte et un escalier très faiblement éclairé. Vous voulez terminer notre duo Neil Diamond ?

Pas le moindre sourire, ni le moindre signe rappelant que quelques minutes plus tôt nous aurions pu faire se retourner toutes les chaises de *The Voice*. Il se contente de me tendre son bras pour gravir les marches abruptes.

— Le prince est très soucieux de sa vie privée, dit-il.

Je ne peux retenir un petit rire. Mais il reprend, imperturbable :

— Ce que le monde voit dans les médias, c'est ce qu'il veut bien montrer, mademoiselle Kate. Et, bien qu'il ne m'appartienne pas de divulguer son passé, je peux tout de même vous dire une chose. À part Victoria, la fille disparue de la reine, personne n'a jamais emprunté cet escalier. Ni avant ni depuis.

Je n'ai pas le temps de répondre. Nous atteignons un petit palier, au sommet de l'escalier. Devant nous se dresse une haute porte de chêne. Elle est entrouverte. X me fait signe d'entrer et tandis que j'avance, j'entends la porte se refermer doucement derrière moi. Je me retourne. Il est là, dos à la porte, un léger sourire aux lèvres. Puis, aussi rapide que l'éclair, il fait un pas vers la gauche, vers les rideaux qui se soulèvent légèrement, et il saute par la fenêtre comme si nous ne nous trouvions pas au troisième étage d'un palais.

Je pousse un cri.

Nikolaï apparaît, portant une bouteille de champagne et deux flûtes.

— Laissez-moi deviner, dit-il. X est passé par la fenêtre.

Je plaque une main sur ma bouche et hoche la tête, imaginant déjà son corps écrasé sur les dalles, au-dessous.

Nikolaï rit et secoue la tête.

— Il préfère souvent escalader les murs plutôt que de

prendre l'escalier. Parfois je me demande ce qu'il faisait avant d'être à mon service. Mais j'ai appris à ne pas me poser de questions sur ses capacités et à apprécier sa présence à mes côtés.

Il s'avance vers moi, pieds nus. Il a déboutonné sa chemise blanche.

— Ne vous inquiétez pas pour lui. Il va très bien, je vous assure.

— Je refuse de regarder par cette fenêtre, dis-je.

La chair de poule couvre mes bras. Ma robe d'été était parfaite pour la journée, mais à présent que le soleil s'est couché, l'air s'est rafraîchi et je frissonne.

— Je vais vous croire sur parole, dis-je.

Nikolaï fronce les sourcils.

— Vous avez froid, murmure-t-il. Venez. Laissez-moi vous réchauffer.

Je le suis et remarque une petite cuisine intégrée avec son comptoir de marbre clair, sa table ronde en bois et quatre chaises à dossier haut, disposées autour du bar aménagé sur le côté. Je n'ai guère le temps d'observer le salon. Je remarque le piano, la grande baie vitrée derrière le canapé de cuir. L'instant d'après, je passe encore une porte et me retrouve dans la chambre du prince.

Il pose le champagne et les flûtes sur une table basse et se tourne vers moi. Il frotte mes bras de ses longues mains fermes et me réchauffe.

Je n'y tiens plus, la curiosité l'emporte et je demande :

— Pourquoi m'avez-vous amenée ici, Nikolaï ?

Ma poitrine se serre à la perspective de ce qu'il va répondre.

Il m'embrasse dans le cou. Je renverse la tête en arrière. Un petit soupir s'échappe de mes lèvres.

— Je ne veux pas vous partager, murmure-t-il contre ma peau, ses lèvres remontant le long de mon cou vers mon oreille, ma joue.

— Mais je ne suis pas allée…

Je m'interromps avant de lui dire que je ne suis pas allée avec un autre homme depuis qu'il a posé les mains sur moi. Et que, depuis deux ans, il n'y a eu personne non plus.

Sa bouche trouve la mienne et j'entrouvre les lèvres, l'invitant à la prendre. J'ai tellement envie qu'il m'embrasse, tellement envie de retrouver ce goût qui est le sien…

— Il me déplaît qu'aujourd'hui X ait eu la chance de voir un aspect de vous que je ne connais pas.

Le ton est rauque, presque douloureux et je sens ma gorge se nouer.

— Il ne s'agissait que d'un film, murmuré-je, pas d'une escapade dans un pays étranger pour un déjeuner intime.

Je ne regrette pas ce que je viens de dire. Je n'ai pas de honte à avouer ma jalousie devant lui alors qu'il vient de faire de même. J'ai envie de lui à un point inimaginable et, en cet instant, je suis prête à me donner tout entière à lui.

Il recule jusqu'au grand lit à baldaquin. Les draps de soie rouge sont repoussés, laissant apparaître l'empreinte de son corps.

Je souris contre ses lèvres.

— Qu'y a-t-il ? demande-t-il, sentant le changement d'expression en moi.

— Personne ne vient ici, pour faire le ménage et votre lit ?

Il s'assoit au bord du matelas et m'attire tout près, si bien que je me retrouve assise à califourchon sur lui.

— Personne n'entre ici hormis les personnes qui me sont extrêmement proches, dit-il, le regard assombri de désir. Et je veux que vous me soyez proche, Kate. Ce soir, je vous désire plus que tout au monde.

Je ne dis rien. Pour toute réponse, je dégrafe le dernier bouton de sa chemise et je la fais glisser le long de ses épaules. Il ferme les yeux et inspire profondément tandis que mes doigts effleurent sa peau, suivent le dessin du tatouage qui représente une boussole, juste à l'endroit du cœur.

— C'est beau, dis-je.

Ma voix tremble légèrement.

— *Vous* êtes beau, Nikolaï.

Il ouvre les yeux et, sans un mot, soulève ma robe et me l'ôte. Je me retrouve nue, à l'exception de ma petite culotte de dentelle blanche.

— Vous êtes exquise, dit-il.

Et il prend l'un de mes seins dans sa bouche. Je me cambre contre lui.

— Plus belle que toutes ces femmes qui portent un titre.

Je sens sa langue qui s'enroule autour de la pointe dressée de mon autre sein et le souffle me manque.

— Ouvrez les yeux et regardez-moi, dit-il.

J'obéis.

— Qu'importe ce que je fais, je veux que vous me voyiez.

Je prends son beau visage entre mes mains.

— Je vous vois.

— Et vous me désirez ? dit-il.

J'acquiesce d'un signe de tête.

— Moi *seul ?*

J'acquiesce de nouveau, prends ses mains dans les miennes et les presse sur mes seins.

— Vous seul.

— Je gagnerai notre pari, dit-il avec un large sourire. Je ne me rendrai pas à l'autel.

— Vous vous marierez, lui dis-je, insistant sur chaque mot.

Je prends brusquement conscience de ce que cela signifie et je sens une douleur infinie envahir ma poitrine.

— Pas ce soir, en tout cas.

Il se laisse tomber sur le lit et m'entraîne avec lui.

— Non, dis-je. Pas ce soir.

Chapitre 12

Nikolaï

Depuis combien de temps mon âme se trouve-t-elle prisonnière de ce carcan de solitude ? Depuis des années, je ne compte plus le nombre de nuits sans sommeil que je passe, agité et insatiable, tel un vampire. Mais au lieu de me nourrir du sang des mortels, je dévore tout ce que le sexe peut m'apporter. Et plus il est dépravé, mieux c'est.

Je prends, prends, et prends encore, avec une opiniâtreté et un acharnement qui n'ont d'égal que l'empressement de mes maîtresses qui, à leur tour, se servent de moi pour approcher le pouvoir et la richesse sans limites que je représente.

Mais ce soir, ma seule envie est de donner. Je veux que Kate Winter fasse l'expérience du plaisir total, absolu.

Elle est penchée au-dessus de moi. Je laisse mes mains explorer les courbes délicieuses de son corps, ses hanches, ses seins, sa taille fine. Ses cheveux lâchés tombent en boucles souples autour de mon visage, formant comme un rideau de feu. Mlle Winter dont les cheveux resplendissent davantage encore que le soleil et dont la beauté indéniable consume mon cœur.

— Êtes-vous certain que ce soit une bonne idée ? murmure-t-elle.

Et lorsqu'elle entrouvre les lèvres, j'aperçois la blancheur étincelante de ses dents, la pointe de sa langue. Oh ! cette langue rose, si experte, qui s'est enroulée autour de mon sexe, provocante, enivrante, jusqu'à m'en faire oublier qui je suis. Et encore, ce n'était qu'à l'occasion d'un simple et bref petit rendez-vous sur la berge de la rivière. Ce soir, nous avons toute la nuit devant nous et j'ai bien l'intention de ne pas en perdre une seconde.

— Une bonne idée ? dis-je, secouant la tête. Non. C'est la meilleure idée qui soit.

Un petit souffle étranglé s'échappe de ses lèvres lorsque j'emprisonne son visage entre mes mains. Ma bouche trouve la sienne et nos gémissements de plaisir se mêlent. Je referme de nouveau les mains sur ses seins et je sens les battements de son cœur s'accélérer, résonner sous ma paume. Du pouce, j'en caresse doucement les mamelons, puis je presse leurs pointes déjà dressées. Le souffle lui manque soudain et je sens ses ongles s'enfoncer dans mes biceps. Je l'attire plus près.

Ses seins sont tout près de mon visage. J'en prends un, magnifique, dans ma bouche, le suce avec volupté, puis je passe à l'autre et je les absorbe, tour à tour, comme si je buvais un nectar à leurs pointes dressées sous ma langue, leur chair d'une douceur infinie contre ma peau. Je les mords soudain, la provoquant, et elle se cambre, son sexe pressant le mien.

Je ne peux retenir un grognement de plaisir et de frustration mêlés. Ce soir, j'avais prévu d'aller doucement, de prendre tout mon temps, de savourer chaque parcelle de son corps, d'en découvrir tous les trésors avec ma bouche, ma langue. Mais l'animal que je suis est incapable de résister. La soif d'elle me consume et une envie irrésistible d'être en elle m'assaille, comme si son corps était soudain devenu le port où me réfugier dans la violente tourmente qui secoue mon monde depuis si longtemps. Un monde dans lequel le ciel noir et les orages sont devenus mon quotidien.

— À mon tour, murmure-t-elle.

Elle laisse ses lèvres sensuelles prendre possession de moi, glisser de mon torse à mon abdomen, puis plus bas encore jusqu'à ce qu'elle atteigne la boucle de ma ceinture. Elle la dégrafe. Puis elle défait le bouton de mon pantalon, fait glisser la fermeture et libère mon sexe qui se dresse fièrement, en pleine érection.

Elle le saisit à la base et en lèche l'extrémité, enroule sa langue autour.

— Mmm..., murmure-t-elle. Que c'est bon...

Je me redresse sur les coudes, la regarde m'exciter, ne prendre que l'extrémité de mon sexe dans sa bouche et l'aspirer, la presser de sa langue.

Elle s'interrompt un instant, lève les yeux vers moi

— Ça vous plaît ? demande-t-elle d'une voix provocante, avant d'ajouter : Votre Majesté ?

La petite enjôleuse.

— Oh oui, ça me plaît. Mais savez-vous ce qui me plairait encore davantage ?

Elle hausse un sourcil interrogateur.

— Vous caresser, moi aussi, avec ma bouche.

Je la saisis par les hanches et, d'un geste vif, je la fais pivoter. Ses jolies fesses se trouvent juste sous mes yeux, à présent.

— Écartez les cuisses pour moi, dis-je, la voix rauque.

Je saisis ses fesses à pleines mains et les malaxe. Elle pousse un gémissement et s'ouvre, laissant entrevoir la chair nacrée de son intimité.

— Vous êtes magnifique, dis-je dans un grognement.

Et je la plaque contre ma bouche.

Les deux mains refermées sur ses hanches, je l'encourage à bouger contre moi, à venir chercher son plaisir tandis qu'elle me lèche, m'absorbe tout entier en elle et me suce avec volupté.

Je glisse ma langue dans sa chair douce, la lèche, presse avec insistance son clitoris. Sa respiration se fait rauque, haletante. Je presse plus fort, suce, aspire et la mordille doucement. J'écris mon nom dans sa chair soyeuse, je marque mon territoire en décrivant des cercles, des volutes, toute une calligraphie intime.

Et tandis qu'elle perd pied, je plonge ma langue dans le fourreau étroit de son sexe. Et je la prends, bouche ouverte. Ma langue la fouille. Sans relâche, je la pousse vers ce moment ultime, cette extase qui bientôt sera la sienne.

— Nikolaï, oh mon Dieu, Nikolaï…, dit-elle, le souffle court.

Elle se soulève légèrement, vient s'asseoir sur ses talons, et elle bouge contre ma bouche, lentement, dans un rythme hypnotique qui me consume tout entier.

— Oh ! mon Dieu ! Votre Altesse ! halète-t-elle. Prenez-moi, prenez-moi plus fort ! Baisez-moi !

Je pourrais jouir à cet instant. La jolie Kate possède une bouche diabolique. Mais je me plie à sa demande. Le lit bouge et craque soudain sous mes assauts. Un jour, je serai à la tête de ce pays. Il sera tout entier sous mon contrôle. Mais dans l'immédiat, c'est un autre contrôle qu'il s'agit d'exercer… et j'enfouis mon visage au creux des cuisses de Kate.

Ce soir, c'est le voyage qui importe, pas la destination. Je la lèche, la suce, la prends jusqu'à ce qu'elle se tende contre moi et chavire, éperdue, haletante, sa sève sur mes lèvres. Deux orgasmes. Trois. Bon sang, j'ai perdu le compte. Mais mon sexe est si tendu, si gonflé, un besoin si intense taraude mes reins qu'il faut absolument que je m'unisse à elle, que j'aille jusqu'au bout de cette folle passion qui nous dévore. Mais notre union ne sera pas la simple satisfaction d'un besoin animal. Ce ne sera pas un plaisir fugace, passager.

Tout mon être se tend à l'instant où j'en prends conscience.

Lorsque je m'immergerai en elle, il y a toutes les chances pour que mon âme éclate en mille morceaux.

J'ignore ce qui m'a pris. Je n'ai jamais parlé ainsi. Pas même à Jean-Luc. À personne. Mais cet homme… Cet homme a le don de libérer en moi les instincts les plus primaires, de faire surgir la femme qui a des désirs et qui est prête à faire tout ce qu'il faut pour les satisfaire. Et je désire Nikolaï Lorentz plus que je n'ai jamais désiré personne.

Il lève la tête d'entre mes jambes, ses beaux cheveux bruns en bataille.

— J'ai besoin de vous, dit-il, la voix tendue. Bon sang, Kate, j'ai tellement besoin de vous.

Je sens une tension extrême dans sa voix, une urgence dans ses paroles, l'expression d'une douleur à laquelle je ne m'attendais pas. Ma réaction est immédiate, spontanée. J'acquiesce d'un signe de tête.

Il se lève. En dépit des orgasmes fulgurants que je viens de vivre, j'ai encore envie de lui en moi. Moi aussi, j'ai besoin de lui.

C'est effrayant. Qu'y a-t-il à attendre d'un sentiment pareil ?

Il disparaît dans la salle de bains. J'entends l'eau couler. Lorsque je n'en peux plus de me demander ce qu'il fait, de l'attendre, je me lève à mon tour, me dirige vers la salle de bains. Peu m'importe de lui montrer combien j'ai besoin qu'il soit près de moi.

Il est penché sur le lavabo et asperge son visage. Je pose doucement ma main sur son dos. Il frissonne.

— Nikolaï…

Il se redresse un peu et je vois son beau visage se refléter dans le miroir.

— J'espérais y voir un peu plus clair, chasser ce sentiment qui m'assaille. Mais…

Il secoue la tête.

— Mais j'ai besoin de vous, dit-il, me regardant dans le miroir. Je ne suis pas censé avoir *besoin* de qui que ce soit.

J'aperçois le préservatif posé sur le rebord du lavabo. Je m'en saisis et l'ouvre.

— Regardez-moi, dis-je. Réellement. Ne vous cachez pas derrière un reflet.

Les muscles de son dos, de ses épaules se tendent et il se retourne. Lorsque nos regards se croisent, je n'hésite pas un instant et je déroule le préservatif sur son sexe gonflé et dur. J'entends l'air siffler entre ses dents.

— Rappelez-vous, dis-je. Quel que soit le masque que vous arborez face au reste du monde, moi je vois au-delà. Je *vous* vois.

Cet homme a le don de réveiller la femme passionnée, fougueuse, en moi. Mais je sais également devenir tout aussi vite l'amante attentive. Car qui s'intéresse véritablement à un prince ?

Il penche la tête vers moi, mais s'arrête avant que nos lèvres ne se touchent.

— Vous êtes la seule capable de voir ainsi en moi.

Puis il m'embrasse avec une tendresse telle que mes yeux s'emplissent de larmes. Je me hausse sur la pointe des pieds, écarte un peu les jambes. Son sexe presse l'entrée du mien et je le saisis, l'aide à me pénétrer. Il glisse alors les mains sous mes cuisses et me soulève. Mon cœur bat à tout rompre lorsque je referme les jambes autour de sa taille et le sens plonger en moi, puissant, possessif, forçant délicieusement le fourreau étroit de ma chair en poussant un grognement.

Il marche ainsi avec moi jusqu'au lit. Il m'étend sur l'élégant drap de soie et s'allonge sur moi, plongeant en moi jusqu'à la garde.

Je pousse un cri. Ce n'est ni un cri de plaisir ni un cri de douleur. C'est un cri qui rend compte de cet instant incroyable où les murs autour de mon cœur s'écroulent, se dissolvent et où je laisse entrer mon prince.

Mon prince.

— Mon prince.

Cette fois, je le dis à voix haute tandis qu'il se retire et plonge de nouveau en moi. Lentement, délibérément, contrôlant parfaitement ses mouvements, il me fait sienne à chaque assaut.

Mon prince.

Mon prince.

Mon prince.

Ses lèvres sont chaudes et fermes sur les miennes et son baiser enivrant et profond me coupe le souffle.

La tension monte. Il accélère le rythme et je le sens palpiter dans ma chair. Il est près de jouir. Si près. Mais je sais qu'il m'attend.

Et parce qu'il me connaît mieux qu'aucun homme ne m'a jamais connue, il sait comment s'y prendre pour me faire chavirer.

Il glisse une main entre nous, vers ce point où nos deux corps unis ne font plus qu'un et il presse mon clitoris. Soudain, c'est comme une vague qui monte en moi, assaille mes reins, et je crie son nom, encore et encore.

Une plainte rauque monte de sa gorge au moment où il chavire à son tour, tendu, le corps secoué d'un long spasme. Dans cet instant ultime, le monde se dissout pour nous deux dans la jouissance.

Il ouvre les yeux, plonge son regard dans le mien, l'emprisonne.

— Ma reine, dit-il.

Puis il s'écroule à mes côtés.

Je caresse ses cheveux trempés de sueur et il couvre mon épaule de baisers tendres. Je m'efforce de ne pas prendre trop à cœur ce qu'il vient de dire. Ce que nous vivons n'est que provisoire et n'existera que le temps que je lui trouve une épouse adéquate.

Il écarte les cheveux de mon visage et ses doigts effleurent ma joue.

— Ma belle et fougueuse reine de l'hiver, dit-il.

Et je me mets à rêver que ses paroles puissent être vraies, bien que je sache cela impossible. Même s'il lui prenait l'envie de se marier, une roturière comme moi ne pourrait jamais prétendre à devenir son épouse.

— Qu'est-ce que tu as dit ? Ta *quoi* ?

La voix me fait sursauter. Je demeure le souffle coupé en apercevant soudain une silhouette au pied du lit.

Nikolaï tourne paresseusement la tête vers l'intrus.

— Nom de Dieu, Christian, dit-il d'une voix lasse où perce un peu d'agacement, comment es-tu entré ici ? On ne t'a jamais appris à frapper ?

L'homme se rapproche. Un muscle tressaute à sa mâchoire.

— Donne-moi une bonne raison de ne pas te casser la gueule, espèce de salopard ! Décret royal ou non. Et je n'ai pas l'impression que ton ombre, ton cher X, soit dans les parages pour te défendre.

Je reste médusée. Vais-je assister à une bagarre ou pire me retrouver au beau milieu ? Sans me poser une seule seconde la question de savoir si j'en suis capable, je suis prise du besoin urgent de protéger mon prince.

— Qui êtes-vous ? demandé-je.

Mais l'homme m'ignore totalement, le regard fixé sur le prince.

Nikolaï se redresse, s'assoit, ne se souciant pas le moins du monde de poursuivre la conversation totalement nu.

— Eh bien, Christian, sois poli et réponds au moins à la question de mademoiselle ici présente. Moi, tu me lasses. Je n'ai pas envie de répondre aux tiennes.

L'homme serre les dents.

— Une demoiselle ? dit-il. Allons donc ! Tu pourrais au moins me dire pourquoi tu as appelé cette roturière « ma reine » ?

Nikolaï se tourne vers moi et me fait un clin d'œil. Notre moment d'intimité est terminé, j'en ai bien peur.

Il rit et s'adresse au visiteur.

— Si tu avais été traité aussi royalement que je l'ai été, tu t'inclinerais devant celle à qui tu le dois et tu l'appellerais ta reine, toi aussi.

Je sens que quelque chose chez cet homme, ce Christian, inquiète le prince. Il est sur ses gardes, soucieux de protéger notre relation. Soucieux de me protéger aussi.

Je me glisse hors du lit, m'enroule dans le drap et passe devant le visiteur.

— J'ai faim, Votre Altesse. Voulez-vous que je vous prépare également quelque chose ?

— Oui, ce serait très gentil. Merci, répond Nikolaï.

Je souris et gagne la cuisine. Ce n'est qu'une fois sortie de la chambre que les pièces du puzzle se mettent en place.

Je connais cet homme. C'est Christian Wurtzer.

Il est baron de Rosegate, ce territoire que se disputent Edenvale et notre ancien ennemi du nord, le royaume de Nightgardin. Pour l'instant, Rosegate se trouve sous la protection et la gouvernance du roi Nikolaï.

Je ferme les yeux, presse les paupières, me souvenant subitement que le baron a également une sœur qui est top model. Son visage fait régulièrement la couverture des journaux à scandale. Aussi souvent que celui de Nikolaï. Parfois avec celui de Nikolaï.

Quel que soit le motif de la visite de Christian, elle ne présage rien de bon.

Malgré le bonheur que je viens de vivre, je me sens très mal, tout à coup.

Chapitre 13

Nikolaï

— Bon sang.

Christian arpente ma chambre, une expression de dégoût sur les traits. Je récupère un pantalon et l'enfile prestement.

— Je ne suis qu'un fieffé crétin, vocifère-t-il. Quand je pense à tout le temps que j'ai perdu à me reprocher d'avoir tiré des conclusions trop hâtives. Je me disais que peut-être ma petite sœur, aussi superficielle et intrigante soit-elle, et toi, dépravé et suffisant, vous vous aimiez et que, contre toute attente, vous alliez vous marier.

Il passe une main dans son impeccable chevelure blonde.

— Au lieu de cela, tu recommences avec tes intrigues, tes aventures, sauf que cette fois tu reçois tes conquêtes dans tes appartements privés. Toi qui prétendais que ta chambre devait demeurer ton sanctuaire. Désormais, si je comprends bien, n'importe quelle grue qui court après le fric peut…

Il s'interrompt et ce n'est pas de son plein gré. C'est parce que je l'ai saisi à la gorge et que je serre. X m'a dit un jour qu'on pouvait briser le cou d'un homme d'un simple mouvement du poignet. C'est une bonne chose qu'il ait refusé de me montrer comment faire car Dieu m'est témoin que je m'en serais servi contre mon vieil ami pour avoir osé souiller ainsi ce qui s'est passé ici, ce soir, entre Kate et moi.

L'amour avec elle fut à la fois ardent et sensuel, intensément physique et romantique, deux aspects d'une même émotion. Une émotion qui coule dans mes veines tel un miel.

Je n'ose lui donner un nom ni me poser trop de questions quant à son existence. Elle me paraît si fragile, comme une bulle de savon qui peut, à tout moment, être emportée par le vent.

Les pieds de Christian battent furieusement l'air car, malgré le plaisir que je viens d'éprouver, et peut-être à cause de cela justement, je suis dans une colère noire. Mon ami a osé insulter Kate.

— S'il te plaît, lance-t-il, la respiration sifflante. Nikolaï…

Il est peut-être très doué sur un ring, mais ce soir, la fureur décuple mes forces.

Je le fixe droit dans les yeux.

— Je n'ai pas besoin d'un garde du corps pour m'occuper de toi, baron. Je pourrais te briser le cou aussi facilement que je pourrais briser l'alliance de nos deux royaumes. Combien de temps crois-tu qu'il faudrait à Nightgardin pour envahir Rosegate si je rappelais notre armée ?

Je perçois un frottement. Du bois sur une glissière. La baie vitrée. Puis une main ferme se pose sur mon épaule.

— Posez-le, dit tranquillement X.

— Je croyais vous avoir demandé de cesser d'utiliser les passages secrets, dis-je, lâchant Christian.

Ce dernier s'écroule sur le sol, hoquetant, s'efforçant de reprendre son souffle.

X est secoué d'un rire silencieux. Rien ne paraît sur son visage, mais je sais que ma remarque l'amuse.

— Vous n'êtes jamais claustrophobe là-dedans ?

Le palais est truffé de corridors secrets, un véritable dédale à l'intérieur des murs. X semble les considérer comme son propre terrain d'action.

— Après le mois que j'ai passé, prisonnier dans un sous-marin nucléaire russe, en plein océan Arctique, les passages du palais sont pour moi aussi vastes qu'une salle de bal de Versailles, Votre Altesse.

— Seigneur. Qui êtes-vous ?

Ce n'est pas la première fois que je lui pose la question. Je ne sais jamais avec certitude s'il plaisante ou non. Curieux, j'ajoute :

— Qu'allez-vous faire de lui ?

Comme d'habitude, X élude ma question, désignant Christian qui en train de se relever.

— Il a manqué de respect à Kate, dis-je d'un ton sec.

Christian me fixe, les yeux écarquillés.

— Si tu voyais ton visage quand tu parles d'elle. Tu *ressens* quelque chose pour cette femme, c'est évident. Je n'aurais jamais cru cela possible.

— Je ne dois d'explication à personne. Encore moins à toi.

Il acquiesce d'un hochement de tête.

— Je te prie de m'excuser d'avoir fait intrusion de la sorte et présumé le pire. En réalité, je suis venu te prévenir au sujet de Catriona, espérant que vous aviez entamé une relation sérieuse tous les deux. N'ayant pas de tes nouvelles, elle est devenue revêche, hargneuse. Elle s'était fait des illusions et se voyait déjà sur le trône d'Edenvale. Et je me disais que s'il existait une petite chance pour que tu éprouves quelque chose à son égard… Mais je ne suis pas aveugle, je sais que Catriona ne pense qu'à elle, qu'elle n'aime qu'elle. Toutefois, elle n'en demeure pas moins ma sœur. Alors, lorsque je t'ai vu avec…

— Kate, dis-je avant qu'il ose encore l'appeler roturière.

Et que je lui arrache la gorge.

— Oui, bien sûr, Kate, dit-il. Je ne m'attendais pas à te voir éprouver des sentiments pour quelqu'un d'autre.

— C'est bon, restons-en là, répliqué-je d'un ton sec. N'abuse pas de ma patience. Merci quand même d'être venu me prévenir.

Je n'ai pas de temps à perdre avec les petites manigances de Catriona. Ce que j'ai dit à Kate, ce soir, était vrai.

Je suis fou d'elle. Je ne peux pas me passer de sa présence. Chaque baiser, chaque caresse, chaque moment passé en sa compagnie, agit comme une drogue dans mon corps. Je n'en ai jamais assez. Il m'en faut toujours davantage. Ce que je ressens ne se limite pas à la désirer. J'ai *besoin* d'elle. Il doit bien y avoir un moyen de faire d'elle ma reine sans perdre mon héritage royal.

Kate

J'ouvre le réfrigérateur et je n'y trouve qu'une coupe garnie de belles fraises rouges qui ont l'air toutes fraîches.

— Elles iront parfaitement avec le champagne, dit soudain une voix derrière moi.

Je sursaute et pousse un cri, manquant, dans ma surprise, de lâcher le drap et de me retrouver toute nue. Je me retourne. X est là, en train d'essuyer un petit couteau maculé de rouge. Le jus d'un fruit ou… du sang, peut-être. Je préfère croire à la première hypothèse. Lorsqu'il a terminé, il glisse le couteau dans l'étui logé à l'intérieur de sa veste.

— Comment avez-vous… Je veux dire, où êtes-vous… ?

Je jette un coup d'œil vers la baie vitrée ouverte, près du piano, dans le salon. Mais X secoue la tête.

— Pas aujourd'hui, mademoiselle Kate. Ce soir, mes déplacements se font à l'intérieur des murs.

J'ouvre la bouche, interloquée, mais décide d'en rester là, de ne pas poser de questions. Je resserre le drap autour de mon corps, m'empare de la coupe de fraises et en respire le parfum.

J'en ai déjà l'eau à la bouche.

— Hum… Comment peuvent-elles sentir aussi bon ?

X plonge la main dans une autre poche et me tend mon portable.

— C'est ce qui m'a amené à laisser le prince seul avec le baron. Vous avez manqué un appel. Permettez-moi également de vous présenter mes excuses pour vous avoir dérangés, Son Altesse et vous. Hormis son frère Benedict, Christian Wurtzer est le seul qui ait un accès illimité à ses appartements privés. Une erreur qui sera rapidement corrigée.

L'ébauche d'un sourire effleure ses lèvres.

— Les fraises sont un cadeau. J'ai pensé que le prince et vous auriez besoin de vous… sustenter.

Sur ces mots, X s'incline et disparaît. J'entends un glissement qui pourrait être celui d'une porte et je jurerais avoir entendu un gloussement provenant de l'intérieur des murs.

Qui est cet homme ?

Le nom qui s'affiche sur l'écran de mon portable interrompt toute interrogation au sujet de ce mystère. C'est ma sœur qui a appelé. Il n'est pas tard et Maddie ne m'attend pas particulièrement, mais elle s'est peut-être inquiétée, après tout, en ne me voyant pas rentrer. Je n'écoute pas son message, je la rappelle aussitôt.

À peine a-t-elle décroché qu'elle s'exclame :

— Oh ! Katie, Dieu merci !

— Tout va bien, ne te fais pas de souci. J'aurais dû t'appeler, je le sais. Je suis avec Nikolaï et…

— C'est grand-mère.

Mon sang se glace.

— Elle est…

— Elle est vivante, dit Maddie très vite. Mais tu te souviens de la toux qu'elle avait la dernière fois que je suis allée la voir ? C'était le commencement d'une pneumonie. Ils l'ont mise sous antibiotiques, mais il n'y a pas eu d'amélioration. Elle est au Royal Hospital, sous respirateur et perfusion. Ils disent qu'elle peut s'en remettre mais les soins vont nous coûter un argent fou. Oh ! Katie, nous parvenons tout juste à payer le loyer, en ce moment. Tu crois que la famille royale pourrait te donner une petite avance ?

J'avale ma salive pour chasser la boule dans ma gorge.

— Pouvons-nous tenir encore deux mois ?

— Si nous faisons très attention, peut-être.

Je sens des larmes dans sa voix. Elle est sur le point de craquer. Pauvre Maddie, elle assume tellement de responsabilités depuis le décès de nos parents. Trop.

Je prends une grande inspiration et bats en retraite dans un coin de la cuisine pour avoir un peu plus d'intimité.

— Si je parviens à faire en sorte que Nikolaï se marie, je gagnerai le double de ce qui était prévu.

— Mais si tu échoues ? demande-t-elle.

Je secoue la tête.

— Inutile de t'inquiéter. Il va se marier, j'en suis certaine.

Nikolaï ne laissera pas le royaume échapper à sa famille. Malgré l'attitude de play-boy insouciant qu'il affiche, je sais qu'au fond de lui, il est un homme de devoir. Ce qui signifie qu'il *devra* choisir une épouse. Une épouse capable de régner à ses côtés. Et personne n'est mieux qualifié que moi pour trouver la candidate idéale, même si elle ne l'est que sur le papier.

Cette perspective m'anéantit, mais je ne peux pas laisser tomber ma famille. Ma grand-mère a toujours été là pour nous, ma sœur et moi, dans les heures les plus sombres de notre existence. Elle mérite que nous lui rendions la pareille en nous occupant d'elle, à présent, en lui assurant la paix et le confort pour la fin de sa vie.

— Je te fais confiance, dit Maddie.

— Je ne te laisserai pas tomber.

Je quitte la cuisine et jette un coup d'œil en direction de la chambre de Nikolaï. Christian Wurtzer semble sur le point de partir.

— Il faut que j'y aille, dis-je à Maddie.

— D'accord. Demain, je passerai la journée avec grand-mère. Ils n'autorisent qu'une seule personne à la fois. Tu viendras me relayer dans la soirée ?

— Bien sûr. Je serai là vers 17 heures Je ne rentre pas à la maison, ce soir. Je t'aime, Maddie.

Je raccroche avant qu'elle puisse me demander où je suis, avant que la culpabilité de ne pas être avec ma grand-mère en ce moment ne s'installe. Je sais que ce qui s'est passé entre Nikolaï et moi n'était pas une simple affaire de sexe.

Il m'a appelée sa reine.

Christian me salue d'un petit signe de tête en passant devant moi, mais il ne dit rien et quitte l'appartement.

Je gagne la chambre de Nikolaï, la coupe de fraises à la main. Il est assis sur le bord du lit, les cheveux en bataille, son jean enfilé mais pas boutonné. Il fait sauter le bouchon de la bouteille de champagne et sert deux flûtes.

— Désolé pour cette intrusion, dit-il en m'en tendant une.

Je pose la coupe de fruits et prends la flûte. Il sourit, m'attire sur ses genoux et trinque avec moi dans un tintement de cristal.

— Restez cette nuit, me dit-il.

J'acquiesce d'un signe de tête et lorsque je porte la flûte à mes lèvres, le drap se desserre soudain et glisse à ma taille.

— Mon Dieu, que vous êtes belle, s'exclame-t-il.

Je ne prends pas la peine de le remonter. Il pose alors sa flûte, saisit une fraise et la porte à mes lèvres. Je la croque et du jus coule sur mes lèvres, sur mon menton. Nikolaï m'embrasse, le recueille avec sa langue. Je bois le reste de mon champagne d'un trait. Les bulles me picotent la langue et je me sens prise d'une ivresse que je n'ai encore jamais éprouvée de ma vie.

Il m'étend sur le lit, ôte délicatement le drap de mon corps comme s'il ouvrait un cadeau.

— Je suis à vous, lui dis-je.

Et nous faisons l'amour de nouveau, lentement, voluptueusement, avec une intensité qui me bouleverse. Et je sais, tandis qu'il plonge en moi, encore et encore, que je suis mal partie. *Vraiment* mal partie.

Au matin, je me glisse hors de son étreinte et pose un baiser sur la boussole tatouée sur sa poitrine, espérant qu'elle saura nous montrer la bonne direction.

X est étonnamment absent, ce matin. Je quitte donc aussi discrètement que possible les appartements du prince après lui avoir laissé un mot disant que je suis partie marcher un peu.

J'ai besoin de m'éclaircir un peu les idées.

Peu après avoir quitté l'aile privée, je découvre une chapelle à la lisière du parc. Peut-être trouverai-je à l'intérieur une paix propice à la réflexion…

La chapelle est vide. Je me glisse sur un banc, au fond. Puis je penche la tête et ferme les yeux.

J'ai déjà aimé un homme. C'était bien, mais ce n'était en rien comparable à ce que je ressens aujourd'hui. J'en ai la conviction, maintenant, car j'ai l'impression que mon corps, mon cœur, ne suffisent pas à contenir tout ce que j'éprouve pour Nikolaï. Mais ce sentiment ne vivra pas. Il ne le faut pas. C'est un sentiment merveilleux, mais mon prince doit en épouser une autre.

— Ce que je ressens m'effraie, dis-je à voix haute, spontanément.

— Ce qui nous effraie est ce que nous avons justement de plus important à affronter, répond une voix profonde, derrière moi.

Je sursaute. Qui a parlé ? Une voix divine ?

— Dieu ? dis-je, déboussolée.

Mais j'entends un petit rire derrière moi et me retourne.

— Ce n'est pas exactement lui, mais je me plais à penser que j'en suis proche.

Un homme aux cheveux sombres, entièrement vêtu de

noir, me fixe de ses magnifiques yeux verts. Il porte le col blanc des séminaristes.

— Oh ! mon père !

Je me lève d'un bond, me cogne le genou contre le banc devant moi, et laisse échapper un juron. Je plaque aussitôt la main sur ma bouche.

— Je suis désolée, dis-je.

L'homme sourit, et son regard d'une grande bonté me met à l'aise.

— Ce n'est rien en comparaison de ce que mon frère est capable de dire en ce lieu. Et lui, ce n'est jamais par accident.

Je plisse les yeux et l'observe. Il y a longtemps que je n'ai pas vu de photos de lui dans les journaux ou les magazines, mais je le reconnais à présent.

— Vous êtes le prince Benedict, dis-je.

— Je préfère Frère Benedict, si cela ne vous dérange pas, mademoiselle…

— Kate, dis-je en lui tendant la main.

Je ne suis pas certaine que ce soit le geste qui convient, mais il n'a pas l'air étonné et la serre très aimablement.

— La marieuse, je présume.

J'avale ma salive.

— Comment le savez-vous ?

— Venez, dit-il, désignant la sortie. Il fait un temps magnifique. Allons nous asseoir au soleil.

Je le suis dans le petit jardin qui jouxte la chapelle et nous nous asseyons sur un banc de pierre. Il lève la tête vers le ciel, ferme les yeux et respire l'air frais du matin.

— Nikolaï vous a-t-il parlé de moi ?

Je suis la première étonnée de mon audace, mais je n'ai pas de temps à perdre en circonvolutions.

Benedict croise les mains sur ses genoux et se contente de hocher la tête.

— Aimez-vous vraiment mon frère, Kate ? demande-t-il.

Je sens mes joues s'empourprer, les larmes jaillir de mes

yeux. Je n'ai même pas avoué mes sentiments à Nikolaï. L'aimer ne m'est pas permis. Il est destiné à une autre femme.

Benedict sourit de nouveau.

— Votre réaction tient lieu de réponse, dit-il. Alors, je vais vous dire deux choses. La première, c'est que j'aime Nikolaï et que je ferai tout ce qui est en mon pouvoir pour le protéger. Et tout ce qui est en mon pouvoir, également, pour l'aider à trouver le bonheur, un sentiment qu'il n'a plus ressenti depuis bien longtemps.

Je passe très vite un doigt sous mon œil, essuyant une larme qui s'est échappée.

— La seconde, c'est que si ce bonheur est possible avec quelqu'un qui ne correspond pas aux critères de mariage qu'exige le décret royal, je ferai tout mon possible pour trouver le moyen de le contourner. À condition que Nikolaï cesse de jouer à ses petits jeux et qu'il soit prêt à se battre pour quelque chose de sérieux. Comprenez-vous, mademoiselle Kate ?

J'acquiesce d'un signe de tête et combats l'envie de le serrer dans mes bras.

Nikolaï et moi avons un allié. Ce n'est pas une solution, mais c'est un espoir.

— Merci, dis-je, prenant sa main et la pressant entre les miennes. Merci beaucoup.

Je ne veux pas abuser de l'hospitalité de Benedict et je ne veux pas non plus inquiéter Nikolaï en restant partie trop longtemps. Mais au moment où je vais quitter le jardin, Benedict me rappelle.

— Son cœur trouvera peut-être la paix grâce à vous, dit-il.

Je m'immobilise.

— Mais rappelez-vous que si c'est le cas, il ne vous appartiendra pas seulement de chérir Nikolaï, il vous appartiendra également de le protéger.

Je ne me retourne pas, ne réponds pas. Je poursuis mon chemin.

Il sait que j'ai entendu.

Il sait que j'ai compris.

Il sait que Nikolaï saura sans doute apaiser mon cœur, lui aussi.

Chapitre 14

Nikolaï

Kate rentre de sa promenade, pensive. Son visage est d'une pâleur extrême.

Inquiet, je lui demande :

— Tout va bien ?

Elle s'efforce de sourire, mais je sens que c'est un sourire de pure composition. Alors, je me fixe aussitôt un objectif pour les heures à venir, chasser les préoccupations qui la tourmentent et ramener la joie dans ses beaux yeux bleus.

Aujourd'hui, c'est la journée du mois où les touristes sont autorisés à visiter le palais et le parc. Très vite, les réseaux sociaux vont être envahis par une multitude de posts : #journée royale, #vieaupalais, #princenikolaioùêtesvous, #princenikolaimevoilà…

Et à voir toutes les femmes qui se précipitent dès l'ouverture, ce n'est pas ce mois-ci qui va faire mentir les prévisions.

Invariablement, quelques sujets un peu trop enthousiastes essaient de s'introduire dans mes appartements privés. Une fois, une étudiante de l'université d'Edenvale a échappé aux gardes et réussi à gagner ma porte. Elle ne portait pour tout vêtement qu'un ciré jaune et des bottes ! Heureusement, X se trouvait dans mon antichambre, en train de pratiquer le lancer d'étoiles ninja, les fameuses armes de défense en acier appelées *shuriken*. En le voyant manipuler ces armes mortelles, la demoiselle a préféré arrêter là son exploration et elle a battu en retraite vers des lieux plus accueillants.

Mais aujourd'hui je n'ai aucune envie de me mêler à mes sujets. Pas plus que je ne souhaite de voir le public troubler l'intimité qui est en train de se développer entre Kate et moi. Je n'ai qu'une envie, l'enlever et l'emmener loin des regards indiscrets. Grâce à mon hélicoptère, c'est une option tout à fait plausible.

— J'ai une surprise, lui dis-je, saisissant un panier de pique-nique en osier.

En temps normal, X se ferait un plaisir de le porter, mais aujourd'hui je veux être le seul à m'occuper de tout pour Kate. Pendant les quelques heures qui vont suivre, on ne verra pas le prince Nikolaï, version mauvais garçon, à l'œuvre dans ses approches de séduction auprès des femmes. Ce sera un homme emmenant une femme merveilleuse dans un lieu qui ne pourra égaler son éclatante beauté, mais s'en approchera au plus près.

— Nous partons en pique-nique ? demande-t-elle.

— J'ai préparé moi-même les sandwichs… J'avoue m'être égaré en cherchant la cuisine du palais, dis-je avec un sourire contrit.

Kate pousse un gloussement à la fois interloqué et amusé.

— Oh non. Dites-moi que c'est une plaisanterie.

Je hausse les épaules.

— Dans mon monde, vous agitez une sonnette en argent et on vous apporte tout ce que vous désirez.

Elle me fixe un long moment de ce regard intense qui lui est propre et je sens mon cœur battre très fort. Ne voit-elle donc en moi qu'un grand enfant outrageusement gâté ?

— Ainsi, si vous agitez votre petite cloche d'argent, tous vos souhaits deviennent réalité ? demande-t-elle.

J'acquiesce d'un hochement de tête.

— Le personnel du palais y met un point d'honneur.

Elle jette un regard autour de la pièce.

— Cette clochette magique opèrerait-elle également pour moi ?

Une pensée me traverse l'esprit. *Kate s'intéresserait-elle davantage à ma fortune qu'à moi ?*

Je rejette aussitôt cette hypothèse. Il s'agit de Kate. Elle n'est pas une croqueuse de diamants. Elle ne le sera jamais.

— Bien sûr, dis-je. Elle est là, sur la table, à côté du fauteuil.

— Est-il possible de faire apparaître Hugh Jackman ? Dans la version Wolverine ?

L'air me manque soudain. Je tousse dans mon poing.

— Que voulez-vous que j'y fasse ? dit-elle en me regardant avec de grands yeux innocents. J'aime les hommes qui ont un côté sauvage.

Je m'avance vers elle, pose les mains sur ses hanches et la plaque contre moi. Mon sexe est déjà en érection.

— Vous voulez que je grogne et que je morde ?

— Pourquoi pas ? rétorque-t-elle d'une voix suave, enjôleuse.

Elle me rend fou.

— Vous jouez avec le feu.

— Êtes-vous en train de me dire que je vous enflamme ? demande-t-elle.

Puis elle bouge contre moi avec un petit sourire provocant. Je retiens avec peine un grognement.

— Venez avant que je ne vous saute dessus et que ces petits sandwichs au Nutella soient perdus.

— Des sandwichs au Nutella ? s'exclame-t-elle.

J'arbore un sourire satisfait.

— Avec des bananes d'Hawaï et sur du pain spécial importé de San Francisco.

Son regard s'est illuminé, enfin. Et la voir soudain si enthousiaste, si joyeuse, fait battre mon cœur plus vite.

— Les sandwichs au Nutella et à la banane sont mes préférés. Comment l'avez-vous appris ?

— Il se peut que j'aie jeté un coup d'œil sur votre compte Facebook. Vous ne postez pas souvent des informations. J'espérais qu'il y aurait un peu plus de photos.

Sa bouche s'arrondit en un O parfait, totalement adorable et incroyablement sexy.

Je poursuis.

— Dans la section « À propos de moi » de votre profil, il est dit…

Je m'éclaircis la voix.

— « Le chemin le plus court pour gagner mon cœur est le sandwich au Nutella. »

— Je plaide coupable, dit-elle en riant. Si vous lisez la suite, vous verrez qu'il est écrit que si vous voulez le garder pour toujours, il suffit d'ajouter des bananes.

— Et ça marche aujourd'hui ?

Elle a un haussement d'épaules.

Nous nous apprêtons à partir lorsque je me ravise soudain.

— Attendez une seconde, il faut que je vous donne quelque chose.

J'ouvre la penderie de l'entrée et en sort deux cintres. Sur l'un se trouve une très jolie robe à fleurs, toute neuve, et sur l'autre, l'une de mes vestes.

— C'est X qui a choisi cette robe pour vous, au cas où vous souhaiteriez vous changer pour notre voyage. Et moi, je veux m'assurer que vous n'aurez pas froid en route, alors je préfère que vous emportiez cette veste.

Elle sourit en regardant la robe, mais fronce les sourcils devant ma veste.

— Avez-vous l'intention de pousser la climatisation à fond dans la Rolls ?

— Non. Nous allons voler à trois cents mètres d'altitude.

Je souris devant son air incrédule.

— Nous prenons mon hélicoptère pour nous rendre dans un lieu que je veux vous faire découvrir.

Je me penche et pose un baiser sur son front.

— Vous, moi, et le plus bel endroit du monde. Ça devrait aller, non ?

Kate

Nikolaï boucle ma ceinture de sécurité et ajuste la jugulaire de mon casque.

— Vous tremblez. Vous avez peur ? demande-t-il en posant le plus tendre des baisers sur le bout de mon nez.

J'inspire, les lèvres tremblantes.

— J'imagine que le moment n'est pas très bien choisi pour vous dire que je n'ai jamais volé.

Il me sourit.

— En hélicoptère, vous voulez dire.

— Non, en avion. Je ne suis jamais allée plus loin que là où pouvait me conduire un train. Et à vrai dire, je n'ai pas beaucoup voyagé en dehors d'Edenvale.

J'ai presque honte de le lui avouer. C'était mon fiancé, l'aventurier. Mais un aventurier de l'extrême et je n'ai jamais eu le désir de me joindre à lui. De plus, la santé de ma grand-mère décline depuis pas mal d'années, déjà.

— Nous verrons bien, dis-je, avec un petit haussement d'épaules.

Je ne veux pas gâcher le plaisir de Nikolaï.

— J'imagine que je suis le genre de personne qui n'aime pas prendre de risques.

Enfin… C'était avant que je laisse le futur roi de mon pays me donner du plaisir dans les jardins du palais.

La tête me tourne. Mon monde est si petit en comparaison du sien, et chaque révélation concernant ma vie ne doit pas manquer de le lui rappeler.

Il pose les mains sur mes hanches, des mains fermes et rassurantes. Je dois avoir l'air complètement ridicule avec ce casque, à trembler sur mon siège. Mais il se penche et m'embrasse. Un baiser qui me promet qu'avec lui je serai en sécurité.

— Il y a tant de choses que je veux vous montrer, murmure-t-il. Je veux vous offrir le monde.

Je retiens mon souffle.

— Moi aussi, j'en ai envie.

Il m'embrasse une dernière fois, et déjà il gagne son siège et s'y installe.

Sa ceinture bouclée et son casque attaché, il presse quelques boutons, une série de commandes, puis se saisit de ce qui m'apparaît être un levier de vitesse très sophistiqué. Et soudain, il se fait un grand vide au creux de mon ventre au moment où nous quittons le sol.

Je pousse un cri.

— Ça va ? demande aussitôt Nikolaï dans mes écouteurs.

C'est alors que je pars d'un petit rire nerveux.

— C'est… C'est… fantastique.

Je m'émerveille en voyant le paysage s'éloigner, le palais rétrécir à vue d'œil, puis tout Edenvale, le seul pays que je connais, disparaître peu à peu. Subjuguée, je me tourne vers Nikolaï, les yeux écarquillés.

Il hoche la tête.

— Je sais, dit-il. Je sais.

Nous nous élevons au-dessus des montagnes et des vallées. Les collines vertes qui ondulent et marquent la limite de notre pays se déroulent sous mes yeux tel un tapis émeraude.

— Prenez-le, dit-il, en désignant du menton le manche à balai près de ma jambe.

Je ne veux pas et secoue violemment la tête.

— N'ayez crainte, je suis là. Nous ne tomberons pas.

J'avale ma salive, nerveuse, et je fais ce qu'il me dit. Il appuie de nouveau sur quelques boutons, puis il me regarde avec un grand sourire.

— Maintenant… Inclinez-le doucement vers la droite.

Je m'exécute d'une main tremblante, tout entière crispée

à l'idée que, par cette simple manœuvre, je peux soit nous diriger exactement où Nikolaï le souhaite, soit nous précipiter vers notre perte. À ma grande surprise, l'hélicoptère vire à droite et je ne peux retenir un cri de victoire.

— Je sais le diriger !

— Oui, vous savez le faire, Kate.

Mon cœur se met à battre plus fort en l'entendant prononcer mon nom, reconnaître que j'ai vaincu ma peur. Tout cela me paraissait impossible, mais c'est pourtant bien moi qui l'ai fait.

Deux heures plus tard, nous nous posons dans le champ le plus vert et le plus luxuriant que j'aie jamais vu. Nikolaï me conduit un peu plus loin, vers une petite route de campagne. Une moto est là, garée sur le bas-côté.

Je vais de surprise en surprise.

— Comment avez-vous…

Nikolaï ne me laisse pas poursuivre. Il prend ma bouche en un baiser profond, intense, qui dit tout de son désir de moi et qui me laisse chancelante.

— Attention, dit-il, lorsqu'il libère mes lèvres. La journée ne fait que commencer.

Ma grand-mère. La réalité fait une brusque intrusion dans le rêve qui va commencer.

— Nikolaï, il faut que je rentre…

Il pose un baiser sur le bout de mon nez.

— Oubliez votre quotidien, ne serait-ce qu'une journée. Je promets de vous ramener à votre vie… Et moi, je reprendrai la mienne.

Il y a du regret dans sa voix.

— Accordez-moi juste cette journée.

J'acquiesce et ravale les larmes qui ont jailli dans mes yeux.

Il attache le panier de pique-nique à l'arrière de la moto et, de nouveau, il me met un casque. Puis il m'aide à monter et s'installe devant moi.

— Tenez-vous bien, dit-il, lorsque je referme les bras autour de sa taille.

La route monte et descend, pleine de virages, traîtres parfois, tandis que nous roulons à flanc de montagne. Nikolaï ne m'a pas dit où nous nous trouvions, mais lorsque nous arrivons à destination, je sais que cette journée qui commence tout juste sera la plus belle de ma vie.

— Nikolaï, dis-je tandis qu'il m'aide à descendre de moto.

Je m'apprête à poursuivre, mais l'émotion me saisit et je reste sans voix devant le paysage somptueux qui s'offre à mes yeux.

Des rochers blancs s'élèvent tout autour d'un bassin empli d'une eau turquoise et dans lequel se jette une cascade.

Nikolaï ôte son casque et m'enlève le mien tandis que je continue de fixer, ébahie, le paysage magnifique.

— Je voulais vous emmener dans un endroit digne de vous, dit-il. D'une beauté qui soit à la hauteur de la vôtre, mais c'est impossible. Je pense que ce lieu est celui qui s'en approche le plus.

Cette fois, l'émotion me submerge et je suis impuissante à retenir mes larmes. Elles roulent sur mes joues. Je ne crois pas avoir jamais connu pareil bonheur.

Nikolaï détache le panier, soulève le couvercle, et en sort des chaussettes et une paire de chaussures de marche.

Je jette un coup d'œil à mes pieds, à mes petites ballerines bien pratiques, mais qui ne sont guère adaptées au terrain que nous nous proposons de fouler.

— Vos pantoufles de vair, Cendrillon, dit-il.

Je m'appuie contre la moto. Il m'enfile une première chaussure et la lace. À la seconde, il laisse sa main remonter doucement le long de ma jambe, puis il se penche et dépose toute une série de petits baisers dans le sillage de sa caresse.

Je lui donne une petite tape sur la tête.

— Mon sandwich au Nutella d'abord, dis-je en riant.

Mais s'il le voulait, je pourrais être à lui, là, tout de suite, au bord de la route.

Nous gagnons le bassin et Nikolaï étend une couverture sur la rive.

— Sommes-nous seuls ? demandé-je. Et vous ne m'avez toujours pas dit où nous nous trouvions.

Il saisit un sandwich dans le panier, ôte le papier qui l'enveloppe et en coupe une bouchée.

— Nous sommes dans les montagnes les plus reculées de l'ouest de Rosegate.

Il porte la bouchée à mes lèvres et je pousse un soupir de bonheur lorsque le goût du chocolat, de la noisette et de la banane se mêlent sur ma langue.

— Et je peux vous assurer que personne ne viendra se baigner ici aujourd'hui, dit-il.

J'avale ma salive, brusquement angoissée et je demande :

— L'eau est profonde ?

— Un mètre cinquante au maximum. Mais nous ne sommes pas obligés de nous baigner. Je savais que vous n'en auriez peut-être pas le désir. Cependant, je ne pouvais pas ne pas vous montrer ce lieu.

Je secoue la tête. Je veux lui montrer que je suis courageuse et me le prouver à moi aussi. Je suis déjà allée dans l'eau de mon plein gré. Le problème c'est que j'ai tout oublié de la façon de nager.

— Vous me protégerez ?

Il emprisonne mon visage entre ses mains.

— Oui, bien sûr, Kate. Vous pouvez compter sur moi. Je vous protégerai toujours.

Il plonge son regard dans le mien et je sais qu'il dit la vérité. Il me protégera toujours. Toujours… Ce dernier mot me réchauffe le cœur.

Je m'écarte de lui et ôte mes chaussures. Puis je fais glisser ma robe le long de mes épaules et m'en débarrasse. Il me regarde, interloqué.

— Vous… Vous ne portez rien dessous ? bredouille-t-il.

— Vous m'avez offert un magnifique cadeau, aujourd'hui. À mon tour de vous offrir quelque chose.

Il est près de moi. Je tends la main et commence à déboutonner sa chemise.

— Il y a quelque chose que je voulais vous dire. Il… Il ne s'est rien passé, avec aucun homme, pendant deux ans avant vous.

Je ferme les yeux et presse les paupières, attendant que la gêne que j'éprouve se dissipe. Lorsque je sens ses doigts effleurer ma joue, je les rouvre et ne lis que pure adoration dans son regard.

— J'étais fiancée et il… Il s'est tué. Je ne vous en ai rien dit parce que…

— Ne vous inquiétez pas, répond-il, d'une voix douce, rassurante, tandis qu'il referme la main sur ma joue. Je crois que nous nous ressemblons encore davantage que nous ne le pensions.

Je sais qu'il songe à Victoria. Et peut-être a-t-il raison. Peut-être nos mondes ne sont-ils pas si éloignés l'un de l'autre, après tout.

— Ce que j'essaie de dire c'est que… Que j'ai continué à être sous contraceptif pendant tout ce temps. Parce que c'était plus simple… Parce que j'espérais qu'un jour, peut-être…

Il sourit.

— Il n'y a pas de problème de mon côté, dit-il, devinant ce que je n'ose demander. Je suis peut-être un séducteur qui a multiplié les aventures, mais j'ai toujours pris mes précautions et fait des contrôles réguliers.

Je secoue la tête, décidant de lui faire confiance plutôt que de songer à la vie qu'il a menée avec d'autres femmes.

— J'ai envie de faire l'amour avec vous… sans rien, juste comme ça, Nikolaï, dis-je. Si vous en avez envie, vous aussi.

— Il n'y a qu'une seule personne avec laquelle j'ai

fait l'amour ainsi. Et il n'y a rien que je désire davantage aujourd'hui, murmure-t-il à mon oreille.

J'achève alors de le déshabiller, m'émerveillant de son corps nu, athlétique, aux muscles parfaitement dessinés.

Du bout des doigts, j'effleure le tatouage de la boussole sur sa poitrine, j'en dessine le contour.

— Que signifie-t-elle ?

Il saisit ma main, la porte à ses lèvres et en embrasse la paume.

— Elle signifie que j'étais perdu, explique-t-il. Mais je ne le suis plus.

Je hoche la tête, incapable de parler. Nous descendons avec précaution vers le bassin, escaladons les rochers, et nous laissons glisser dans l'eau tiède, cristalline.

— Faites-moi l'amour, dis-je, nouant les bras autour de son cou.

Son sexe tendu et dur presse ma chair et je suis déjà tout humide, prête à l'accueillir.

Il pénètre en moi. Je pousse un cri de bonheur et referme les jambes autour de sa taille.

Je ne pèse plus rien dans l'eau. Je ne pèse plus rien dans ses bras. La gravité n'existe plus.

Et je ne veux plus jamais, jamais, redescendre sur terre.

Chapitre 15

Nikolaï

Je plonge en Kate et sens l'étroit fourreau de sa chair accueillir mon sexe, le presser délicieusement. Et un mot surgit soudain dans mon esprit, s'imposant à moi comme une évidence : j'ai trouvé mon *havre*.

J'ai parcouru le monde, j'en connais tous les continents. J'ai descendu à ski les pentes escarpées des plus hauts sommets des Alpes, arpenté des jungles pleines de fauves, fréquenté les sex-clubs les plus huppés de la majorité des grandes métropoles de la planète, et pourtant je me suis toujours senti à la dérive, vide, comme à distance.

Kate n'a peut-être jamais mis un seul pied au-delà de la frontière de notre petit royaume, mais lorsque nos regards se rencontrent, c'est l'univers tout entier que je vois se refléter dans ses yeux.

Elle est mon *havre*.

Je me retire, saisis mon sexe tendu et dur, et en presse doucement l'extrémité contre son clitoris. Je le caresse, le titille, décrivant de petits cercles contre sa chair toute gonflée et moite. La tête me tourne tant la sensation est délicieuse, tant mon envie, mon besoin d'elle, est intense. Je savais qu'elle m'avait ensorcelé et qu'elle me rendait fou, mais je n'ai pas de mots assez forts pour décrire ce que je ressens.

Elle entrouvre les lèvres et je vois ses pupilles se dilater.

— Dites-moi si c'est bon ? dis-je, la voix rauque d'émotion.

J'ai envie de la faire jouir si fort qu'elle gardera à tout jamais, imprimée dans son corps, la mémoire du plaisir que je lui aurai donné.

— C'est extraordinaire, mais…, répond-elle, sa voix se perdant soudain tandis que ses paupières se ferment.

J'écarte une mèche de cheveux de sa joue.

— Je ne veux plus de secrets entre nous. Plus de barrières. Je suis là, nu, offert à vous. J'attends la même chose de vous.

— Je vous veux en moi, dit-elle.

Le désir dans sa voix, l'urgence que j'y sens, embrasent mon corps.

— Vos désirs sont des ordres…

Je la soulève, referme haut ses jambes autour de ma taille. Elle bouge, se tortille, tente de descendre, mais je la maintiens fermement et gagne la cascade.

— Nikolaï, je vous en prie… Maintenant.

J'ai la ferme intention de la prendre, de m'immerger en elle si profondément, si totalement, que nous ne ferons qu'un, nos deux corps unis au point de ne plus savoir où elle commence et où je finis. Mais auparavant, je veux lui faire une surprise.

Nous passons sous la cascade. Le martellement de l'eau qui dévale les rochers n'est rien en comparaison du battement assourdissant du sang dans mes tempes. Bientôt, nous débouchons dans une grotte. Il y a une étroite crevasse dans la roche, au-dessus de nous, et un rayon de lumière dorée éclabousse les parois de cristal.

Kate écarquille de grands yeux.

— Quel est donc ce lieu magique ?

J'enfouis mon visage au creux de son cou et, tout en me grisant des effluves évanescents de Chanel N° 5, je murmure :

— C'est la grotte des Diamants. N'est-ce pas magnifique ?

Je sens sa poitrine se soulever contre moi.

— Oui, dit-elle. D'une beauté à couper le souffle.

Je souris, saisis son menton.

— Je ne parlais pas de la grotte.

D'un seul coup de reins, je suis de nouveau en elle. Bon sang. Les muscles de mes reins, de mes fesses se contractent. Elle est plus douce que la soie, étroite, mouillée… Parfaite. J'ai envie de la prendre sauvagement, de la faire mienne et malgré ce désir fou qui me taraude, je ne veux penser qu'à elle. Tout est pour elle, aujourd'hui, ce voyage, cette découverte, ce moment. Alors, je prends le temps. Je vais et viens lentement en elle, la provoquant, pressant son clitoris à chaque passage, prenant possession d'elle dans un rythme hypnotique. Lorsque je la soulève, la hisse sur un rocher tout lisse, elle pousse un gémissement de plaisir.

L'eau d'une source chaude ruisselle sur la paroi. Elle glisse sur son dos, sa poitrine, ruisselle entre ses jambes, éclaboussant mes cuisses.

— C'est délicieux, murmure-t-elle, la respiration haletante.

Elle s'arc-boute et je l'ouvre plus encore, saisissant ses jambes, et je m'enfonce en elle jusqu'à la garde. Son sexe palpite autour du mien. Un désir sauvage étreint ma poitrine. C'est incroyable comme elle est réceptive. Je la sens déjà proche de jouir et rien ne peut m'exciter davantage. Mais je me retiens. Je veux garder le contrôle. Je ne veux pas lâcher prise avant elle.

Je me penche, saisis un mamelon dans ma bouche. J'en lèche la pointe du plat de la langue tandis que je plonge en elle, de plus en plus profondément. Je sens ses ongles griffer mes épaules, les palpitations de sa chair autour de moi s'intensifier.

— Regardez-moi, dis-je. Regardez-nous. Regardez-vous prendre tout ce que j'ai à donner.

Et nous nous regardons à travers l'eau cristalline, hypnotisés par la vue de mon sexe gonflé et dur pénétrant la corolle nacrée du sien. C'est le spectacle le plus beau qui se puisse voir.

— C'est ici que je veux être, lui dis-je. En vous. Je veux vous donner tout ce que j'ai.

— J'aime vous regarder me prendre, dit-elle, le souffle court.

— Et moi, j'aime me voir en train de le faire.

Soudain, le halètement de sa respiration se mue en un cri rauque.

— Je vais jouir, dit-elle dans un hoquet. Ni… Nikolaï…

Au moment où elle crie mon nom, je lâche prise. Ma semence jaillit en longs spasmes et mon râle de plaisir se mêle à ses gémissements lorsque je prends sa bouche.

Nous passons la journée ainsi, à faire l'amour dans la grotte des Diamants et à parler de nous en grignotant les sandwichs au Nutella.

Lorsque nous prenons finalement le chemin du retour en hélicoptère, elle s'endort sur son siège, comblée. Et je confie mon secret aux étoiles qui scintillent dans le ciel sombre. Cette vérité, cette évidence qui dévore mon cœur et que je ne suis pas encore capable de lui avouer.

Pour le moment, elle n'est connue que des étoiles et demeure enfouie au plus profond de mon âme, depuis si longtemps plongée dans l'obscurité.

Kate

Je sens ses doigts effleurer doucement mon visage. Je bouge sur mon siège, vaguement consciente de ce qui m'entoure. Je suis dans un hélicoptère, je crois, mais je ne veux pas quitter mon rêve. Un rêve dans lequel Nikolaï me dit qu'il m'aime.

— Nous sommes de retour. Il est temps de vous réveiller.

Sa voix est douce à mon oreille et mon corps me trahit, mes yeux s'ouvrent malgré moi et m'arrachent au conte de fées dans lequel je désire de toutes mes forces demeurer. Je veux que Nikolaï me dise encore qu'il m'aime. Parce que, bien entendu, il n'a jamais prononcé ces mots d'amour, et je ne suis pas la princesse qui vivra pour toujours, heureuse, à ses côtés. Pourtant, après la merveilleuse journée que je viens de passer, je ne peux m'empêcher de rêver à l'impossible.

Les pales de l'hélice se sont immobilisées et Nikolaï a ôté son casque. Je porte la main à ma tête. Je n'ai plus de casque non plus.

— Oh ! dis-je, émergeant finalement. J'étais partie très loin, je crois. Quelle heure est-il ?

C'est alors, seulement, que je me rends compte que le soleil est en train de se coucher. Je songe soudain à Maddie qui passe la journée à l'hôpital avec grand-mère.

— Il est 18 heures passées, dit-il. Ça va ?

Je me lève d'un bond, tente d'ouvrir la portière.

— Je suis désolée. Ce fut une journée… une journée merveilleuse. Mais je suis en retard. Un problème familial. Je… Je dois absolument partir.

Je dois paraître totalement paniquée parce qu'il saute au bas de l'hélicoptère, en fait rapidement le tour, et m'aide à descendre.

— Où devez-vous vous rendre ? Je vais vous y conduire tout de suite.

Nous quittons la piste et l'héliport. Je m'attends à trouver X venu nous chercher en Rolls. Mais à la place, j'aperçois la reine Adèle flanquée de deux gardes. Christian Wurtzer est là, également, et une jeune femme que je reconnais aussitôt pour l'avoir souvent vue en couverture des magazines : Catriona Wurtzer. Elle affiche un sourire satisfait, une main ostensiblement posée sur son ventre plat.

— Que se passe-t-il ? demande Nikolaï, surpris.

Et visiblement agacé.

Christian a le visage crispé et je sens qu'il s'efforce de se contrôler. Quel que soit le problème, on sent qu'il se retient pour ne pas sauter à la gorge de Nikolaï.

La reine pince les lèvres.

— Voyons, Nikolaï, vraiment ! Batifoler avec notre employée… J'aimerais savoir comment Mlle Winter compte gagner le double de son salaire pour vous amener à vous marier si elle ne peut pas s'empêcher d'écarter les cuisses en votre présence.

Elle pose un regard glacial sur moi.

— Et vous !

Elle hausse les sourcils.

— Je sais que je vous ai demandé de gagner la confiance du prince, pourtant jamais je n'aurais imaginé que vous iriez jusqu'à le séduire. Mais je suppose que c'est une manière comme une autre de procéder.

Son coup porté, la reine arbore un sourire victorieux.

— Un double salaire ? Quel double salaire ? De quoi s'agit-il ? demande Nikolaï.

Le monde chancelle autour de moi. Je me sens prise de nausée.

Un muscle tressaute à la mâchoire de Christian. Catriona étouffe un rire. Et lorsque je me tourne vers Nikolaï, la lumière déjà quitte ses yeux et une froideur de glace fige son regard.

— Un double salaire, répète-t-il, d'une voix où perce l'amertume.

— C'est dans le contrat, dis-je, dans un sanglot étranglé. Vous en avez eu un double. La somme y est stipulée. Ce n'est pas un secret.

Mais il me dit qu'il ne l'a pas lu.

Ce qui signifie que le reproche peut m'être fait d'avoir menti par omission. J'ai vraiment pensé que s'il n'était pas au courant, il ne pourrait pas souffrir des manœuvres de la reine. Je nous ai crus assez forts pour la battre à son propre jeu, mais quelle illusion ! Nous n'avions pas la moindre chance de la vaincre.

— Je vous ai fait confiance, dit-il. Mais j'imagine que

gagner ma confiance faisait aussi partie de votre mission. Je ne pensais pas que vous vous serviriez d'un contrat pour tenter de me prouver que vous n'étiez pas comme les autres femmes qui intriguent pour se retrouver dans mon lit. S'il ne s'agissait pas d'une manœuvre contre moi, pourquoi n'avoir rien dit, dans ce cas ?

Les paroles sont acerbes, le ton amer.

— Est-ce pour cette raison que vous me mettiez au défi, parce que vous étiez certaine de réussir ? Parce que vous vous étiez alliée avec la personne qui me méprise le plus au monde ?

Il s'avance vers moi. Son visage ne se trouve qu'à quelques centimètres du mien, la mâchoire crispée. Une veine bat dans son cou, signe de la tension et de la colère qui l'animent.

— Y a-t-il eu un *seul* instant de vrai, de sincère, entre nous ?

Chaque mot me transperce le cœur tel un poignard acéré.

— Nikolaï, vous *savez* que tout était vrai, que j'étais sincère, dis-je.

Mais comment pourrait-il me faire confiance maintenant, alors que la reine ne lui dit que la vérité, après tout ? Sauf qu'elle n'a pas demandé mon aide, elle l'a exigée avec ses menaces à peine voilées. Je n'ai pas eu le choix. Je *suis* devenue son alliée. Et même si j'ai gagné la confiance de Nikolaï, je ne lui ai jamais totalement accordé la mienne. Sinon j'aurais eu le courage de tout lui avouer.

Aujourd'hui, je savais que je m'offrais à lui sans réserve. Et la possibilité qu'une relation existe entre nous m'a fait croire que je n'avais plus rien à craindre de la reine, que je pouvais parler de ma grand-mère à Nikolaï, lui dire pourquoi il fallait que je réussisse, même si cela signifiait avoir le cœur brisé.

Elle s'est jouée de moi. De lui. Et maintenant, elle va gagner.

— De l'argent, dit-il.

Sa voix est si distante que j'ai peine à croire que c'est le même homme qui m'a réveillée avec tant de tendresse, un moment plus tôt.

— C'était cela que vous espériez gagner, en fait ?

Je secoue la tête, refusant de croire qu'une simple déclaration de la reine peut tout changer, tout faire basculer.

— Vous savez que c'est faux. Elle m'a *contrainte* d'accepter. Je n'ai pas eu le choix. J'aurais dû tout vous dire, mais ne pas l'avoir fait ne signifie pas…

— Assez ! dit-il. Je ne veux plus rien entendre. Pourquoi m'en auriez-vous parlé si me séduire pouvait vous faire gagner tellement plus ?

Il nous regarde tour à tour, la reine et moi. Son regard est glacial.

— Vous voulez savoir pourquoi je refuse de me marier ? demande-t-il.

Il n'attend même pas la réponse.

— Parce que la dernière femme à laquelle j'ai demandé d'être ma reine était d'accord pour accepter ma main alors qu'elle en aimait un autre. Tout cela parce que le titre qu'elle y gagnait importait plus que tout le reste. Aujourd'hui, elle est morte, mon frère est banni, et je me retrouve à la case départ, à croire bêtement qu'une femme pourrait voir qui je suis au-delà des apparences.

Il fait un nouveau pas vers moi et je sens mes jambes flageoler. Je ne connais pas cet homme. Ce n'est pas le Nikolaï que j'aime. Ce n'est pas mon prince.

— Je vous l'ai dit. Je ne me marierai pas.

La reine a un rire sardonique et elle applaudit, frappant lentement dans ses mains.

— Très joli discours, vraiment. Bravo. Mais revenons-en aux faits. Ce n'était qu'une question de temps avant que vos petites aventures ne vous attirent des ennuis. Fort heureusement, le nombre de fois où vous avez batifolé avec la baronne, ici présente, semble avoir joué en votre faveur.

Un sourire mielleux déforme la bouche d'Adèle.

— Catriona est enceinte. Elle porte votre héritier. Vous allez donc vous marier et assurer l'alliance définitive avec Rosegate… À moins que vous ne préfériez perdre le trône.

Nikolaï, interdit, se tourne vers son ex-maîtresse. Il la fixe et je vois son regard descendre vers la main qu'elle garde posée sur son ventre.

Des larmes brûlantes jaillissent de mes yeux, coulent sur mes joues parce que je sais, maintenant, que nous n'avons jamais eu la moindre chance, Nikolaï et moi. La reine avait dit qu'elle lui trouverait une épouse et que je soutiendrais son initiative. Benedict pouvait toujours chercher une faille dans le décret royal, notre histoire était depuis le début vouée à l'échec.

— Emmenez-la, dit soudain la reine. Je déciderai ensuite de ce que je dois faire d'elle.

Avant même d'avoir compris qu'elle parle de moi, je vois deux gardes apparaître à mes côtés. Ils me saisissent par les bras.

— Que faites-vous ?

Je suis affolée, mes joues sont couvertes de larmes.

— Votre Altesse, intervient Christian. Vous n'aviez jamais parlé de l'arrêter.

Mais la reine écarte sa remarque d'un revers de main.

— Emmenez-la ! répète-t-elle.

Les gardes m'entraînent aussitôt vers une voiture garée en bordure du parc.

— Nikolaï…

Je l'appelle tandis qu'on m'emmène.

— Écoutez-moi, je vous en prie ! Vous savez que je n'ai pas agi pour de l'argent. Je sais que vous le savez.

Mais il ne me répond pas tandis que les gardes m'entraînent toujours plus loin de lui.

J'ai envie de crier de nouveau, d'appeler. Mais qui ? Nikolaï est figé sur place, interloqué, choqué. Je n'ai aucun allié.

Je m'écroule sur la banquette arrière de la voiture, les yeux noyés de larmes, si bien qu'il me faut plusieurs secondes avant de comprendre où je me trouve.

Un minibar. Une bouteille de whisky. Et lorsque je lève la tête, la paroi de verre entre le chauffeur et moi descend.

— Nous allons au donjon, mademoiselle ? demande le chauffeur.

Et je m'autorise une lueur d'espoir.

X ?

Chapitre 16

Nikolaï

Adèle a un petit claquement de langue.

— Tss, tss, tss.

Puis sa bouche s'arrondit en une moue prétendument aimable qui ne rend que plus grotesque encore le triomphe qui se lit dans son regard. Je me demande, et ce n'est pas la première fois, comment elle est parvenue à conquérir le cœur de mon père. Elle est issue d'une très ancienne famille de l'aristocratie d'Edenvale, malheureusement souillée par une longue lignée de félons. Des hommes qui, au fil de l'histoire, ont trahi notre trône pour réaliser de juteux échanges commerciaux avec Nightgardin, espérant ainsi tirer profit d'une déstabilisation. Les têtes de quelques-uns de ses ancêtres ont orné le pont du palais en guise d'avertissement pour ceux qui oseraient de nouveau nous tromper.

Je serre le poing, regrettant, tant ma colère est grande, qu'elle ne puisse passer elle-même par la hache et le billot.

— Nikolaï, vous n'avez pas honte, reprend Adèle. Tromper ainsi cette pauvre fille… J'espère au moins que vous vous êtes bien amusé à ce petit jeu. Je suis certaine qu'elle s'en remettra d'ici… Oh ! dix ou vingt ans.

Elle adresse un regard à Catriona et toutes deux partent du même petit rire malveillant.

Je ne sais plus que penser. Il y a encore deux heures,

je faisais l'amour à une femme dont j'étais certain qu'elle pouvait lire en moi et voir, au-delà des apparences, un homme digne de son cœur. Et maintenant, on vient me dire qu'il s'agissait d'un mensonge ? Que tout ce qu'elle voulait, c'était doubler son salaire ? Ce n'est pas tellement la question de l'argent qui me met en colère, c'est qu'elle se soit alliée avec la reine plutôt qu'avec moi. Et que je me sois montré assez stupide pour croire qu'elle ne s'intéressait à moi que pour moi-même.

Quel crétin je fais !

Un profond dégoût de moi m'assaille. Mais je prends bien garde de n'en rien laisser paraître.

Bien au contraire, je plaque sur mes lèvres un sourire ironique, dédaigneux.

— Dommage, dis-je, prenant un ton glacial, une voix dégoulinante de mépris. Pour une roturière, elle faisait vraiment l'amour comme une reine.

Je pose mon regard sur Catriona, ses cheveux blond cendré, son teint de porcelaine, ses yeux d'un bleu très pâle. Deux lacs arctiques. Il n'y a que froideur en elle. Je prends tout mon temps pour détailler son corps parfait.

— Très chère, dis-je. Il était inutile de feindre d'être enceinte pour attirer mon attention. Si je me souviens bien, nous n'en avions pas fini ensemble.

Je hausse un sourcil et ajoute avec perfidie :

— Vous m'aviez promis d'exaucer un de mes fantasmes, en particulier, et vous ne l'avez pas encore fait.

— Salopard ! lance Christian, se précipitant sur moi.

Les deux gardes, déjà de retour, l'interceptent.

— Je croyais que tu allais dire « Votre Majesté ».

J'époussette le devant de ma chemise.

— Il me semble que lorsque tu t'adresses à moi, il conviendrait de m'appeler sire, prince ou Votre Majesté. Tu pourrais même en rajouter un peu, toi qui as toujours été servile lorsque nous étions au lycée.

Et il l'était, en effet. Ce qui lui valait d'accumuler les distinctions pendant que moi, je m'envoyais en l'air avec Mlle Teatree, notre assistante de français, à l'arrière de ma Rolls, durant la pause du déjeuner.

— Je vais t'arracher ta langue de vipère, éructe-t-il.

— Ta loyauté envers ta sœur est tout à ton honneur, dis-je, d'un ton désinvolte. Mais elle n'en demeure pas moins problématique. Parce que, soit Catriona ment, auquel cas tu es un imbécile, soit elle dit la vérité et tu es en train de menacer non seulement ton futur roi, mais également le père de ton neveu. Un enfant qui sera le seul à perpétuer ta noble lignée, compte tenu de ton… problème.

Christian me fixe d'un regard meurtrier. Il a contracté les oreillons assez tardivement et le médecin lui a annoncé qu'il était probablement stérile. Une situation très dommageable car elle met en péril son petit territoire très convoité. Rosegate a besoin d'un héritier. Edenvale a besoin de consolider l'alliance. En dépit des circonstances, ce mariage serait un accord très avantageux.

— Je parie que tu es un imbécile, dis-je.

Puis je me tourne vers Catriona.

— Comment sais-tu que tu es enceinte ? Chercherais-tu à me faire croire que, par quelque magie, tu es capable de dire que mon enfant est en train de grandir en toi ?

— Ne soyez pas ridicule, rétorque Adèle, faisant signe à un serviteur qui se tient sur le côté.

Il tient à la main un plateau d'argent sur lequel se trouve une boîte au couvercle en forme de cygne.

Il accourt et soulève le couvercle d'un geste ample, découvrant un test de grossesse qui affiche une double ligne.

— Je ne lis pas les hiéroglyphes, dis-je.

— Jouer les idiots ne vous sied pas du tout. Il est évident que le test est positif, dit Adèle.

La victoire est partout inscrite sur ses traits méprisants.

— Vous avez répandu en elle votre semence de dépravé. Il est temps d'assumer votre devoir.

— Un petit bébé, dit Catriona, un sourire incertain flottant sur ses lèvres. Un futur roi ou une future reine. De plus, Rosegate s'unira enfin avec Edenvale, et Nightgardin sera contraint d'abandonner toute velléité d'annexion.

Ma belle-mère incline la tête comme si jamais vérité plus juste n'avait été proférée. Quel objectif diabolique a-t-elle en tête ? Il faut que je réfléchisse, mais mon cerveau refuse de réagir, de traiter plus d'un problème à la fois. Pour l'instant, je ne pense qu'à une chose : comment ai-je pu laisser une femme faire semblant de s'intéresser à moi ? Comment ai-je pu baisser ma garde et laisser Kate accéder à mon être le plus profond ?

Ma belle-mère me hait, me rend responsable de la mort de sa fille, mais pourquoi est-elle à ce point déterminée à me voir épouser Catriona, ou tout simplement à me voir me marier ? Je suis absolument persuadé qu'elle n'a que faire de renforcer les liens avec Rosegate.

Les rouages de mon cerveau engourdi commencent à reprendre vie. Le doute se glisse en moi tel un serpent. Je n'ai jamais omis d'utiliser un préservatif avec Catriona. De plus, elle m'a toujours assuré être sous contraceptif. Si Kate a pu s'allier avec Adèle, pourquoi pas Catriona ?

— Le mariage aura lieu dans trois jours, dit Adèle. Un mariage très privé et une cérémonie qui scellera définitivement nos liens.

La reine est peut-être très habile, mais question intelligence, ce n'est pas une flèche. Et elle n'est pas non plus très subtile.

— Je ne crois pas, non, dis-je, les dents serrées. Je sais que je n'ai été pour vous qu'une source continuelle de mécontentement et que je n'ai contribué qu'à contrecarrer vos petits projets égoïstes. Mais il va falloir ajouter cette nouvelle déception à la liste de mes fautes : je ne me marierai pas.

Je me détourne. Les pensées se précipitent dans mon

esprit. Si Catriona porte mon enfant, il n'est pas question que je les abandonne, elle et ce bébé innocent. Mais je ne l'épouserai pas. Je vais faire procéder à un test de paternité et j'aviserai ensuite. Même si mon être tout entier souffre en songeant à la trahison de la femme qui vient juste de disparaître dans la nuit, je sais que ce que j'ai vécu de mon côté n'était pas une illusion, c'était bien réel. La douleur oppresse ma poitrine et me coupe le souffle à l'idée qu'il ne s'agissait que d'un jeu pour elle. Le courage me manque et le vide est tel que je n'ai qu'une envie, me laisser choir à genoux et me mettre à hurler. Taper dans un mur jusqu'à en avoir les poings en sang.

L'amour demeurera une malédiction pour moi. Jamais il ne me sauvera. Lorsque mon père mourra, je prendrai sa place sur le trône, mais mon cœur sera aussi dur que la pierre. Catriona portera peut-être mon bâtard, mais jamais elle ne sera ma reine.

X. J'ai besoin de X. Il saura ce qu'il faut faire. Même si c'est me faire boire jusqu'à ce que j'oublie jusqu'au souvenir de cette maudite journée. Il saura.

— Je te rendrai heureux, dit Catriona avec juste ce qu'il faut de trémolos dans la voix.

Quelle comédienne ! Elle est si douée que je serais presque tenté de la laisser accéder au trône rien que pour assister au spectacle.

— Chère Catriona, il n'y a qu'une seule raison pour laquelle j'ai couché avec toi. Enfin, disons deux. Mais la principale était de tenter de découvrir si ton frère avait encore vendu à la presse à scandale des informations me concernant.

— De quoi parles-tu ? s'exclame Christian.

— Depuis un an, chaque fois que je bouge le petit doigt, des photos apparaissent sur le Net et dans la presse écrite. En dépit de ma réputation, j'entends protéger ma vie privée quand cela me chante. J'ai toujours su que quelqu'un, dans mon entourage, vendait des informations aux médias. Et c'était toi, depuis le début. C'était toi, Catriona, la petite taupe.

Je décide d'être à la hauteur de ma réputation, dureté et morgue.

Il n'y a personne en qui je puisse avoir confiance. Je suis comme j'ai toujours été, seul.

Catriona presse une main sur son cœur.

— Comment peux-tu m'accuser d'un comportement aussi vil ?

J'ai un rire froid qui secoue mes épaules.

— À l'instant où Christian a fait irruption à l'hôtel, me découvrant avec toi, j'ai su que ce n'était pas lui le responsable. Il était très en colère, mais rien n'a filtré ensuite. Il y a seulement eu une tentative de faire des révélations à un magazine national, n'est-ce pas ?

Catriona blanchit. Si elle était pâle auparavant, elle a l'air d'un cadavre à présent.

— X a intercepté les messages. Tu t'apprêtais à vendre toute cette petite aventure avec moi au plus offrant. Croyais-tu vraiment qu'en envoyant un texto à ton frère pour qu'il vienne te surprendre dans mon lit tu allais pouvoir le forcer à me harceler pour que je t'épouse ? Ou que tu allais gagner en notoriété en te proclamant ma maîtresse ?

Catriona ôte la main de son cœur et me gifle violemment.

— Tu es un monstre. Il n'est guère étonnant que Victoria se soit enfuie avec Damien. Tu es incapable d'aimer. Tu as une pierre à la place du cœur.

— En voilà assez ! ordonne soudain Adèle d'un ton impérieux. Que quelqu'un reconduise dans le palais mon infortunée future belle-fille. Et son frère, avant qu'il n'assassine l'héritier du trône.

Tout le monde se disperse et il ne reste bientôt plus que ma belle-mère et moi. Je finis par rompre le silence.

— Pourquoi agissez-vous ainsi ? Plus de faux-semblants, à présent. Je veux des réponses.

— Il y a longtemps que j'attends ce moment, répond-elle en me fixant de toute sa morgue. Depuis que j'ai enseveli ma fille dans le sol glacial.

Je la crois. Mais je ne pense pas que ce soit là toute la vérité. Dois-je me fier à cette petite voix intérieure, la même qui m'a murmuré que je devrais peut-être faire confiance à Kate et qui fait que je me retrouve ici, à nouveau plongé dans la douleur et la profonde solitude ?

Victoria a blessé mon cœur, Kate l'a réduit en pièces avec la violence d'une grenade qui explose. Il est à tout jamais brisé.

Tandis que mon esprit cherche des réponses, une vérité se fait jour. Non seulement je ne me marierai jamais, mais je n'aimerai plus jamais.

Kate

Le métal de l'énorme grille racle le sol de pierre en se refermant derrière moi. Je trébuche dans la cellule sombre et froide et fixe, les yeux écarquillés, l'homme qui vient de m'y jeter.

— X, dis-je d'une voix tremblante. Pourquoi ?

Il me regarde, impassible, et ma peur tourne soudain à la panique. Je me jette sur les barreaux qui me séparent de lui et les secoue en vain.

— Le prince compte beaucoup pour moi. Beaucoup. Vous le savez.

Mon cœur bat comme un fou dans ma poitrine. Je ne peux même pas dire à X que *j'aime* Nikolaï. Il a vu les gardes m'emmener, pensant que je l'avais trahi. Tout cela parce que j'ai eu peur de lui avouer la vérité.

Comment ai-je pu penser qu'il serait possible de jeter un pont sur le fossé qui sépare nos deux mondes ?

Éperdue, je poursuis :

— Tout… Tout ceci est l'œuvre de la reine. Elle m'avait dit qu'elle choisirait elle-même l'épouse du prince et que si je ne me pliais pas à ses exigences, elle mènerait à la faillite notre entreprise, à ma sœur et moi. Vous savez qu'elle en a le pouvoir. Vous savez que c'est elle qui a manigancé toute cette histoire.

Mais X demeure les bras croisés sur la poitrine, impassible.

Je fais les cent pas, frissonnante dans l'air humide. Des larmes roulent sur mes joues. X ne dit toujours rien, et je m'écroule sur un banc, au fond de la cellule, en laissant échapper un rire amer.

— J'ignorais que des endroits comme celui-ci existaient réellement, vous savez. Des châteaux, oui, mais des donjons ? On n'en trouve que dans les contes de fées, dis-je à mon geôlier, toujours aussi imperturbable. Mais je n'ai jamais songé à devenir la princesse. Tout ce que je voulais, c'était venir en aide à ma famille.

Je croise le regard de X. Rien n'indique qu'il a entendu un mot de ce que j'ai dit. Pourtant, je jurerais que je viens de déceler dans son regard une petite étincelle qui ne s'y trouvait pas auparavant.

— L'argent ? dis-je, retrouvant un peu d'assurance. Parlons-en, de l'argent.

Car, même si Nikolaï ne veut pas m'écouter, je veux qu'il connaisse au moins la vérité.

— Ma sœur et moi vivons dans un petit appartement qui nous sert également de bureau. Tout ce qui nous reste, une fois que nous avons payé le loyer, les frais de l'entreprise et la nourriture, est consacré au centre de soin pour personnes âgées où réside notre grand-mère. Et maintenant, ce qui reste servira à payer l'hôpital qui s'efforce de la sauver. C'est justement là que je devrais me trouver, en ce moment. X, je vous en conjure, laissez-moi aller la voir.

Je vois sa mâchoire se crisper, seul signe qu'il a entendu ce que je viens de dire.

Je m'apprête à ajouter quelque chose lorsque je suis interrompue par un bruit semblable à celui d'un sac de pommes de terre heurtant le sol de pierre.

X jette un coup d'œil sur sa gauche et son visage se détend soudain.

— Vous avez trois minutes pour décider si vous me faites confiance, mademoiselle Kate. Trois minutes pour savoir si vous acceptez de remettre votre vie entre mes mains.

Je me lève, gagne la grille et presse mon visage contre les barreaux pour voir ce qui lui a fait tourner la tête. Un solide garde du palais est effondré sur le sol, à côté de son tabouret, un pichet de bière vide à ses pieds.

— Oui, j'ai drogué sa bière, dit X. Ce n'est pas la première fois qu'il s'endort pendant son service, mais c'est la première fois que j'y suis pour quelque chose.

Un sourire effleure ses lèvres et l'espoir renaît soudain dans mon cœur.

— Vous n'avez pas besoin de prouver votre amour, Kate. Pas à moi, en tout cas, murmure-t-il d'un ton ferme.

Ses paroles, le fait qu'il m'appelle Kate, qu'il ait laissé tomber ce ridicule *mademoiselle*, me donne soudain le sentiment que je peux lui faire confiance.

— Je connais votre situation familiale depuis que le roi et la reine vous ont engagée, poursuit-il. Mais le prince, lui, n'est au courant de rien. Et vous faites partie de ceux qui en sont responsables.

Le souffle me manque et je ravale un sanglot. Il a raison. Nikolaï ne m'a rien caché, mais moi je ne lui ai rien dit de ma vie. Même si c'était dans la seule intention de me protéger, j'ai trahi sa confiance en agissant ainsi.

J'acquiesce d'un hochement de tête.

— Nos mondes sont si différents. J'avoue me sentir un peu perdue.

Malgré tout ce que Nikolaï représente pour moi, malgré le désir secret qu'il *me* choisisse, je savais que ce n'était que folie de croire qu'il puisse être un jour à moi. Il faut que je pense à ma famille, à présent. Et lui… Ma poitrine se serre à cette pensée. Lui, il doit épouser Catriona si elle porte son enfant. Il le faut. C'est la seule solution.

J'ai la gorge nouée. Je sais déjà quelle douleur terrible je vais éprouver, quel vide se fera dans mon cœur à l'issue de ce que je vais dire.

— Dites à la reine que je renonce à mon salaire. Dites-le à Nikolaï. Je ne créerai aucun ennui au prince. Je désire juste rejoindre ma famille.

X acquiesce d'un air sombre.

— La reine Adèle a prévu de vous garder enfermée ici jusqu'à ce que le mariage ait eu lieu.

Mon corps tout entier se met à trembler lorsque je prends conscience de ce que cela signifie.

Une nouvelle larme roule sur ma joue.

— Quand ce mariage doit-il se dérouler ?

X s'éclaircit la voix.

— Dans trois jours, dit-il. J'espère que vous comprenez pourquoi j'ai *dû* vous amener ici. La sécurité du prince en dépend.

Je jette un regard à la cellule autour de moi et un long frisson me parcourt tout entière. Ce n'est pas seulement parce que je vais devoir y rester enfermée trois jours ou parce que je vais perdre Nikolaï, mais parce que je suis effarée que la reine soit capable d'une telle cruauté.

— Le père Benedict travaille sans relâche à trouver une échappatoire, poursuit X. Si cet enfant n'est pas de Nikolaï et s'il existe un moyen de contourner ce décret, il le trouvera dans ce délai de trois jours. Si je vous laisse partir, toutefois, ajoute-t-il, la reine précipitera le mariage et Nikolaï n'aura plus aucune chance de connaître le véritable bonheur. Mais si vous me faites confiance, si vous êtes convaincue que ma seule et unique mission est de protéger mon prince, alors vous pouvez quitter ce lieu dès ce soir.

J'essuie les larmes de mon visage. Mes mains sont affreusement sales d'avoir empoigné les barreaux de la cellule. Je dois avoir l'air terrifiée, mais je m'en moque. Plus rien ne compte que de protéger ma famille et l'homme que j'aime, même s'il est évident, maintenant, qu'il ne saura jamais ce que j'éprouve pour lui.

La panique en moi est telle que j'ai l'impression de trembler jusqu'aux os. Mais je garde la tête haute et fixe X droit dans les yeux.

— J'ai confiance en vous, dis-je. Pour Maddie, pour ma grand-mère, pour Nikolaï. Pour tous ceux que j'aime, j'ai confiance en vous, X.

Il tire une petite fiole de la poche de son manteau et me la tend à travers les barreaux.

— Alors, buvez !

Chapitre 17

Nikolaï

— Venez avec moi.

Adèle rassemble ses jupes pourpres dans une main et se dirige d'un pas décidé vers l'entrée sombre du labyrinthe.

Je la suis, comme en transe. Le sang bat à mes tempes et les pensées se précipitent dans mon esprit. Trop de questions m'obsèdent. Il y a si longtemps que je vis au milieu du mensonge et du chagrin, sans jamais savoir à qui pouvoir me fier, à qui faire confiance. Sans même pouvoir dire qui m'a jamais aimé.

Personne, peut-être.

Un sentiment de profonde solitude m'envahit.

Ai-je envie d'être roi ? C'est une question que je ne me suis jamais posée consciemment, jusqu'à ce jour. C'est inscrit dans mon trajet de vie, aussi naturellement que de respirer. Cela doit être. Un jour, je serai assis sur le trône de pierre, dans la grande salle de réception, et je conduirai mon peuple vers ce que j'ai toujours voulu, espéré au plus profond de mon cœur, un avenir radieux et prospère.

Mais je ne veux pas devenir roi au prix qui m'est fixé aujourd'hui. Le droit que m'accorde ma naissance ne vaut pas de laisser Adèle gagner à son petit jeu sournois. Malheureusement, je n'en connais pas les règles. Je ne sais pas comment la vaincre alors qu'elle a toutes les cartes en main. Mais le pire qui puisse se produire serait de lui laisser percevoir le doute qui m'assaille, le peu de confiance en moi que j'éprouve soudain. Cela reviendrait à me jeter dans la gueule du loup. Il ne me reste qu'à serrer les dents et faire front en attendant de trouver la faille. Car elle fera une erreur. Il suffit que je reste en alerte, prêt à bondir au premier faux pas.

— Quel calme, vous ne trouvez pas ? Comme si le monde retenait son souffle.

Adèle laisse un doigt désinvolte glisser le long de la haie.

— Pourquoi cet air chagrin ? J'aurai cru que vous apprécieriez ce petit pèlerinage, ajoute-t-elle d'une voix chargée de sous-entendus.

Je serre les poings.

— Je ne vois pas de quoi vous voulez parler.

— Voyons, Nikolaï. Faire l'innocent ne vous va pas du tout, susurre-t-elle. Nous ne nous apprécions peut-être pas beaucoup, mais de grâce, pas d'hypocrisie. Je sais que vous vous êtes jeté sur la jolie Kate Winter ici, à même le sol du labyrinthe. Et que vous vous êtes repu d'elle, le visage enfoui entre ses jambes, comme la bête sauvage que vous êtes, dépravée par la luxure. C'est dégoûtant, mais fascinant.

Je la fixe, interloqué.

— Comment je suis au courant de vos... *activités* ? dit-elle d'un ton ironique, l'air mauvais. Vous pensez peut-être que c'est votre père qui dirige tout ici. Pourquoi croyez-vous que je l'encourage à entreprendre tous ces voyages diplomatiques ? Le palais est *mon* royaume et j'ai des yeux *partout*, ajoute-t-elle, détachant ostensiblement chaque syllabe de ce dernier mot. Rien ne se passe au palais sans que je sois mise au courant.

Elle secoue la tête, feignant d'être chagrinée.

— Allons, inutile de faire la moue. Il n'y a rien de plus désagréable qu'un mauvais perdant.

Son regard brille méchamment.

— Et vous avez perdu, mon cher prince. Et de si éclatante manière que je serais presque tentée de vous plaindre si je n'étais absolument enchantée.

Son rire éclate, tranchant, aigu, avant de se terminer en sanglot hystérique.

— Ma fille aurait dû être reine, lance-t-elle. C'était *sa* destinée, de sauver Rosegate, pas celle de cette crétine de Catriona.

Ma poitrine se serre.

— J'aimais Victoria, dis-je d'une voix étranglée, exprimant l'amère vérité. Mais elle couchait avec mon frère, ce traître !

Elle a un rire méprisant, me toise de la tête aux pieds.

— Vous êtes incapable de devenir roi. Un homme digne de ce nom se préoccupe des affaires de l'État et non de ses affaires de cœur. Vous n'êtes qu'un pauvre idiot, un faible. Quelle importance cela pouvait-il avoir que Victoria ne vous aime pas ? Elle aurait partagé votre lit, elle vous aurait donné un héritier. Elle connaissait son devoir. Et votre devoir était de la protéger. Il existait des enjeux supérieurs.

Mon corps tout entier se révulse.

— N'aviez-vous pas d'autre ambition pour votre fille que de la voir porter l'enfant d'un homme qu'elle n'aimait pas ?

— Je voulais qu'elle soit reine, siffle Adèle. Et qu'elle… Qu'elle… Ça n'a plus d'importance. Il n'existe plus d'objectif valable, hormis la conquête du pouvoir. *Vous* l'en avez privée. Et moi, aujourd'hui, j'entends vous priver du bonheur.

Un jet de bile monte dans ma gorge.

— Elle aimait mon frère ! Il a pris sa vie, Adèle. Et depuis des années, il en paie le prix.

Une pointe de compassion tout à fait inattendue m'assaille. J'aimais Victoria et je l'ai perdue. Damien l'aimait et il a tout perdu. Je n'accorderai jamais mon pardon à mon jeune frère, mais ce n'est qu'aujourd'hui, alors que j'ai perdu Kate et que je risque de tout perdre si Adèle arrive à ses fins, que j'entrevois ce que doit être la vie lorsqu'on est banni de son pays.

— Damien n'était que le troisième à pouvoir prétendre au trône, lance-t-elle avec tant de force qu'elle en postillonne. Vous avez chassé ma fille et pour qu'elle devienne quoi ? Une personne insignifiante ? Savez-vous que ma famille est de la plus haute importance, qu'elle appartient à une lignée plus ancienne encore que la vôtre ?

J'essuie ma joue. Je ne vois aucun intérêt à entrer dans une compétition consistant à savoir laquelle de nos deux familles est la plus prestigieuse. Je la regarde et dis d'une voix sourde :

— Je les ai chassés tous les deux après les avoir découverts en train de s'accoupler, comme des chiens, dans la Bibliothèque Royale. Et savez-vous ce que je pense ? Je crois qu'elle souhaitait que je la trouve, que je la *libère* d'un avenir dont elle ne rêvait certainement pas autant que vous.

Je sens l'émotion soulever ma poitrine. Je ferme les yeux, presse les paupières tandis que les souvenirs m'assaillent. Je n'ai pas été sans ressentir une certaine culpabilité. Au fil des années, je me suis souvent demandé si la situation aurait pu être différente. S'il y avait quelque chose que j'aurais pu faire qui aurait changé le cours des événements, au lieu de se terminer par la mort de Victoria. Mais il n'en demeure pas moins vrai qu'elle aimait un autre homme, qu'elle m'a trahi et n'était que trop heureuse de s'enfuir lorsque je l'ai surprise.

— Elle serait encore vivante sans vous.

Adèle se jette sur moi, toutes griffes dehors, folle de chagrin.

C'est le moment que j'attendais.

Le faux pas que j'espérais.

Son amour pour Victoria, le chagrin d'avoir perdu non seulement sa fille mais également le pouvoir que lui aurait donné son accession au trône, brouille sa réflexion. Elle ne calcule plus à présent. Elle est prête à me mettre en pièces, à laisser éclater sa rancœur si longtemps contenue, l'humiliation d'avoir dû faire des courbettes à la famille Lorentz pour porter la couronne et de devoir, à présent, se contenter d'une marionnette, Catriona, une femme faible, égoïste et facile à manipuler, pour imposer sa volonté.

Quant à moi, je suis prêt à me damner et à entraîner Adèle en enfer avec moi. Je suis à la limite du supportable et sous moi s'ouvre ce vide insondable, la noirceur de cet abîme qui est de nouveau là. Je suis fatigué de résister. Je suis prêt à me laisser engloutir.

Elle a raison.

J'ai perdu.

J'ai perdu tout ce qui comptait pour moi.

Le monde chavire lorsqu'une main ferme saisit soudain mon épaule.

— Sire, dit X d'une voix grave. Venez vite, il n'y a pas de temps à perdre.

Kate

— Vous entendrez tout avec une acuité parfaite, mais vous ne verrez rien. Vous sentirez le plus petit effleurement, mais vous serez paralysée, incapable du moindre mouvement. Vous serez vivante mais, hormis aux yeux d'une personne formée médicalement, vous semblerez morte. Vos pulsations cardiaques seront indétectables et votre respiration si faible qu'elle sera insoupçonnable…

C'est ce que me dit X avant que je boive. Je n'ai plus le temps de lui demander comment il a découvert une drogue aussi étonnante ou s'il l'a déjà vue à l'œuvre. Je n'ai que quelques secondes pour décider si je lui fais ou non confiance avant que tout devienne noir et que je sois engloutie.

Je sens la pierre froide sous ma joue, mais je ne vois rien. J'entends un bruit de pas précipités dans le lointain. Le son se fait plus fort, puis le silence retombe un long moment avant que je perçoive soudain le bruit caractéristique de talons hauts qui se rapprochent.

— Elle était en plein délire. Elle criait des mots insensés, prétendant que la reine avait menacé de la ruiner si elle ne parvenait pas à vous conduire à l'autel. Bien sûr, ce n'étaient que des insanités, dit X. Puis, soudain, elle s'est plainte d'avoir du mal à respirer. Je savais qu'il ne s'agissait que d'une manœuvre pour sortir de sa cellule, j'ai donc ignoré ses prières. Et, soudain, elle s'est écroulée.

J'entends un claquement de métal et je jurerais que le sol tremble sous moi.

— Vous avez ignoré ses prières ?

Sa voix est rauque, affolée et je sens la douleur qui l'habite. Elle est aussi tangible que la pierre sous ma joue.

Nikolaï ! J'ai envie de crier son nom, mais je suis enfermée dans l'obscurité, contrainte au mutisme, à écouter sans pouvoir réagir. Je peux juste me dire que je dois avoir confiance et garder l'espoir que je sortirai bientôt de cet État.

— Salaud, gronde Nikolaï. Je vais vous tuer, X. Je vais vous tuer !

Un rire retentit soudain. La reine. Ils sont tous là, à présent, fixant mon corps inerte.

— Oh ! mais c'est trop beau pour être vrai, dit Adèle. Voilà qui n'était pas prévu, mais qui va grandement me faciliter les choses. Dites-moi, X, est-elle morte ?

— Ouvrez cette foutue cellule ! hurle Nikolaï.

— Oh ! d'accord, concède la reine. Allez la voir une dernière fois, si cela vous chante.

Le métal de la grille racle le sol de pierre et je sens la chaleur diffuse d'une peau frôlant la mienne.

— Son pouls ne bat plus, déclare X, d'un ton grave. Mes plus sincères condoléances, sire.

— Je vous *tuerai* pour ça, répète Nikolaï.

Et je ne saurais dire s'il s'adresse à la reine ou à X. Aux deux, peut-être.

Le cliquetis de talons se rapproche et des doigts froids comme le marbre se posent sur ma joue. Si je n'étais pas déjà paralysée, le contact glaçant de la reine suffirait à le faire.

— Vous n'avez tout de même pas pensé que j'allais vous croire sur parole, X, si ? Mais il semblerait que vous vous soyez montré digne de confiance. Cette fille est morte.

Ses doigts quittent ma joue, et je m'efforce de m'extraire de mon corps, de cette cellule, de m'éloigner d'elle, même si je sais qu'elle ne peut plus me nuire puisqu'elle me pense morte.

Quelques secondes plus tard, je quitte le sol, soulevée par des bras solides. Je sens une chaleur intense m'envahir et je sais que c'est mon prince qui me serre contre lui.

— Je suis tellement désolé, murmure-t-il.

Ses lèvres tremblantes pressent mon front.

— Je vous crois, poursuit-il. Je vous crois, Kate. Je vous faisais confiance et je savais au plus profond de mon être que j'avais raison de le faire. Mais je me suis laissé rattraper par mon passé. Je ne me pardonnerai jamais d'avoir douté de vous. Je ne mérite pas votre amour, mais je sais que vous me l'avez donné aujourd'hui. J'ai laissé la peur m'aveugler, m'empêcher de voir la vérité, mais sachez une chose, Kate, je vous aime. Et je vous fais une promesse, je n'aimerai jamais personne d'autre.

Puis soudain, d'une voix si douce que c'est à peine si je l'entends, il ajoute :

— J'ai gagné notre pari.

Sa voix se brise sur ce dernier mot.

— Je ne me marierai pas. Vous étiez la seule avec laquelle j'aurais pu y consentir. Vous me devez une faveur, rappelez-vous, puisque j'ai gagné. C'était ce dont nous étions convenus.

Je l'entends reprendre son souffle. Sa voix tremble.

— Ne me quittez pas. Revenez, Kate. Je vous en prie.

Il me serre plus fort contre lui. Des gouttes chaudes tombent sur mon visage, et mon cœur s'ouvre tout grand pour l'homme brisé qui me tient dans ses bras.

— Revenez-moi, Kate, supplie-t-il, plus fort cette fois.

Et ses lèvres sont sur les miennes.

Je sens le goût salé de ses larmes et, si je n'étais pas absolument sûre d'être paralysée, je jurerais que des larmes coulent aussi de mes yeux et se mêlent aux siennes. Il m'embrasse, encore et encore, une infinité de baisers doux tandis qu'il me garde serrée contre son cœur.

— C'en est assez, éructe Adèle, hargneuse. Vous ne souffrirez jamais comme j'ai souffert, Nikolaï. Mais, désormais, vous allez vivre pour toujours avec votre chagrin. Maintenant, X, essuyez le sang à votre lèvre et disposez du corps de Mlle Winter. Je suis certain que vous trouverez une explication plausible pour la garde royale et qu'il ne filtrera rien de cette histoire dans la presse.

— Très bien, Votre Altesse, répond X.

Je sens Nikolaï prendre ma main, en porter la paume à sa joue, et mes doigts tressaillent contre sa peau baignée de larmes.

Quelqu'un s'éclaircit la voix.

— Votre Altesse, dit X, le roi ne doit-il pas arriver incessamment au palais ? J'imagine que vous souhaitez être la première à lui annoncer la nouvelle concernant le prince et Catriona. Je vais… m'occuper de tout ici.

— Oui, parfait, dit la reine. Nikolaï, reprenez-vous et allez vous changer afin de nous rejoindre pour le dîner, dans la salle à manger d'apparat. Vous pourrez annoncer vous-même votre mariage au roi.

Nikolaï ne dit rien. Il garde ma paume pressée contre sa joue tandis que s'éloigne le claquement aigu des talons de la reine sur le sol de pierre. Puis, finalement, la lourde porte du donjon résonne en se refermant.

Nikolaï lâche ma main, mais elle ne retombe pas. Mes doigts tressaillent de nouveau contre sa peau et je l'entends inspirer bruyamment.

— X ? dit-il lentement.

— Vraiment, sire, répond X avec une légère pointe de reproche dans la voix. Je pensais que vous aviez davantage confiance en moi.

Je bats des paupières, ouvre les yeux. Nikolaï est tourné vers l'homme qui, je l'espère, vient de nous sauver tous les deux. Je hoquette tandis que mes poumons engourdis avalent l'air et que les battements de mon cœur reprennent vie à toute vitesse.

Tous deux tournent brusquement la tête vers moi. X m'observe avec un sourire satisfait, en dépit de sa lèvre fendue. C'est le premier véritable sourire que je lui vois et je ne peux m'empêcher de ressentir une petite pointe de triomphe. Je m'étais promis de le faire sourire et j'y suis parvenue, même s'il m'a fallu pratiquement mourir pour cela.

Nikolaï me tient toujours serrée contre lui, les yeux écarquillés, rougis par les larmes.

Je peux bouger, de nouveau, et je prends son visage entre mes mains.

— Je vous aime, Nikolaï, dis-je, essuyant du pouce une larme qui s'attarde sur sa joue. L'argent n'a jamais été…

Mais ses lèvres pressent les miennes avant que j'aie eu le temps de m'expliquer. C'est alors que je me rends compte que c'est inutile. Il me fait confiance, il me croit. Il sait que mon amour pour lui est réel.

Il me serre plus fort contre lui, approfondit son baiser et je m'y abandonne. Je sens que mes membres sont encore très faibles, mais qu'importe ? Il me tient si serrée dans son étreinte que je ne risque pas de tomber.

— Sire, dit soudain X. Nous ne disposons que de très peu de temps. La potion était censée faire effet plus longtemps. Peut-être ne l'ai-je pas bien dosée dans ma hâte ? Nous devons emmener Mlle Kate à l'hôpital.

Nikolaï s'écarte.

— Mais je croyais…, bredouille-t-il, interrogeant X du regard. Je croyais que tout allait bien à présent.

Puis il se tourne vers moi.

— Vous ne pouvez pas me quitter de nouveau.

Je secoue la tête.

— J'ai confiance en X. J'aurai bientôt récupéré. Non, il s'agit de ma sœur, de ma grand-mère, dis-je, ne pouvant retenir une larme. Je dois aller les rejoindre au plus vite.

J'entends soudain le bruit lointain de la porte du donjon qui s'ouvre.

— Je vous expliquerai tout dans la voiture, sire, dit X, d'une voix tendue qui m'inquiète. Nous devons faire très vite.

— Je ne peux pas marcher, dis-je, la peur me nouant la gorge.

Adèle était si heureuse de me voir morte, quelle va être sa réaction si elle découvre que je suis toujours vivante ?

Je noue mes bras autour du cou de Nikolaï.

— Nous ne pouvons pas quitter le donjon sans être vus, dit-il.

X hausse un sourcil.

— Bien sûr que si, Votre Altesse. Nous ne passerons pas par la porte, c'est tout.

Chapitre 18

Nikolaï

X presse une pierre recouverte de mousse sur le mur du donjon et elle s'enfonce avec la facilité d'une touche de clavier d'ordinateur.

— Ce palais est plein de surprises, dit-il.

Il se tourne et m'adresse un clin d'œil.

— J'ai moi-même conçu ce passage.

Je me suis si souvent interrogé sur le passé de X. Il ne parle jamais de lui, il est donc possible d'imaginer qu'il peut être n'importe quoi, n'importe qui. Lorsque j'en ai eu l'âge, il m'a été affecté comme garde du corps personnel et il est très vite devenu mon ami et conseiller fidèle. Je lui ai laissé toute liberté de s'adonner à un certain nombre de passions étranges comme le Kenjutsu, l'art du sabre des samouraïs ou les grenouilles à flèches empoisonnées, nommées ainsi car les Amérindiens utilisaient leurs sécrétions toxiques pour leurs flèches. Mais il semblerait, également, qu'il ait été très porté sur la création de passages secrets car je croyais tous les connaître et je viens de me rendre compte qu'il n'en était rien.

— Le passage est très étroit, mais il nous conduira jusqu'à la grille de la Victoire, explique X.

— Et de là, nous pourrons gagner la sortie arrière du palais, dis-je.

Je suis encore sous le choc. Je ne parviens pas à croire que Kate soit là, bien vivante, dans mes bras. Que ce cauchemar se soit mué en rêve.

— Les gardes postés à la grille ont reçu un gros pichet de bière de votre part, en remerciement de leur service.

— Je n'ai rien ordonné de tel, dis-je.

— Je l'ai fait à votre place, sire. Et j'ai veillé à ce qu'on y ajoute six graines d'un pavot somnifère très spécial. À l'heure qu'il est, ils doivent être profondément endormis, en train de rêver qu'ils folâtrent avec les servantes d'Edenvale.

Il nous jette un coup d'œil par-dessus l'épaule.

— Mlle Kate, ici présente, en a ingéré l'équivalent d'une fleur entière. Elle aurait dû être plongée dans un État de paralysie pendant au moins vingt-quatre heures. Je me demande si ce baiser…

— Que voulez-vous dire ?

X secoue la tête.

— Je ne crois pourtant pas à ce genre d'histoire…, dit-il. Un véritable baiser d'amour serait-il plus puissant que le poison ? Il n'existe aucune explication logique au fait que Mlle Kate se soit réveillée aussi vite.

Je m'apprête à répondre, mais Kate m'interrompt.

— Je n'ai jamais entendu parler de ce pavot somnifère « très spécial », murmure-t-elle en refermant une main sur mon bras et en tentant de se redresser.

— Il n'y a là rien d'étonnant, rétorque X. Personne n'a connaissance de l'existence de cette fleur, en dehors des membres d'une tribu nomade du Kazakhstan, passés maîtres dans la fabrication des poisons.

Il a un petit rictus.

— Personne sauf moi.

Kate se dégage et tente de poser un pied au sol, mais elle chancelle aussitôt. Je la soulève de nouveau dans mes bras.

— Que m'arrive-t-il ? demande-t-elle.

La panique se lit dans ses yeux.

— Pourquoi mes jambes ne réagissent-elles pas ?

— Vous étiez quasiment morte. Cette forme de paralysie intermittente est malheureusement un effet secondaire du poison.

Kate pousse un gémissement.

— Oh non, X ! Et combien de temps cela va-t-il durer ?

Je déteste voir Kate paniquer.

Elle gémit de nouveau.

— Pour l'amour du ciel, combien de temps ? répète-t-elle, le souffle court.

Les voix dans le hall se rapprochent soudain. Quelles que soient les personnes qui arrivent, elles sont censées trouver Kate morte.

X me presse d'avancer et nous nous glissons dans le passage secret. Il tire une poignée et la porte se referme aussitôt derrière nous, sans faire le moindre bruit.

— Ce ne sera pas long, répond-il finalement.

— Pourquoi avez-vous l'air aussi inquiet, alors ?

L'idée que Kate souffre une seconde de plus m'est insupportable.

Nous avançons dans le labyrinthe très complexe que X a construit dans les vieux murs. Il fait totalement noir, mais il nous éclaire avec le faisceau lumineux qui provient de sa montre très spéciale.

— Il existe un autre effet secondaire, annonce-t-il d'une voix tendue.

Kate s'agite dans mes bras.

— Oh ! mon Dieu, non ! s'exclame-t-elle, la voix rauque, complètement affolée.

Je me fige sur place. Je refuse de faire un pas de plus tant que X ne m'aura pas tout expliqué de la situation dans les moindres détails.

Il prend une courte inspiration.

— Un désir sexuel débridé, voilà l'autre effet secondaire.

— Je vous veux en moi ou je vais mourir, dit Kate.

Elle me mordille le cou et glisse une main le long de mon corps, la referme sur mon sexe à travers le pantalon.

— Pénétrez-moi de toute la longueur de votre royale érection, Votre Majesté. Lentement, centimètre par centimètre.

— Cet effet secondaire, sire… ne se calmera pas de lui-même, dit X. C'est l'effet du poison. Il attaque la partie du cerveau qui contrôle le plaisir.

— J'ai tellement envie de vous, marmonne Kate. Tellement envie que j'en ai mal.

J'écarquille de grands yeux.

— Que dois-je faire ?

Mon sexe est devenu dur comme la pierre dès que Kate l'a caressé de sa paume à travers mon pantalon. Il faut que nous fuyions, mais ses gémissements me rendent fou de désir. Et il est à craindre que les autres ne l'entendent gémir de l'autre côté du mur.

X se retourne et me toise. Son expression, d'ordinaire impénétrable, l'est encore davantage aujourd'hui.

— Le seul remède à cet effet secondaire est que quelqu'un la fasse jouir.

Kate

Je m'agite en tous sens et grommelle :

— X, vous m'aviez prévenue que je ressentirais les choses avec beaucoup plus d'acuité dans mon *sommeil*.

Je sens sur moi la pression des mains de Nikolaï qui me tient fermement tandis que nous avançons dans l'étroit labyrinthe.

— Mais je suis réveillée maintenant et je n'ai pas le pouvoir d'intervenir sur ce que je ressens, m'écrié-je. Je vais devenir folle.

Je m'agite violemment, presse éperdument mon corps contre celui de Nikolaï.

— Touchez-moi, Votre Majesté. Pour l'amour de Dieu, touchez-moi !

— Toutes mes excuses, mademoiselle Kate, dit X. Cette conscience aiguë que vous ressentez et qui attise tous vos sens, décuple tous vos désirs, eh bien… elle s'avère plus intense lorsque l'on sort de l'État de léthargie. Et vous en êtes sortie très vite. La drogue que vous avez prise est encore très présente dans votre système. Sire, vous devez la faire jouir tout de suite.

— Kate, dit Nikolaï, il faut que je sois certain que ce que vous ressentez n'est pas uniquement dû à la potion que vous avez bue. J'ai absolument besoin de savoir qu'après tout ce qui s'est passé, vous avez encore réellement envie de moi de cette façon.

Il plonge son regard anxieux dans le mien et l'espace d'une seconde, tout est parfaitement clair dans ma tête.

— Je vous aime, Nikolaï. Bien sûr que j'ai toujours envie de vous de cette façon.

— Parfait, dit-il.

Mon prince me réinstalle dans ses bras et glisse une main sous ma robe, là où je ne porte rien. D'un doigt, il presse mon clitoris et je manque défaillir, la sensation m'arrachant un cri aigu.

— Vous devez faire silence, dit X, me rappelant que nous sommes dans une situation critique.

Et que Nikolaï et moi risquons d'être entendus.

— Bon sang, X, dit Nikolaï entre ses dents. Se peut-il que vous l'ayez sauvée pour ne la torturer que davantage ?

Nikolaï s'arrête brusquement et glisse un doigt en moi. Je me cambre et gémis. Il prend ma bouche, pour me réduire au silence, et je réponds à son baiser, avide, mêlant ma langue à la sienne. Je mords sa lèvre et sens soudain le goût du sang que j'aspire.

Une porte de pierre s'ouvre et nous débouchons dans un escalier, puis, en haut des marches, dans l'air frais de la nuit.

— Patience, Kate. Je vais m'occuper de vous, dit Nikolaï.

Je ne peux même pas lui répondre. Je suis réduite à l'État d'animal, mordant et griffant frénétiquement dans ses bras tandis que X ouvre la portière de la Rolls. Nikolaï me jette pratiquement sur la banquette. J'y suis étendue lorsqu'il monte à son tour dans la voiture et s'agenouille à côté de moi. Il jette un coup d'œil en direction de la vitre de séparation, au moment où X s'installe au volant.

— Démarrez ! ordonne-t-il.

Et je sens la voiture s'élancer sur la route

Les larmes roulent sur mes joues.

— Maintenant, Nikolaï. Prenez-moi. Je n'y tiens plus. J'ai besoin de vous.

— Vos désirs sont des ordres, dit-il avec un petit sourire espiègle.

Il remonte ma jupe jusqu'à la taille, ouvre mes jambes et plonge deux doigts en moi. Je crie, tant la sensation est intense, véritable décharge électrique dans tout mon corps. J'ai l'impression que je vais exploser. Son visage disparaît entre mes jambes et ses lèvres, sa langue, prennent le relais, léchant, pressant ma chair brûlante, mon clitoris enflammé.

Je me cambre, me tords sur la banquette de la Rolls.

— Continuez, Nikolaï. Oh ! mon Dieu, je vous en prie, ne vous arrêtez pas.

Je grogne, gémis, presse mon sexe contre son visage.

Il ne s'arrête pas, bien au contraire. Il me prend sans retenue, sauvagement, ses lèvres me happant, me léchant, sa langue plongeant en moi sans relâche. Et lorsque du bout des dents il mordille soudain mon clitoris, je chavire.

Je crie le nom de mon prince tandis que les larmes ruissellent sur mes joues. Le plaisir me consume tout entière, bouleversant, intense, irradiant tout mon être.

Il laisse aller sa tête contre ma cuisse, et pendant un long moment personne ne dit rien.

La voiture s'immobilise et X nous annonce que nous sommes arrivés à destination.

— Hôpital Royal d'Edenvale, dit-il. Avez-vous besoin d'un peu de temps encore ? ajoute-t-il, ne cherchant même pas à dissimuler son amusement.

Ni Nikolaï ni moi ne disons un mot. Je ne suis même pas certaine de posséder encore la faculté de parler.

— Et mademoiselle Kate... Félicitations ! Vous êtes guérie.

Je bouge mes orteils et constate que je ne suis plus paralysée, ni animée de ce désir fou qui me taraudait. Il semblerait que X ait eu raison de bout en bout.

— Nikolaï ? dis-je doucement, retrouvant enfin ma voix.

Il lève finalement la tête, les cheveux en bataille, le regard brillant.

— Allez-vous vraiment bien, à présent ? demande-t-il.

Je me redresse, m'assieds, et remets ma jupe en place.

— Très bien, je vous assure. Merci.

Il passe une main dans ses cheveux noirs, et je remarque la fatigue dans son regard. Je me rends compte soudain que je n'ai pas été la seule éprouvée par les événements de cette journée.

— Je voudrais être certaine que vous aussi, vous allez bien, dis-je. Mais le temps presse. Je... Je dois aller retrouver ma sœur et ma grand-mère.

Ma voix se brise lorsque je prononce ce dernier mot.

— C'est pour elle, pour ses soins, que nous avions besoin d'argent. Je n'ai jamais cherché à vous tromper, Nikolaï. Je ne songeais qu'à sauver ma famille. J'aurais dû vous faire confiance et vous le dire.

Je sens les larmes pointer à nouveau.

— Ne vous inquiétez pas pour moi, dit Nikolaï. Je comprends. Je n'aurais jamais dû douter de vous.

Il pose sur moi un regard infiniment tendre et plein d'amour.

— Vous aurez tout ce qu'il vous faut. Et je vous accompagne.

Il prend ma main et je constate qu'il a deux phalanges qui saignent.

— Vous avez réellement frappé X ?

Son regard s'assombrit.

— Je vous ai crue morte.

La portière de la voiture s'ouvre soudain et X s'incline.

— J'ai ce qu'il faut pour vous soigner lorsque nous serons de retour au palais, Votre Altesse.

X nous gratifie d'un grand sourire et tamponne le sang à sa lèvre avec un mouchoir de soie. Il ferme la portière, une fois Nikolaï descendu, et je sors à mon tour. Je m'émerveille de ma capacité retrouvée à me tenir debout. C'est alors que j'aperçois mon reflet dans la vitre teintée de la Rolls. La surprise m'arrache un hoquet. Mon visage est maculé de traînées sales. Quant à mes cheveux, ils sont dans un État tel qu'on croirait une créature sauvage tout droit sortie de la forêt.

— Vous êtes la plus belle femme que j'aie jamais vue, murmure Nikolaï à mon oreille.

Je décide de ne pas le contrarier. Le temps presse, il faut faire vite.

— Je dois me dépêcher, dis-je.

Nikolaï prend ma main, noue ses doigts aux miens.

— Allons-y.

X nous conduit vers l'entrée principale et, en quelques secondes, les yeux s'écarquillent et les commentaires vont bon train. Avant même d'avoir pu gagner l'accueil, un flash d'appareil-photo dirigé en plein visage nous éblouit.

— Regardez ! dit le photographe. C'est le prince Nikolaï et sa dernière conquête. Quelques mots, Votre Altesse, s'il vous plaît. Qui est l'heureuse élue ?

D'un geste, Nikolaï a saisi l'homme à la gorge et le plaque au mur.

— Faites attention à ce que vous dites, lâcha-t-il entre ses dents.

L'homme a laissé tomber son appareil-photo et son visage vire au bleu.

Je regarde la scène, interloquée. X se penche vers moi.

— C'est moi qui lui ai appris comment faire, murmure-t-il à mon oreille.

Avant que j'aie eu le temps de réagir, Nikolaï a lâché le photographe et se trouve de nouveau à mes côtés. Quelques instants plus tard, nous avons obtenu le numéro de la chambre de ma grand-mère. Nous délaissons l'ascenseur et nous précipitons dans les escaliers. Lorsque nous débouchons dans le couloir, au quatrième étage, nous nous figeons sur place.

La reine et trois gardes sont postés devant la porte de la chambre, accompagnés de Christian et Catriona Wurtzer. Frère Benedict se trouve là, lui aussi.

— J'ai failli croire à votre petite mise en scène, ironise la reine avec un sourire satisfait. Mais imaginez ma surprise lorsque le prince ne s'est pas présenté au dîner et que j'ai suivi la Rolls jusqu'ici. Il était évident que X n'allait pas s'*occuper* de Mlle Winter ici.

Elle hausse un sourcil.

— Je suppose que je vais devoir m'en occuper moi-même.

— Que signifie tout cela ? lance Nikolaï, d'un ton glacial.

La reine se contente de désigner notre groupe du menton.

— Arrêtez-les tous pour trahison.

Chapitre 19

Nikolaï

L'un des colosses d'Adèle se jette sur Kate. Mais avant que ce gorille au cou tatoué n'ait eu le temps ne serait-ce que d'effleurer un cheveu de l'élue de mon cœur, je l'étends d'un uppercut fulgurant.

Il s'écroule sur le sol, tel un sac de pommes de terre et ne bouge plus.

— J'imagine déjà la migraine dont il va souffrir au réveil, déclare X avec une moue approbatrice, poussant l'individu de la pointe de sa botte. Bien joué, sire !

— À qui le tour ? dis-je, me tournant vers les deux autres gardes.

Ils ont oublié quel sang coule dans mes veines. Celui de générations de farouches guerriers et de valeureux combattants. Je descends d'une longue et noble lignée d'hommes et de femmes qui ont construit ce royaume et l'ont protégé par tous les moyens et de toutes leurs forces. Je les convoque à mes côtés pour m'aider, en ces temps de grandes difficultés. Mon instinct me dit que Nightgardin se sert de la reine, qu'ils ont fait d'elle leur marionnette, mais je ne dispose d'aucune preuve pour lancer une telle accusation. Mieux vaut attendre et observer. Pour l'instant la menace est neutralisée et Kate protégée.

Adèle claque des doigts. Sven et Sval, des jumeaux géants,

connus pour avoir passé du temps dans les prisons de Sibérie comme hommes de main de la mafia russe, s'avancent d'une démarche menaçante, faisant craquer leurs phalanges.

— On fait équipe, X ? Histoire de s'amuser un peu, comme au bon vieux temps ?

— Seulement si nous nous lançons un défi : neutraliser ces amateurs en moins de dix secondes.

Le pari de mon garde du corps met les jumeaux en rage.

— Nous *amateurs* ne faisons qu'une bouchée de bouffons comme vous, lance Sven, révélant une rangée de dents plaquées or.

— On a peur, fillette ? ironise Sval.

— Oui, j'ai vraiment peur, dis-je, réprimant un bâillement. Peur que lorsque nous en aurons fini avec vous deux, nos policiers ne trouvent plus grand-chose à interroger.

Sven me fixe.

— Mais la reine…

— N'est pas l'héritière du trône et agit sans un décret signé du roi. Elle est donc en totale infraction par rapport à la loi. Elle n'a aucune légitimité pour agir comme elle le fait. Et si trahison il y a, elle n'est pas de mon fait. Je pose donc la question, envers qui souhaitez-vous vous montrer loyaux, messieurs ?

— Quant à Catriona, elle n'attend pas d'héritier, dit Christian en s'avançant, tenant fermement sa sœur par le bras. Je veux dire qu'en tout cas, elle ne porte pas celui de la couronne. Elle a commis l'erreur de s'ouvrir à moi du complot qu'elle avait ourdi avec la reine. Elle pensait que je serais partie prenante de sa propre trahison pour servir les intérêts de Rosegate, en même temps que les ambitions diaboliques d'Adèle. Mais ce n'est pas ton enfant qu'elle porte, Nikolaï. Elle me l'a avoué elle-même.

Catriona se débat pour dégager son bras et elle le gifle violemment.

— Tu as tout gâché. Tout. La reine te le fera payer. Elle vous le fera payer à *tous*.

— Je vous ruinerai, lance Adèle à Christian, d'une voix sifflante.

Quelle vipère !

— Soit, répond-il. Mais vous ne ruinerez *pas* le prince.

Il se tourne vers moi.

— Je suis désolé. Je ne douterai plus jamais de toi.

Puis il saisit Catriona par le bras et l'entraîne.

— Eh bien, dis-je, toisant la reine. Voilà qui résout le problème de mon imminent mariage, ne pensez-vous pas, X ?

Ce dernier s'avance et me rejoint. Il ôte de sa botte de cuir noir une dague au manche incrusté de pierres précieuses, mais ne se sert de sa pointe que pour se nettoyer les ongles. Nous sommes dans un hôpital et voulons demeurer corrects.

— Soyez raisonnables, messieurs, dis-je aux deux brutes, gardes du corps d'Adèle. Je suis prêt à me montrer raisonnable, mais si vous faites un pas en direction de Kate, vous êtes morts. Je ressusciterai la coutume ancestrale de coupeurs de tête d'Edenvale et croyez bien que je me chargerai moi-même de la mettre en pratique.

— Inutile que le sang soit versé, intervient Benedict de sa voix profonde, autoritaire, comme s'il se méfiait de ma soudaine propension au meurtre.

Une croix pend à son poignet, sous son habit clérical noir.

Mais je n'ai pas l'intention de m'en laisser conter.

— Toute personne qui s'avisera de toucher à Kate aura affaire à moi. Est-ce clair ?

Ma voix résonne dans le couloir de l'hôpital.

La porte derrière nous s'ouvre soudain dans un petit grincement.

— Kate ?

Une jeune femme aux cheveux de feu et au visage constellé de taches de rousseur passe la tête dans l'entrebâillement.

— Que se passe-t-il ? Tu es venue avec des amis ?

— Maddie ! s'exclame Kate.

Elle est au bord des larmes.

— Grand-mère est-elle…

— Elle est encore dans un État critique, répond Maggie, la prenant dans ses bras et la serrant affectueusement contre elle. Elle a des moments de lucidité, mais ils sont peu nombreux et de plus en plus espacés. Où étais-tu ? Tu étais censée venir me remplacer voici plusieurs heures déjà. J'ai besoin de sortir cinq minutes, de prendre l'air.

— J'ai dit arrêtez-les ! hurle la reine à Sven et Sval.

Mais aucun des deux ne bouge.

— Ou je vous promets que je ferai de vous deux les premiers volontaires de mon futur escadron d'eunuques.

— J'insiste pour que tout le monde m'écoute, à présent, déclare Benedict d'une voix calme qui met instantanément fin au chaos.

Il a toujours été excellent dans ce domaine.

— Nikolaï a reçu l'ordre de se marier conformément à un décret royal, mais j'ai récemment eu connaissance de l'*amendement Wagmire*.

— Le quoi ? s'exclame Adèle.

D'un revers de main, elle balaie l'intervention de Benedict.

— Cela n'a aucune importance, de toute façon. Arrêtez-les tous, ai-je dit !

— S'il est possible de faire la preuve qu'il existe un véritable amour…, poursuit Benedict, ignorant totalement la reine.

Il capte mon regard, le soutient.

— … alors, le mariage peut être célébré.

Kate retient son souffle derrière moi.

— Tu en es certain ?

Je n'ose croire qu'il pourrait m'être finalement possible d'obtenir tout ce que je désire.

— Oui, répond Benedict. J'ai lu les huit cents pages du

Traité des amendements aux arrêtés et décrets du royaume d'Edenvale.

Il lève un doigt, souhaitant apparemment ajouter quelque chose.

— Il existe une condition, toutefois. Pour prouver leur amour, le couple devra traverser, sans assistance, le lac des Profondeurs Infinies, jusqu'à l'île de la Félicité, en accord avec nos anciennes coutumes, passant ainsi l'épreuve dite du cœur.

Je serre les dents. Un prodigieux défi nous attend, mais je sais que nous parviendrons à prouver que notre amour est le plus fort. Après tant d'années de ténèbres, je suis prêt à me battre pour que jaillisse la lumière.

— Avez-vous parlé de nager ? demande Kate d'une voix nouée par la peur.

Soudain, le bip alarmant d'un appareil médical se met à retentir dans la chambre dont vient juste de sortir Maggie. Deux infirmières arrivent en courant. Kate s'avance, prise de panique, oubliant l'eau, pour l'instant.

— Grand-mère, non ! s'écrie-t-elle.

Kate

Les infirmières se précipitent dans la chambre, manquant de bousculer Maddie au passage. La reine et ses deux gardes sont obligés de se pousser, eux aussi. Nikolaï ne perd pas un instant. Il me saisit par la main et m'entraîne dans la chambre.

Je ne vois rien d'autre que les infirmières, s'affairant autour du lit de ma grand-mère. Mon cœur bat à tout rompre tandis que je me prépare au pire.

— Sophia, dit soudain l'une des infirmières d'un ton de reproche, appelant grand-mère par son prénom. Vous nous avez fait une de ces peurs ! La prochaine fois, contentez-vous d'appuyer sur la sonnette et nous viendrons aussitôt.

Elle se tourne alors vers nous, ma sœur et moi, et écarquille les yeux lorsqu'elle reconnaît le prince Nikolaï.

— Votre… Votre Altesse. Je ne m'étais pas rendu compte…

— Ne faites pas attention à moi, dit Nikolaï. Expliquez plutôt aux demoiselles Winter ce qui vient de se passer avec leur grand-mère. C'est tout ce qui compte.

Les joues de l'infirmière s'empourprent violemment.

— Bien sûr, Votre Altesse.

Elle se tourne vers Maddie qui a passé la journée au chevet de notre grand-mère. Je me sens terriblement coupable. J'aurais dû venir, dès hier soir, lorsqu'elle m'a appelée. J'aurais dû songer à autre chose qu'à mon petit espoir de bonheur égoïste. À l'heure qu'il est, la moitié de la cour d'Edenvale ne se trouverait pas ici, dans le couloir, venue m'arracher, pour de bon cette fois, à ma famille.

— Mademoiselle Winter, il semblerait que votre grand-mère se sente tout à fait capable de respirer toute seule, ce qu'elle nous a signifié en coupant d'autorité son assistance.

Maddie a un hoquet de surprise et plaque la main sur sa bouche.

— Elle… Elle va bien ? demandé-je, parvenant à peine à parler.

L'infirmière acquiesce d'un hochement de tête et me rassure du regard chaleureux de ses yeux bruns.

— Si vous voulez bien sortir un instant, nous allons faire venir le médecin et vérifier que tout va bien. Nous vous appellerons dès qu'elle sera prête.

Je hoche énergiquement la tête et saisis la main de Maddie. Tandis que Nikolaï serre mon autre main dans la sienne.

Nous sortons dans le couloir. La police royale se trouve là, en train d'emmener les deux gardes de la reine.

— J'ai parlé avec notre père, dit Benedict à Nikolaï.

Les deux frères se tournent vers Adèle, elle-même encadrée par deux policiers.

— Il semblerait que beaucoup de choses se soient produites ce soir. Des choses dont il ignorait tout. D'ailleurs, il souhaite te voir afin que tu lui fasses le récit complet des événements.

Adèle est furieuse et crache aux pieds de Nikolaï.

— Vous ne méritez pas d'être heureux, dit-elle, alors que tout espoir de l'être m'a été ôté par vous et votre misérable famille. Je connais beaucoup de monde. Des gens influents. Vous n'avez pas fini d'entendre parler de moi, prince Nikolaï, promet-elle, d'une voix à la fois pleine de crainte et de dédain.

— Je suis certain qu'il n'en sera rien, rétorque Nikolaï. Mais pour l'instant, disparaissez de ma vue.

Il se tourne vers les policiers.

— Gardez-la en lieu sûr, où elle ne pourra nuire à personne. Mon père vous transmettra ses instructions ultérieurement.

Les deux hommes acquiescent et l'emmènent, chacun la tenant par un bras tandis qu'elle peste et résiste.

Je comprends sa tristesse. Je sais ce que c'est que de perdre quelqu'un et Nikolaï lui aussi le sait. Après la rupture avec Jean-Luc, je me suis renfermée sur moi-même, pensant ne plus jamais connaître le bonheur, refusant de courir le moindre risque de peur de souffrir. Mais la reine, elle, est enfermée dans un tel cycle de haine et de vengeance qu'elle ne voit plus rien du monde qui l'entoure.

Je frémis.

— Mais non…, murmure Nikolaï près de moi.

Je lève les yeux vers lui.

— Je sais à quoi vous pensez.

Une larme roule sur ma joue tandis qu'il emprisonne mon visage entre ses mains.

— J'aurais pu devenir comme elle, insensible et cruel, je l'admets. Mais cela, c'était avant. Avant que vous n'entriez dans ma vie. Ce ne serait plus possible, aujourd'hui, sauf si Adèle était parvenue à ses fins et vous avait condamnée à une mort certaine.

Il m’embrasse. Ses lèvres insistantes pressent les miennes. Je sens le goût salé de mes propres larmes sur sa bouche.

— C’est vrai, dis-je. Votre cœur était peut-être sombre, mais le sien est noir et cruel. Le vôtre a toujours été humain et digne d’être sauvé.

— Seulement par vous, Kate.

Benedict s’éclaircit la voix, me rappelant soudain que nous ne sommes pas seuls.

— L’amendement Wagmire, dit-il.

La porte de la chambre de ma grand-mère s’ouvre et l’infirmière nous fait entrer.

— Est-ce que quelqu’un vient de parler de l’amendement Wagmire ?

Sa voix est la plus douce des musiques. Je me retiens de me jeter sur elle pour serrer son corps frêle dans mes bras, mais je prends sa main et la presse contre ma joue.

— Oui.

Je ris à travers mes larmes.

— L’amendement Wagmire. Tu… Ça te dit quelque chose ?

Elle pousse un soupir comme si elle m’avait déjà répété un million de fois ce qu’elle s’apprête à dire.

— J’ai connu votre mère, dit-elle.

Je fronce les sourcils, me rendant compte soudain qu’elle n’a pas toute sa tête.

— Oui, grand-mère, je sais. Maman était ta belle-fille, tu t’en souviens ?

Elle écarte ma remarque d’un geste impatient de la main et se tourne vers Nikolaï et Benedict.

— J’ai connu *votre* mère, leur dit-elle. Je l’ai connue lorsqu’elle était une roturière et même après qu’elle a satisfait aux exigences de l’amendement. C’était une grande dame. Quel dommage que son histoire ne puisse être révélée, qu’elle doive demeurer secrète et que nous soyons tenus de respecter ce secret.

Nikolaï a pâli. Benedict, lui, demeure impassible.

— Elle a fait ce qu'il fallait pour protéger ses fils, dit ma grand-mère.

Puis elle se tourne de nouveau vers moi.

— Et toi, ma Katie, l'amour te conduira au-delà du lac des Profondeurs Infinies. J'en suis convaincue, autant que je le suis que leur mère n'est pas…

Elle s'interrompt et son regard se perd soudain dans le lointain.

— Infirmière ! dit-elle, appelant la jeune femme qui s'affaire dans la chambre.

Cette dernière se tourne vers nous.

— Infirmière ! répète grand-mère. Pouvez-vous me présenter à nos visiteurs ?

— Nous sommes des bénévoles qui venons visiter les personnes hospitalisées, dit Maddie, comprenant aussitôt que la mémoire de grand-mère lui fait de nouveau défaut.

Nous sommes redevenues des étrangères pour elle.

— Nous sommes ravies de voir que vous allez bien, dit Maddie.

Elle glisse un bras autour de mes épaules et m'entraîne à l'écart.

— Elle est repartie dans son monde, dit-elle. Mais il semble que le pire soit passé.

Je hoche la tête, ravalant mes larmes.

— Elle a connu notre mère, dit Benedict d'un ton perplexe.

— Si votre grand-mère dit la vérité…, commence Nikolaï.

Je l'interromps aussitôt.

— Elle est malade. Elle confond probablement votre mère avec quelqu'un d'autre.

— Confusion ou pas, dit-il, elle connaît l'amendement Wagmire. Notre propre mère avait trouvé la faille. Et maintenant Kate…

Je secoue la tête.

— Impossible. Je ne sais pas nager.

— Vous verrez que si, dit-il.

Il saisit mon visage entre ses mains et m'embrasse.

— Nous nagerons ensemble, côte à côte, et vous deviendrez mon épouse.

— La perspective de traverser ce lac me terrifie, dis-je. Et puis, ce n'est pas une véritable demande en mariage que vous venez de me faire. Si nous survivons à cette épreuve, j'en veux une en bonne et due forme.

Il rit.

— Et vous direz oui, alors ?

J'ai un petit haussement d'épaules, mais ne peux empêcher un sourire de s'épanouir sur mon visage.

— Peut-être. Nous verrons.

Il m'entraîne dans le couloir où il n'est plus guère question d'intimité. Mais je sais qu'il ne déplaît pas à Nikolaï de se montrer, pour peu que l'entourage lui convienne. Il me surprend toutefois en m'embrassant. Un long baiser tendre et doux qui me bouleverse.

— Je vous aime, murmure-t-il. Je veux que les choses soient bien claires à ce sujet.

J'avale ma salive, la gorge nouée, prenant véritablement conscience de ce qu'il vient de dire. Je n'imaginais pas entendre un jour ces mots si doux. Des mots qu'il n'arrête plus de me répéter à présent.

— Moi aussi, je vous aime, dis-je.

— Alors, voilà qui règle définitivement la question. Vous serez ma reine.

Je ne peux m'empêcher de rire et secoue la tête.

— Il ne s'agit toujours pas d'une véritable demande en mariage.

Mais au fond de moi, véritable demande ou pas, je réponds oui. Définitivement oui !

Chapitre 20

Nikolaï

Ma belle-mère a été envoyée en cure de repos sur une île privée, dans l'océan Indien. Mon père demeure aveuglé par son amour pour elle, convaincu que sa trahison n'est que le fait de la douleur, d'une profonde blessure à laquelle le temps ne peut rien. Mais moi, je ne suis pas dupe et X non plus. Il s'est juré de mener une petite enquête sur le passé d'Adèle. Nul doute qu'il en sortira quelque chose.

X fait rapidement le point de la situation et de ce qui va se passer à présent, tandis que nous regagnons le palais au maximum de la vitesse. Les pneus de la Rolls crissent sur les graviers de l'allée lorsque nous passons la grille. Le moment est venu d'affronter le roi.

— Kate, dis-je.

Je prends sa main entre les miennes et embrasse le bout de ses doigts. Nous descendons de voiture et entrons dans le palais par la porte d'honneur.

— X va vous conduire jusqu'à mes appartements. Il veillera à ce que vous puissiez y prendre un bon bain et à ce que l'on vous prépare de quoi vous restaurer.

Kate a passé un moment avec sa grand-mère avant que nous quittions l'hôpital. Cette dernière n'est plus sous assistance respiratoire. Kate et sa sœur n'ont plus besoin de se relayer à son chevet.

— Je n'ai pas envie de vous laisser seul affronter votre père, déclare Kate, affichant cet air déterminé, résolu, que j'aime tant chez elle.

— Ça ira. Je n'ai besoin de personne pour mener mes propres batailles, dis-je d'un ton plus sec que je ne l'ai voulu.

Elle ne se laisse pas désarmer.

— Je n'en doute pas une seconde. Mais ne croyez-vous pas important que la femme qui vous aime soit à vos côtés, quelle que soit la situation, dans les bons moments comme dans les moments difficiles ?

— Je tiens à vous prévenir que le caractère de mon père est pire que le mien.

— Je ne m'effarouche pas facilement, dit-elle avec un petit sourire.

Et je ne peux que la croire, vu qu'elle est encore là, à mes côtés, malgré tout ce qui s'est passé. L'amour que j'éprouve pour cette femme étonnante coule dans mes veines, telle de la lave. Elle est la flamme d'un feu qui ne s'éteint jamais, et lorsque je suis à ses côtés, les ténèbres n'ont plus aucune chance de m'atteindre.

X claque des talons.

— Je vais informer la tour de contrôle que nous avons l'intention de décoller dans l'heure pour le lac des Profondeurs Infinies.

J'acquiesce.

— Oui. Le plus tôt sera le mieux, dis-je, pressant la main de Kate.

Je la sens tendue, brusquement.

— Que se passe-t-il ?

— Il… Il fera nuit lorsque nous arriverons, non ?

Le soleil, déjà, s'enfonce à l'horizon.

— Oui. Mais X veillera à ce que des torches soient partout allumées pour éclairer notre parcours. Toutefois, nous pouvons également attendre demain.

Je l'embrasse.

— La patience n'a jamais été ma vertu première, mais je peux le faire si vous le souhaitez. Si c'est pour vous, je peux tout faire.

Elle secoue la tête.

— Non, vous avez raison. Le plus tôt sera le mieux. Je ne veux pas courir le risque qu'un élément nouveau vienne s'interposer entre nous. Je vous veux tout à moi.

Elle m'adresse un petit sourire nerveux et tout mon être s'enflamme.

Lorsque je songe aux risques que cette femme a déjà pris pour moi et à ce qu'elle s'apprête à faire, j'en ai le souffle coupé. Je n'ai jamais connu un amour comme le sien et je me demande encore ce que j'ai pu faire pour le mériter. En tout cas, il faut qu'elle sache que je suis capable de tout pour elle.

Je la prends par les épaules, la retourne vers moi. Elle paraît si délicate, si fragile. Mais en dépit des apparences, elle est animée d'une force qui m'époustoufle.

— Le lac est extrêmement profond, dis-je.

Elle se mord les lèvres.

— D'où son nom.

— Je ne veux pas que vous vous sentiez obligée de le traverser pour moi. Rien, pas même un royaume, ne vaut la peine que vous vous sentiez, ne serait-ce qu'un instant, en danger.

— Vous renonceriez à tout ce qui vous revient pour moi ? demande-t-elle.

Elle est devenue très pâle et ses grands yeux bleus sont brillants de larmes.

— Sans hésiter. Et, en vous disant cela, je n'ai jamais été aussi sincère de ma vie. Sauf lorsque je vous dis que je vous aime.

Elle penche la tête et je devine qu'elle réfléchit.

— Me pensez-vous assez forte pour affronter cette épreuve ?

Je saisis son menton, lève son visage vers le mien.

— Je pense que vous avez en vous la force de *tout* affronter. N'en doutez jamais, Kate. Pas une seconde, ma belle et téméraire reine.

Je la sens au bord des larmes, mais elle résiste, la tête haute, et sourit.

— Dans ce cas, je ne me déroberai pas. Pas une seconde. Je serai votre reine. Je vais apporter la preuve que je serai à la hauteur de l'honneur qui m'est fait. Le lac des Profondeurs Infinies ne se mettra pas en travers de mes rêves.

Elle noue les bras autour de mon cou et presse ses lèvres sur les miennes. Soudain, quelques applaudissements moqueurs claquent.

Je me retourne. Mon père se trouve dans l'encadrement de la porte, une expression sardonique sur les traits.

— Très touchant, dit-il de sa voix profonde. On y croirait presque.

Kate

Je me fige. J'ai déjà parlé au roi, auparavant, mais toujours pour des raisons professionnelles. Jamais sa voix n'a été aussi dure. Elle me glace le sang.

— S'il vous plaît, père, dit Nikolaï d'un ton ferme.

Mais je le connais et je sens la tension et l'inquiétude dans sa voix.

Le prince a les yeux de son père, mais ceux du roi se font noirs, soudain, tandis qu'il s'avance vers son fils. Ses cheveux poivre et sel sont impeccablement coiffés et son costume de coupe parfaite souligne son corps d'homme mûr encore tonique et sa belle allure. C'est comme si j'avais soudain un aperçu de ce que sera Nikolaï plus tard…

Je secoue la tête, chassant aussitôt cette pensée. Parce qu'outre son air distingué et sa prestance, le roi me fixe d'un regard hautain, ses yeux gris n'exprimant que mépris.

— Comment oses-tu me parler ainsi ? dit le roi, planté devant son fils, son visage tout près du sien. Et comment oses-tu amener cette traînée dans notre maison où tu n'as semé que désespoir. La reine est dévastée. Tu n'es qu'un fils ingrat et égoïste.

J'en ai le souffle coupé. Le roi s'apprête à poursuivre, mais Nikolaï l'interrompt.

— En voilà assez, père, lance-t-il, avec une telle violence que le roi recule d'un pas.

Nikolaï serre si fort ma main qu'il me fait mal, mais je ne dis rien et demeure stoïquement à ses côtés.

— La seule véritable *reine,* c'était ma mère. Je sais tout. Je suis au courant pour le lac des Profondeurs Infinies et l'amendement Wagmire. Ma mère n'était pas de sang royal.

Nikolaï tend son bras.

— Regardez, père. Regardez bien ces veines dans lesquelles coule du sang roturier parce que vous avez voulu vous marier par amour. Et aujourd'hui, vous voudriez me refuser ce droit ?

L'émotion soulève la poitrine de Nikolaï à chaque respiration. Ces paroles qu'il prononce, cette passion qui l'anime, tout cela c'est pour *moi.*

Le roi écarquille les yeux. Il est devenu extrêmement pâle. Il recule d'un pas, mais ne dit rien.

— Si vous osez, une seule fois encore, utiliser le terme « traînée » en faisant référence à Kate, je n'aurai pas envers vous la même mansuétude que j'aie eue envers Adèle. C'est elle qui ne mérite pas d'être reine, père, et je crois qu'au plus profond de vous, vous le savez. Mais sachez aussi ceci. Si vous avez aimé ma mère, au point de risquer de perdre votre royaume pour elle, alors vous devez pouvoir comprendre ce que j'éprouve pour Kate. Nous traverserons le lac. Nous gagnerons l'île et je lui prouverai que je suis digne de son amour.

L'émotion me noue la gorge.

— Non, parvins-je à dire, finalement. C'est à moi de vous prouver mon amour.

Il desserre son étreinte sur la main qu'il serre si fort dans la sienne, la porte à ses lèvres et l'embrasse.

— Vous n'avez rien à prouver, dit-il. Vous et votre sœur avez tout donné de vous-mêmes pour prendre soin de la seule famille qu'il vous restait. Je sais que vous n'avez jamais agi pour l'argent, mais par un infaillible et inconditionnel amour. J'ai passé tant d'années entouré de gens qui ne cherchaient qu'à profiter de moi que j'ai oublié ce qu'était l'amour véritable. Peut-être cette épreuve qu'il nous reste à affronter est-elle faite pour prouver quelque chose au reste de la cour royale, mais sachez que, quelle qu'en soit l'issue, que nous parvenions ou non jusqu'au bout de notre quête, nous avons déjà gagné.

L'émotion étrangle ma gorge, mais je souris. Un sourire aussi intense et lumineux que l'amour que j'éprouve pour cet homme remarquable.

Je prends ses mains, les serre dans les miennes.

— Oui, dis-je, en écho à ses paroles. Nous avons déjà gagné.

X apparaît soudain dans l'encadrement de la porte, derrière le roi. C'est étrange car il aurait dû passer devant nous pour arriver là. Mais une fois encore, et je commence à le comprendre, X est capable de beaucoup plus de choses que nous ne pouvons l'imaginer.

— Sire, milady, dit-il. Le jet vous attend. Êtes-vous prêts ?

Nous acquiesçons tous les deux sans hésiter. Mais le roi s'approche de nouveau de son fils. Cette fois, il pose les mains sur ses épaules. Nikolaï se raidit.

— Tu l'aimes vraiment, alors ? dit-il.

Et il se met à rire.

— Tu *l'aimes* !

— Père, auriez-vous perdu la raison ?

Le roi rit de nouveau, la tête renversée en arrière.

— Comment, dit-il, après toutes ces années, espérais-tu que je puisse croire à la sincérité de tes sentiments ? Aucune des femmes que tu as connues n'est jamais venue au palais, ne serait-ce que pour dîner. Et te voilà prêt à traverser le lac pour une roturière.

Je vois la mâchoire de Nikolaï se crisper. Le roi s'est arrêté de rire.

— Roturière ou pas, ta mère possédait plus de sang royal qu'aucune autre reine avant elle. Personne, tu m'entends, *personne* ne pourra jamais l'égaler.

Nikolaï ne dit rien. L'émotion étreint sa gorge tandis qu'il comprend soudain, comme moi, ce que veut dire le roi.

Un profond amour unissait ses parents. C'est peut-être ce qui explique que quelqu'un comme Adèle ait pu parvenir jusqu'au trône. Personne ne pouvait remplacer l'amour qu'avait perdu le roi, mais il fallait une reine au royaume. Et Adèle possédait l'ascendance aristocratique nécessaire.

— Je comprends ce que vous ressentez, dit Nikolaï, et le ton déterminé de sa voix est voilé par l'émotion.

— Comment l'as-tu appris ? demande le roi. Comment as-tu su pour ta mère ?

C'est moi qui réponds.

— C'est ma grand-mère qui nous l'a dit, Votre Altesse. Elle ne va pas très bien, elle perd la tête. Mais il lui arrive d'avoir des moments de lucidité. Apparemment, elle a connu la reine Cordélia il y a de nombreuses années.

De manière tout à fait inattendue, le roi s'avance, nous attire, Nikolaï et moi, dans ses bras. Instinctivement, je réponds à son étreinte et referme les bras autour des deux hommes.

— Allez, murmure le roi. Allez prouver votre amour au reste du monde. Moi, je n'en doute plus.

Il s'écarte, et Nikolaï et moi nous inclinons respectueusement devant lui.

— Pourquoi ne nous en as-tu jamais parlé ? demande Nikolaï.

Le roi semble sortir de ses pensées et j'attends qu'il dise ce qu'a dit ma grand-mère, qu'il affirme avoir voulu protéger ses fils.

— Mon père n'était pas des plus compréhensifs, dit-il simplement. C'est pourquoi nous avons été contraints de mentir, de dire à tous que ta mère venait d'une ancienne lignée royale récemment découverte. J'aimais ta mère, aussi n'ai-je pas voulu me quereller avec lui sur le sujet. Elle était ma reine. C'était tout ce qui comptait.

C'est une belle histoire, mais pour des raisons que je ne saurais expliquer, je pense qu'il ne dit pas la vérité. Peut-être est-ce parce que Nikolaï ressemble tant à son père qu'être capable de deviner ce que pense l'un me rend capable de voir clair en l'autre.

Mais le beau sourire qui s'épanouit sur le visage de Nikolaï témoigne de la confiance qu'il a en ce que vient de dire son père, alors je me garde de dire quoi que ce soit. Il est mon prince et c'est tout ce qui compte.

— Merci, Votre Majesté, dit Nikolaï.

En cet instant, je sais qu'il sera le roi dont le pays a besoin et l'homme sans lequel je ne saurais vivre désormais.

Tandis que X nous conduit vers la porte, Nikolaï se retourne vers son père.

— J'aimerais que la grand-mère de Kate, et sa sœur si elle le souhaite, viennent s'installer au palais, après le mariage. Sa grand-mère a besoin de soins constants et d'un personnel qualifié que je me chargerai de lui fournir.

Le roi acquiesce.

— Donne-moi son nom. Je veillerai à prendre les dispositions nécessaires.

— Sophia Winter, dit Nikolaï.

Il se tourne aussitôt vers X et je suis la seule à voir la stupéfaction se peindre sur les traits du roi. Mais elle ne dure qu'un instant et le masque imperturbable est de nouveau en place, si bien que je me demande si ce n'est pas mon imagination qui m'a joué un tour.

— Considère que c'est fait, dit le roi.

Avant que j'aie eu le temps de m'en rendre compte, nous avons passé les grilles du palais et sommes en route pour l'aéroport.

Au bas de la passerelle, avant de monter dans le jet, Nikolaï me prend par les épaules.

— Le moment est venu de voler à la conquête de notre avenir.

Il m'embrasse alors, et j'oublie tout. Que j'ai failli mourir, que le roi a eu une étrange réaction en apprenant le nom de ma grand-mère et que la peur me tenaille à l'idée de ce qui m'attend.

Oui, Je veux voler, moi aussi, à la conquête de mon avenir, me dis-je tandis que nos bouches s'unissent. Et je sens déjà le goût de la victoire,

Je murmure alors, contre ses lèvres.

— Mon avenir, c'est *vous,* Nikolaï.

Chapitre 21

Nikolaï

Le lac des Profondeurs Infinies est situé aux confins du royaume, à l'est, tout près de la frontière. Nous survolons les montagnes, leurs sommets et leurs pics dressés vers le ciel, et atteignons bientôt une grande clairière, en altitude, où se trouve aménagée une piste d'atterrissage. De hautes herbes aux reflets dorés ondulent dans la brise, agitant les petites clochettes blanches de leurs fleurs, comme en signe de bienvenue.

Nous descendons du jet et je prends la main de Kate dans la mienne, l'entraîne sur l'étroit chemin qui mène au lac. Aucun de nous ne parle. Le chemin serpente, débouche bientôt sur une falaise et j'entends Kate inspirer brusquement. Elle semble affolée et ce n'est certainement pas à cause de l'impressionnante masse de granite de la falaise, ni de sa hauteur vertigineuse. Non. C'est à cause de ce qui s'étend en dessous.

C'est le lac le plus profond du monde. La légende raconte qu'il serait peuplé de créatures étranges, monstres marins, sirènes, et que sais-je encore ? Mais je ne crois pas à toutes ces histoires.

Il n'en est pas moins impressionnant de découvrir ce miroir immobile dans la clarté de la lune, son eau d'un bleu intense. Une eau envoûtante qui semble attirer à elle toute la lumière pour l'engloutir impitoyablement dans ses profondeurs insondables.

Je noue mes doigts à ceux de Kate, laisse ma paume glisser contre la sienne, la caresser, promesse de délices à venir. Bientôt, très bientôt, cette femme magnifique sera la mienne.

X est là pour nous guider et nous descendons l'escalier de pierre qui conduit au lac. Arrivés en bas, X allume les torches flottantes qui jalonneront notre traversée. Je me déshabille et surprends le regard de Kate posé sur moi, sur mon corps, mon sexe.

Je lui souris. Un sourire enjôleur, légèrement provocateur.

— Auriez-vous vu quelque chose qui vous plaît ?

J'adore lire le désir dans ses yeux, savoir qu'elle a envie de moi.

Elle ouvre la bouche et je m'attends à une réponse ironique, quelque provocation bien sentie de sa part. Mais, au lieu de cela, elle a un petit hoquet étranglé et tombe à genoux sur le sable de la rive.

Mon humeur séductrice, entreprenante, s'évapore aussitôt. Je ne songe déjà plus qu'à la protéger et je m'accroupis à ses côtés.

— Que se passe-t-il ?

— C'est totalement ridicule d'avoir peur de l'eau, n'est-ce pas ? Je le sais.

Elle lève vers moi un regard douloureux.

— Mais le corps n'entend pas toujours ce que lui dit la raison.

— Kate, mon amour, je vous l'ai dit, vous n'êtes pas tenue de traverser ce lac. Je ne l'exige pas de vous. Mon royaume m'importe peu lorsqu'il est question de votre sécurité et de votre bonheur.

— Je veux me montrer courageuse. Je veux vous faire honneur, me prouver que je suis capable de vaincre ma peur. Je le veux pour moi, pour nous. Et en cet instant, ce n'est pas à la perte de mes parents que je songe. C'est à ce que je pourrais perdre, aujourd'hui. Et je ne parle pas seulement de notre mariage, Nikolaï. Je songe qu'il pourrait arriver autre chose. Que je pourrais *vous* perdre.

Kate secoue la tête et prend soudain cet air résolu, déterminé, qui la rend toujours si désirable à mes yeux.

— Promettez-moi que vous vous sentez capable de le faire et je ne laisserai pas la peur prendre le pas sur moi.

Elle se lève, ôte sa robe et, soudain, elle est nue devant moi, toute en courbes envoûtantes et peau douce. Ses jolis seins me mettent l'eau à la bouche.

Je m'avance vers elle.

— Je suis capable de le faire, Kate. *Nous* en sommes capables. Mais je ne peux m'empêcher d'éprouver la sensation, tout au fond de moi, de ne pas vous mériter.

De sa main fraîche, elle effleure ma joue.

— Il nous faut choisir.

Ensemble, nous regardons le lac parsemé de flammes scintillantes, les torches que X à allumées et, en son milieu, la petite île boisée d'où émerge une tour de pierre nimbée de la clarté de la lune. Elle paraît mystérieuse, intemporelle.

— Je me demande ce qui nous attend là-bas, murmure Kate.

— Je ne saurais le dire avec certitude.

Je prends sa main dans la mienne.

— Mais quels que soient les dangers ou les mystères auxquels nous aurons à faire face, nous le ferons ensemble.

— Et il en sera de même pour tout, désormais, dans tous les moments de notre vie, ajoute-t-elle.

Elle me regarde, puis entre dans l'eau, s'avance, et je n'ai jamais rien vu d'aussi incroyable de toute ma vie. Cette femme est prête à tout sacrifier pour moi, pour nous.

Et moi aussi, je suis prêt à tout pour elle, pour nous.

Alors, je la suis dans l'eau.

L'eau est étonnamment douce, tiède, pourtant je ne peux réprimer un frisson. La main de Nikolaï tient toujours la mienne tandis que nous nous enfonçons plus profondément en suivant la ligne que dessinent les torches installées par X.

X qui n'est plus là, d'ailleurs.

Parce qu'il sait que nous devons accomplir la traversée seuls.

Nikolaï s'immobilise soudain. Je me tourne vers lui.

— Que se passe-t-il ?

Il serre plus fort ma main.

— Le fond descend très vite, prévient-il.

Et je sens la tension dans sa voix.

— Votre sœur prétend que vous saviez nager, enfant — vous me l'avez vous-même confié —, mais qu'il s'agit d'un blocage que vous avez fait après l'accident de vos parents. Je ne peux pas vous laisser aller plus loin, Kate. Pas au risque de votre vie.

Je hoche la tête, consciente de la peur qu'il éprouve pour moi, de ce que je crains pour lui. L'eau m'arrive à la poitrine, elle couvre presque mes seins et, malgré la douceur de l'air, je tremble. Je ferme les yeux, presse très fort les paupières, puis je me lance, me laisse glisser sous la surface. J'ai lâché la main de Nikolaï et la dernière chose que j'entends, c'est lui qui m'appelle, affolé.

J'ouvre les yeux. L'eau est sombre mais transparente et, dans la lumière des torches, il me semble apercevoir un mouvement, un poisson ou quelque autre créature. Mon cœur se met à battre follement, tandis que la panique menace brusquement de me faire perdre mes moyens. Mais je me dis qu'au-dessus de moi, il y a de l'air, que je ne suis pas seule et que je ne suis pas prise au piège comme l'étaient mes parents.

J'agite les jambes derrière moi et pousse fort sur mes

paumes, les bras tendus. J'émerge de l'eau, perce la surface. Mes pieds ne touchent plus le fond et pourtant, je suis toujours là. Je contrôle.

Je triomphe.

— Kate, crie Nikolaï, la voix rauque.

Il nage vers moi

— Bon sang, Kate. Que faites-vous ?

Je souris. Un large sourire qui étire mes lèvres tandis que mes bras et mes jambes décrivent des cercles dans l'eau d'un bleu d'encre.

— Je crois que je nage, dis-je.

Mon cœur tambourine dans ma poitrine.

— Oh mon Dieu, Nikolaï ! Oui, je nage !

Son regard brille dans la lumière argentée de la lune et je vois son visage se détendre, la terreur que je lui ai causée disparaître.

— Vous avez réussi, crie-t-il. Bon sang, vous avez réussi, Kate !

Il se jette sur moi et m'embrasse.

— Allons conquérir notre avenir, dis-je.

Il acquiesce et nous partons tous deux, côte à côte, en direction de l'île. Nous nageons de torche en torche, chacune semblable à un phare jalonnant notre route. Et tandis que l'adrénaline retombe et que les minutes passent, je sens la fatigue gagner mes bras et mes jambes.

— Nageons jusqu'à la prochaine torche, dit Nikolaï, sentant que j'ai de plus en plus de mal à avancer.

Nous l'atteignons et je me promets aussitôt d'atteindre la suivante. Et la suivante encore. Et celle d'après. Je continue donc jusqu'à ce que je trébuche, mes pieds butant sur le sable de la rive.

Je me redresse, me lève. Les larmes ont jailli dans mes yeux. Nikolaï ne perd pas une seconde. Il me soulève dans ses bras et m'embrasse, prenant ma bouche avec fougue. Et je me rends compte que mon unique peur, à présent, la seule que je ressens désormais, c'est de ne jamais parvenir à lui donner tout l'amour que j'éprouve pour lui.

Il ne me lâche pas, n'interrompt pas son baiser tandis qu'il marche à grandes enjambées, remontant la rive. Il me tient tout contre lui, et c'est exactement comme la première fois, lorsqu'il m'a soulevée dans ses bras et portée à l'abri, dans le labyrinthe du palais. Mais, ce jour-là, j'étais décidée à lui trouver une épouse, à le laisser accomplir son destin avec une autre. Aujourd'hui, je risque tout pour qu'il soit à moi.

Je me cramponne à son corps nu, solide, tandis qu'il gagne la tour de pierre. Il ne me pose au sol que lorsque nous nous retrouvons devant une porte sculptée qui nous invite à entrer.

Nous avançons.

Je demeure bouche bée.

— Regardez, me dit Nikolaï, levant la tête.

Là où devrait se trouver le plafond, il n'y a rien. La tour s'ouvre sur le ciel où scintillent des milliers d'étoiles, où brille la lune nous éclairant de sa lumière d'argent. Je regarde tout autour de moi et aperçois les murs qui nous entourent. Ils sont recouverts de fresques hautes en couleur et qui représentent différentes versions de deux amants découvrant l'île.

— Oh ! Nikolaï…

C'est tout ce que je suis capable de dire. L'émotion m'étreint et il m'est impossible de trouver le souffle pour formuler ce que j'éprouve.

— Je sais, dit-il.

Et nous contemplons le spectacle autour de nous et nous émerveillons en silence.

Je laisse mes mains glisser sur le mur, caresser les fresques, et j'arrive bientôt à une section du mur vide de tout décor et qui attend visiblement la représentation des prochains amants. C'est alors que mes doigts butent contre une pierre qui se détache et va s'écraser sur le sol.

— Oh ! je suis désolée. Oh ! mon Dieu, dis-je. J'ai nagé jusqu'ici et voilà que je détériore ce lieu sacré. Je…

Je ne peux retenir un hoquet effaré en voyant soudain Nikolaï plonger, sans hésitation, son bras dans le trou sombre. C'est une scène que l'on rencontre souvent dans les films d'horreur et je m'attends à l'entendre crier tandis que quelque créature diabolique retient sa main. Mais au lieu de cela, il extrait de la niche une boîte en bois bleue, pas plus grande qu'un plumier d'écolier. Un morceau de parchemin l'entoure, maintenu en place par un sceau de cire.

C'est au tour de Nikolaï de demeurer interloqué.

— De quoi s'agit-il ? dis-je en m'approchant.

Il lève les yeux vers moi. Son regard ardoise brille.

Il sourit et une larme s'échappe, glisse sur sa pommette.

— C'est le sceau royal, dit-il. Je… Je pense que cela vient de mes parents.

Je me glisse contre lui, referme les bras autour de sa taille. Il décachette le parchemin et le déroule devant lui.

— Pouvez-vous lire ? me demande-t-il, visiblement trop ému pour le faire.

Moi aussi, l'émotion m'étreint et je commence, les yeux voilés de larmes.

À notre cher Nikolaï,

Des générations nous ont précédés qui, toutes, se sont conformées à l'antique décret. Et si tu devais suivre cette voie à ton tour, nous prions pour que tu sois heureux. Mais nous formons un autre vœu : celui que le royaume d'Edenvale soit gouverné, à nouveau, par un roi et une reine purs de cœur. Car nous avons trouvé le chemin du véritable bonheur.

Notre seul souhait est que tu puisses faire de même. Celle qui comblera ton cœur, si tu la trouves, comblera aussi ton âme. Il n'y a pas de place pour la noirceur, pour la haine, pour tout sentiment qui pourrait assombrir l'âme d'un roi appelé à diriger d'une main juste son royaume, s'il connaît un amour profond et véritable en son cœur.

Si tu as trouvé un tel trésor, ne le considère pas comme allant de soi. Chéris-le, remplis le palais d'héritiers, fruits de cet amour incommensurable, et le royaume prospérera comme prospérera ton amour.

Aimer et être aimé en retour, il n'est pas plus bel héritage que nous puissions te transmettre. Prends ce qui se trouve dans cet écrin comme témoignage de notre amour. Puis, quand le moment sera venu, reviens ici et inscris ton histoire sur ces murs. Laisse ce témoignage à ceux qui y viendront après toi.

Avec tout notre amour et du plus profond de nos cœurs,

Le roi Nikolaï et la reine Cordélia.

J'essuie les larmes qui coulent sur mes joues, la lecture terminée. Nikolaï ne dit rien. Il ouvre l'écrin et en sort un splendide anneau d'or, orné de saphirs et de diamants. Un anneau qui ne peut être destiné qu'à une reine.

Il s'écarte et me regarde, les yeux brillants, son corps nu magnifique baigné dans la lumière d'argent de la lune.

Il met un genou à terre.

— Vous souhaitiez une demande en mariage en bonne et due forme ? dit-il.

C'est un homme très différent du séducteur sans scrupule, rencontré il y a à peine un mois, qui se trouve à mes pieds.

Je plaque une main sur ma bouche, acquiesçant d'un signe de tête. L'émotion qui m'étreint est trop forte. Je suis incapable de dire un mot.

— Eh bien, la voilà, Kate, dit-il. Rien n'est plus vrai que l'amour que je te porte. Les mots ne suffisent pas à le traduire. Il est aussi profond que ce lac et aussi grand que l'univers. J'étais prêt à renoncer à mon droit au trône pour toi, mais à la place, c'est toi qui as vaincu ta peur pour moi. Il n'est pas de plus belle preuve d'amour que celle que tu viens de me donner. Accorde-moi ta main, donne-moi toute une vie pour te remercier. Veux-tu être ma compagne, mon amour, ma reine ?

Je tombe à genoux devant lui, pressant mes lèvres pour les empêcher de trembler et je prends son visage entre mes mains.

— Oui, parvins-je à murmurer.

Et je le couvre de baisers.

— Oui, Nikolaï.

Il m'embrasse à son tour, prend ma main et glisse l'anneau à mon doigt. Il me va parfaitement.

— Dix mille, cent mille fois oui, dis-je. Mais d'abord, nous avons un petit détail à régler.

Il pâlit.

Je me lève, l'entraîne avec moi.

— Lequel, Kate ? Que te faut-il de plus ? Je te donnerai tout ce que tu veux.

— Nous avons fait un pari.

Et voilà ce sourire, de nouveau, sur son visage. Celui qui me dit qu'il a envie de me dévorer tout entière.

— Ce pari, il me semble que tu l'as gagné, non ?

— C'est exact. Et te souviens-tu des termes que nous avions fixés ?

Il fronce les sourcils.

— Je te dois une faveur. Veux-tu que je te l'accorde tout de suite ? Dis ton prix ?

Je me hisse sur la pointe de pieds et murmure ma réponse à son orcillc.

— Tes désirs sont des ordres, mon amour, dit-il, la voix soudain rauque.

Je frissonne. Je ne porte rien d'autre que l'anneau scintillant à mon doigt. Je m'émerveille devant son sexe tendu, prêt pour moi, et je sens palpiter le désir au creux de mon ventre, prête pour lui, moi aussi. Je le laisse m'entraîner jusque dans l'eau. Il ne dit rien, m'attire sur son corps magnifique.

L'eau du lac est fraîche à présent, mais mon corps tout entier brûle de l'envie de lui lorsque l'extrémité de son sexe presse ma chair qui s'ouvre et l'accueille. Il glisse en moi, me pénètre, puissant, possessif, et je me laisse descendre sur lui et l'absorbe tout entier en moi.

Il pousse un grognement et me mord l'épaule.

Je remonte lentement et le provoque, le laisse caresser ma chair, presser mon clitoris avant de redescendre sur lui et de sentir, de nouveau, toute sa longueur s'immerger en moi.

Il emprisonne mon visage entre ses mains et plonge son regard intense dans le mien. Et c'est un mélange d'incrédulité, d'amour et de bonheur profond que j'y lis.

— Nous régnerons sur ce royaume, mais toi, ma future épouse, ma reine, tu régneras pour toujours sur mon cœur. Comme ces fresques sur les murs de la tour, mon amour pour toi vivra pour l'éternité.

— Nikolaï, dis-je, le souffle court tandis qu'il se met à bouger en moi, je t'aime, moi aussi. Tellement.

Il glisse la pointe de sa langue entre mes lèvres, une lueur provocatrice dans le regard.

— Mais… Ce n'est pas parce que tu es la reine de mon cœur que tu parviendras à me dompter.

Il se penche, prend un sein dans sa bouche et en mord le mamelon si sensible. Je ne peux retenir un petit cri de plaisir et d'exquise douleur.

— N'oublie pas que je suis un insatiable séducteur…

Il est la tentation incarnée.

Je lui donne ma bouche et ferme les yeux, m'abandonnant au plaisir.

Il devrait savoir que je ne me lasserai jamais de mon prince.

Épilogue

X

Je balaie de mon épaule quelques éclats de plâtre tandis que le son aigu, strident, d'une perceuse retentit à l'étage au-dessus.

— Vous perdez de votre acuité, X, dit-elle d'un ton de reproche. On vous a suivi.

Je fais un pas sur la gauche et regarde la poussière de plâtre tomber sur la moquette, à ma droite.

Je hausse les sourcils, narquois.

— Vous croyez, vraiment ?

Elle me voit, je le sais, même si moi je ne la vois pas car elle est plongée dans l'ombre.

— Pourquoi, dans ce cas, se trouvent-ils à l'étage au dessus et non ici ?

D'un signe de tête, je désigne la lumière bleue qui clignote sur le bureau, devant elle.

— Peut-être ne savent-ils même pas que je *suis* ici ? Peut-être ne se doutaient-ils même pas que je puisse être dans le secteur avant qu'une alerte ne s'affiche sur leur écran ?

J'imagine qu'elle braque sur moi un regard noir, à cet instant.

Elle laisse échapper un soupir.

— Vous êtes toujours aussi arrogant.

Je souris et avance d'un pas. Elle ne m'arrête pas. Elle

sait pertinemment que je suis encore trop loin pour pouvoir la voir. Je rétorque, amusé :

— Et vous, il est toujours aussi aisé de vous irriter. Et j'avoue y prendre beaucoup de plaisir.

Le silence retombe un long moment, troublé seulement par les rugissements de la perceuse au-dessus. Ils ne vont pas tarder à faire irruption. Le temps nous est compté. Mais il n'y a là rien de nouveau. Il nous est toujours compté.

— Dites-moi, reprend-elle d'une voix ferme dans laquelle je détecte néanmoins un léger tremblement, notre mission est terminée, à présent. Est-il en sécurité ?

J'ouvre la bouche, prêt à prononcer son nom, ou du moins son pseudo, D. Mais je m'arrête, comme toujours. Si je ne le dis pas à voix haute, personne ne peut l'entendre. Si je ne la vois pas en chair et en os, ils ne pourront pas me faire avouer son existence, même sous la torture.

Je réprime un sourire satisfait. J'ai survécu aux pires sévices que des ravisseurs puissent imaginer : fouets, tisons enflammés, couteaux acérés pour vous saigner à blanc, mais avec une lame suffisamment fine pour que vous vous vidiez lentement de votre sang, vous assurant ainsi une lente agonie.

N'en déplaise à tout ce beau monde qui a tenté de m'ôter la vie, je ne suis pas mort. Malheureusement pour eux, ils n'ont pas eu la même chance.

— X, supplie-t-elle.

Sous-entendrait-elle que j'ai, un jour, échoué dans une mission ?

— Il est en sécurité, dis-je. La princesse et lui profitent d'une lune de miel prolongée sur une île privée, au large des côtes. Ils ne devraient pas tarder à regagner Edenvale, mais les festivités qui étaient prévues ont été reportées, le temps pour le roi de décider de ce qu'il va faire par rapport à la perfide reine Adèle. Je peux vous dire, toutefois, que le prince régnera aux côtés de son père et que la princesse deviendra ambassadrice auprès de nos voisins.

— Et Rosegate ?

Un morceau de plafond tombe sur le sol.

— Nous ne disposons pas de beaucoup de temps. Ils seront bientôt là. Rosegate n'a rien à craindre pour l'instant, mais nous cherchons toujours à savoir si la motivation de la reine se limitait à vouloir prendre le trône ou si elle complotait plus largement avec Nightgardin en vue de faire tomber Edenvale.

Elle extrait la clé USB, source de la lumière bleue, du portable posé sur son bureau.

— Nous ne serons pas là lorsqu'ils entreront, dit-elle.

Je lève le bras, attrape au vol le petit projectile que je serre dans mon poing.

— Je veux que le prince demeure sous surveillance, mais vous êtes relevé de votre garde rapprochée en ce qui le concerne.

J'acquiesce d'un hochement de tête. Des morceaux de plâtre continuent de tomber du plafond. Je fixe les mousquetons aux passants de mon pantalon, me demandant pour la première fois si le tissu va s'avérer assez solide.

Nous n'allons pas tarder à le savoir.

— Quelle est la prochaine mission ?

J'ai posé la question, certes, mais je sais qu'il y en a une.

J'entends le frottement des roues de son fauteuil sur la moquette et je peux dire au rythme de sa respiration qu'elle vient de se lever.

— Tout est sur la clé, dit-elle.

Je baisse les yeux vers la petite lumière bleue dans ma main.

— L'héritier de rechange.

Je n'ai pas besoin qu'un fichier d'ordinateur vienne corroborer ce fait. De toute façon, c'est exactement ce que Nikolaï voulait. Et il ne se rendra même pas compte que je m'occupe de son frère.

— Il est perdu, dit-elle. Le second fils.

Sa voix devient distante tandis qu'elle fait ce qu'elle sait le mieux faire : disparaître. Retourner dans un monde où on la reconnaissait au premier regard. Un monde qui, aujourd'hui, ne sait même pas qu'elle existe.

Perdu, le second fils ? Et s'il n'a pas envie qu'on le retrouve ?

Le plafond s'effondre soudain et, comme il n'est pas du tout dans mes projets de me faire prendre, je détache l'un des mousquetons et saute par la fenêtre du quinzième étage.

Je tire le câble de saut à l'élastique derrière moi et laisse la gravité et le vent faire le reste.

Je plane au-dessus des taxis, des autobus, des habitants et des touristes, aucun d'eux ne se doutant un instant de ma présence au-dessus de leurs têtes.

Lorsque j'atterris sur le balcon de l'hôtel, je me dis qu'il faut absolument que je pense à remercier le tailleur qui a confectionné mon costume. La solidité des passants du pantalon est tout simplement remarquable.

J'époussette les dernières traces de plâtre sur ma veste, saisis mon verre de whisky sur le rebord du balcon et le vide d'un trait. Puis je pousse la double porte et pénètre dans la chambre.

Une ravissante brunette est étendue sur le lit, nue, les yeux bandés et les poignets toujours attachés à la tête de lit. Elle presse ses lèvres sensuelles, peintes d'un rouge vif, en une moue boudeuse.

— Vous aviez dit que vous sortiez chercher votre verre de whisky sur le balcon. Et vous êtes parti depuis au moins cinq minutes, X.

Je jette un coup d'œil à ma montre.

— Sept.

Elle se cambre sur les draps de satin et se mord la lèvre.

— Ces minutes sont interminables. Quand allez-vous cesser de me faire languir ?

Je tapote la poche poitrine de ma veste pour m'assurer que la clé USB s'y trouve toujours. Puis j'ôte ma veste.

— J'arrive, dis-je, d'un ton autoritaire. Vous pouvez commencer le compte à rebours. Trois…

Elle se cambre de nouveau sur le lit, impatiente, ouvre les jambes.

Je déboutonne ma chemise.

— Trois…, gémit-elle.

J'ôte mon pantalon.

— Deux.

Je pose un genou sur le bord du lit et laisse ma main remonter le long de sa cuisse. D'un doigt, j'effleure sa chair nacrée, toute moite de désir.

— Un, parvient-elle à articuler, le souffle court.

À nous deux, ma jolie !

TRISH MOREY

Sous le charme du souverrain

Traduction française de
MATHILDE JANIER

DIADÈME

HARLEQUIN

Titre original :
FORCED WIFE, ROYAL LOVE-CHILD

Ce roman a déjà été publié en 2017.

Chapitre 1

Physiquement, c'était parfait.

Prodigieux.

Avec un gémissement, Rafe s'abandonna à l'inévitable en étreignant de toutes ses forces le corps nu qui se pressait contre le sien. Ses reins se contractèrent et il huma avidement les effluves de parfum qui se mêlaient à l'odeur musquée, animale, de la passion. Quelle nuit ! Il était récompensé de la cour assidue qu'il avait faite toute la semaine à cette jolie jeune femme pour l'attirer dans son lit. Cela faisait longtemps qu'il n'avait pas éprouvé pareil plaisir.

Il n'en avait même pas souvenir.

Les lumières de Paris filtraient encore à travers les rideaux de mousseline de son appartement. Mais l'aube blanchissait déjà le ciel. La lueur douce du jour naissant jetait des reflets nacrés sur la peau de satin qu'il caressait. Quand il embrassa sa compagne au creux du cou, elle émit une sorte de ronronnement qui le fit sourire. Elle l'avait fait attendre, mais sa patience et son obstination étaient bien payées de retour.

Réveillée, elle roula sur le dos en tendant les bras vers lui. Son opulente chevelure blond vénitien se répandit sur l'oreiller comme un rideau de théâtre annonçant le prochain acte d'une pièce.

Il se souleva pour venir se placer entre ses jambes. Il lui avait fallu une semaine entière pour en arriver là ! Après cette longue attente, il voulait savourer intensément chaque moment de plaisir.

Il baissa la tête vers la pointe de ses seins dressés et se mit à les caresser tour à tour du bout de la langue. Aussitôt, la jeune femme s'arc-bouta contre lui avec un gémissement et enfouit les doigts dans ses cheveux.

Il aimait ses seins, leur forme mais aussi leur texture, le contraste entre leur douceur élastique et la dureté du téton. Il ne se rassasiait pas de la saveur de cette femme. Lorsque celle-ci se souleva pour plaquer ses hanches contre les siennes, il ne résista pas plus longtemps.

Il tendit le bras vers la table de chevet pour saisir un petit sachet qu'il déchira avec les dents.

— Laisse-moi faire, dit-elle d'une voix altérée.

La lueur qui brillait au fond de ses yeux noisette répondait à l'acuité de son propre désir. Quelle douceur exquise ! La nervosité qu'elle avait manifestée la veille à l'idée de coucher avec lui s'était miraculeusement évanouie. Et la perspective des quelques semaines qui s'annonçaient le réjouissait de plus en plus.

Brusquement, l'impatience de Rafe vira au supplice. N'y tenant plus, il plongea en elle, en lui arrachant un cri de surprise et de plaisir.

Une seule idée subsistait dans son esprit, à peine une étincelle, mais qui le hantait au travers de ses sensations aiguisées.

Ce n'était pas seulement délectable.

C'était prodigieusement parfait.

« Non, ce n'était pas son visage qui se reflétait dans la glace. » Fronçant les sourcils, Sienna Wainwright examina plus attentivement l'image de cette étrangère qu'elle avait sous les yeux. Avec ces lèvres gonflées, presque tuméfiées, les cernes mauves et le désordre de sa chevelure d'ordinaire sagement disciplinée, elle était à mille lieues de la femme qu'elle était réellement.

Ou qu'elle avait été jusque-là !

Jusqu'à la veille au soir. Jusqu'à ce que ses défenses s'écroulent. Maintenant, elle n'était plus la même.

Elle porta des doigts hésitants à ses lèvres rougies, comme pour en redessiner le contour ou retrouver la sensation des baisers passionnés de Rafe. Subjuguée, emportée par un vent de folie, elle avait capitulé pour se donner à lui.

Insatiable, il avait renouvelé ses assauts…

Sienna Wainwright ferma les paupières et son souffle s'accéléra tandis que son corps se remémorait avec des picotements délicieux cette fabuleuse nuit d'amour.

Rafe Lombardi, financier de stature internationale, milliardaire et self-made-man, avait fait fortune en rachetant de grosses affaires au bord de la faillite pour leur donner une deuxième vie sur la scène mondiale. Ce golden boy était un des partis les plus convoités de la planète, mais aussi un des plus inaccessibles, à en croire les ragots qui circulaient. On ne comptait plus le nombre de ses conquêtes, qu'il abandonnait aussitôt séduites comme autant de cœurs brisés.

C'est bien pour cette raison que Sienna avait résisté aussi longtemps à ses avances.

Elle n'appartenait pas au même monde que Rafe, économiquement et socialement parlant. Ni même sexuellement, d'ailleurs. Elle n'avait eu jusque-là que quelques expériences limitées et franchement décevantes.

Rafe Lombardi évoluait dans les hautes sphères de la société et fréquentait des géants de la finance et des affaires qui attiraient dans leur sillage mannequins et stars de cinéma. Sienna, qui travaillait pour subvenir à ses besoins, était aux antipodes de cet univers. Aux yeux de Rafe Lombardi, elle n'était qu'une conquête de plus sur la liste déjà longue de son catalogue.

Elle l'avait donc tenu à distance en croyant qu'il se décourageait devant sa fermeté.

Mais loin de s'avouer vaincu, il s'était obstiné avec une détermination agaçante mais flatteuse en même temps. Rafe Lombardi avait l'habitude de parvenir à ses fins.

Sienna régla la température de l'eau et se mit sous la douche. L'eau caressait sa peau nue en ravivant les endroits sensibles, là où la bouche et les mains de Rafe s'étaient attardées. Il avait promis de la rejoindre et elle esquissa un sourire à cette idée.

Combien de fois l'avait-elle éconduit au cours de la semaine passée ? Quelle sottise… Quand on avait la chance de plaire à Rafe Lombardi, il fallait prendre ce qu'il avait à offrir sans se soucier des conséquences.

Tant pis si ce n'était qu'un feu de paille.

Et puis elle méritait bien une récréation. Ces derniers mois l'avaient épuisée, avec son déménagement et son nouveau travail. En plus, elle avait changé d'environnement en se réinstallant en Europe.

Certes, il y aurait peut-être des conséquences désagréables, mais pour l'instant il avait envie de la revoir et elle s'en réjouissait en chérissant cette perspective comme un trésor secret.

Elle se retourna pour offrir sa nuque au massage d'eau chaude. Pourquoi Rafe Lombardi lui faisait-il autant d'effet ? En quoi était-il si différent des autres hommes ?

Sa haute taille et la beauté sombre de ses traits suffisaient à le distinguer. Ses cheveux à peine un peu trop longs, qui bouclaient sur le col de sa chemise, et sa barbe naissante mais soignée lui donnaient une touche sexy de non-conformisme.

Mais il n'y avait pas que l'apparence. Il émanait de lui une confiance souveraine et une aura d'une puissance incroyable.

Sienna frissonna. D'un seul regard, qui semblait lire

dans son âme les secrets les mieux cachés, il avait su la séduire et annihiler ses résistances. En lui faisant croire, non seulement qu'elle était désirable, mais qu'elle se retrouvait brusquement au centre de son existence. Conscient de son pouvoir, il en avait usé et abusé impitoyablement.

Pour la mettre dans son lit.

Elle soupira. Rafe Lombardi ne ressemblait vraiment à aucun des hommes qu'elle avait croisés au cours de son existence. En fait, il avait tout pour faire rêver les femmes. Comment rester insensible et ne pas tomber amoureuse ?…

Oh, non !

Furieuse de s'être égarée aussi loin, Sienna ferma le robinet et attrapa vivement la serviette. Elle n'allait tout de même pas jouer les midinettes rêvant au Prince charmant, simplement parce qu'il l'avait regardée d'un air enjôleur !

Décidément, la vie parisienne lui tournait la tête. Il fallait se ressaisir. Après avoir décroché le job idéal, elle avait la chance de vivre une aventure excitante et très agréable. Mais rien de plus.

De la chambre lui parvenaient à présent les échos des actualités télévisées sur une chaîne étrangère. Apparemment, Rafe l'avait déjà oubliée…

Elle enroula une serviette en turban autour de ses cheveux mouillés et enfila un peignoir en éponge avant de le rejoindre. On avait apporté une table roulante d'où montait une délicieuse odeur de café et de viennoiseries. Rafe avait juste enfilé un jean, et la vue de son torse dénudé déclencha immédiatement une onde de désir dans le corps de Sienna.

Puis, apercevant la mine sombre et soucieuse de Rafe, elle s'approcha de lui.

Pour la première fois depuis qu'ils avaient fait connaissance, il ne lui décocha pas son habituel sourire charmeur. Il ne sembla même pas remarquer sa présence : il était hypnotisé par un reportage télévisé.

— Que se passe-t-il ? demanda-t-elle en essayant de

comprendre l'italien du commentateur, beaucoup trop rapide pour elle.

Elle posa une main sur l'épaule de Rafe, mais il se dégagea en lui intimant le silence. Quelle distance entre eux deux, tout à coup ! Pourquoi ce mouvement de rejet ? Tendant l'oreille, elle reconnut le nom de Montvelatte, une petite principauté perchée sur un rocher entre la France et l'Italie. Puis un palais de conte de fées apparut sur l'écran, suivi par un portrait de feu du prince Eduardo, et un panoramique sur les célèbres casinos du bord de mer.

On vit ensuite le jeune prince et son frère escortés par des gendarmes jusqu'à un fourgon. À l'évidence, il se passait quelque chose de grave à Montvelatte.

— Montvelatte, *finito* ! conclut le reporter avec emphase.

Quand le reportage fut terminé, Rafe appuya sur une touche de la télécommande avec un air soucieux.

— Qu'y a-t-il ? interrogea Sienna. On a arrêté la famille royale ?

Rafe avait les traits tirés et les yeux pleins de chagrin.

— Tout est fini, déclara-t-il d'une voix qui la glaça. Tout est fini.

Il la regardait sans la voir, comme si elle était subitement devenue transparente, et une peur inexplicable s'empara de Sienna.

— Qu'est-ce qui est fini ? insista-t-elle. Qu'est-il arrivé ?

Pendant une minute, elle se demanda s'il l'avait entendue. Puis, brusquement, il redressa le menton et une lueur de prédateur s'alluma au fond de ses yeux.

— Justice est faite, déclara-t-il d'une voix sibylline.

Il se plaça dcvant elle et plongea son regard dans le sien. Aussitôt, inexplicablement, elle se mit à trembler.

— Que veux-tu dire ? Explique-moi, chuchota-t-elle.

Sans mot dire, Rafe tira sur la ceinture de son peignoir dont il écarta les pans pour déposer un baiser au creux de son cou.

— Cela veut dire que j'ai envie de toi, souffla-t-il en achevant de dénuder son épaule. Tout de suite !

Le corps de Sienna le réclamait déjà. Mais quelque chose, dans l'expression de Rafe, l'alerta. Aveuglé par un tourment mystérieux, il ne lui prêtait pas vraiment attention. Elle n'existait plus que comme moyen de chasser ses démons intérieurs. Pourquoi les événements liés à cette minuscule principauté l'affectaient-ils tant ? Montvelatte, qui s'illustrait par les exploits amoureux de ses jeunes princes, occupait souvent les premières pages des journaux à scandale, mais ne faisait guère parler d'elle dans la presse financière qui intéressait les hommes d'affaires.

Sienna appuya les mains sur le torse de Rafe pour le repousser.

— Ce n'est pas une très bonne idée, objecta-t-elle d'une voix tremblante. Je vais être en retard à mon travail.

— Eh bien, tu seras en retard, voilà tout ! maugréa-t-il en la prenant par le cou pour l'attirer contre lui.

Il captura ses lèvres dans un baiser troublant, qui trahissait une fureur sourde, dangereuse. Puis sa bouche descendit le long de son cou, vers sa poitrine, et Sienna fondit de désir, incapable de résister à ce feu qui menaçait de la consumer tout entière…

Une véritable frénésie l'emporta quand il la souleva pour nouer ses jambes autour de sa taille. Il poussa un cri et elle s'agrippa à lui de toutes ses forces. Elle avait peur. Pour lui, mais aussi pour elle-même.

Il la posséda avec une sorte de rage froide qui explosa en elle comme une boule de feu.

Sans savoir comment, elle se retrouva peu après couchée dans les draps froissés, tandis qu'il restait assis au bord du lit, perdu dans ses pensées. Il avait l'air de souffrir horriblement, comme un animal sauvage pris au piège, songea-t-elle en contemplant les traits de son beau visage sculptural.

Rafe était absorbé par sa conversation avec son associé. Yannis Markides était l'une des rares personnes au monde à connaître la vérité sur sa vie et l'identité de son père. Mieux que n'importe qui, il savait en quoi le reportage télévisé sur Montvelatte pouvait l'affecter.

— Tu dois y aller, le pressa Yannis. C'est ton devoir.

— J'ai l'impression d'entendre Sebastiano, qui est déjà à Paris, apparemment. Il n'a pas perdu de temps pour me retrouver !

— Sebastiano a raison. Sans toi, Montvelatte cessera tout simplement d'exister. Tu ne voudrais tout de même pas être responsable d'une pareille catastrophe ?

— Il n'y a pas que moi. Marietta…

— Tu ne dois pas rejeter un poids aussi lourd sur les épaules de ta sœur. Si tu fais cela, tu perdras définitivement mon amitié. De toute façon, la loi exige un héritier mâle, tu le sais. Incline-toi devant ton destin, Rafe.

— Rien ne dit que je réussirai à sauver l'île de la faillite. Tu as comme moi entendu les nouvelles. Carlo et Roberto ont ruiné l'économie.

Son interlocuteur se mit à rire à l'autre bout de la ligne.

— N'est-ce pas ce que toi et moi faisons au quotidien ? Ressusciter des affaires moribondes ?

— Eh bien, vas-y, toi, si c'est tellement important. Moi, je n'ai pas envie de bouleverser mon existence.

C'était vrai. Il avait travaillé dur pour arriver là où il était. Au sommet. Il n'avait plus rien à prouver, ni à lui-même, ni aux autres. Il n'avait pas besoin d'une couronne royale.

— Ce n'est pas mon rôle, Rafe. C'est toi le fils, l'héritier. Personne ne peut endosser cette responsabilité à ta place.

Il marqua une pause.

— D'ailleurs, n'est-ce pas ce que ta mère aurait souhaité ?

Yannis était aussi proche qu'un frère. Il savait frapper là où cela faisait mal…

— Heureusement qu'elle n'est plus de ce monde…,

murmura Rafe. Quelle horreur, si elle avait su que les propres fils d'Eduardo avaient manigancé sa mort !

— Pas tous, corrigea Yannis. Tu es là, toi.

Rafe émit un rire dur.

— Oui, le bâtard. Le fils exilé au loin, avec sa mère et sa petite sœur. Pourquoi me soucierais-je de cette île ? La conspiration infâme de mes demi-frères me donne la nausée. Oui, pourquoi devrais-je restaurer l'ordre et la morale ? Je regrette ce qui est arrivé à mon père. Je le plains sincèrement. Mais je ne lui dois rien.

— Le sang des Montvelatte coule dans tes veines. Si tu ne le fais pas pour ton père, fais-le pour ta mère. Pour honorer sa mémoire.

Rafe secoua la tête en essayant de s'éclaircir les idées. Yannis le connaissait trop bien. Son ami savait qu'il ne ressentait aucune obligation envers son père et n'avait pas éprouvé de chagrin à sa mort, même en apprenant qu'il ne s'agissait pas vraiment d'un accident. Après tout, le prince Eduardo s'était séparé de lui sans remords. Pourquoi aurait-il pleuré la disparition d'un père qui n'avait joué aucun rôle dans sa vie ?

Pour sa mère, c'était différent. Louisa avait adoré Montvelatte. Elle ne tarissait pas d'éloges sur les senteurs des orangers, les coteaux couverts de vignobles, le maquis du bord de mer desséché par les embruns, les collines plantées d'oliviers…

Elle n'avait jamais oublié la petite île où elle avait vécu pendant vingt et un ans avant d'être condamnée à l'exil pour le reste de sa trop courte existence.

Yannis avait raison. Elle avait toujours rêvé d'y retourner. Cela ne s'était pas produit de son vivant, mais peut-être fallait-il saisir cette occasion de réaliser son rêve à sa place…

« Mon Dieu ! » s'écria Sienna intérieurement en émergeant de la salle de bains. Elle plissa le front d'un air préoccupé.

Ils avaient fait l'amour avec tant d'empressement qu'ils en avaient oublié les précautions élémentaires… Même s'ils ne couraient pas grand risque à cette période de son cycle, on n'était jamais sûr à cent pour cent. Elle aurait dû renouveler son ordonnance pour la pilule le mois dernier. Avec tous ces changements dans sa vie, elle n'avait pas pris le temps de trouver un nouveau médecin. Comment aurait-elle pu prévoir, de toute façon ?…

Au risque d'aggraver son retard, il fallait tout de même aborder le sujet.

— J'ai quelque chose à te dire, commença-t-elle quand il eut raccroché, tout en fourrant quelques affaires dans son sac.

Comme il ne répondait pas, elle se tourna vers lui. Il était méconnaissable. Prostré et abattu, la tête dans les mains, il avait l'air si vulnérable qu'elle s'en émut.

— Qu'y a-t-il ? demanda-t-elle en s'approchant. Cela a un rapport avec le reportage sur Montvelatte ?

Il ne bougea pas, ne répondit pas. Puis, au bout de plusieurs secondes interminables, il se massa les tempes en poussant un soupir à fendre l'âme.

— Que sais-tu de cette petite île ? dit-il dans un souffle.

Déroutée par la question, elle haussa les épaules. Mais, au moins, il lui parlait… Elle fit le tour du lit pour venir s'agenouiller devant lui et posa les mains sur ses épaules pour le masser doucement et essayer de dissiper les contractures de ses muscles.

— Pas grand-chose, avoua-t-elle. Ce que tout le monde connaît… C'est un minuscule État méditerranéen, célèbre pour la beauté de ses paysages et les casinos qui ont fait sa richesse. Une Mecque pour les touristes et les joueurs.

Avec un gémissement, il captura sa main et la serra très fort, presque jusqu'à lui faire mal. Puis il la porta à ses lèvres, avec une expression indéchiffrable.

— C'est aussi un paradis pour gangsters, dit-il. Apparemment, depuis que le prince Carlo a accédé à la couronne il y a cinq ans, on blanchit l'argent sale de la drogue dans les casinos.

Sur la table de nuit, la grande aiguille du réveil continuait à avancer. Sienna devait absolument se dépêcher. Cela n'avait pas été facile de décrocher cet emploi chez Charters Bleu Saphir. On l'avait prise parce qu'elle parlait français et qu'elle avait trois excellentes références. Sinon une femme, australienne de surcroît, n'aurait eu aucune chance… Elle n'avait pas fini sa période d'essai et risquait gros en s'attardant encore. L'aéroport n'était pas tout près…

D'un autre côté, elle ne pouvait quitter Rafe dans cet état.

— Le prince et son frère sont impliqués dans ce trafic ? Les autorités judiciaires ont sûrement des preuves sérieuses, pour les faire arrêter devant les caméras de télévision du monde entier.

Rafe se leva et enfila une robe de chambre avant de se poster devant les larges baies vitrées qui offraient un magnifique panorama sur la tour Eiffel.

— Ils sont inculpés pour autre chose, répondit-il.

— Pour quoi ?

— Pour avoir joué un rôle dans la mort du prince Eduardo.

Choquée, Sienna essaya de se remémorer dans quelles circonstances le souverain précédent avait disparu.

— Le prince Eduardo s'est noyé en tombant de son yacht, n'est-ce pas ?

La mâchoire de Rafe se crispa douloureusement.

— On a rouvert l'enquête. Ce n'était pas un accident.

— *Ils auraient tué leur propre père ?* s'écria la jeune femme, consternée.

Elle comprenait mieux le scandale qui ébranlait la scène internationale. C'était une crise monarchique en même temps qu'un cauchemar diplomatique. Mais cela n'expliquait pas l'état étrange dans lequel se trouvait Rafe.

— C'est horrible. Mais en quoi cela te concerne-t-il ?

Le visage torturé de Rafe se ferma. Il n'en dirait pas davantage.

— Désolée, Rafe. Je dois vraiment partir…

— Oui.

Elle ramassa son sac.

— Je ne finis pas avant 18 heures, ce soir. Je t'appelle en rentrant chez moi ?

Une lueur de tristesse brilla un instant dans les yeux de Rafe, pour s'éteindre presque aussitôt.

— Je ne serai pas disponible, annonça-t-il d'une voix coupante.

— Oh…

La gorge nouée, Sienna s'efforça de ne pas montrer sa déception.

— Demain je serai de service de nuit… Mercredi ?

Il secoua la tête en ouvrant un placard pour sortir une valise.

— Non. Je ne serai plus là.

— Tu pars ?

Une expression lointaine, insondable, se figea sur ses traits.

— Tout est fini. Je te l'ai déjà dit.

La déception de Sienna se mua en désespoir. Ne parlait-il pas de Montvelatte, tout à l'heure ? Avait-elle tout compris de travers ?

— Où vas-tu ? demanda-t-elle.

— Je pars, c'est tout.

C'était absurde. En d'autres circonstances, elle aurait peut-être accepté d'être congédiée ainsi, sans ménagement. Mais cette brutalité n'avait aucun sens. Même si elle n'avait pas la prétention de le retenir très longtemps, il ne pouvait pas rompre de cette façon… Pas après l'avoir poursuivie de ses assiduités pendant toute une semaine !

— Je ne comprends pas.

— Je croyais que tu étais en retard ! lança-t-il durement.

Inexplicablement, elle insista.

— Ton comportement est insensé ! Il y a seulement quelques instants, tu voulais me revoir… Ce revirement a-t-il quelque chose à voir avec la situation politique de Montvelatte ? Quel lien y a-t-il entre toi et cette île perdue en Méditerranée ?

Il cessa un instant de remplir sa valise. Son visage paraissait si torturé qu'elle regretta presque ses questions.

— Tu as vu ces deux hommes qu'on emmenait dans un fourgon de police ?

— Le prince Carlo et le prince Roberto ? Tu les connais ?

Une ombre voila son regard.

— Nous avions le même père.

À ce moment-là, la sonnette retentit et il se dirigea vers le vestibule.

Comme elle restait là sans bouger, interloquée, il lui dit :

— Je suis désolé, mais tu dois vraiment t'en aller, maintenant.

Puis il ouvrit la porte et la poussa au-dehors en même temps qu'il accueillait le visiteur.

— Entre, Sebastiano.

Avant de s'éloigner, Sienna eut juste le temps d'entendre quelques mots empressés et déférents prononcés par le nouveau venu :

— *Prince Raphaël, il faut vous hâter…*

Chapitre 2

Six semaines plus tard

L'hélicoptère vira de bord, contourna la pyramide d'Iseo et franchit la falaise qui se dressait au-dessus de la mer bleu azur. Pendant quelques secondes, il resta suspendu en plein ciel avant de se poser très doucement sur l'aire d'atterrissage. Sachant qui se trouvait à bord, Rafe observa la manœuvre avec une hostilité évidente.

— La comtesse D'Angelo et sa fille Geneviève sont arrivées, Votre Altesse, lui annonça son aide de camp en surgissant devant lui avec la promptitude et l'efficacité qui le caractérisaient.

— Apparemment, répondit Rafe d'un ton sec.

Il resta assis et reprit le dossier financier qu'il était en train d'étudier.

— Je reprendrais volontiers un café, Sebastiano, ajouta-t-il.

Le vieux domestique obtempéra en fronçant les sourcils et s'attarda pendant que le prince dégustait son expresso.

Rafe en avait assez de ce défilé interminable de jeunes filles à marier. C'était la sixième en dix jours ! Avec la crise financière qui secouait la fragile économie de la principauté, il avait d'autres chats à fouetter. On avait peut-être besoin d'un héritier pour assurer l'avenir de Montvelatte, mais, s'il ne résolvait pas les problèmes laissés par ses deux demi-frères, il n'y aurait pas d'avenir du tout.

Sebastiano toussota pour lui rappeler sa présence.

— Et vos invitées, Votre Altesse ? Votre chauffeur attend.

Rafe prit tout son temps pour reposer sa tasse.

— Je doute d'être en état d'affronter une nouvelle candidate au mariage.

Sebastiano entreprit de vanter les qualités de la visiteuse.

— Geneviève D'Angelo est non seulement ravissante, elle a en outre bénéficié d'une excellente éducation. Sa famille appartient à la noblesse depuis plusieurs siècles. Elle serait parfaite comme princesse de Montvelatte.

— Même si elle ne me plaît pas ?

— Vous ne pouvez pas le savoir avant de l'avoir rencontrée.

Rafe plissa les yeux. Personne d'autre ne se permettrait pareille impertinence à son égard. Mais Sebastiano s'occupait de l'administration du palais depuis bientôt quarante ans. C'était probablement grâce à son dévouement si la principauté ne s'était pas complètement écroulée après l'incurie de ces dernières années. Cela l'autorisait à quelques libertés…

— Ces pauvres créatures m'ont toutes paru bien insipides, jusqu'à présent.

Sebastiano réprima un soupir d'exaspération en jetant un coup d'œil en direction de l'héliport.

— Nous n'allons pas recommencer à discuter. Montvelatte a besoin d'un prince héritier, vous le savez fort bien. En conséquence de quoi, il vous faut une épouse.

— Ce n'est pas une raison pour transformer cette île en décor de reality show.

Sebastiano mit fin à la conversation en s'inclinant devant le prince pour prendre congé.

— Je vais informer la comtesse et sa fille que vous les recevrez dans la bibliothèque dès qu'elles se seront rafraîchies.

Quelques secondes plus tard, Rafe aperçut le buggy qui s'engageait sur le chemin pour aller chercher les voyageuses.

Il poussa un long soupir. Sebastiano avait raison, bien sûr. L'avenir de Montvelatte s'annonçait bien incertain en l'absence d'une nouvelle génération de Lombardi. Personne n'aurait envie d'investir dans la reconstruction économique et financière tant que la continuité de la principauté ne serait pas assurée. Mais il avait du mal à accepter les conséquences que cela impliquait sur un plan personnel.

Il vit Sebastiano garer le buggy non loin de l'hélicoptère et s'approcher en courbant la tête contre le vent pour ouvrir la porte de la cabine.

Rafe retourna à ses dossiers. Cela ne l'intéressait même pas de voir les passagères, la mère pleine d'espoir et la fille parée de toutes les qualités. Il avait déjà vu les photos et entendu l'enregistrement d'une interview de deux minutes destinée à le convaincre que la jeune fille était faite pour le rôle de princesse de Montvelatte. Comme si sa bonne mine garantissait ses qualités humaines et morales…

Rafe n'avait aucune sympathie pour ces femmes qui s'empressaient devant lui, anxieuses de le séduire pour faire un beau mariage. Après tout, elles ne savaient rien de lui. C'était absurde. Elles s'étaient soumises à toutes sortes d'examens médicaux attestant leur bonne santé et leur fécondité pour la satisfaction d'un parfait étranger. Lui, en revanche, et en dépit de sa naissance scandaleuse et illégitime, trente-trois ans plus tôt, semblait être au-dessus de tout soupçon. Personne n'aurait osé mettre en doute ses capacités de géniteur.

Quelle farce, quand on y réfléchissait ! Un prince jusque-là inconnu surgissait sur le devant de la scène avec trompettes et roulements de tambours, et tout le monde se battait pour décrocher un rôle dans le conte de fées.

Rafe leva les yeux. La jeune prétendante montait dans le buggy, dans des flots de soie vaporeuse agités par la brise. Même de loin, il devinait sa beauté. Grande, souple et élégante, comme dans le film et sur les photos.

Mais elles étaient toutes très belles.

Et lui restait de marbre.

De nouveau, il soupira. Un mariage de convenance l'aurait au moins dispensé de parler d'amour. Ou de donner des preuves d'un sentiment qu'il n'éprouvait pas.

La jeune femme hésita une fraction de seconde et tourna la tête vers le palais. Cherchait-elle à l'apercevoir en se demandant pourquoi il ne s'était pas déplacé pour l'accueillir ? Ou évaluait-elle simplement l'étendue de la propriété ?

Rafe but une dernière gorgée de café et reposa son dossier. Autant se débarrasser tout de suite de la corvée qui l'attendait. Ensuite, il parlerait à Sebastiano pour tâcher de lui faire entendre raison. Cette chasse à la princesse devenait insupportable et devait cesser. Il refusait de pousser plus loin la comédie.

Tandis que le buggy s'éloignait, le pilote de l'hélicoptère sauta à terre et se mit à courir en brandissant un petit sac, probablement oublié par l'une des passagères.

Rafe plissa les yeux en scrutant la scène. Le pilote était en réalité une femme. Les sens brusquement en alerte, il s'approcha sur la terrasse, jusqu'à la balustrade, en mettant sa main en visière pour ne pas être aveuglé par les rayons du soleil couchant. Ce n'était pas possible…

C'était bien une femme… La combinaison accentuait la finesse de sa taille. Soudain, la silhouette lui parut singulièrement familière… Ce visage auréolé d'un halo de boucles cuivrées…

Christo !

Il bondit sur le téléphone le plus proche et s'époumona pour hurler un ordre, le premier depuis son arrivée au palais :

— Ne laissez pas repartir cet hélicoptère !

Sienna devait décoller au plus vite. Dieu merci, Rafe n'était pas venu en personne accueillir ses visiteuses… Elle avait les jambes en coton et l'estomac noué. Si elle n'était pas repartie dans les trente secondes qui suivaient, elle allait se trouver mal ! En plus, elle avait couru si vite pour rattraper le buggy qu'elle avait la respiration complètement coupée.

Elle inspira profondément pour essayer de se calmer et referma de ses mains moites la porte de la cabine de pilotage. La pensée de devoir affronter Rafe à l'atterrissage lui avait donné des sueurs froides pendant tout le voyage d'aller.

Elle en transpirait encore. Surtout avec ce soleil méditerranéen qui se réfléchissait sur les murs blancs du magnifique palais. Rafe, le prince Raphaël, le dernier de la longue et illustre lignée des Lombardi, habitait ce château de conte de fées.

Le prince Raphaël... Sans le savoir, elle avait dormi avec un prince. Quel choc !

Depuis des jours, on ne pouvait plus ouvrir un journal ou un magazine ni allumer la télévision sans entendre parler de Rafe. La cérémonie du couronnement, en grande pompe, avait maintenu l'intérêt de la foule pendant plusieurs semaines. Et on avait exhumé le passé. Partout, on racontait comment la jolie gouvernante tombée amoureuse du prince Eduardo avait été exilée avec son jeune fils Raphaël, alors même qu'elle était de nouveau enceinte. Où qu'elle pose les yeux, Sienna voyait le visage de Rafe en photo. Si bien qu'elle n'avait aucun espoir d'oublier l'homme qui la hantait toutes les nuits dans ses rêves.

C'était un prince !

Rien d'étonnant à ce qu'il ait changé d'avis et n'ait plus voulu la revoir. Une haute destinée l'attendait. Plus question de batifoler avec des roturières...

Les plus brillantes jeunes filles de la bonne société et de la noblesse se pressaient maintenant autour de lui pour gagner ses faveurs. Ces jours derniers, elles s'étaient succédé sur l'île dans un défilé incessant. Même si la discrétion était de mise dans la compagnie aérienne qui employait Sienna, elle en devinait la raison. Le prince avait un appétit d'ogre...

Avec un haut-le-cœur, Sienna passa en revue les vérifications préalables au décollage. Plus tôt elle partirait, plus vite cesserait cette sensation nauséeuse qui lui montait à la gorge depuis qu'on lui avait assigné Montvelatte comme destination. C'était bien le dernier endroit au monde où elle avait envie de venir, surtout pour y amener une maîtresse à l'homme qui l'avait si grossièrement congédiée !

De toute manière, peu lui importait. Il ne l'intéressait plus. Qu'il aille au diable avec cette Geneviève !

Un vrombissement lui parvint aux oreilles, en même temps que des coups de klaxon insistants. Puis, brusquement, une jeep s'immobilisa devant l'hélicoptère dans un nuage de sable et de gravier. Elle se sentit encore plus mal quand quatre officiers en uniforme sautèrent à terre en lui intimant l'ordre de couper les moteurs. Que se passait-il ? On n'allait tout de même pas lui demander d'attendre la péronnelle pour la ramener sur le continent ?

L'un des militaires grimpa sur le marchepied et la salua cérémonieusement.

— Mademoiselle Wainwright ?

Une panique épouvantable s'empara de Sienna. Comment savait-il son nom ?

Décomposée, elle ôta son casque.

— Oui, répondit-elle. Il y a un problème ?

— Aucun, je vous assure, répondit l'officier avec un très fort accent italien.

Il lui tendit la main pour l'inviter à descendre à terre, avec un sourire, mais très fermement.

— Si vous voulez bien me suivre, mademoiselle, ajouta-t-il en la conduisant vers la jeep.

Sienna s'immobilisa et se retrouva immédiatement encadrée par deux militaires.

— Qu'y a-t-il, à la fin ? s'écria-t-elle en commençant à paniquer.

— Nous vous emmenons au *castello*, l'informa l'officier sans répondre à sa question.

Elle dirigea son regard vers le palais construit tout en haut de cette partie rocheuse de l'île. Les innombrables fenêtres semblaient la dévisager comme des yeux inquisiteurs. Pour la première fois, elle remarqua les murailles épaisses et les fortifications qui l'avaient défendu pendant des siècles contre les envahisseurs. Le château de conte de fées était aussi une forteresse dont il devait être bien difficile de s'échapper. Autant, sans doute, que de s'y introduire sans y être invité.

Et dans cette forteresse se trouvait l'homme qu'elle ne voulait revoir pour rien au monde.

Non, elle n'irait pas. Il n'en était pas question.

Elle déglutit avec difficulté pour combattre la nausée qui lui montait de nouveau à la gorge. La chaleur n'arrangeait rien. Des gouttes de transpiration commençaient à perler sur son front et sa combinaison collait à son corps moite.

— Écoutez, je suis pressée. On m'attend au siège de la compagnie aérienne.

Du coin de l'œil, elle aperçut deux soldats qui montaient la garde devant son hélicoptère. Aucune chance de remonter à bord, même si elle se mettait à courir…

— S'il vous plaît, reprit l'officier sur un ton autoritaire.

Rassemblant tout son courage, elle redressa le menton.

— Et si je refuse de vous accompagner ?

Il s'inclina devant elle avec un sourire figé qui ressemblait à une menace.

— Je ne vous le conseille pas. Je me verrais malheureusement dans l'obligation de vous arrêter.

Chapitre 3

Sienna en avait plus qu'assez. Cela faisait trois heures qu'elle arpentait comme un lion en cage l'immense salon où on l'avait conduite.

Elle avait eu tout le loisir d'admirer les tapisseries Renaissance accrochées aux murs, ainsi que les tableaux de maître et autres lustres en cristal de Bohême. À plusieurs reprises, des domestiques lui avaient apporté des rafraîchissements et des petits fours. Mais chaque fois qu'on ouvrait les portes, elle apercevait les soldats en uniforme qui montaient la garde.

Elle était bel et bien prisonnière.

Au début, la perspective d'affronter Rafe avait provoqué en elle une vraie crise d'angoisse. Mais, après cette attente interminable, elle était à bout de nerfs. Et furieuse.

Personne n'avait été capable de lui expliquer pourquoi on la retenait contre sa volonté, ni quand elle pourrait repartir. Le premier majordome avait écarté ses questions d'un geste hautain, et le deuxième, qui ne parlait pas l'anglais, avait fait semblant de ne pas comprendre son italien approximatif.

On ne lui avait même pas permis de téléphoner à son patron qui, sans nouvelles, devait être fou d'inquiétude. Même si le thé avait calmé ses aigreurs d'estomac, Sienna se sentait maintenant dans un état de nervosité indescriptible. En plus, elle risquait de perdre son emploi.

Tout à coup, elle entendit le bruit familier d'un moteur

avec le sifflement caractéristique des pales. Elle se précipita à la fenêtre, le cœur battant. C'était son propre hélicoptère qui décollait !

— Non ! cria-t-elle en tapant du plat de la main sur la vitre.

Peine perdue… L'engin s'éloignait déjà vers l'horizon.

À ce moment-là, sa colère se mua en fureur incendiaire.

Elle se rua sur la porte à double battant par laquelle elle était entrée et s'agrippa de toutes ses forces aux poignées. Elle était fermée à clé… Elle se mit alors à tambouriner de ses poings fermés, avec une violence rageuse.

— Laissez-moi sortir ! hurla-t-elle à plusieurs reprises. C'est mon hélicoptère !

Personne ne répondit. Elle poussa un juron. Pourquoi la retenait-on prisonnière ?

— Je veux voir Rafe, vous m'entendez ? Immédiatement ! Où est ce malotru ? Ce goujat ? Pourquoi ne se montre-t-il pas ?

— Je suis là, répondit tout à coup une voix grave dans son dos.

Elle se retourna, aussi choquée que si elle avait reçu une décharge électrique. Ses jambes se mirent à trembler et elle chancela. Il était là, à moins de deux mètres. Avec la même intensité dans le regard que dans son souvenir. Peut-être encore plus impressionnant, parce qu'il la scrutait lentement, de la tête aux pieds, avec beaucoup d'insolence.

Le rouge aux joues, Sienna essaya vainement de calmer sa respiration saccadée. Entre eux deux, le gouffre s'était encore creusé. Rafe était devenu prince, alors qu'elle-même était totalement à son désavantage avec sa combinaison de pilote bien peu féminine, son visage cramoisi et ses cheveux en bataille.

« Et alors ? » se dit-elle intérieurement. Elle se moquait bien de son titre de noblesse, après la manière dont il avait osé la traiter. Elle n'allait pas prendre de gants avec lui et faire des courbettes.

Il la surprit en s'excusant très courtoisement.

— Désolé de t'avoir fait attendre aussi longtemps. J'ai été retenu.

— Vraiment ? rétorqua-t-elle en levant les yeux au ciel, sans se laisser impressionner. Ne renversons pas les rôles, s'il te plaît. C'est moi qui suis retenue ici depuis des heures contre mon gré par tes sbires. Et maintenant on a volé mon hélicoptère…

— Pas du tout.

— Quelqu'un l'a pris sans ma permission. J'appelle cela du vol.

— On l'a simplement renvoyé à sa base de départ.

— Sans moi ! Je risque le licenciement, maintenant ! J'en ai assez ! Je veux m'en aller.

Elle s'élança vers la porte par laquelle Rafe était entré, mais il la rattrapa par le bras.

— Tu restes ici.

Il avait parlé sans élever la voix, mais sur un ton de commandement qui ne souffrait aucune objection. Elle baissa les yeux sur la main qui la brûlait à travers le tissu, puis croisa son regard en frissonnant. Dans les yeux de Rafe, la dureté et la froideur avaient remplacé la passion et le désir qui y brillaient quelques semaines plus tôt…

— Et si je ne veux pas ? protesta-t-elle.

— Je ne te demande pas ton avis.

Elle vacilla. Une force irrépressible l'attirait vers lui. Déjà, elle reconnaissait son odeur et se sentait comme enveloppée… Elle avait tant rêvé de cet instant, au cours de ses interminables nuits d'insomnie. Elle l'avait tellement souhaité, de toute son âme, même après les reportages qu'elle avait lus dans les journaux ou vus à la télévision et qui présentaient Rafe comme un être désormais inaccessible, sous les traits du nouveau prince de Montvelatte…

Ce moment était venu… Elle fouilla son visage impénétrable. Que ressentait-il ?

Puis, tout à coup, elle se ressaisit. C'était l'homme qui

l'avait congédiée avec une grossièreté impardonnable, sans même lui dire au revoir. Il ne fallait surtout pas lui donner l'occasion de recommencer.

Elle se dégagea brutalement.

— Tu n'as pas le droit de me séquestrer. Si tu ne me libères pas immédiatement, je me débrouillerai pour déclencher un scandale.

— Tu ne t'en iras pas.

Son ton présomptueux, plein d'orgueil, acheva de la pousser à bout.

— Pour qui te prends-tu, à la fin ? Ta couronne de prince ne t'autorise pas à dicter ta loi à tout l'univers ! En tout cas pas à moi !

Dans le lourd silence qui tomba, elle eut l'impression que les battements de son cœur résonnaient comme des roulements de tambour. Puis, d'une façon totalement inattendue, Rafe éclata de rire. Humiliée, incapable d'en supporter davantage, Sienna profita de son inattention pour s'échapper.

Elle n'alla pas loin.

— Sienna, dit-il en l'attrapant par les épaules pour l'attirer contre lui.

Elle eut soudain l'impression de suffoquer, comme si la pièce devenait trop petite. Un petit triangle de peau, à la base du cou, là où il avait déboutonné sa chemise, l'hypnotisait. Elle ferma les yeux.

— Lâche-moi, protesta-t-elle en se débattant, au bord des larmes. Arrête de te moquer de moi !

— Je ne me moque pas de toi, l'assura-t-il avec tant de conviction qu'elle rouvrit les yeux.

Il baissa le regard sur ses lèvres avant de les effleurer du bout du doigt.

— Tu es la première à t'opposer à moi depuis longtemps, déclara-t-il d'un air songeur.

Désarçonnée par ce changement de ton, Sienna se raidit

pour résister au charme qui émanait de lui. Elle avait déjà succombé une fois. Pas question de baisser la garde.

— Depuis que je suis monté sur le trône de Montvelatte, personne n'ose me contredire, dans mon entourage, reprit Rafe. Tu es une vraie bouffée d'air pur !

Une douce chaleur coula brusquement dans les veines de Sienna, distillant une folle espérance. Mais soudain elle se rappela comment il l'avait séduite, la première fois. Exactement de la même manière. En lui faisant croire qu'elle était différente. Unique.

Et pour en arriver à un résultat lamentable…

L'amertume lui redonna un peu de vigueur. Elle secoua la tête pour l'obliger à retirer sa main.

— Je suis sincèrement désolée de te savoir en butte à tant de flagornerie, dit-elle d'un ton ironique. À présent, puis-je utiliser un téléphone ou tout autre moyen de communication pour joindre mon employeur ?

Au prix d'un effort surhumain, elle s'écarta de lui et recula de quelques pas pour le maintenir à bonne distance. Il représentait un réel danger… Combien de temps résisterait-elle avant de céder à la tentation ? Rafe disposait de nombreux atouts pour la contraindre à capituler…

En tout cas, pour l'instant, il se contentait de la surveiller de loin, un petit sourire aux lèvres. Appuyé contre une table en acajou massif, il la fixait avec des yeux de prédateur prêt à bondir sur sa proie. Elle se détourna pour cacher la peur qu'il lui inspirait et accéléra le pas en continuant à se diriger vers la porte par laquelle il était entré, tout au fond.

— C'est aussi fermé à clé, déclara-t-il.

Sienna réprima un sanglot d'inquiétude et de frustration.

Elle lui jeta un coup d'œil par-dessus son épaule et s'éloigna en direction des portes-fenêtres. Son cœur battait la chamade. Elle se sentait comme une souris prise au piège, à la merci du chat qui s'apprêtait à la saisir entre ses griffes.

La vue de l'héliport désert acheva de la décourager et elle faillit éclater en larmes.

— Pourquoi as-tu si hâte de repartir ? interrogea Rafe. Prenons le temps de bavarder un peu.

— Avant de passer à autre chose ! lança-t-elle, acerbe.

Il haussa les sourcils.

— Je suis à ta disposition si tu as quelque chose en tête…

Elle s'empourpra violemment. Comme si la situation n'était déjà pas assez délicate, c'était elle qui l'entraînait sur ce terrain dangereux !

— Pour ma part, je serais très heureux de reprendre notre histoire, poursuivit-il.

— Il n'y a rien à reprendre. Nous n'avons jamais eu « d'histoire ».

— Ah bon ? Quel nom donnes-tu à ce que nous avons vécu ensemble, dans ce cas ?

— Une brève aventure. Sans lendemain.

— Tu crois que c'est fini ?

Cette fois-ci, ce fut elle qui éclata de rire.

— Tu me l'as fait comprendre clairement et sans ménagement.

Elle se retourna et fut surprise de le voir tout près. Elle ne l'avait pas entendu approcher.

Il plongea son regard dans le sien.

— Tu es en colère parce que je n'ai pas cherché à te revoir.

— Certainement pas ! De toute façon, tu n'en avais pas l'intention. Ni moi non plus, d'ailleurs.

— Vraiment ? Je n'en suis pas si sûr, murmura-t-il.

— Ne sois pas ridicule.

— En fait, tu as peur de ce qui se passerait si tu restais.

Elle redressa le menton d'un air de défi.

— Je suis en colère parce que tu crois pouvoir manœuvrer tout le monde en toute impunité.

Sienna avait continué à reculer sans s'en rendre compte, et elle se retrouvait maintenant acculée contre le mur.

— Écoute, assez parlementé, reprit-elle dans un dernier sursaut. Je dois vraiment téléphoner. Je suis très en retard sur mon planning. Je ne veux pas aggraver la situation.

— Reste, insista Rafe en se penchant vers elle, une main posée sur le mur à côté de son visage. Dînons ensemble ce soir.

Elle secoua la tête aussi vigoureusement que possible.

— Il n'en est pas question. Je dois repartir, tu le sais.

— Tu t'en iras après. Je me sens seul dans mon *castello*. Fais-moi plaisir.

Elle émit un rire qui sonna horriblement faux.

— Qu'est-il arrivé à ta Geneviève ? Tu ne vas tout de même pas laisser tomber ta dernière conquête pour t'encanailler avec une roturière ?

Une étincelle s'alluma dans les yeux du prince.

— Oh oh ! Voilà qui est intéressant !

Elle lui lança un regard soupçonneux.

— De quoi parles-tu ?

— Tu es jalouse, ma parole !

— Pas le moins du monde ! Tu peux t'amuser avec qui bon te semble, je m'en moque éperdument.

Rafe soupira.

— Geneviève aurait aimé profiter de ta permission. Hélas, elle est déjà repartie. Par l'hélicoptère que tu as imprudemment abandonné sans surveillance.

Sienna ouvrit la bouche pour protester, mais il la fit taire en posant un doigt sur ses lèvres.

— Je me retrouve donc seul pour le dîner.

Il s'inclina cérémonieusement en ajoutant :

— Me feras-tu l'honneur d'accepter mon invitation ?

C'était surréaliste.

— Geneviève a refusé tes avances et tu comptes sur moi pour combler un vide ?

Rafe donna un coup de poing sur le mur avant de s'écarter d'un air furieux, les mains sur les hanches.

— Cela n'a rien à voir avec Geneviève ni avec qui que ce soit d'autre. Il s'agit simplement de nous deux, toi et moi.

— Pourquoi moi ? murmura-t-elle dans un filet de voix à peine audible.

Il se pencha vers elle et tendit la main pour effleurer son visage.

— Parce que j'ai eu envie de te revoir dès que tu es descendue de l'hélicoptère.

Décontenancée par cet aveu, Sienna retint son souffle. Déjà, son corps la trahissait. La pointe de ses seins se durcissait et un frémissement délicieux naissait dans son ventre. Elle savait sans l'ombre d'un doute que, si elle restait, elle ne résisterait pas à son charme ensorceleur.

— D… dommage, bredouilla-t-elle. Je dois vraiment m'en aller.

— C'est malheureusement impossible, argua-t-il avec une douceur mielleuse.

Il indiqua d'un geste un catamaran qui levait l'ancre.

— Tu viens de rater le dernier bateau pour Gênes.

L'information fit à Sienna l'effet d'une douche froide.

— Il y a forcément un autre moyen ! Un aéroport de tourisme, un avion privé…

— Pas aujourd'hui, malheureusement.

— C'est insensé ! Il est à peine 6 heures du soir.

— Pas aujourd'hui, je te le répète. C'est une nuit sans lune et les Velattiens sont extrêmement superstitieux. Personne ne se risquerait à braver la Bête d'Iseo.

— De quoi parles-tu ?

— Tu ne connais pas la légende ?

Il pointa l'index sur un piton rocheux qui se détachait sur le couchant, à quelques kilomètres de l'île.

— La Bête a son repaire dans la pyramide d'Iseo, au sein de la caldeira d'un ancien volcan. Selon la tradition locale, elle sort par les nuits sans lune pour s'attaquer aux voyageurs imprudents. Tu es obligée de passer la nuit ici.

Sienna vacilla comme si elle avait reçu un coup de poing dans l'estomac.

— C'est hors de question ! Je ne peux pas. Mon patron m'attend. Je ne veux pas risquer d'être renvoyée…

— Ne t'inquiète pas, il est prévenu. De toute façon, tu n'as pas le choix. Il n'y a plus aucun moyen de quitter l'île avant demain matin.

— C'est absurde ! On n'arrête pas les moyens de transport à cause d'une légende !

— Tu n'es pas superstitieuse, Sienna ? Tu ne crois pas à la Bête d'Iseo ?

— Oh si ! Je l'ai devant moi en ce moment !

Rafe éclata d'un rire qui la mit hors d'elle.

— Tu avais tout prévu, n'est-ce pas ? Tu as fait exprès de me faire attendre le plus longtemps possible, jusqu'à ce qu'il soit trop tard !

Il haussa les épaules.

— Tu me prêtes une noirceur que je n'ai pas. Je ne suis pas machiavélique à ce point. C'est la mère de Lady Geneviève qui m'a contraint à agir ainsi. Je l'ai vexée et elle a exigé de repartir dans l'instant.

Il s'inclina de nouveau devant Sienna.

— Accepte de bonne grâce, puisque tu n'as pas le choix.

Sienna secoua la tête avec obstination. Il y allait de sa fierté, mais peut-être aussi de sa raison.

— Non, merci. Si je sois passer la nuit sur l'île, je préfère chercher une chambre d'hôtel. De toute façon, je ne dînerai pas avec toi. Pas après ce que tu as fait aujourd'hui.

Il haussa un sourcil interrogateur.

— Je n'ai rien fait de mal. J'ai seulement envie de passer un peu de temps en ta compagnie.

— Sans mon consentement ? Sans même me demander mon avis ? Non, merci. Je trouverai bien une chambre ailleurs.

— Tu as de l'argent sur toi ? De plus, on ne t'acceptera nulle part dans cette tenue.

Il détailla sans vergogne sa combinaison de travail et elle rougit d'humiliation.

— Si tu étais un vrai gentleman, tu t'occuperais toi-même de me trouver une chambre et de m'y faire conduire.

— Si j'étais un vrai gentleman, je n'aurais pas couché avec toi…

Sienna se mordit la lèvre. Elle avait envie de le gifler pour lui ôter ce sourire suffisant. En tout cas, il ne fallait pas compter sur lui pour l'aider. Et elle n'avait effectivement sur elle que sa carte d'identité.

Comme elle gardait le silence, il reprit :

— Étant donné les circonstances, et pour me racheter de tous les désagréments que je t'ai causés, je t'offre l'hospitalité dans mon palais. Il est très confortable, tu verras, en dépit de son âge vénérable.

Sienna le foudroya du regard. Même s'il avait gagné, elle ne voulait pas perdre la face.

— Je repartirai le plus tôt possible demain matin, déclara-t-elle.

— Si tel est ton désir…

Elle hésita. Pouvait-elle vraiment lui faire confiance ? Mais quelle alternative avait-elle ? Aucune…

— Très bien, dit-elle. Je consens à rester cette nuit. Mais je dînerai dans ma chambre.

Une lueur indéchiffrable s'alluma dans les yeux de Rafe.

— Certainement. Comme tu voudras. Tu dois avoir hâte de te rafraîchir un peu.

Elle hocha la tête. Plus que quelques minutes et elle pourrait enfin respirer à son aise, débarrassée de cette présence qui l'oppressait.

Après tout, une nuit serait vite passée. Dès l'aube, demain matin, elle retrouverait sa liberté.

Il tourna la poignée de la porte qui finalement n'était pas fermée à clé car elle s'ouvrit immédiatement.

— Après toi.

Sienna s'immobilisa, interloquée. Cette porte n'était pas gardée non plus. Ce qui signifiait qu'elle aurait très bien pu s'enfuir par là, si elle avait été plus courageuse. Mais elle avait eu trop peur de se ridiculiser. Serait-elle allée bien loin, de toute façon ? Aurait-elle eu une chance d'arriver au port pour attraper le dernier bateau ? Rien n'était moins sûr. D'ailleurs, comment aurait-elle payé le prix du billet ? En laissant sa montre en gage ?

De toute manière, elle n'avait pas vraiment essayé de s'enfuir.

C'était bien ce qui la désolait le plus.

Chapitre 4

Enfouie jusqu'au cou dans la mousse d'un bain délicatement parfumé, Sienna commençait à se sentir un peu rassérénée. Elle aspira une bouffée d'air et s'immergea complètement. Un vrai bonheur. Surtout en comparaison de la douche minuscule de sa chambre de bonne du XIIIe arrondissement de Paris.

Au bout d'une heure de détente, calmée et reposée, elle rinça ses cheveux une dernière fois et sortit de la baignoire en marbre pour s'envelopper dans une grande serviette moelleuse. On lui avait attribué une chambre d'un raffinement extraordinaire, avec un lit à baldaquin et une profusion de draps, d'édredons et de coussins en soie et en dentelle. Elle avait hâte de s'y blottir. Maintenant qu'elle était là, elle ne bouderait pas son plaisir et profiterait de ce luxe.

Son estomac gargouilla. Elle avait faim. Visiblement, il fallait mettre sur le compte de l'énervement l'indisposition qui l'avait gênée tout l'après-midi.

Quelqu'un frappa discrètement et elle entrouvrit la porte. Une domestique lui annonça dans un anglais approximatif que son repas était prêt.

— Merci, répondit-elle. J'arrive tout de suite.

Elle frictionna énergiquement son opulente chevelure dont les boucles se mirent naturellement en place, puis lava ses sous-vêtements, qu'elle étendit sur le porte-serviettes. Avec cette chaleur, ils seraient secs en un rien de temps.

Un peignoir de soie vert jade était suspendu au portemanteau. Elle l'enfila et il glissa sur ses épaules et sur ses seins comme une caresse, en lui rappelant les sensations magiques que Rafe savait si bien éveiller sur sa peau…

Rafe.

Qui l'avait littéralement kidnappée.

Il avait l'habitude de disposer des choses et des gens comme bon lui semblait. Et, puisqu'elle se trouvait sur l'île, elle était censée être disponible pour lui ! Après la nuit qu'ils avaient passée ensemble, il ne doutait pas qu'elle se plierait de nouveau à son plaisir.

Il jouait au chat et à la souris, comme un prédateur s'amuse avec sa proie. Il l'avait retenue délibérément, conscient que le temps jouait en sa faveur. Plus longtemps elle resterait captive, moins elle lui opposerait de résistance.

Sienna referma les pans du peignoir et noua la ceinture en la serrant étroitement. Il ne fallait pas penser à Rafe. Pas de cette manière, en tout cas. Leur nuit d'amour était loin derrière d'elle. De l'histoire ancienne… Rafe ne constituait plus qu'un ennui passager, dont elle serait débarrassée au matin.

Elle commença à tresser ses cheveux encore humides pour domestiquer ses boucles désordonnées quand son estomac se remit à gargouiller. Elle mourait de faim. Ses cheveux attendraient.

Tout en les maintenant d'une main sur sa nuque, elle poussa la porte de la chambre.

— Tu es magnifique.

Elle se figea sur place.

— Que fais-tu ici ?

Avec un sourire, Rafe approcha le chariot chargé de nourriture et disposa les plats sur une petite table devant la fenêtre. Une bougie était allumée et un joli bouquet décorait la nappe de lin blanc amidonnée.

Le couvert était mis pour deux personnes.

— Le chef a préparé quelques-unes de ses spécialités. Je lui transmettrai personnellement tes appréciations.

— Tu n'as pas répondu à ma question. Que fais-tu ici ?

Il la regarda d'un air innocent.

— Je dîne avec toi.

— Je t'ai pourtant bien dit que je ne voulais ni manger ni passer la soirée avec toi.

Il se redressa et la détailla avec une nonchalance insolente.

— Je ne t'ai pas crue. Tu as un corps très expressif qui me suggère exactement le contraire.

Sienna se détourna en rougissant.

— Tu n'as pas le droit…

— J'ai tous les droits ! la coupa-t-il avec arrogance. C'est ma principauté, mon île, mon royaume. Que tu le veuilles ou non, tu fais partie de mes sujets.

Elle fit volte-face, soulagée de l'affronter sur un terrain où elle se sentait plus en sécurité. La colère lui permettait de le tenir à distance.

— Te voici transformé en despote d'opérette qui s'imagine que le monde entier lui appartient ! Désolée de te décevoir, mais je ne suis pas d'un naturel soumis. Je refuse de me plier à ton bon vouloir. Je ne me comporterai pas en fidèle et loyal sujet, trop heureuse que Sa Gracieuse Majesté daigne jeter son dévolu sur moi !

Une lueur inquiétante s'alluma dans les yeux de Rafe et un muscle de sa mâchoire tressaillit. Un instant, Sienna eut peur d'être allée trop loin. S'il décidait de la séduire par la force, qui volerait à son secours ? Elle était seule, dans un monde qui n'était pas le sien, régi par des lois qu'elle ne comprenait pas et sur lequel Rafe régnait en maître absolu.

Mais il n'était pas un prince à ses yeux. Rien qu'un homme envers lequel elle n'éprouvait ni respect ni affection. Elle ne s'abaisserait pas devant lui.

— Je ne coucherai pas avec toi, déclara-t-elle.

— Cela reste à voir.

— Je le pense sincèrement, Rafe. Je sais de quoi je parle.

— Très bien… Pourquoi ne chercherions-nous pas plutôt un terrain d'entente ? Tu n'as pas faim, Sienna ?

Parlait-il vraiment de manger ? La façon électrique dont il la regardait suggérait bien autre chose…

Son estomac choisit ce moment-là pour se manifester bruyamment et Rafe esquissa un sourire.

— Viens t'asseoir.

Elle mourait de faim. Littéralement. Mais il n'était pas question de rester en peignoir devant lui. Elle se sentait beaucoup trop vulnérable.

— Je… je vais d'abord m'habiller.

Elle se retourna vers la chaise où elle avait posé son uniforme. Même sans sous-vêtements, sa tenue de travail la protégerait plus efficacement que ce déshabillé de soie qui ne cachait rien.

Mais sa combinaison n'était plus là. Elle jeta un regard circulaire, ouvrit une armoire, un tiroir de la commode…

— Il y a un problème ? s'enquit Rafe derrière elle.

— Mon uniforme a disparu.

— Tu en as besoin ?

— Je l'avais laissé sur une chaise.

— Tu n'es décidément pas très soigneuse avec tes affaires.

— Cela ne m'amuse pas !

Rafe la considéra tout à coup avec une expression qui la troubla intensément et sa voix grave sembla résonner jusqu'à l'intérieur de son corps.

— Ne t'inquiète pas, on te redonnera ton uniforme demain matin. Lavé et repassé. Tu n'as rien contre les vêtements propres ?

— Je ne vais pas dîner à côté de toi vêtue d'un simple peignoir de soie ! protesta-t-elle, furieuse.

Une étincelle brilla dans les yeux de Rafe.

— Tu n'as rien dessous ?

Elle baissa la tête en maudissant intérieurement son inadvertance.

— Si tu ne te sens pas à l'aise, poursuivit-il sans attendre, je peux parfaitement ôter quelques vêtements superflus, moi aussi.

Comme il commençait à déboutonner sa chemise, elle secoua la tête en s'efforçant de dissimuler son embarras.

— Ne sois pas ridicule ! Ce n'est pas ce que je voulais dire. Ma tenue n'est pas très convenable, c'est tout.

— Tu es ravissante, au contraire, murmura-t-il en la dévorant des yeux. Le vert s'accorde magnifiquement avec tes cheveux.

Il se rapprocha pour lui caresser la joue du dos de la main.

— Tu as une peau extraordinaire. Un teint de porcelaine. Très pur, presque translucide.

Le cœur de Sienna battait si fort que Rafe l'entendait forcément. Et s'il baissait les yeux vers sa poitrine, il ne manquerait pas de remarquer l'effet dévastateur de ses propos…

Mais il continuait de scruter son visage, comme s'il cherchait à déchiffrer un mystère. Puis il s'attarda sur ses lèvres, si longuement qu'elle retint son souffle. Allait-il l'embrasser ?

Elle en avait envie. Terriblement. Goûter de nouveau la saveur de sa bouche, respirer son odeur… Le désir surgissait en elle, bravant l'interdit de sa conscience. Il allait l'embrasser et elle le laisserait faire. Puis elle le repousserait en posant les mains sur son torse, avant que les choses aillent trop loin.

Mais d'abord — oh oui — elle savourerait ce baiser.

Autour d'eux, l'air se chargea d'électricité. Il enfouit les doigts dans la masse soyeuse de ses cheveux et lui massa doucement la nuque, d'un mouvement régulier, hypnotique. Au moment où ses paupières se fermaient, Sienna perçut tout à coup un éclair triomphant dans les yeux de Rafe.

Cela suffit à la ramener à la raison. Elle se leurrait elle-même. S'il l'embrassait, elle était perdue. Elle ne voudrait plus s'arrêter. Et si elle posait les mains sur son torse, ce ne serait pas pour le repousser, mais pour retrouver des sensations voluptueuses qui l'entraîneraient plus loin encore. Elle ne pourrait se contenter d'un baiser.

— Tu as raison, articula-t-elle lentement, d'une voix méconnaissable, pour répondre à la question muette qu'elle lisait dans ses yeux.

— À propos de quoi ?

— Je meurs de faim. Qu'y a-t-il au menu ?

Elle fit un violent effort pour s'écarter de lui et se diriger vers la petite table.

Déconcerté par cette brusque saute d'humeur, Rafe la regarda s'éloigner, d'une démarche d'abord hésitante, puis plus assurée. Pourquoi ce revirement ? Quelques secondes plus tôt, elle s'abandonnait, les lèvres entrouvertes, la respiration haletante... D'ailleurs, la rougeur de ses joues et le soin qu'elle mettait à éviter son regard continuaient à trahir son désir. Mais elle était déterminée à ne pas céder. Comme au début, lorsqu'elle avait résisté à ses avances pendant une longue semaine.

Elle finirait malgré tout par capituler. Et, comme la première fois, il serait récompensé pour ses efforts et sa patience.

Ce ne serait pas très long. Il lui donnait jusqu'à la fin du repas. Il la convaincrait même de rester quelques jours. La première nuit les avait laissés sur leur faim. Ce serait pareil cette fois-ci. Lui-même, après la frénésie de ces dernières semaines, avait bien mérité de se détendre et de se divertir.

Rafe la rejoignit et sortit une bouteille d'un seau à glace en argent. Il se réjouissait déjà à la perspective des jours prochains. Les soucis que lui posaient les casinos et la reconstruction économique de Montvelatte l'avaient accaparé et il avait grand besoin de se distraire. Il persuaderait

Sebastiano de marquer une pause dans ses recherches de l'épouse idéale, le temps de se reposer un peu.

— Non, merci, pas de vin pour moi, dit Sienna en levant la main.

Il lui montra l'étiquette.

— Tu es sûre ? C'est un grand cru classé, un San Margarita, l'orgueil et la joie de l'île.

Mais Sienna resta indifférente à l'éloge de ce vin exceptionnel.

— Tu as peur que je te fasse boire pour abuser de toi ? reprit Rafe en se servant.

Elle s'obligea à soutenir son regard.

— Pas du tout. Je dois piloter un hélicoptère demain. J'agis en professionnelle responsable. Et si cela peut m'éviter en même temps de faire une bêtise, eh bien, tant mieux.

Il haussa les sourcils.

— Tu crois vraiment que ce serait une bêtise ?

— Oui, déclara-t-elle en dépliant sa serviette.

— Même si c'est très agréable ?

— Absolument. Ce serait une erreur d'autant plus impardonnable que je l'ai déjà commise une fois.

Le rouge de ses joues contrastait avec la froideur délibérée de son attitude. Un instant, Rafe fut tenté de répondre à sa provocation. Mais cela ne servirait qu'à alimenter sa résistance. Il valait mieux jouer avec finesse pour l'avoir toute à lui, soumise et consentante.

Il leva son verre pour porter un toast.

— Bon appétit.

Sienna mangea des mets probablement plus délicieux les uns que les autres. Des calamars à l'encre succédèrent au soufflé d'écrevisses. Puis on leur servit des cailles au raisin. Malheureusement, elle était incapable de les apprécier.

La présence de Rafe lui pesait trop. Cet homme avec lequel elle avait déjà fait l'amour et qui n'avait pas caché qu'il la désirait encore. Cet homme qui la tentait plus qu'elle ne voulait se l'avouer…

— Que venait faire cette Geneviève à Montvelatte ? demanda-t-elle quand on apporta le dessert.

Quel dommage de ne pas savourer pleinement ce feuilleté de meringues aux fruits rouges… Trop de questions la tourmentaient, parmi lesquelles le départ précipité de la jeune femme qu'elle avait amenée sur l'île. Elle paraissait si contente, pendant le voyage d'aller !

Rafe s'adossa contre sa chaise, dans une pose qui se voulait détendue, mais que démentait la crispation de sa mâchoire.

— Elle venait passer un entretien.

— Pour un travail ?

Il éclata d'un rire ironique.

— On peut le voir de cette manière… Mon conseiller est obsédé par la nécessité de trouver une princesse pour Montvelatte. Ce qui entraîne pour moi la fâcheuse nécessité d'un mariage.

— Un mariage ? s'écria Sienna, interloquée.

Rafe allait se marier ?

Comment ne s'en était-elle pas doutée ? Ce n'était pas un défilé de maîtresses qui s'étaient succédé au cours des quinze derniers jours… Leurs mères ne les auraient pas accompagnées, d'ailleurs ! Mais des candidates au mariage.

Bizarrement, Sienna n'en concevait aucun soulagement. Elle fit cependant de son mieux pour paraître désinvolte et amusée.

— C'est ainsi que les princes de Montvelatte choisissent leurs épouses ? Sur entretien ? Comme c'est romantique !

Rafe fit tourner le vin dans son verre.

— Le romantisme n'entre pas en ligne de compte. S'il n'y a pas d'héritier au trône des Lombardi, la principauté cesse tout simplement d'exister. Il faut à tout prix éviter cela.

— On est en plein mélodrame.

— C'est la stricte réalité. L'existence de Montvelatte dépend de la continuité de la lignée des souverains.

— Ce qui explique ton entrée en scène.

— En effet. Dans ces cas-là, on accepte aussi les bâtards.

Elle ne se laissa pas impressionner par sa façon de manier l'autodérision.

— Cette fameuse nuit où on a arrêté tes demi-frères… Tu savais ce qui allait t'arriver, n'est-ce pas ? Je comprends mieux tes réactions bizarres devant ce reportage télévisé.

— J'en avais en tout cas le pressentiment.

— Tu mourais d'impatience de prendre les rênes et de poser la couronne sur ta tête.

Il porta son verre à ses lèvres et avala une gorgée de vin, sans la quitter des yeux.

— Tu crois que j'avais vraiment envie de renoncer à ma vie pour devenir un personnage public qui ne s'appartient plus ?

— Le pouvoir n'a pas l'air de te déplaire ! Par exemple, tu abuses de ta position pour me retenir contre ma volonté. Tu forces l'entrée de ma chambre pour m'imposer ta présence. À mon avis, tu es taillé pour le rôle.

Il se contenta de plisser les yeux.

— Si tu le dis…

— Il te faut donc une femme, à présent. Pour te donner un héritier et offrir un avenir à Montvelatte.

— En effet.

Sienna s'amusait distraitement avec sa cuillère, dessinant des huit dans le coulis de framboise.

— Tu fais passer des entretiens de sélection à des épouses potentielles et, dans le même temps, tu invites à dîner une femme avec laquelle tu as eu une brève aventure, avec l'intention affichée de coucher de nouveau avec elle.

— Oui, répondit-il simplement.

Les accusations de Sienna, loin de le déstabiliser,

semblaient au contraire attiser son désir. C'était elle qui se sentait menacée par un danger diffus.

Quelle idiote de tomber ainsi dans le piège qu'il lui avait tendu ! Elle abordait elle-même le sujet qu'il avait soigneusement évité toute la soirée, et pourtant le seul qui l'intéressait ! Elle regarda son assiette avec un sentiment d'impuissance. Il n'y avait pas d'issue. Le café était déjà servi, avec une coupelle de chocolats fins. Le repas touchait à son terme. Rafe comptait passer la nuit avec elle…

S'il avait besoin d'une épouse, il avait aussi envie d'une femme pour réchauffer son lit. Naturellement, Sienna appartenait à la deuxième catégorie.

Cela lui donnait le droit de le détester. C'était d'ailleurs le sentiment qu'elle éprouvait.

Pourtant…

Il l'enveloppa d'un regard brûlant qui rendait les mots inutiles. Une simple question, en même temps qu'une promesse de plaisir.

Brusquement, les souvenirs de la nuit qu'ils avaient passée ensemble la submergèrent, balayant les doutes, les appréhensions, emportant tout sur leur passage, avec une violence dévastatrice contre laquelle elle ne pouvait rien. Elle se rappela avec émotion la pression de ses mains, les caresses de ses lèvres… Comme elle avait aimé son corps viril, aux proportions parfaites, admirables…

Elle pouvait revivre ces instants.

Serait-ce si répréhensible de céder à la tentation ? Qu'y avait-il de mal à prendre du plaisir, à répéter cette expérience quasi magique ?

Elle repartait le lendemain.

Pourquoi ne pas profiter pleinement de cette nuit ? Une seule nuit… Il n'y avait pas de mal à cela. Et cette fois-ci, elle ne risquait ni déceptions ni mauvaises surprises, puisque ce serait elle qui prendrait l'initiative de le quitter. Elle mènerait le jeu, garderait le contrôle. En partant, elle le laisserait à ses princesses et à ses comtesses. L'une d'entre elles finirait par devenir sa femme, mais en attendant elle profiterait de ses caresses.

Une nuit suffirait-elle ?

Il choisit ce moment précis pour lui tendre la main.

— Viens.

Chapitre 5

La voix grave de Rafe vibra sourdement en elle. Il l'aida à se lever et la serra contre lui.

— Rafe…, murmura-t-elle en chancelant sur ses jambes tremblantes.

— Chut ! Ne dis rien.

De toute façon, elle n'était plus capable d'articuler une parole sensée. Elle sombrait dans une douce léthargie en s'abandonnant aux caresses sensuelles qu'il lui prodiguait à travers le peignoir de soie.

Son contact l'enivrait, agissait sur elle comme une drogue. Et, lorsqu'il l'embrassa, ce fut comme si l'horizon s'ouvrait sur une promesse d'extase.

Sienna eut l'impression de se liquéfier quand la bouche de Rafe prit possession de la sienne, brûlante et dévorante. Elle aurait tout donné sur-le-champ pour pouvoir prolonger cet instant.

Les mains de Rafe descendirent le long de son dos et se posèrent sur ses reins. Elle se plaqua contre lui, tandis qu'il dévorait son cou de baisers, glissant insensiblement vers la naissance de sa gorge. Quand elle renversa la tête en arrière, il en profita pour ouvrir les pans du peignoir et prendre ses seins dans sa bouche.

Elle avait tant rêvé de ses caresses ! Et Rafe lui avait tant manqué, tout au long de ces semaines interminables…

« Profites-en, lui soufflait une petite voix intérieure.

Parce que cela ne va pas durer très longtemps. Et tu ne le reverras jamais.

— Tu es encore plus belle que dans mon souvenir, murmura Rafe d'une voix rauque, entre deux baisers.

Un plaisir intense, exquis, la transperça. Elle se raccrocha à son cou pour ne pas tomber.

Rafe acheva de lui ôter son peignoir, qu'il jeta par terre comme un vulgaire chiffon. Puis il s'écarta un peu pour mieux contempler sa nudité. L'intensité qu'elle vit dans son regard, tout à coup, la terrifia.

Elle frissonna quand la petite voix de sa conscience résonna de nouveau. Quelle sorte d'homme était-il pour la regarder ainsi alors qu'il s'apprêtait à en épouser une autre ?

Et quelle sorte de femme était-elle pour le laisser se comporter comme un mufle ?

Elle lui avait dit qu'elle ne dormirait pas avec lui. Et pourtant, elle était là, dénudée, à sa merci, prête à le supplier… Avait-elle perdu toute dignité pour se contenter de quelques miettes ?

Que lui arrivait-il ?

S'arrachant brutalement à son étreinte, Sienna se baissa pour ramasser le peignoir et s'en couvrit la poitrine du mieux qu'elle put, en croisant les bras pour se protéger. Elle tremblait comme une feuille. Tout son corps protestait contre le sursaut de sa volonté, mais elle était résolue à tenir bon.

Rafe pencha la tête sur le côté en fronçant les sourcils.

— Sienna, tu as froid ?

Elle recula en secouant la tête.

— C'est une très mauvaise idée. Va-t'en.

Une étincelle menaçante s'alluma dans les yeux de Rafe.

— Tu ne pensais pas la même chose, tout à l'heure.

— J'avais dit que je ne voulais pas coucher avec toi. Je n'ai pas changé d'avis.

Il avait l'air furieux.

— Quel jeu joues-tu ? Tu en as autant envie que moi, inutile de prétendre le contraire.

— Non. De toute manière, tu te moques éperdument de moi et de ce que je ressens. Tu ne penses qu'à la satisfaction de ton plaisir égoïste.

— C'est faux.

— Si ! Je suis ici contre ma volonté. Depuis le moment où j'ai atterri sur l'île, tu as décidé à ma place. Tu t'imagines pouvoir me manipuler à ta guise. Eh bien, tu te trompes. Il fallait t'y prendre autrement et ne pas te comporter comme un goujat.

Il la toisa avec arrogance.

— Ne t'imagine pas que tu vas gagner quoi que ce soit en te comportant ainsi, déclara-t-il. La liste des princesses potentielles est déjà complète. Il y a une place vide pour toi dans mon lit, mais, si tu n'en veux pas, je n'ai pas l'intention de te supplier à genoux.

Ses sous-entendus dépassaient les bornes !

— Tu crois que je veux me marier avec toi ? s'écria-t-elle. Tu n'as plus le sens des réalités ! Ton titre de prince ne m'impressionne pas le moins du monde. D'ailleurs, je refuserais de t'épouser même si tu étais le dernier homme vivant sur la Terre. Je ne coucherai pas avec toi, un point c'est tout. Il faudra bien t'y résoudre.

Le visage de Rafe s'assombrit dangereusement. Sienna avait peut-être tort de le provoquer ainsi… Pourtant, il n'avait aucune excuse.

Aucune !

Il sembla hésiter un instant, avança d'un pas, et finit par maugréer entre ses dents serrées :

— Comme tu voudras.

C'était une journée magnifique. Le soleil, déjà haut dans le ciel, brillait dans un ciel de pur azur, jetant des reflets éblouissants à la surface de la piscine qui se confondait avec l'écrin bleu de la Méditerranée.

Un jour parfait. Mais qui ne convenait pas du tout à une humeur de chien.

Assis sur la terrasse, Rafe buvait son café en contemplant le somptueux décor. Son plan avait échoué. Il n'avait pas réussi à la séduire. Eh bien, tant pis. Qu'elle s'en aille, si elle en avait tant envie. Il aurait vite fait de se consoler.

L'hélicoptère attendait son pilote sur l'aire de décollage. Depuis un peu plus d'une demi-heure. Qu'attendait Sienna ? Elle qui était si pressée…

Il porta sa tasse à ses lèvres. *Dio !* Même le café avait un goût amer, aujourd'hui. Il se leva. Pas question de donner à Sienna la satisfaction de la regarder partir.

Il l'aperçut à ce moment-là, debout dans l'embrasure de la porte vitrée, qui le fixait comme un animal effrayé, ébloui par la lumière des phares. Assailli par les souvenirs de leur dispute, il se crispa nerveusement.

Elle avait l'air aussi mal en point que lui. Blême. Avec des cernes mauves sous les yeux qui trahissaient le manque de sommeil. À son habitude, elle avait tiré en arrière ses magnifiques cheveux blond vénitien pour les tresser.

De quoi avait-elle peur ? Il ne risquait pas de renouveler ses avances ! Elle l'avait humilié une fois de trop…

— Je voulais juste te dire au revoir, articula-t-elle faiblement.

Il hocha la tête et s'approcha.

— Tu as mangé ?

Elle devint plus pâle, livide encore. Les lèvres pincées, elle se raccrocha aux montants de la porte-fenêtre pour ne pas vaciller sur ses jambes.

Visiblement, elle était dans un état encore pire que le sien. À en juger par son teint grisâtre, elle n'avait probablement pas fermé l'œil.

— Tu devrais déjeuner avant de partir, suggéra-t-il. Au moins boire un café.

— Je dois y aller, murmura-t-elle en écarquillant les yeux bizarrement. Merci pour… Merci.

— Sebastiano va t'accompagner.

Elle hocha la tête avant de disparaître à l'intérieur du salon. Cependant, quelque chose d'incertain et de fragile, dans sa démarche, alarma Rafe qui se précipita pour la soutenir.

Elle résista une fraction de seconde. Puis, ses jambes se dérobèrent et elle tomba évanouie entre ses bras.

— Sebastiano ! hurla-t-il. Vite, un médecin !

— Elle se repose, maintenant.

La voix du *dottore* semblait rassurante.

— Tout va bien ? s'enquit Rafe.

— Oui, mais je lui ai conseillé des examens médicaux approfondis dès qu'elle sera rentrée. Et il faudra qu'elle arrête de piloter durant quelque temps. Pour aujourd'hui en tout cas, elle ne devrait pas tarder à se sentir mieux. Les nausées matinales s'estompent vite.

Un nuage noir envahit le cerveau de Rafe, bientôt suivi par une explosion de rouge.

— Elle est enceinte ?

— De six à huit semaines à peu près, annonça le médecin, sans se rendre compte de l'effet de ses paroles. Si vous pouviez l'aider à réduire son niveau de stress, ce serait bien. Elle me paraît très angoissée.

Le médecin continua à parler, mais dans le vide, car Rafe ne l'écoutait plus. Il remontait le temps en comptant à rebours. *Six à huit semaines*. Était-ce possible ?

Il avait fait attention. Il utilisait toujours des préservatifs.

Mais non, justement ! Pas cette fois-là… Quelle imprudence !

Tous les détails lui revinrent à la mémoire. Il venait d'apprendre l'arrestation de ses deux demi-frères et leur implication dans le meurtre de leur père. L'existence de la principauté de Montvelatte ne tenait plus qu'à un fil… Fou de rage et de colère contre l'égocentrisme et la cupidité de ces êtres dénués de moralité, il n'avait plus pensé à rien, rien d'autre qu'à s'étourdir de plaisir avec la femme qui se trouvait là.

Ce malheureux oubli était-il responsable de l'état de Sienna ? Cet enfant était-il le sien ?

Il apprenait la nouvelle au dernier moment, par hasard, alors qu'elle s'apprêtait à repartir. Sans doute pour toujours. L'aurait-il jamais su, s'il l'avait laissée disparaître ? Le lui aurait-elle dit ?

Six semaines. Pure coïncidence ? Ou fatalité ?

De toute manière, maintenant, elle ne s'en irait plus avant qu'il en ait acquis la certitude.

— Puis-je la voir ? demanda-t-il au médecin.

— Bien sûr. Mais il faut la ménager. Elle est très fragile sur le plan émotionnel.

— J'imagine, murmura Rafe.

Quelques minutes plus tard, dans un état d'agitation extrême, il s'immobilisa devant la porte de la chambre de Sienna. Il avait passé en revue toutes les éventualités. Si, la veille au soir, la jeune femme lui avait annoncé qu'elle était enceinte d'un autre homme, il l'aurait laissée tranquille. Or elle n'en avait soufflé mot. Pourtant, elle ne pouvait pas ignorer une grossesse de six à huit semaines. Était-ce la raison pour laquelle elle avait refusé un verre de vin ?

Elle était si farouchement déterminée à quitter l'île ! Presque désespérée. Au point de risquer sa vie, car elle aurait aussi bien pu s'évanouir aux commandes de l'hélicoptère.

Il n'y avait qu'une explication possible. Elle savait. Et elle ne voulait pas qu'il sache.

Donc, l'enfant était de lui.

Rafe inspira profondément pour réprimer sa colère. Quelle ironie ! Sebastiano s'épuisait à lui chercher une épouse convenable pour donner un héritier à Montvelatte, alors même qu'il en existait déjà un…

Quel désastre ! Sienna enfouit de nouveau son visage dans ses oreillers trempés de larmes. Elle n'arrivait pas à assimiler la vérité. Elle ne voulait pas admettre le diagnostic du médecin.

« Rien de grave », avait-il déclaré calmement après l'avoir examinée.

Puis il avait annoncé la nouvelle qui avait explosé comme une bombe, en expliquant que ces états nauséeux étaient très fréquents en début de grossesse.

Rien de grave. Alors que le monde entier s'écroulait autour d'elle ! Alors qu'il ne pouvait rien lui arriver de pire.

Elle avait essayé de discuter, de lui opposer des arguments. Les rapports avaient eu lieu trop tardivement dans son cycle. D'ailleurs, elle avait eu ses règles depuis, un peu moins abondantes que d'habitude il est vrai… Mais comme elle venait d'arrêter la pilule…

Le médecin l'avait interrompue en refermant sa sacoche. Elle n'était pas la seule à confondre règles et saignements. De toute façon, il n'y avait aucun doute possible. Puis il l'avait interrogée sur son activité professionnelle et lui avait recommandé de s'abstenir de voler pendant quelque temps. Alors qu'elle venait de décrocher le job de ses rêves !

Elle avait abominablement mal au cœur. Elle était enceinte. De Rafe. Ce qui en soi était déjà épouvantable. Mais en plus Rafe était un prince.

Une nouvelle crise de sanglots la secoua. Rafe, le père du bébé qu'elle portait dans son ventre, était sur le point de se marier avec une autre. Une femme plus convenable. Digne du titre de princesse de Montvelatte.

Pas avec une obscure fille du peuple qu'il avait séduite une nuit et malencontreusement engrossée…

Sienna se redressa pour attraper un mouchoir et essuya ses joues ruisselantes de larmes. Cela ne servait à rien de rester là à se lamenter. Il fallait se ressaisir et aller de l'avant.

Elle rejeta le drap et s'assit sur le bord du lit, puis attendit que la sensation de vertige se dissipe.

Rafe devait sûrement vouloir qu'elle parte au plus vite. Elle allait s'exécuter sans tarder. Mieux valait lui éviter le scandale d'une grossesse non désirée avec une inconnue sans intérêt. Elle allait s'habiller et regagner Gênes dès que cette maudite nausée aurait disparu. Et dès elle aurait enfin recouvré ses esprits après le choc qu'elle venait de subir…

Sauf qu'elle était enceinte.

Elle ne s'en remettrait pas de si tôt ! Probablement jamais…

On frappa un petit coup à sa porte avant d'entrer. Et, brusquement, elle se retrouva devant la personne qu'elle avait le moins envie de voir au monde. Son cœur bondit dans sa poitrine tandis qu'il l'examinait avec une expression indéfinissable. « Seigneur ! Pourvu que le médecin ne lui ait rien dit ! »

On lui avait donné une espèce de chemise de nuit blanche qui lui tombait sur les chevilles, et Rafe nota que sa tresse s'était défaite, si bien que ses boucles cuivrées encadraient joliment son visage diaphane.

Elle avait l'air d'une vierge prête à monter sur l'autel du sacrifice.

Puis il remarqua ses yeux rouges, terrorisés, et révisa son jugement. Elle avait une mine épouvantable.

— Que fais-tu debout ?

— Je viens de me lever, protesta-t-elle d'une voix faible. Ou plutôt, j'allais le faire quand tu es entré sans t'annoncer. Excuse-moi, mais je voudrais m'habiller.

— Tu as eu un malaise.

— Je me sens beaucoup mieux.

Avec un sourire peu convaincant aux lèvres, elle ajouta :

— Je suis désolée. Je ne sais pas ce qui m'a pris… J'ai sans doute mangé quelque chose qui m'est resté sur l'estomac…

Il serra les dents. Pourquoi s'évertuait-elle à lui cacher la vérité ?

— Tu accuses mon cuisinier d'avoir voulu t'empoisonner ?

— Non ! Je… Écoute, je suis confuse pour tout ce dérangement. Mais tu n'en as plus pour très longtemps à me supporter. Si tu veux bien me laisser m'habiller…

Elle lui indiqua d'un geste la porte de la chambre, mais il ne bougea pas. Au contraire, il s'appuya à un montant du lit à baldaquin.

— Il ne serait pas très raisonnable de repartir, dit-il.

Furieuse, Sienna bondit sur ses pieds et se planta devant lui.

— J'en ai plus qu'assez de tes interventions autoritaires, Rafe. Nous avons longuement discuté hier soir et il était convenu que je m'en irais ce matin. Crois-moi, le plus tôt sera le mieux.

Il la rattrapa par le bras avant qu'elle s'enferme dans la salle de bains et l'obligea à se retourner.

— Tu ne partiras pas avec mon bébé.

Une exclamation de peur et de surprise s'échappa des lèvres de Sienna.

— Qu'est-ce que tu racontes ? bredouilla-t-elle d'un air coupable, sur la défensive.

— Pourquoi ne m'as-tu pas dit que tu étais enceinte ?

La respiration de la jeune femme s'accéléra.

— Tu te mêles de ce qui ne te regarde pas… Mais peut-être que je n'en savais rien, tout simplement.

— Tu mens.

— Qui te dit que le bébé est de toi, de toute façon ?

Un instant, il fut désarçonné, comme s'il avait reçu un coup de poing, mais il se reprit très vite.

— Tu serais passée de mon lit à celui d'un autre homme ? Je ne te crois pas.

— Tu m'avais jetée dehors. Je ne vois pas pourquoi cela te choquerait.

— Cela me choque parce que je ne te crois pas. Tu essaies de me dissimuler la vérité. C'est mon bébé, n'est-ce pas ? Tu portes un enfant de moi !

Elle eut un haut-le-cœur et il l'accompagna dans la salle de bains en la soutenant.

« Mon Dieu ! » s'écria Sienna intérieurement.

Le désastre virait à la catastrophe absolue. C'était déjà assez épouvantable que Rafe la voie dans cet état, il fallait aussi qu'il sache pourquoi. Les médecins n'étaient-ils pas tenus au secret professionnel ?

Quand Rafe pressa un gant frais et humide sur son front, elle ferma à demi les paupières. Quel remède apaiserait les tourments de son âme ?

Le médecin avait parlé à Rafe. Il savait tout !

Que devait-elle faire, maintenant ?

— Retourne te coucher, lui dit Rafe en la ramenant dans la chambre.

L'esprit engourdi, vidée de son énergie, elle se laissa faire.

— Je suis désolée, dit-elle sur un ton d'impuissance.

Elle avait conscience d'avoir au moins une part de responsabilité dans la catastrophe qui venait de s'abattre sur sa tête. Mais elle n'avait pas la moindre idée de ce qu'elle pouvait faire pour arranger les choses.

— Je ne veux créer aucun problème, reprit-elle. Je promets de ne rien dire à personne.

Le nœud qui contractait la gorge de Rafe se resserra encore. Il avait l'impression de manquer d'air, de ne plus pouvoir respirer. Mieux que n'importe quel test biologique, l'attitude de Sienna le confortait dans ses pressentiments.

— C'est donc bien le mien !

Elle lui lança un regard douloureux.

— Personne n'en saura rien. Je te le promets.

— Mais moi, je sais ! explosa-t-il. J'espère que tu n'as pas l'intention d'avorter ?

Une lueur d'indignation s'alluma dans les yeux de Sienna.

— Même si j'avais eu le temps de réfléchir, cette éventualité ne me serait pas venue à l'esprit. En tout cas, rassure-toi, je n'irai pas raconter cette histoire aux journaux. Tu pourras poursuivre sans problème tes recherches pour trouver la princesse idéale.

— Non.

— Comment cela, non ?

— Je ne m'accommoderai pas de cette situation. Je ne permettrai pas qu'une nouvelle génération de Lombardi connaisse la honte et l'humiliation d'une naissance illégitime. Pour cela, il n'y a qu'une solution.

Elle secoua la tête sur l'oreiller.

— Tu auras un droit de visite, si tu le souhaites. On ne peut pas refuser cela à un père.

— Je suis content que tu comprennes mon point de vue.

Il sourit. Avec quelle facilité les pièces du puzzle se mettaient-elles en place ! Il éprouvait du désir pour cette femme et elle était déjà enceinte de lui, ce qui mettrait un terme définitif aux recherches fastidieuses de Sebastiano.

— La meilleure solution est que je t'épouse, ajouta-t-il.

Chapitre 6

Si Sienna n'avait pas déjà été allongée, elle serait tombée à la renverse. Elle en avait le souffle coupé. Il ne parlait tout de même pas sérieusement ?

— Tu plaisantes, bien sûr !

— Pas du tout. C'est la seule solution. J'ai besoin d'une femme et d'un héritier.

— Il te faut une princesse, pas une aventurière avec un brevet de pilote. Je ne figure pas sur ta liste de candidates.

— Non, mais je ne suis pas certain que toutes ces candidates puissent me donner des enfants. Avec toi, au moins, c'est une certitude.

— Je ne vais pas me marier parce que je suis enceinte. C'est ridicule.

— Tu ne dois pas avoir peur du côté protocolaire. On te donnera des cours particuliers en langue et en histoire.

— Rafe ! On ne se marie pas à cause d'un bébé. Je ne ferais jamais cela à un enfant.

— Tu préférerais que cet enfant grandisse sans son père ? C'est encore plus injuste.

— Tu ne peux pas me forcer. Que je sache, ton père n'a pas épousé ta mère parce qu'elle attendait un bébé.

— Il était déjà marié avec deux enfants.

— Mais ta mère…

— Elle n'avait pas le choix ! On lui a donné de l'argent et une pension annuelle à la condition qu'elle ne remette plus jamais les pieds à Montvelatte et qu'elle ne révèle jamais l'identité du père de ses enfants.

Sienna redressa la tête.

— Je ne te coûterai pas un sou. Je ne réclamerai absolument rien.

— Je n'accepterai jamais que mon enfant soit élevé dans la pauvreté.

— Je travaille !

— Pour combien de temps ? Tu as vu dans quel état tu étais ce matin ? Qui voudrait embarquer avec toi ?

— J'ai des économies. Je prendrai un congé maladie le temps que ma santé s'améliore. Les nausées ne durent pas éternellement.

— Et comment feras-tu quand le bébé sera né ?

— Je me débrouillerai. Comme des millions d'autres femmes.

— Ce sera trop inconfortable. Pendant combien de temps réussiras-tu à garder le secret sur les origines du bébé ?

— Apparemment, ta mère y est arrivée.

— À l'époque, on respectait encore la vie privée. Mais les temps ont changé. Avec les paparazzi qui furètent partout, ce sera plus difficile.

— En tout cas, moi, je ne dirai rien.

— Les choses finiront par se savoir. Il suffit que le médecin en parle à sa femme ou à sa secrétaire. Ce genre d'indiscrétion se propage vite… Imagine ce que penserait ton fils, en voyant sa photo étalée en première page des journaux ! Il ne te pardonnerait pas de l'avoir spolié de ses origines.

— Ce ne sera peut-être pas un garçon.

— Garçon ou fille, peu importe. Cet enfant a sa place dans la généalogie des Lombardi, au sein de la monarchie de Montvelatte.

— Sauf si nous gardons le secret.

Un mélange de colère et de douleur se peignit sur les

traits de Rafe. Il se pencha tout près du visage de Sienna, à quelques centimètres à peine.

— Je ne pourrai pas, déclara-t-il. Tu ne peux pas me priver de mon enfant pour la seule raison que tu préférerais oublier son géniteur. Je ne suis pas comme mon père. Je ne fuirai pas mes responsabilités et je ne dissimulerai pas cette naissance parce que je ne suis pas marié avec toi.

Il avait dû beaucoup souffrir, songea Sienna avec émotion. Il avait été rejeté, exilé par son père qui ne l'avait pas désiré.

Il avait raison. D'une façon ou d'une autre, elle n'avait pas le droit d'exclure Rafe de l'existence de son enfant. Mais, dans ce cas, sa paternité éclaterait au grand jour.

Que faire ?

Sienna se sentait débordée, incapable de raisonner. Elle venait d'apprendre qu'elle était enceinte et on la poussait déjà au mariage. Alors qu'elle n'en avait aucune envie et qu'elle n'en voyait pas non plus la nécessité.

Pourquoi Rafe agissait-il ainsi ? Pour le bien de l'enfant ? Ou par pure commodité ?

— Tu ne peux pas me forcer.

Elle voulait paraître forte et sûre d'elle, mais les mots sortirent de sa bouche comme une plainte.

— C'est la seule chose à faire, affirma Rafe. Je vais en informer Sebastiano pour qu'il prenne les dispositions nécessaires.

Quelle façon de parler ! Comme s'il ne s'agissait que d'arrangements pratiques et matériels…

— Non ! Je n'ai pas donné mon accord. Tu ne peux pas disposer de moi de la sorte.

— Tu n'as pas le choix.

— Si ! Je m'en vais et tu ne m'en empêcheras pas.

Elle bascula et roula sur le côté mais, rapide comme l'éclair, il la devança pour lui barrer le passage, avec un air sombre et menaçant. Ce fut pourtant d'une main tremblante qu'il lui caressa la joue, et avec une expression inquiète qu'il la dévisagea. Les mots qui sortirent de sa bouche ressemblaient davantage à une promesse qu'à une menace.

— Si tu pars, je te ramènerai. Si tu t'enfuies, je te rattraperai. Tu ferais mieux d'accepter tout de suite l'inéluctable, Sienna. Je vais t'épouser. Tu vas devenir ma femme.

Elle resta immobile, sans bouger, sans oser respirer ni même ciller des paupières de peur de rompre le charme de cet instant. Combien de temps demeura-t-il debout devant elle, à caresser son visage ? Sienna eut l'impression de se perdre dans un espace infini, sans aucun repère. Puis, brusquement, sa peur panique la rattrapa.

— Il doit y avoir un autre moyen, chuchota-t-elle.

Il prit son menton entre ses doigts.

— Il n'y en a pas, souffla-t-il dans un baiser.

Sebastiano n'en était pas aussi sûr. En tout cas, il accueillit la nouvelle avec une mine catastrophée.

— Est-ce une décision bien raisonnable, prince ? Le rôle de princesse de Montvelatte exige énormément de qualités. Cette jeune femme ne me semble pas issue d'un milieu qui la prépare à tenir son rang. Rien, dans son éducation, ne l'y destine.

— Pas plus que moi. Pourtant, personne ne met en doute mes capacités.

— Votre Majesté ! protesta l'aide de camp, choqué. Vous avez du sang royal. C'est toute la différence.

— Elle porte un enfant de mon sang.

Sebastiano toussota ostensiblement.

— Vous avez quelque chose à ajouter ? demanda Raphaël.

— Si vous me permettez… Il serait prudent d'en avoir la confirmation avant de l'annoncer publiquement.

Rafe n'avait aucun doute sur sa paternité. La manière dont Sienna avait réagi était suffisamment éloquente. Malgré tout, Sebastiano avait raison. Il valait mieux réunir toutes les preuves avant de lancer la nouvelle en pâture aux journaux.

— Contactez un laboratoire d'analyses biologiques et rassemblez tous les renseignements que vous pourrez sur la *signorina* Wainwright. Ses activités, ses fréquentations et ses petits amis au cours des deux derniers mois.

Sebastiano s'inclina avec un sourire satisfait.

— Comptez sur moi.

Si la vie de Sienna recélait la moindre part d'ombre, son fidèle serviteur saurait la découvrir… Rafe espérait seulement qu'il n'en serait rien.

Sienna décrocha le téléphone de la bibliothèque en espérant que, contrairement à celui de sa chambre, il n'était pas relié directement à un standard. Satisfaite d'entendre une tonalité normale, elle composa le numéro de son patron à la compagnie Charters Bleu Saphir.

Elle y avait réfléchi toute la nuit.

Sans argent, elle n'avait aucun moyen de quitter l'île et, si elle avait essayé d'aller en ville à pied, Rafe l'aurait de toute manière rattrapée. Il n'était évidemment pas question non plus d'appeler la police… Contacter l'ambassade d'Australie aurait suscité un énorme scandale, ce qui n'était pas la meilleure manière de disparaître discrètement. Mais son patron enverrait peut-être un hélicoptère la chercher s'il apprenait qu'elle était retenue contre son gré.

— Oui ? lança la voix bourrue de son patron.

— C'est moi, Sienna Wainwright. Je suis désolée…

— Bonjour, Sienna !

Contre toute attente, et au lieu de lui adresser des reproches, il la félicita d'avoir décroché le contrat du siècle puisque le prince payait trois fois le montant des prestations habituelles et cela pour une durée indéterminée. Il avait donc le plaisir de lui attribuer la médaille d'« employée de l'année ».

— Mais non, ce n'est pas du tout cela…, essaya-t-elle d'expliquer.

À son désespoir, M. Rocher ne lui laissa aucune chance de parler et raccrocha presque aussitôt.

— Puis-je vous aider en quelque chose ?

Au son de la voix de Sebastiano, Sienna s'empressa de remettre le récepteur en place.

— Je… je viens d'appeler mon patron.

— Tout va-t-il comme vous voulez ?

— J'ai été nommée « employée de l'année », dit-elle d'un ton ironique.

— Félicitations, mademoiselle, commenta-t-il sans sourire.

Sienna se raidit. Il était clair que Sebastiano désapprouvait le choix de Rafe… Certes, elle pouvait s'en offusquer ou, plus habilement, se servir de l'aide de camp pour parvenir à ses fins.

Joignant les mains, elle s'avança vers lui.

— Sebastiano, vous pouvez peut-être m'aider.

Il lui lança un regard soupçonneux.

— Comment cela ?

— Je veux partir d'ici.

Cette fois-ci, il fronça les sourcils et jeta un regard circulaire avant de refermer la porte derrière lui.

— Pourquoi ?

— Pour permettre à Rafe d'épouser une femme plus digne de son rang.

La lueur qui s'alluma dans les yeux de Sebastiano confirma son intuition.

— N'êtes-vous pas enceinte de l'enfant du prince ? objecta-t-il.

— Cela ne me rend pas plus noble.

L'aide de camp sembla réfléchir un moment. Puis il secoua la tête.

— Je crains de ne pouvoir vous aider. Pour le cas où vous voudriez passer d'autres coups de téléphone, sachez que tous les postes du *castello* sont sur table d'écoute, par mesure de sécurité.

Sienna frissonna. Comment avait-elle pu être aussi naïve…

— Merci, Sebastiano. Puis-je appeler ma propriétaire au sujet de mon appartement ?

— Je vous en prie. Toutefois… Je me permets de vous informer que votre loyer a été payé. On s'est également occupé de faire envoyer ici vos effets personnels, afin de rendre votre séjour le plus agréable possible.

Elle se contenta de hocher la tête, sans répondre. Le nœud coulant qui lui enserrait la gorge se resserrait de minute en minute.

Etendue sur une chaise longue sous la tonnelle de la terrasse, Sienna rêvassait en essayant d'imaginer les réactions de sa mère lorsque, dans des circonstances similaires, celle-ci avait décidé hâtivement de se marier.

Avait-elle ressenti la même angoisse qu'elle, à l'idée de cette nouvelle vie qui se développait à l'abri de son corps, avec tout ce que cela impliquait de mystère et d'inconnu ? Et la peur d'épouser par obligation le père de cet enfant ? Mais peut-être sa mère était-elle follement amoureuse, si bien que le bonheur lui donnait des ailes et calmait toutes ses appréhensions ?

Elle était si jeune, dix-huit ans à peine… Alors que Sienna en avait vingt-six. À cet âge-là, sa mère avait dû se poser d'innombrables questions au sujet de son avenir…

— C'est l'heure de l'échographie.

La voix de Rafe interrompit le cours de ses pensées et elle sursauta, le cœur battant. Elle n'arrivait pas à comprendre comment cet homme qui la privait de sa liberté pouvait la troubler à ce point. C'était inconcevable.

Si elle voulait sortir son épingle du jeu, il fallait pourtant qu'elle prenne un peu de distance. Sinon, ce mariage signerait sa perte.

Un frémissement la parcourut. Quand et comment cette décision s'était-elle imposée à son esprit, à son insu ? Jusqu'à la veille au soir, la seule idée d'un mariage forcé la révoltait. À plusieurs reprises, elle avait même hésité à appeler son ambassade. Après tout, tant pis pour le scandale ! Aucun homme, fût-il prince, n'avait le droit de la garder prisonnière !

Et puis, au dernier moment, elle reculait et reposait le combiné. Que lui arrivait-il ?

Cela faisait trois jours, maintenant, qu'elle était sur l'île. Elle avait rencontré toutes sortes de spécialistes, nutritionnistes et conseillers, ainsi que Carmelina, la gouvernante qui gérait son emploi du temps et veillait au respect de l'étiquette. Sienna avait d'abord vigoureusement protesté, mais Rafe lui avait démontré que son statut de princesse rendait indispensables les services d'un personnel aussi nombreux.

On avait même fait appel à un consultant de mode. En l'espace de quelques heures, Sienna avait été dotée d'une garde-robe phénoménale qui lui permettrait de faire face à n'importe quelle circonstance. Naturellement, par la suite, un grand couturier serait chargé de créer des modèles uniques à sa seule intention. On s'était contenté de parer au plus pressé.

Quel tourbillon ! Elle en avait le vertige. Depuis que l'obstétricien avait confirmé le test de paternité, les préparatifs de mariage s'accéléraient de manière affolante.

Sienna ne s'était pas encore résignée à ce qui lui arrivait. Elle avait de nouveau eu des nausées ce matin même, un peu moins fortes il est vrai. Le stress et l'émotion avaient sans nul doute décuplé les symptômes du début de sa grossesse…

— Sienna ? répéta Rafe en lui tendant une main impatiente.

Elle le regarda d'un air soupçonneux. Il ne l'avait pas touchée depuis que le médecin lui avait appris la nouvelle. Pour la ménager ? À cause de son état ?

Pourtant, le contact de sa main la rassérénait, tandis qu'ils gravissaient le grand escalier de marbre. Les radiologues avaient installé leur matériel ultramoderne dans une pièce située non loin de sa chambre. Rafe voulait préserver la confidentialité des consultations, mais Sienna se demandait si ce n'était pas une façon de la maintenir sous une surveillance très stricte.

Aurait-elle vraiment cherché à s'échapper si un rendez-vous avait été pris en ville ? Elle n'en savait rien elle-même… En tout cas, il en était encore temps, puisqu'on n'avait pas annoncé le mariage officiellement. Loin de Montvelatte et de Rafe, il lui semblait qu'elle aurait pu réfléchir la tête froide.

Pour elle, le mariage de ses propres parents était lourd d'enseignements. Sans le ciment de l'amour, rien ne garantissait la longévité d'une union… La mère de Sienna avait au moins eu le choix, alors que Rafe ne lui avait même pas posé la question.

Toujours absorbée par ses pensées, Sienna se retrouva quelques instants plus tard sur la table d'examen, entourée de médecins qui lui expliquaient le protocole en enduisant son ventre d'une gelée froide. Pour la première fois, elle se demanda ce qui se passerait en cas de problème. S'il y avait quelque chose d'anormal, selon toute vraisemblance, Rafe ne voudrait plus d'elle.

Puis, alors que l'image du scanner s'affichait à l'écran, plus rien d'autre ne lui importa que la santé du bébé. Ce qu'il adviendrait d'elle n'avait pas d'intérêt. Pourvu que le bébé soit en bonne santé…

L'assistante se mordit la lèvre en échangeant quelques mots avec l'obstétricien qui hocha la tête en fronçant les sourcils. Sienna se redressa pour mieux voir, mais la jeune femme lui mit la main sur l'épaule.

— Ne bougez pas.

— Que se passe-t-il ? demanda Rafe.

— C'est très long, observa Sienna.

— Ne vous inquiétez pas, lui répondit-on. Dès que l'image sera plus nette, nous vous montrerons votre *bambino*.

Rafe la rejoignit en haut du lit et s'assit sur une chaise, en lui prenant la main.

— Nous le regarderons ensemble.

Son sourire fit frissonner Sienna. Il paraissait tellement sincère… Pourtant, son cœur se serra douloureusement. Elle ne connaîtrait jamais l'amour d'un mari qui l'épousait pour elle-même et non à cause du bébé qu'elle portait…

Sienna détourna le visage. Le pouce de Rafe caressait doucement l'intérieur de son poignet, mais elle s'efforça de demeurer insensible.

Tout à coup, l'assistante sembla trouver ce qu'elle cherchait.

— *Dottore Caporetto ?*

Le spécialiste se pencha d'un air concentré. Il y avait sûrement quelque chose d'anormal.

Rafe, lui aussi sur le qui-vive, s'adressa au médecin d'un air affolé.

— *C'e'qualcosa che non va, dottore ?*

On tourna l'écran vers eux, mais ils eurent du mal à distinguer quelque chose.

— Je ne vois rien, dit Sienna. Qu'y a-t-il ?

L'obstétricien s'adressa directement à Rafe en italien et il se leva aussitôt en repoussant sa chaise. Elle craignit le pire, mais le spécialiste lui tapota la main pour la rassurer.

— *Va tutto benissimo. Auguri signorina, lei aspetta gemelli.*

Elle secoua la tête en regardant Rafe qui semblait sous le choc.

— Ah, excusez-moi, reprit le *dottore*, en anglais cette fois. Félicitations, *signorina*. Vous attendez des jumeaux.

Chapitre 7

Rafe fixait intensément l'écran. Et soudain une immense fierté s'empara de lui et il faillit crier de joie. C'était la Providence qui avait amené Sienna sur son île !

Il porta la main de la jeune femme à ses lèvres.

— Il faut nous marier le plus tôt possible, déclara-t-il.

Ce soir-là, il l'emmena dîner dans un restaurant du bord de mer pour fêter l'événement. On leur réserva une loggia au premier étage, à l'abri des regards indiscrets. C'était la première fois que Sienna sortait dans la ville de Velatte, qui la séduisit par ses couleurs de carte postale. À l'instar de tous les peuples méditerranéens, les habitants semblaient chaleureux et très expansifs.

Pour l'occasion, Carmelina avait démontré son utilité, choisissant avec le plus grand soin et sans la moindre hésitation une robe bustier couleur lilas et améthyste, qui mettait en valeur ses cheveux cuivrés dont les boucles, rassemblées en queue-de-cheval, formaient une sorte de halo autour de son visage. Lorsqu'elle rejoignit Rafe, il la contempla avec admiration, comme si une déesse grecque était brusquement apparue devant lui.

Il était lui aussi habillé avec soin, d'un smoking noir et d'une chemise blanche, avec un nœud papillon grenat et des boutons de manchette frappés des armoiries de la famille

Lombardi. Il avait l'air d'un homme comblé. Mais Sienna ne put s'empêcher de penser, avec un regret cuisant, qu'elle ne jouait qu'un rôle infime dans le scénario…

Malgré tout, elle avait pris le temps de réfléchir à la situation. Même si elle avait toujours aussi peur d'épouser Rafe, elle se rassurait en songeant à la qualité de vie que connaîtraient ses enfants.

Elle se serait très bien débrouillée seule avec un bébé. Elle gagnait raisonnablement sa vie et son salaire lui aurait permis de payer une nounou pour les premières années. Les femmes célibataires étaient légion de par le monde. Pourquoi n'y serait-elle pas arrivée, comme tant d'autres ?

Mais la perspective de jumeaux changeait la donne. Serait-elle en mesure de leur offrir une vraie vie de famille ? Ne risquait-elle pas d'être débordée par les contraintes matérielles ? Lui reprocheraient-ils un jour d'avoir été privés du confort et du bien-être que leur père leur aurait donnés ?

Peut-être… Malgré tout, elle redoutait plus encore la perspective d'un mariage sans amour.

Comment Rafe pouvait-il lui demander une chose pareille ?

Ils dégustèrent les hors-d'œuvre sur fond de musique douce. Des violons tsiganes s'élevaient au-dessus du bruissement des vagues qui déferlaient sur le rivage, remplissant l'air de leurs notes mélancoliques et passionnées.

Un hélicoptère survolant le port attira l'attention de Sienna. Avec une pointe de nostalgie, elle l'observa se poser comme une grosse libellule sur le toit d'un casino. Son métier lui manquait. Elle adorait la sensation d'être suspendue en plein ciel comme un oiseau.

— Qu'est-ce qui t'a poussée à devenir pilote ? lui demanda Rafe, comme s'il lisait dans ses pensées.

Elle lui lança un coup d'œil étonné. Ils allaient se marier, avoir des enfants. Et pourtant ils se connaissaient à peine.

— L'amour des voyages est la seule chose que m'a léguée mon père, expliqua-t-elle. Nous avons habité sur son bateau pendant les premières années de mon existence. Nous parcourions le monde, en nous arrêtant dans un port ici ou là, jusqu'à ce que je sois en âge d'aller à l'école. Nous avons alors jeté l'ancre à Gibraltar.

— Tu as eu une enfance de rêve.

Elle émit un rire bref et amer, en se souvenant des sarcasmes continuels de son père.

— Cela n'a pas vraiment été le cas… Je n'étais pas désirée par mon père. Il m'a toujours reproché d'avoir gâché sa vie en lui faisant endosser des responsabilités qui ont mis fin à ses belles années d'insouciance. C'est bizarre que j'aie justement hérité de sa passion pour les voyages, non ?

— Tu n'as jamais eu envie d'avoir un bateau ?

— Grands dieux, non ! Je passais mon temps allongée sur le pont, à observer les oiseaux tournoyer au-dessus de nous. Je m'imaginais transformée en mouette. C'était ma seule manière de m'échapper…

Elle s'interrompit brusquement pour boire une gorgée d'eau gazeuse. Il ne fallait pas trop en dire.

— C'est ainsi que je suis devenue pilote, conclut-elle.

— Intéressant, commenta Rafe. Tes parents doivent être fiers de toi.

Sienna huma l'odeur des embruns tout en se remémorant avec un sourire la réaction de sa mère.

— Ma mère a sauté de joie quand j'ai eu mon brevet de pilote… Elle est morte il y a quelques années

— Et ton père ?

Elle haussa les épaules.

— Je ne sais pas ce qu'il est devenu. Je suis sans nouvelles dc lui depuis très longtemps. Il est resté à Gibraltar quand nous sommes parties en Australie, ma mère et moi.

— Je suis désolé.

— Parlons de choses plus gaies. De ta sœur, par exemple. Où est-elle, maintenant ?

— Elle a toujours pris la vie du bon côté. C'est une

incorrigible optimiste, doublée d'une rêveuse. Elle crée des bijoux contemporains, en Nouvelle-Zélande. Elle te plaira, je pense.

— Sûrement…

Un serveur remplit le verre de Rafe et s'attarda auprès d'eux un peu trop longtemps.

— Un problème ? s'enquit Rafe.

— *Scusarmi, per favore*, commença l'employé en rougissant.

Puis il se mit à parler très vite, beaucoup trop pour que Sienna arrive à suivre. Tout à coup, Rafe se leva de sa chaise pour lui serrer la main avec un large sourire et l'homme le remercia avec effusion.

— *Grazie, grazie*, répéta-t-il en s'inclinant devant lui.

— Que s'est-il passé ? interrogea Sienna après son départ.

— Son père est caissier dans l'un des casinos de l'île, et sa mère femme de ménage. Il avait peur que ses parents perdent leur emploi après l'arrestation de Carlo et Roberto.

— Il y a autre chose, insista Sienna qui avait malgré tout reconnu quelques mots dans ce flot de paroles. Il te remerciait aussi d'être revenu à Montvelatte, non ?

Gêné, Rafe se perdit dans la contemplation du paysage.

— Apparemment, observa-t-il, au bout d'un moment.

Tout le monde semblait l'aimer et le respecter, se dit Sienna en se souvenant les salutations chaleureuses de tous ceux qu'ils avaient croisés dans la soirée.

— Tu aimes ces gens, n'est-ce pas ?

— Cela t'étonne ?

Elle haussa les épaules, embarrassée d'avoir trahi ses préjugés.

— Mais tu n'avais aucun lien avec Montvelatte, jusqu'à ces derniers temps. Tu as grandi à Paris avec ta mère et ta sœur.

— Tu as raison. Je ne connaissais cette île qu'à travers les histoires de ma mère et les livres qu'elle nous conseillait. Mais je me sens bien ici, comme si j'y avais toujours vécu. Je me félicite d'avoir pris la décision de venir m'y installer.

— Tu avais des doutes ? demanda-t-elle, touchée par son accent de sincérité. Je croyais que tu t'étais décidé très vite, dès l'annonce de la nouvelle.

Il prit sa main dans la sienne et se mit à la caresser doucement.

— Non… Au début, je n'avais pas du tout l'intention de revenir à Montvelatte. Jusqu'au coup de fil de Yannis.

Il s'interrompit un instant avant d'expliquer :

— Yannis Markides est mon associé, mais surtout mon ami de toujours. C'est lui qui m'a ouvert les yeux. Mais ma décision n'a rien à voir avec un lien qui m'aurait rattaché indéfectiblement à cette île ou à son peuple.

— Avec quoi alors ?

— D'abord, je voulais prouver qu'un bâtard rejeté par son père pouvait être quelqu'un de bien et un bon dirigeant.

Il la fixa longuement puis ajouta :

— Tu vois, moi non plus, je n'ai pas été désiré par mon père.

Sienna s'agita sur sa chaise. L'idée d'avoir quelque chose en commun avec Rafe la dérangeait curieusement. Le mouvement circulaire de ses doigts sur son poignet la troublait et la rassurait en même temps…

— Quelle est l'autre raison ? questionna-t-elle.

— Ma mère. Elle aimait son île natale et ne s'était jamais remise d'en avoir été exilée. Tu comprends ? En revenant, je réparais les torts qu'elle avait subis. C'est ce qui m'a motivé. Mais je ne me doutais pas du bien-être que je ressentirais sous ces cieux méditerranéens.

La mère de Rafe était morte, Sienna l'avait lu dans la presse au moment de l'intronisation de Rafe. C'était une deuxième chose qu'ils partageaient.

Elle saisit son verre pour se donner une contenance. En fait, elle avait horreur de se tromper et il lui fallait bien admettre qu'elle avait commis une erreur de jugement. Finalement, Rafe n'était pas habité par une ambition démesurée, ainsi qu'elle l'avait imaginé. Peut-être n'était-il pas aussi brutal et insensible qu'elle le croyait…

— J'ai quelque chose pour toi, annonça-t-il soudain en sortant un écrin de sa poche.

Aussitôt, elle se crispa, sur la défensive. Même si elle commençait à le découvrir sous un jour nouveau, il était trop tôt pour accepter une bague de fiançailles. Elle n'était pas prête.

Le coffret de velours paraissait ancien, avec les coins élimés.

— C'était le bijou préféré de ma mère.

Sienna secoua la tête, mais il poussa l'écrin vers elle avec tant d'insistance qu'il aurait été vexant de refuser.

— Ne devrais-tu pas plutôt l'offrir à ta sœur ? suggéra-t-elle timidement.

— Ouvre-le.

C'était un collier de diamants et de pierres précieuses multicolores.

— Quelle merveille ! s'écria-t-elle.

Puis, presque aussitôt, elle ajouta :

— Je ne peux pas accepter un cadeau aussi somptueux.

Mais Rafe s'était déjà levé pour l'accrocher à son cou. Elle frissonna au contact de ses doigts sur sa peau.

— Il te va très bien, commenta-t-il. D'ailleurs, tu es très belle, ce soir.

Elle baissa les yeux.

— C'est Carmelina qui a choisi la robe.

— Je ne parle pas de ta toilette. Tu es radieuse.

Il leva son verre.

— À ma future épouse !

Un frisson la parcourut.

— Écoute, Rafe, je ne sais pas encore si je veux me marier.

Pris de court, il fronça les sourcils.

— Nous n'avons pas le choix. Ta grossesse ne va pas

tarder à se voir. Si nous attendons trop, tout le monde saura qu'il s'agit d'un mariage forcé.

Comme celui de ses parents… Les paroles de Rafe rouvraient des blessures anciennes, jamais cicatrisées.

— Peu importent les apparences, puisque c'est la réalité, remarqua-t-elle.

— Je préférerais respecter les convenances.

— Mais tu ne me laisses même pas le temps de la réflexion ! protesta-t-elle.

— Je suis désolé. Cette sortie au restaurant était sans doute un peu prématurée. Tu n'es pas encore prête.

— Tu n'essaies même pas de comprendre mon point de vue !

Rafe soupira d'un air excédé et appela le serveur.

— Explique-toi, alors ! Que voudrais-tu faire ? Continuer à mener ton existence de célibataire comme si rien ne s'était passé ?

— Je ne sais plus où j'en suis…, murmura-t-elle, perdue. Mais nous devons apprendre à nous connaître mieux. Sinon, notre mariage n'aura aucune chance de tenir.

Il croisa les bras d'un air vaincu.

— *Si.* Tu as raison. Il ne faut pas trop se précipiter. Un délai d'un mois te semble-t-il raisonnable ?

C'était mieux que rien…

— Indispensable, en tout cas, répondit-elle.

Cela lui permettrait en tout cas de respirer.

Rafe et Sebastiano modifièrent l'agenda princier pour libérer toutes les soirées de la semaine qui suivait. Rafe emmena Sienna à l'opéra et au théâtre, et ils passèrent également de longues soirées en tête à tête ou au restaurant. On commença à les photographier chaque fois qu'ils sortaient ensemble, et de petits attroupements se formaient spontanément. Bientôt paraîtraient des articles avec des photos dans les magazines… Mais Sienna n'en prenait pas ombrage. Elle ne se sentait pas enchaînée à de pesantes obligations. Rafe lui avait accordé un temps de réflexion qui lui permettait d'apprendre à mieux le connaître. En toute liberté.

Sienna retrouvait le plaisir qu'elle avait éprouvé tout au début, quand Rafe lui faisait la cour avec empressement. Il était charmant et l'entourait de prévenances, en vrai gentleman. Elle appréciait beaucoup sa réserve et sa discrétion. Même si, de temps à autre, elle devinait le désir qui le poussait vers elle, il maîtrisait ses pulsions et n'exigeait pas même un baiser. Ils avaient connu l'amour charnel avant de savoir qui ils étaient vraiment. Ils avaient à présent une chance de rétablir l'équilibre.

À chacune de leurs sorties, les impressions de Sienna se confirmaient. Le peuple de Montvelatte respectait et aimait son prince. Rafe saurait gouverner la principauté avec la dignité et l'honneur qui convenaient.

Un jour, alors qu'ils sortaient d'une galerie d'art après avoir visité une exposition, une petite fille força le cordon de sécurité pour courir jusqu'à eux et offrir à Sienna un bouquet de fleurs.

— *Grazie*, dit Sienna avec un sourire.

À ce moment-là, l'enfant se blottit contre les jambes du prince et un garde s'approcha, mais Rafe, l'écartant d'un geste, se baissa pour prendre la petite fille dans ses bras. Puis il se dirigea vers la foule et la rendit à ses parents.

— *Ringraziarla, la bella ragazza.*

L'enfant s'accrocha à son cou et l'embrassa sur la joue.

Les doigts de Sienna se serrèrent autour du bouquet, tandis que les battements de son cœur s'accéléraient. Rafe n'était pas seulement un bon prince. Il serait aussi un bon père de famille.

Il ne ressemblait pas au père qu'elle avait eu. Même s'il n'avait pas choisi délibérément d'avoir ces deux enfants qui allaient naître dans quelques mois, il ne leur reprocherait jamais d'avoir gâché sa vie.

Était-ce suffisant pour s'engager ?

Pouvait-elle courir le risque ?

Elle était presque tentée.

Chapitre 8

Sienna était assise dans la bibliothèque, une tasse de thé oubliée sur un plateau à côté d'elle. Elle n'était plus tracassée par des nausées intempestives. Ce n'était pas non plus le manuel d'italien qui lui posait problème, ni l'histoire de Montvelatte en douze volumes que Sebastiano lui avait offert pour la distraire pendant que Rafe présentait aux banquiers, à Rome, son plan de redressement économique.

Elle considérait d'un air furieux une feuille de papier, et sa colère grandissait de minute en minute. Rafe lui avait soi-disant accordé un délai d'un mois pour se décider. Mais la date indiquée sur l'invitation prouvait le contraire.

Elle deviendrait l'épouse de Rafe, et donc princesse de Montvelatte, dans moins de deux semaines. Il n'avait pas perdu de temps ! En tout cas, il n'avait pas jugé bon de l'en informer ! Encore moins de lui demander son avis. Apparemment, pour lui, sa réponse allait de soi : elle se plierait forcément à ses projets. Il ne concevait même pas qu'il puisse en être autrement, puisqu'elle était enceinte de lui.

Jusqu'à ce qu'il apprenne qu'elle était enceinte, Rafe n'avait pas caché la nature de ses intentions. Il voulait coucher avec elle. Rien de plus.

À présent, il voulait bouleverser sa vie entière.

Elle ferma les yeux. Même s'ils apprenaient à se connaître, ce mariage semblait voué à l'échec. Des enfants ne suffisaient pas pour souder un couple. Elle en était elle-même une preuve vivante. Il n'y avait que l'amour pour cimenter une union solidement.

Naguère, dans un temps qui lui paraissait maintenant très éloigné, Sienna avait eu l'impression de découvrir avec Rafe les prémices de ce sentiment magique. Mais elle s'était trompée. Il ne s'agissait pas d'amour. Seulement de sexe.

Et lorsqu'elle était arrivée sur l'île et que Rafe l'avait empêchée de repartir, il s'agissait encore et uniquement de sexe. Rafe avait seulement eu envie de son corps.

Bientôt, à moins qu'elle trouve une autre solution, ils seraient mariés et leur relation n'aurait toujours rien à voir avec l'amour.

Pouvait-elle réellement épouser un homme qu'elle n'aimait pas et qui ne l'aimait pas non plus ? Un homme qui ne la considérait que comme la mère des futurs héritiers de Montvelatte ? Sans se soucier ni de sa carrière, ni de ce qu'elle éprouvait au fond d'elle-même ? Un homme qui lui avait menti, prétendant qu'il lui laissait le choix, alors qu'il n'en était rien ?

Comment pareil mariage pourrait-il marcher ?

— Tu voulais me voir ?

Sienna sursauta. Absorbée dans ses réflexions, elle n'avait pas entendu Rafe approcher. Apparemment, il n'était pas rentré depuis très longtemps. Il était encore en costume, une barbe naissante ombrait ses joues en lui donnant un air de pirate qui le rendait encore plus séduisant.

Sienna baissa les yeux sur l'invitation qu'elle tenait entre ses mains. Pourquoi sa colère se dissipait-elle brusquement devant Rafe ? Quand il était là, elle perdait tous ses moyens et ne pensait plus qu'à retrouver les sensations étourdissantes que son corps avait connues auprès de lui…

Elle se leva et agita le papier sous ses yeux.

— Tu m'avais soi-disant accordé un mois pour réfléchir.

— Ah bon ?

— Ne fais pas l'innocent.

— Et alors ?

Il jeta un bref coup d'œil aux faire-part.

— Les invitations ne te plaisent pas ?

— Ce n'est pas le problème ! Tu m'as menti.

— Pas du tout ! Je t'ai demandé si un mois te semblait suffisant pour mieux nous connaître et tu m'as répondu oui. Fort heureusement, puisque la date était déjà fixée.

Le sang monta au visage de Sienna.

— Ce n'est pas ce que j'avais compris. Je voulais passer du temps avec toi pour apprendre à te connaître.

— N'est-ce pas exactement ce que nous faisons, Sienna ? Je te consacre toutes mes soirées et tu paraissais très contente, jusqu'à aujourd'hui.

Il était à présent tout près. Avec émotion, elle retrouvait le parfum de son eau de toilette et elle se rendait compte, tout à coup, combien il lui avait manqué, ces trois derniers jours.

Elle se détourna pour ne pas se laisser distraire.

— Ce n'est pas la question, reprit-elle. Tu n'as pas à décider pour moi.

— C'est trop tard. Sebastiano a déjà envoyé les faire-part.

— Je n'ai pas donné mon accord.

Il haussa les épaules.

— Je n'en ai pas besoin.

— Comment oses-tu ! explosa-t-elle, suffoquée par son arrogance.

Vraiment, il se moquait d'elle !

— Je n'ai plus de vie à moi, ajouta-t-elle, écœurée. Je suis pilote d'hélicoptère, Rafe, pas princesse !

— Dans moins de quinze jours, tu seras les deux.

— Je pourrai garder mon métier ?

Il jeta l'invitation sur la table avec un soupir excédé.

— Ne sois pas ridicule ! Ma femme ne va pas promener des touristes au-dessus de la Méditerranée. Tu auras largement de quoi t'occuper comme princesse de Montvelatte et comme mère de famille.

— J'ai travaillé dur pour arriver là où je suis aujourd'hui. Et je devrais tout abandonner pour m'adapter à tes projets ?

Rafe se passa la main dans les cheveux.

— Il n'y a pas d'alternative. Ta carrière professionnelle a pris fin le jour où tu es tombée enceinte de moi.

— À cause de qui ?

— Je plaide coupable, concéda-t-il en se versant un verre de scotch. Mais je t'épouse pour réparer mes torts. Tu ne peux tout de même rien exiger de plus.

Il avala d'un trait le contenu de son verre.

— Maintenant, arrêtons là cette discussion, si tu veux bien. J'ai du travail.

Sienna le rattrapa par la manche.

— Tu te débarrasses un peu trop vite de moi !

Ce fut au tour de Rafe de se mettre en colère.

— Écoute-moi bien, et que les choses soient claires une fois pour toutes. Nous nous marierons à la date mentionnée sur le faire-part, que cela te plaise ou non.

— Et si je refuse ?

— Je te traînerai jusqu'à l'autel s'il le faut.

— Comme cela, le monde entier verra quelle brute tu es.

Une fureur froide brilla dans les yeux de Rafe.

— J'espère tout de même ne pas avoir besoin de recourir à la force. De toute manière, le mariage aura lieu. À toi de décider dans quelle disposition d'esprit tu seras.

Pourquoi Sienna y mettait-elle tant de mauvaise volonté ? se demanda Rafe en se dirigeant vers son bureau. Ne comprenait-elle pas que cctte solution arrangeait tout le monde ?

Il déboutonna le col de sa chemise et s'assit à sa table de travail, dans son fauteuil de cuir noir. Une pile impressionnante de dossiers réclamait son attention, mais il la repoussa un instant pour regarder par la fenêtre. La mer miroitait sous le soleil, en bas des falaises. Maintenant que la question de son mariage et de sa descendance était réglée, il aurait dû pouvoir consacrer plus de temps à l'étude des problèmes financiers qui minaient l'économie de Montvelatte. Il fallait démêler le réseau compliqué mis en place par ses demi-frères. Une fois démantelées toutes les filières du blanchiment de l'argent de la drogue, il restait à redonner confiance aux actionnaires des sociétés d'investissement. C'était une entreprise de longue haleine.

Il avait été obligé de relâcher ses efforts pour se plier aux exigences de Sienna. Cela n'avait d'ailleurs pas été aussi pénible qu'il l'avait craint. Finalement, le choix dicté par les circonstances se révélait même plutôt judicieux. Outre l'aspect physique, qui comptait beaucoup pour lui, il constatait avec satisfaction qu'elle emportait la faveur populaire.

Alors, pourquoi manifestait-elle du mécontentement ? Ils se plaisaient et il n'avait jamais douté qu'elle finirait par se féliciter de leur mariage.

Tout allait bien jusqu'à ce qu'elle mette la main sur ce faire-part. Comment l'avait-elle trouvé ?

Rafe soupira. Il n'aurait pas dû la menacer d'employer la force. C'était ridicule. Et, de toute manière, il la voulait libre et consentante.

Christo ! Pourquoi se rebellait-elle avec autant de violence ? Alors que tout était si simple. Ces derniers jours, à Rome, elle lui avait manqué plus qu'il ne l'aurait cru. Il s'était surpris à penser très souvent à elle et il avait eu hâte de rentrer. Même si elle n'était pas issue de la noblesse, Sienna le charmait par sa fraîcheur et sa spontanéité. *Dio*, il était terriblement impatient de lui faire de nouveau l'amour…

Avec une exclamation étouffée, Rafe se pencha sur les papiers accumulés sur son bureau. Ce n'était pas le moment de s'égarer. Des affaires importantes réclamaient son attention. Ce soir, il dînait avec son ministre des Finances, et il devait préparer un compte rendu détaillé des entretiens qu'il avait eus à Rome.

Mais le regard triste et blessé de Sienna affleura soudain à sa mémoire et l'ordre de ses priorités changea instantanément.

Rafe trouva Sienna assise au bord de la piscine. Sa jupe fleurie remontée au-dessus des genoux, légèrement penchée en arrière, en appui sur ses bras tendus, elle s'amusait à faire des ronds dans l'eau avec ses pieds. Elle était très belle ainsi, dans la lumière. Mais elle avait aussi l'air très triste.

— Je te dérange ?

Sienna lui jeta un regard surpris.

— Je croyais que tu avais du travail…

Elle était toujours en colère, mais quelque chose d'indéfinissable, dans sa voix, encouragea Rafe.

— Cela attendra, répondit-il. J'ai besoin de me changer les idées et de respirer un peu d'air pur. T'es-tu déjà promenée le long de la falaise ?

Elle secoua la tête, puis se redressa et essuya les mains sur sa jupe.

— Cela te plairait ? reprit-il.

Elle cilla des paupières et sembla hésiter un instant.

— Mmm, dit-elle enfin en sortant les pieds de l'eau.

Elle se pencha pour attraper la serviette, mais Rafe la devança et la lui tendit.

— Merci, murmura-t-elle.

— Viens. Par ici, dit-il quand elle eut enfilé ses sandales.

Il faisait encore chaud, mais le soleil commençait à décliner sur l'horizon. Les fleurs et les plantes aromatiques, mêlées au sel des embruns, embaumaient l'air. Ils restèrent silencieux un moment, pendant que Rafe la conduisait vers un sentier qui contournait le *castello* pour longer la côte. Des buissons d'épineux bordaient le chemin et des petites fleurs roses se balançaient sous la brise légère.

Dans le lointain, on apercevait la pyramide d'Iseo qui s'élançait à l'assaut du ciel, avec des nuées de mouettes et de goélands qui tournoyaient inlassablement au-dessus de son sommet. Vu d'ici, le rocher avait l'air encore plus impressionnant, comme un énorme aileron noir qui fendait les flots.

— Raconte-moi la légende, demanda Sienna quand ils s'assirent sur un gros rocher pour contempler le paysage.

Rafe étudia son visage. Les traits tirés et le regard vide, elle avait un air vulnérable qu'il ne lui connaissait pas, comme si elle s'était résignée à son destin après s'être battue vainement.

Il n'aimait pas cette expression. Il préférait encore qu'elle lui résiste. Au moins, elle exprimait la passion et l'énergie dont il la savait capable.

Elle lui lança un regard interrogateur et il se détourna pour observer le récif qui semblait la fasciner.

— Les eaux sont dangereuses et les courants traîtres, autour de la pyramide. Beaucoup de bateaux ont fait naufrage ou ont sombré en négociant un passage entre l'île et la terre ferme. Si l'on dévie un tant soit peu de son cap, la pyramide vous attire comme un aimant. Bien des hommes sont morts noyés dans la passe.

— Et l'histoire de la Bête ?

— Par une nuit sans lune, au cours d'une violente tempête, un navire en provenance de Gênes se fracassa sur les rochers et fut coupé en deux. Un homme survécut miraculeusement et assista, impuissant, au naufrage et à la mort de ses compagnons. Ce fut le premier qui vit la Bête, à la faveur d'un éclair. La Bête se tenait au sommet de la pyramide en poussant des hurlements terrifiants et écrasait entre ses mâchoires les restes sanglants des marins engloutis. Cet homme s'appelait Iseo.

Sienna frissonna.

— Qu'est-il devenu ?

— Il s'est accroché à une planche et a fini par échouer sur l'île. Il est devenu fou, s'il ne l'était pas déjà. Mais d'abord il a raconté son histoire à tout le monde et les gens l'ont cru.

— Quelle horrible histoire…

— Elle a pourtant fait la fortune de Montvelatte.

— Comment cela ?

— Un pirate ambitieux et entreprenant décida un jour de ne plus se fatiguer à attaquer les bateaux. Il instaura une taxe pour garantir un passage sans encombre devant le repaire de la Bête. Il montait à l'assaut seulement contre ceux qui refusaient de payer.

Quand Sienna se mit à rire, Rafe se félicita d'avoir négligé ses devoirs de souverain pour se promener avec celle qui serait bientôt sa femme et qui portait déjà ses enfants. Leur mariage réussirait, se dit-il farouchement. Il le fallait.

Soudain, il fut interrompu dans ses pensées par la sonnerie de son portable. Sebastiano s'inquiétait probablement du bouleversement inopiné de son emploi du temps…

Rafe écouta distraitement son aide de camp lui rappeler un rendez-vous qu'il n'avait en réalité pas du tout oublié. Simplement, son attention était ailleurs. Il contemplait les mains de Sienna, et se souvenait de leur douceur sur sa peau. Ces mêmes mains qui s'étaient agrippées à ses épaules et avaient enfoncé ses ongles dans sa chair au moment du plaisir…

Brusquement, il eut envie de revivre ces instants merveilleux. Il suivit des yeux la courbe de ses hanches, le dessin de son cou délicat, comme pour les absorber en lui, les faire siens.

Combien de temps devrait-il encore attendre ? Jusqu'à leur nuit de noces ? Le médecin avait déclaré qu'il n'y avait aucun obstacle à une vie sexuelle normale. Mais il ignorait évidemment qu'ils n'avaient couché qu'une seule fois ensemble… Ce qui était loin d'être normal. Et même tout à fait insuffisant.

Rafe avait bien l'intention d'y remédier à la première occasion. Néanmoins, il pressentait que le moment était mal choisi.

Il ne fallait pas brusquer Sienna. Sinon, elle l'accuserait

encore de tout précipiter, de vouloir lui forcer la main. Il ne voulait pas la heurter ni la mettre en colère. Il se rattraperait quand ils seraient mariés.

Mais patienter encore pendant deux longues semaines lui semblait en même temps au-dessus de ses forces. Un vrai supplice.

Rafe avait raccroché depuis longtemps lorsque Sienna se redressa et surprit son regard fixé sur elle.

— La pierre est si lisse…, murmura-t-elle d'un air embarrassé, en désignant le rocher sur lequel ils étaient assis.

— On appelle cet endroit le trône de Vincenzo, expliqua Rafe. C'est là que s'agenouilla le premier prince de Montvelatte pour son intronisation.

— J'avais justement repéré ce passage dans un guide et je voulais le lire aujourd'hui, dit-elle.

Rafe esquissa un sourire. Elle feignait de s'intéresser à cette histoire, mais sa respiration saccadée et la rougeur de ses joues trahissaient son émoi. Même si elle refusait de le montrer, elle partageait son désir et avait hâte de renouer plus intimement avec lui.

Deux semaines ? *Dio*, cela paraissait terriblement long…

— C'était au XIVe siècle, commença-t-il. Un navire transportant la famille royale de Karpenthia faisait route en direction de Gênes. À l'époque, Karpenthia était une puissance féodale établie en Afrique du Nord, à la croisée de pistes de caravanes qui arrivaient jusqu'à la mer et dont elle tirait ses immenses richesses. La cité de Velatte, en revanche, n'était qu'un repaire de brigands, de pirates et de prostituées. Mais la fille du roi était malade et ils durent faire escale dans le port car elle agonisait, avec une fièvre qui ne la quittait plus. Ce faisant, ils risquaient les vies de tout le monde à bord, mais ils n'avaient guère le choix. Le roi et la reine étaient au désespoir.

Rafe avait à l'évidence piqué la curiosité de Sienna.

— Que s'est-il passé ? demanda-t-elle en écarquillant de grands yeux.

— Les gens de Velatte envoyèrent un émissaire pour parlementer. Emu par le chagrin des souverains, celui-ci promit de soigner la jeune fille qui fut transportée dans la cabane de sa grand-mère, une espèce de sorcière réputée pour ses dons de guérisseuse. La vieille femme concocta un remède avec des herbes de la montagne.

— Et sauva la princesse.

— En effet. Le roi fut si reconnaissant qu'il accorda à l'île le statut de principauté avec pour souverain l'homme qui avait guéri sa fille. Cet homme était Vincenzo Lombardi. Deux ans plus tard, la princesse revint pour l'épouser, devenant ainsi la première princesse de Montvelatte.

— Elle a choisi de vivre parmi les brigands et les pirates ?

Rafe haussa les épaules.

— Si l'on en croit la légende, ce fut un vrai mariage d'amour, qui changea pour toujours le cours de l'histoire de Montvelatte. Le *castello*, qui date de cette époque, aurait été construit en l'honneur de cette femme, sur les ruines de l'ancienne forteresse.

— Tu n'as pas l'air d'y croire.

— Je suis peut-être cynique, mais j'imagine que Vincenzo a exigé une forte récompense pour avoir sauvé la princesse.

— Mais alors, pourquoi le roi aurait-il ramené sa fille par la suite ? Cette histoire est peut-être vraie.

— C'est un conte de fées. Les choses ne se passent pas ainsi dans la réalité.

Sienna secoua ses boucles cuivrées qui retombèrent en cascade dans la lumière.

— Les légendes ont souvent un fond de vérité. Ce serait un beau début pour ce petit pays, fondé sur l'amour de deux êtres !

« Comme si l'amour était une force positive… », songea Rafe. Il détourna les yeux pour cacher son expression.

Sienna avait le don de percer sa carapace pour déchiffrer ses pensées les plus secrètes et elle posait parfois des questions que jamais personne d'autre n'aurait osé formuler. Peut-être parce qu'elle seule savait dans quel état d'esprit il avait grandi : en exil, rejeté par son père et témoin impuissant du chagrin de sa mère.

« Ne gâche jamais ta vie pour l'amour de quelqu'un, lui répétait sa mère en le berçant pour l'endormir quand il était petit. Ne donne ton cœur à personne. Sois fort, mon bébé, sois fort. »

Rafe avait donc grandi avec la détermination de prouver au monde entier qu'un titre de noblesse n'était rien en comparaison d'un empire érigé à force de travail, de courage et d'obstination. La noirceur et la corruption de ses demi-frères l'avaient conforté dans cette certitude. Et désormais son cœur ressemblait à un désert sombre et aride.

— Les pays voisins ont sans doute protesté quand l'île des pirates est devenue une principauté ? demanda Sienna en levant le bras pour repousser une mèche de cheveux.

Rafe gémit intérieurement. Elle était si belle…

— Les familles royales de France et d'Italie tenaient le roi de Karpenthia en haute estime. Ils respectèrent donc sa décision, tant que la couronne restait aux mains des Lombardi. Mais ils émirent une réserve : si un jour un héritier mâle venait à manquer, ils se réservaient le droit d'intervenir pour annexer l'île.

— C'est la raison qui t'a poussé à revenir.

— En effet.

— Que se serait-il passé, autrement ?

— On aurait sans doute essayé de faire pression sur Marietta, ma sœur. Mais, outre que la politique ne l'intéresse pas, l'accession d'une femme au trône aurait déclenché de vives polémiques. Finalement, la France ou l'Italie auraient intenté une action en justice devant une cour internationale. Ma mère ne me l'aurait jamais pardonné… D'ailleurs, en ce moment même, des équipes de juristes discutent des aspects légaux de la situation, juste pour le cas où un problème surgirait.

Rafe s'arrêta là, sans lui dire que des rumeurs commençaient aussi à circuler sur le compte de la jeune femme qu'on voyait partout avec lui. On parlait même d'une grossesse possible. Quelques jours plus tôt, il avait reçu le rapport des détectives qui avaient enquêté sur le passé récent de Sienna. Elle n'avait pas eu d'autre amant que lui au cours de la dernière année écoulée. Ainsi, tout le confortait dans sa décision de l'épouser, et le plus vite possible.

Ils poursuivirent leur promenade en direction de coteaux recouverts de vignobles en terrasses. Au fond de la vallée coulait une rivière qui traversait la ville de Velatte, blottie le long des berges. La pierre blanche des monuments étincelait au soleil, contrastant avec le vert des cultures et le bleu de la mer.

Sienna poussa une exclamation admirative.

— C'est vraiment magnifique !

Rafe éprouva du remords à l'idée qu'il n'avait pas fait découvrir plus tôt à Sienna la beauté naturelle de l'île. Elle était restée trop longtemps enfermée entre les murs du *castello*, alors qu'il y avait tant à voir…

À présent, la jeune femme souriait et ses yeux brillaient. Il ne put s'empêcher de lui prendre la main. Comme elle ne le repoussait pas, il la serra contre lui en pointant le doigt sur deux sommets rocheux de l'autre côté de la vallée.

— L'île s'étend encore sur quinze kilomètres vers le sud au-delà de Velatte, avec quelques villages perdus dans les vignobles et les oliveraies, ou sur la côte. Il y a très peu de stations balnéaires. Les touristes viennent essentiellement ici pour jouer dans les casinos.

— Comme c'est beau ! répéta-t-elle en mettant sa main en visière.

— Sans l'ombre d'un doute, murmura-t-il à voix basse, comme pour lui-même.

Comme elle l'interrogeait du regard, les lèvres entrouvertes, il expliqua :

— Tu pourrais vivre heureuse, ici.

— Rafe, chuchota-t-elle.

Son murmure ressemblait à une invitation. Pourtant, en même temps, elle secouait la tête, comme si elle n'était pas tout à fait sûre d'être prête pour ce baiser qu'elle désirait si fort.

Rafe prit son menton entre le pouce et l'index. Et sur ce petit sentier surplombant la vallée, à l'ombre du *castello* séculaire, l'univers entier sembla se rétrécir pour se concentrer sur cette jeune femme, et cet instant. Comme si tout le reste cessait subitement d'exister.

Le temps lui-même paraissait suspendu, figé. Puis l'air se remit à vibrer dans un chatoiement irisé, et Sienna accueillit son baiser en frissonnant. Rafe glissa alors une main sous la masse de sa chevelure pour soutenir sa nuque, tandis que son parfum et le goût de ses lèvres enivraient ses sens et embrasaient tout son être.

Sienna sentait le soleil et la vanille. Elle ouvrit les lèvres sans résistance sous la pression de sa bouche, se joignant à lui sans retenue, de toute son âme. Elle était sienne, totalement. Il la plaqua plus fermement contre lui.

Elle étouffa une exclamation, mais ne le repoussa pas. Au contraire, elle se lova tout contre lui, au plus près, portant à son paroxysme le désir de Rafe. Un désir qu'il éprouvait depuis la minute où il l'avait vue descendre de l'hélicoptère…

Sienna se mit à trembler en rejetant la tête en arrière, comme pour offrir sa gorge à ses baisers. Dans sa hâte à retrouver la douceur satinée de ses seins, Rafe faillit lui arracher son chemisier. Il avait trop envie de lui faire l'amour sans attendre, dans ce soin perdu et sauvage de son île.

Mais il se maîtrisa, au prix d'un immense effort sur lui-même. Ce serait pure folie de s'abandonner ici, au mépris de la prudence élémentaire, alors que les paparazzi étaient partout en embuscade avec leurs téléobjectifs.

Cela faisait si longtemps qu'il attendait un signe de la part de Sienna… Beaucoup trop longtemps. Heureusement, elle venait de lui donner la preuve qu'elle partageait son désir et son impatience. Bientôt, il n'en doutait plus, ils connaîtraient de nouveau les délices de l'amour physique.

À contrecœur et avec beaucoup d'hésitation, Rafe s'écarta et desserra son étreinte. Elle rouvrit les yeux et, lorsqu'il vit la déception dans son regard, il faillit changer d'avis.

— Nous devrions rentrer, suggéra-t-il. J'ai un rendez-vous pour lequel je suis déjà en retard. Et je ne voudrais pas que tu prennes froid.

Elle se métamorphosa alors sous ses yeux à une vitesse incroyable, se raidissant brusquement tandis que son regard s'assombrissait et perdait tout son éclat. Malheureusement, il était trop tard pour revenir en arrière et effacer les paroles qu'il avait prononcées.

— Bien sûr, répondit-elle d'un air irrité. Moi non plus, je ne voudrais pas attraper un rhume.

Chapitre 9

Elle était trop naïve.

Quarante-huit heures plus tard, c'était la seule explication que Sienna avait trouvée.

Après la promenade de la falaise, elle avait fini par s'endormir malgré la myriade de sensations et de souvenirs qui lui emplissaient les yeux et le cœur. Elle sentait encore l'air marin chargé des senteurs d'herbes et de fleurs. Quel paysage magnifique ! Quand Rafe l'avait embrassée, elle avait vraiment eu l'impression d'un moment de communion. Il avait l'air beaucoup plus attentif, tout à coup, et presque inquiet, depuis le moment où il l'avait rejointe au bord de la piscine. Et, sans qu'elle puisse rien y faire, les murailles défensives qu'elle avait érigées pour se protéger étaient tombées.

Il n'avait rien forcé ni exigé. Un baiser avait suffi pour ébranler ses résistances, comme une adolescente à son premier rendez-vous.

L'espace d'un instant, malheureusement beaucoup trop bref, alors qu'ils contemplaient le paysage, elle avait cru à la sincérité de Rafe. Elle s'était imaginée que son bonheur lui importait réellement. Pendant cet instant précieux et le baiser qui avait suivi, les barrières qui la protégeaient avaient commencé à trembler, puis s'étaient complètement effondrées, ouvrant la vanne de ses émotions trop longtemps refoulées.

Mais, brutalement, Rafe s'était ressaisi, comme s'il ne

s'était rien passé. Il avait peur qu'elle attrape froid ! Alors que la température avoisinait les vingt-cinq degrés !

En réalité, il se souciait fort peu de son bien-être. C'était la mère de ses enfants, uniquement, qui le préoccupait. Naturellement, il lui semblait important qu'elle soit heureuse, mais pas pour elle-même.

Sienna lança un regard nostalgique en direction de l'héliport. Vers quelle destination volerait-elle aujourd'hui si on ne l'avait pas retenue prisonnière ? Mais, presque aussitôt, elle se souvint des nausées qui l'avaient gênée. Même libre, elle n'aurait pu travailler normalement.

Le cœur serré, elle regarda la pile de livres posés sur la table. Pourquoi suivait-elle les conseils de lecture de Rafe en obéissant sagement à ses ordres ? Comme si elle avait déjà accepté son sort…

Ses activités professionnelles étaient peut-être limitées, mais, après avoir découvert la traîtrise de Rafe qui avait fixé la date du mariage sans lui en parler, elle aurait dû le laisser là et repartir. Ou du moins essayer.

Car il l'épousait uniquement parce qu'elle était enceinte.

Elle serait bien bête de l'oublier et de s'imaginer autre chose. Comme pendant leur promenade, quand il l'avait embrassée… Naïvement, elle s'était figurée qu'il éprouvait quelque chose pour elle. Et elle en avait conçu une telle joie qu'elle lui avait rendu son baiser.

Mais ce fragile espoir avait été de courte durée. Il ne se souciait que de leurs bébés, pas du tout d'elle.

Était-ce trop demander d'espérer être aimée pour soi-même ? Il fallait être particulièrement dur et insensible pour contraindre une femme au mariage alors qu'on ne l'aimait pas.

Indifférente à la beauté du paysage, elle regarda sans les voir la mer turquoise sous le ciel bleu. Elle s'était tellement promis que cela ne lui arriverait jamais ! Sa mère avait trop souffert d'avoir épousé un homme qui ne l'aimait pas… Et ses parents s'étaient déchirés pendant de longues années avant de se résoudre à se séparer.

Sienna elle-même avait porté le poids d'une culpabilité envahissante. N'était-ce pas son existence qui avait obligé ses parents à se marier ? Comment aurait-elle pu imposer pareil fardeau à un enfant ?

« Si tu n'étais pas là, je serais libre de faire ce que je veux. »

« Si tu n'étais pas là, je n'aurais aucun souci. »

« Si tu n'étais pas là… »

Combien de fois son père lui avait-il fait sentir qu'elle était de trop ?

Rafe serait peut-être un meilleur père, mais comment réagiraient ses enfants en prenant conscience qu'il les avait acceptés pour des raisons purement politiques ?

Ils souffriraient forcément du manque d'amour. Et cela, Sienna ne le supporterait pas.

Si elle devait épouser quelqu'un un jour, il faudrait d'abord qu'il l'aime. Ce n'était pas possible autrement. C'était même l'unique condition.

Elle ne pouvait pas compter sur les sentiments de Rafe. Sans doute avait-il été poussé par la culpabilité, l'autre jour, en lui proposant cette promenade ? Il avait sûrement eu des remords à l'idée d'avoir trahi sa confiance. Malheureusement, ses regrets n'avaient pas duré bien longtemps. Aujourd'hui, par exemple, ils ne s'étaient pas vus du tout… Certes, il avait beaucoup de travail, elle le comprenait, et le redressement économique de Montvelatte requérait toute son attention.

Néanmoins, elle-même avait d'autres priorités, tout aussi importantes. Soudain, Sienna prit une décision. Puisque son sort avait été fixé, elle devait absolument trouver un moyen de rendre Rafe amoureux. Sinon, sa vie serait un enfer.

Elle décrocha le téléphone le plus proche et composa le numéro qui la mettrait directement en communication avec Sebastiano.

— Où puis-je joindre Rafe ce soir ? demanda-t-elle.

— Le prince ne sera pas de retour au *castello* avant 23 heures, peut-être même plus tard.

— Où puis-je le joindre *avant* son retour ? insista-t-elle.

Elle perçut une hésitation au bout de la ligne.

— Le prince préside une réunion avec les directeurs financiers au Grand Casino de Velatte. Après quoi, il doit assister à un concert dans la salle de spectacle.

— Fort bien, dit Sienna en passant mentalement en revue les toilettes appropriées à ce genre d'occasions. Pouvez-vous me conduire là-bas ?

Sebastiano marqua une pause un peu plus prolongée.

— Je ne sais pas si c'est une très bonne idée, *signorina*… Il ne vous attend pas…

— Je vous en prie, Sebastiano. Je sais que vous ne me voyez pas du tout en future princesse de Montvelatte. Mais, puisque je suis condamnée à jouer ce rôle, je dois au moins essayer de réussir mon mariage. J'ai besoin de votre aide. C'est très important.

Elle serra le combiné dans sa main en retenant son souffle.

— Pouvez-vous être prête à 21 heures ? demanda enfin Sebastiano.

Elle poussa un soupir de soulagement.

— Je serai prête.

Sienna commençait à apprécier les avantages d'une nombreuse domesticité. Après un bain parfumé et un massage, son coiffeur attitré lissa ses cheveux en un chignon parfait et elle compléta sa toilette avec les accessoires choisis avec soin par Carmelina.

Un dernier regard dans le miroir sur pied l'assura que tout était parfait, depuis les longs gants de satin jusqu'au fourreau de soie émeraude au bustier rebrodé de perles. Pourtant, une boule d'appréhension lui nouait l'estomac. Rafe serait-il sensible à son allure de femme fatale ?

Ce soir, elle voulait le séduire…

Jetant un coup d'œil par-dessus son épaule, elle faillit renoncer. La robe dos nu dévoilait sa chute de reins et soulignait d'une manière très provocante les courbes de sa silhouette, les moulant au plus près. Elle qui était plus à l'aise en combinaison de pilote avec un casque sur les oreilles n'avait pas l'habitude de marcher sur des talons aiguilles et avait tout simplement peur de se tordre une cheville. Avait-elle raison de vouloir le surprendre de la sorte ? Ne risquait-elle pas plutôt de se tourner en ridicule ?

On frappa discrètement à la porte.

— La voiture est prête, *signorina*.

Elle n'avait plus le temps de se changer.

Carmelina acquiesça d'un signe de tête en lui tendant une étole de mousseline et une pochette assortie à ses gants.

— *Bella*, commenta-t-elle simplement.

Sienna descendit le grand escalier le cœur battant, dans un état d'affolement extrême. Si elle échouait, si, en dépit de tous ses efforts, Rafe n'était pas ébloui par son charme et sa féminité, alors elle perdrait toutes ses chances de réussir son mariage.

L'Alfa Romeo rutilante attendait devant le porche. Sebastiano lui ouvrit la portière avec un sourire qui, pour une fois, n'avait pas l'air forcé.

— *Signorina* Wainwright, je serais très honoré de vous conduire moi-même au Grand Casino de Velatte.

— Vraiment ?

— Ce serait un plaisir immense.

— Merci. Ne vous inquiétez pas, j'assume entièrement la responsabilité de ma décision.

Il la détailla avec une expression admirative, mais non dénuée du respect qu'il lui devait.

— Vous avez pris une excellente initiative et je m'incline devant votre sagesse.

Sebastiano parla pendant tout le trajet, de choses sans

importance, essentiellement des menus événements de la vie à Montvelatte. En tout cas, Sienna lui sut gré d'avoir pressenti sa nervosité et de la rassurer par sa compagnie tranquille et réconfortante.

Bientôt, les vignobles cédèrent la place aux orangeraies. Puis la voiture s'engagea sur une route bordée de peupliers et qui suivait le cours de la rivière. Enfin ils arrivèrent au port, à travers des ruelles étroites enserrées par des petits immeubles de deux ou trois étages. Sur les places, les gens étaient assis aux terrasses des cafés, savourant la fraîcheur du soir.

Ils roulaient maintenant sur le boulevard Lombardi qui séparait les hôtels et les casinos de la marina. Au milieu de la très large avenue, elle aperçut le dôme illuminé de leur destination finale.

— Le Grand Casino de Velatte est l'établissement le plus ancien et le plus prestigieux, expliqua Sebastiano. Le récital est donné en l'honneur des célébrations du bicentenaire.

Il ralentit pour traverser des jardins admirablement dessinés, avec des fontaines et des plans d'eau illuminés. Enfin, le bâtiment lui-même apparut devant leurs yeux. C'était un vrai palace, avec un vaste hall dallé de marbre, éclairé par des lustres de cristal qui brillaient de mille feux.

Tout ce luxe l'impressionnait. Et, en mettant pied à terre, ce fut comme si elle pénétrait dans un autre monde, dont l'opulence dépassait largement celle du *castello*, avec une extravagance incroyable. L'odeur de l'argent, presque tangible, recouvrait tout.

Elle n'avait pas sa place dans ce monde-là.

Dans un moment de panique, elle recula vers la voiture, mais Sebastiano la prit par le bras pour l'empêcher de battre en retraite. Après quelques mots échangés avec le concierge, il la guida à travers une série de portes, dans un dédale de salons et de salles de jeu. Sienna n'avait jamais eu aussi peur de toute sa vie. Elle n'était ni une princesse, ni une séductrice. Habitée par la désagréable impression de nager en pleine imposture, elle pensait que tout le monde, forcément, s'en rendrait compte.

On les dévisageait avec une curiosité non déguisée. Sans la main de Sebastiano sur son coude, Sienna aurait pris ses jambes à son cou pour se sauver. Mais il l'emmenait toujours plus loin, en passant à côté de tables où se pressaient des joueurs riches et élégants. Les billes de roulette cliquetaient au milieu de murmures d'encouragement ou de déception, des créatures somptueuses se pavanaient au bras d'aventuriers en smoking et des serveurs en livrée passaient à pas feutrés en portant des plateaux de coupes de champagne.

Sienna inspira profondément en pénétrant dans un ascenseur décoré aux couleurs du casino, or, bleu marine et grenat.

— Vous vous en sortez bien, observa Sebastiano, comme s'il devinait ce qu'elle éprouvait.

Surprise par cet encouragement, elle l'interrogea du regard.

— Je me suis trompé sur votre compte, admit-il. Au début, je pensais que vous ne conveniez pas du tout.

— Et maintenant ?

— Vous êtes parfaite. Pour le prince et pour Montvelatte.

Elle s'enhardit à poser une autre question.

— Ma venue va-t-elle le mettre en colère ?

Sebastiano pencha la tête de côté avec un sourire.

— Il sera charmé. Et ravi.

L'ascenseur les déposa dans un couloir barré par de larges portes battantes qui s'ouvrirent à ce moment-là pour laisser passage à un petit groupe d'hommes qui discutaient avec animation.

Les voix se turent brusquement et tous les regards se portèrent sur elle. Rafe se trouvait au milieu du groupe, resplendissant dans un smoking qui accentuait sa haute taille et sa carrure imposante. Le frémissement familier que Sienna éprouvait à chaque fois qu'elle le voyait se teinta de peur.

L'enjeu était tellement important, tant de choses dépendaient de la manière dont il réagirait en la voyant…

La bouche sèche, elle l'observa anxieusement tandis qu'il plissait les yeux et s'approchait pour examiner sa tenue, depuis la pointe de ses escarpins jusqu'à l'épingle sertie d'une pierre précieuse qui soulignait la volute de son chignon. Un picotement courut sur sa peau comme s'il la touchait.

Enfin, Rafe demanda :

— Sebastiano, puis-je savoir ce que signifie tout cela ?

L'aide de camp toussota et répondit très bas, d'une voix à peine audible :

— *Signorina* Wainwright a manifesté le désir de vous accompagner au récital.

Comme Rafe continuait à la dévisager avec une expression indéchiffrable, Sienna s'écria, tout en se tournant à demi pour quémander le secours de Sebastiano :

— Je suis désolée… C'est moi qui ai eu l'idée. Je ne suis pas obligée de rester, je peux repartir tout de suite…

Mais, soudain, elle entendit Rafe soupirer. Il venait d'apercevoir le décolleté plongeant de sa robe. Une étincelle de passion s'était allumée dans ses yeux noirs, si vive que Sienna réprima un petit sourire triomphant.

Rafe s'adressa à son aide de camp.

— Merci, Sebastiano. Vous pouvez nous laisser.

Puis il glissa son bras sous celui de Sienna et interpella ses amis avec une aisance et un naturel qu'elle lui envia.

— Messieurs, je vous présente Sienna Wainwright qui me tiendra compagnie au cours de cette soirée.

Elle entendit des noms sans les retenir, pendant que chacun, dans le groupe, s'inclinait pour lui baiser la main. Elle avait l'impression de flotter sur un nuage. Elle sentait la main de Rafe posée dans son dos, sur sa peau nue, et ce simple contact attisait le désir qu'elle avait de lui.

On lui offrit une coupe de champagne et elle s'en saisit comme d'une bouée de sauvetage. Rafe occupait entièrement son esprit et elle avait du mal à penser à autre chose.

Finalement, on les conduisit dans la salle de concert où les centaines d'invités se levèrent pour les accueillir. À la vue de la jolie femme pendue au bras du prince, un murmure étonné parcourut l'assistance. Mais tout le monde se tut lorsque résonnèrent les premières mesures de l'hymne national.

Rafe se pencha à son oreille.

— C'est toi qui crées l'événement, ce soir, avec cette toilette étourdissante. Très osée, je dois dire.

— Tu m'en veux ?

Il la dévora des yeux, avec une telle intensité qu'elle fondit de plaisir. Puis il porta sa main gantée à ses lèvres pour y déposer un baiser fervent.

— J'ai simplement hâte que ce récital se termine pour me retrouver seul avec toi et te déshabiller.

Chapitre 10

Sienna réprima un cri de victoire. Son plan fonctionnait à merveille. Elle devait susciter le désir de Rafe si elle voulait que leur mariage soit autre chose qu'une formalité de circonstance. Mais, pour atteindre son but, il fallait aussi qu'elle garde le contrôle de ses propres réactions. Or, pour le moment, elle se sentait dépassée par des émotions qu'elle ne maîtrisait absolument pas.

Et cela lui plaisait.

Le récital lui parut interminable, ainsi que les échanges de civilités à la fin du concert et le trajet de retour jusqu'au *castello*. Mais, Dieu merci, le supplice touchait à sa fin…

Dès qu'ils se retrouvèrent seuls tous les deux, Rafe l'attira contre lui.

— Explique-moi ce qui t'a pris de t'habiller comme cela pour venir me rejoindre.

Sienna eut un mouvement de recul, mais il la retint fermement. Avait-il deviné que c'était une tentative désespérée pour se faire désirer ?

— Tu as sûrement quelque chose à me demander, reprit-il. En tout cas, tu étais irrésistible, dans cette tenue. Virginale et séductrice à la fois.

Elle réprima un soupir de soulagement. Il ne se doutait de rien. Il était sous l'emprise d'un violent désir, qu'elle essaierait d'utiliser à son avantage.

Elle se lova contre lui, surprise de la facilité avec laquelle elle jouait son rôle.

— Tu me délaisses depuis trop longtemps, murmura-t-elle d'une voix rauque. J'ai envie de toi. Fais-moi l'amour.

Quand un mélange de victoire et de désir brilla dans les yeux de Rafe, elle sut qu'elle avait trouvé les mots justes.

Elle n'eut pas longtemps à attendre.

Il prit ses lèvres dans un baiser ardent et la souleva dans ses bras pour la porter à l'étage comme si elle ne pesait pas plus lourd qu'une plume. C'est d'ailleurs exactement ce qu'elle ressentait, une légèreté extraordinaire. Sans souci ni tracas d'aucune sorte. Seul importait le désir incandescent, que, par chance, ils partageaient tous les deux.

— *Christo*, souffla-t-il. Tu me rends fou.

En arrivant dans la chambre, à peine la porte refermée, il retroussa sa robe. De son autre main, il déchira sans ménagement le bustier précieux pour libérer sa poitrine et embrasser ses seins, avidement.

Éperdue, Sienna se raccrocha à ses épaules puis tenta à son tour de lui arracher sa veste Elle voulait l'embrasser, encore et encore, le sentir en elle… Elle avait l'impression qu'elle n'en aurait jamais assez, qu'il ne parviendrait jamais à satisfaire son désir.

Il écarta ses cuisses avec un gémissement. Le contact de ses doigts sur sa peau porta à son point culminant l'embrasement de sa chair tandis que, les jambes tremblantes, elle s'affaissait contre la porte. Un vertige irrépressible la saisit. Dans la poitrine de Rafe, elle entendait en écho les battements précipités de son cœur, qui répondaient aux siens. Mais ce n'était pas encore assez. Elle voulait qu'il ait du plaisir, lui aussi.

Comme s'il lisait dans son esprit, il la souleva un peu. Avec des gestes sûrs, mais empreints de délicatesse, il la pénétra.

Ce fut un émerveillement absolu. Elle l'accueillit avec un bonheur inouï, avec l'impression que cet instant pourrait se prolonger indéfiniment. Que jamais elle ne se lasserait. Puis Rafe se mit à bouger, son souffle devint plus rauque, ses mouvements plus rapides et saccadés, leur union plus intense. Les ongles de Sienna s'enfoncèrent dans son dos. Son désir se fit plus pressant et urgent.

Brusquement, la jouissance les emporta en même temps. Quand le plaisir explosa, Rafe poussa un cri, tandis que des milliers d'étoiles éclataient comme un feu d'artifice sous les paupières closes de Sienna.

Il reprit conscience le premier. La respiration encore courte et irrégulière, il la porta jusque sur le lit et déposa des baisers sur son front et ses tempes. Puis il se redressa pour ôter ses chaussures et achever de se déshabiller.

Tout en recouvrant peu à peu ses esprits, Sienna le contemplait à la dérobée. Il possédait un corps magnifique et se mouvait souplement, avec une grâce de félin.

Soudain, elle se sentit angoissée. Quelque chose n'allait pas.

Physiquement, ils s'accordaient à merveille, cela ne faisait aucun doute. Et elle avait réussi à capter son désir. Le moment était venu, maintenant, de se dévoiler plus complètement, de révéler sa nature profonde, ses besoins et ses désirs, afin de faire naître une émotion plus durable.

Mais d'où surgissait ce curieux sentiment de malaise ?

— Qu'y a-t-il ? demanda Rafe.

— Rien, mentit-elle.

Elle s'assit et croisa les bras autour de ses jambes repliées, tout en continuant à fixer Rafe comme s'il l'hypnotisait. Il avait de très belles mains, avec des doigts incroyablement longs…

Il fronça les sourcils.

— Tu ne te sens pas bien ? Je ne t'ai pas fait mal, j'espère ? Je t'ai peut-être un peu brusquée…

Elle sursauta, déstabilisée par sa remarque.

— Non…

Puis elle se ressaisit.

— Tout va bien, ne t'inquiète pas.

— J'ai peur d'avoir été trop impatient. Je te promets de prendre mon temps, cette fois.

— Cette fois ? répéta-t-elle.

Il lui sourit.

— J'avais promis de te déshabiller. Ce n'est pas encore fait.

Sienna retint sa respiration lorsqu'il s'agenouilla sur le lit pour soulever délicatement sa cheville et ôter son escarpin qu'il jeta négligemment par terre. Puis il commença à masser tranquillement sa plante de pied, à travers le bas de soie. Elle poussa un gémissement.

Puis il fit subir le même traitement à son autre pied. C'était divin… Elle humecta nerveusement ses lèvres.

— Tu aimes ? demanda-t-il.

— C'est… très agréable.

Il parut déçu.

— Seulement agréable ? Alors que dis-tu de cela ?

Ses doigts remontèrent le long de son mollet, avec des mouvements circulaires, de plus en plus haut.

— C'est délicieux, murmura-t-elle. Mais je ne peux pas m'empêcher de me sentir… un peu trop habillée.

Il se mit à rire. L'instant d'après, il l'avait complètement dénudée, avec beaucoup de douceur et de délicatesse. Il ne lui restait que ses longs gants de satin, qu'elle commença à rouler pour les faire glisser, mais il arrêta son geste en les remettant en place.

— Non, garde-les, dit-il. Tu es très belle ainsi.

Elle avait très envie de le croire. Pourtant, son maquillage avait dû couler et des mèches folles s'échappaient de son chignon pour lui tomber dans le cou. Mais, sous la magie de ses caresses, elle s'imaginait pour de bon sous les traits de la séductrice qu'elle espérait être.

— Tu n'es pas fâché ? demanda-t-elle tandis qu'il l'installait sur l'oreiller et déposait des baisers sur son épaule.

— De quoi donc ?

— Que je sois venue te rejoindre au casino.

Il enfouit son visage contre sa poitrine avant de répondre.

— Est-ce que j'ai l'air en colère ?

Puis il prit la pointe de ses seins entre ses lèvres et elle s'arc-bouta contre lui.

— C'est un endroit magnifique, murmura-t-elle.

— Je me demande si je vais arriver à te faire taire, la taquina-t-il en accentuant ses caresses.

Elle se sentit défaillir sous la pression de sa bouche, mais ne perdit pas pour autant l'usage de la parole.

— D'après Sebastiano, le Grand Casino est l'orgueil de Montvelatte, le joyau de la couronne.

Rafe remonta vers ses lèvres qu'il écrasa dans un baiser.

— Sebastiano se trompe, déclara-t-il au moment où Sienna, étourdie, rouvrait les yeux. C'est toi, le joyau de la couronne.

Puis, lentement, il lui ôta ses gants de satin, qu'il jeta par terre. Et, quand enfin il la pénétra, Sienna eut l'impression qu'ils ne formaient plus qu'un, comme s'ils respiraient le même air, partageaient le même oxygène et se mouvaient dans un même rythme.

Elle enfouit ses mains dans les cheveux noirs de Rafe, tandis que ses jambes se nouaient sur ses reins pour l'attirer plus profondément en elle. Et, pendant tout ce temps, les paroles qu'il venait de prononcer résonnaient dans son esprit, renforçant la magie de l'instant et décuplant le plaisir de ses sensations.

Ils s'aimèrent plus lentement, avec moins de frénésie que la première fois, en prenant davantage le temps de se découvrir mutuellement. Quand vint l'extase, pour Sienna, ce fut avec un violent sentiment de plénitude qui la laissa encore plus confuse et perplexe.

— J'ai réussi à te faire taire, observa Rafe avec un sourire.

Plusieurs minutes passèrent, la respiration de Sienna se calmait un peu. Contrairement à son tumulte intérieur qui, loin de s'apaiser, continuait à grandir.

Elle n'avait pas prévu ce qui se passait en elle.

Rafe s'appuya sur un coude et, sans la quitter des yeux, remplit deux verres avec la carafe posée sur la table de chevet. Après ce moment de passion, c'était ridicule d'être intimidée par son regard. Mais Sienna se sentait un peu gênée.

Heureusement, elle oublia son embarras en acceptant le verre que Rafe lui tendait. Elle mourait de soif.

— Je vais demander à Sebastiano de me libérer de mes obligations pendant un jour ou deux, dit-il.

Elle cilla des paupières, partagée entre l'espoir et la suspicion.

— Pourquoi ?

— J'ai trop travaillé, ces temps derniers. Et nous avons beaucoup de temps perdu à rattraper, tous les deux.

Il se dirigea vers le dressing, parfaitement à l'aise dans sa nudité, et Sienna contempla son corps sculptural avec la sensation qu'elle ne s'en lasserait jamais. Ses muscles jouaient sous sa peau avec la perfection d'un marbre antique.

Il enfila un peignoir blanc et lui en tendit un autre.

— Une fois que le mariage sera annoncé, nous ne pourrons plus aller nulle part sans être poursuivis par une meute de journalistes, reprit-il. Et il y a tant d'endroits, sur l'île, que j'aimerais te montrer. Le sud, par exemple. Nous pourrions aussi faire un tour en bateau du côté de la pyramide d'Iseo, pour la voir de près. Qu'en dis-tu ?

— Cela me ferait plaisir, admit-elle en n'osant pas se réjouir trop vite.

— J'appelle Sebastiano et je te rejoins sous la douche.

Sienna se remémora une autre nuit, la première, où il n'avait pas tenu sa promesse… Mais le feu qui couvait aujourd'hui dans son regard la rassurait.

— *Dio* ! s'écria-t-il. Comment fais-tu pour m'ensorceler ? J'ai bien fait de m'armer de patience. Je savais que tu finirais par venir à moi.

— Vraiment ?

— Oui. Mais j'aurais dû insister, la première nuit que tu as passée ici.

— Tu as essayé, mais je ne t'ai pas laissé faire, remarqua-t-elle.

— C'était pourtant inévitable, déclara-t-il. Aussi inévitable que le lever du soleil tous les matins.

Sienna se crispa. Elle devait rester sur ses gardes et ne pas perdre de vue le but qu'elle s'était fixé. Puisque ce mariage aurait lieu de toute façon, il fallait mettre tous les atouts de son côté.

— Tu as l'air bien sûr de toi, observa-t-elle.

— Oui. Autant que je suis sûr de toi.

« Ne compte pas trop là-dessus », songea-t-elle en se dirigeant vers la salle de bains pour le laisser téléphoner.

Chapitre 11

Comment Rafe s'y prit-il pour convaincre Sebastiano d'annuler ses rendez-vous ? Sienna ne le sut pas, mais en tout cas il y parvint. Et ce fut le paradis.

Rafe avait décapoté l'Alfa Romeo pour descendre au port, jusqu'à l'endroit où son yacht était amarré. Plus un palais flottant qu'un bateau ! se dit Sienna en faisant le tour du propriétaire. Dans la cabine du maître de bord, rehaussée d'or et d'acajou, elle se surprit à s'imaginer bercée par la houle dans les bras de Rafe. Elle n'avait encore jamais fait l'amour en mer…

À présent, allongée sur le pont avec les embruns salés fouettant son visage, tandis que l'embarcation fendait les flots, elle contemplait son capitaine. Les cheveux au vent, en short et pieds nus dans ses mocassins, il souriait d'un air ravi. Jamais elle ne l'avait vu aussi détendu.

Elle le rejoignit à la barre et il passa un bras autour de ses épaules. Pointant l'index sur les sites intéressants et les villages le long de la côte, il les nomma avant de lui faire répéter les noms, s'amusant de son accent. De temps à autre, on les hélait d'un bateau et il agitait la main pour saluer ceux qui reconnaissaient le tout nouveau prince de Montvelatte.

La nuit précédente avait été longue, épuisante. Pourtant, Sienna avait hâte de voir le soleil se coucher pour se retrouver au lit avec son merveilleux amant. Le seul fait d'y penser lui donnait des picotements au creux du ventre. Dire qu'à son arrivée elle avait refusé énergiquement ses avances… En jurant ses grands dieux qu'il ne parviendrait jamais à ses fins ! Elle avait bien changé depuis.

Pourquoi aurait-elle boudé son plaisir ? Elle aimait faire l'amour, tout comme lui. C'était purement physique, d'ailleurs. Et une manière d'arriver à ses fins.

Sienna leva les yeux sur le profil parfait qui se découpait sur l'azur en contre-jour. Comme il était beau ! Subitement, une peur irraisonnée s'empara d'elle. C'était un prince qui traitait d'égal à égal avec les grands de ce monde. Pourquoi l'aurait-il aimée ? Qu'avait-elle à lui offrir en échange ?

Elle était déjà sa maîtresse, et elle portait ses enfants. Qu'aurait-il voulu de plus ?

— Tu es contente ?

La chaleur de son sourire la réconforta.

— Oui, c'est merveilleux, répondit-elle.

Oui, quoi qu'il advienne, elle se souviendrait toute sa vie de ces instants extraordinaires.

Le yacht faisait cap sur la pyramide d'Iseo qui se dressait à l'assaut du ciel, avec ses nuées d'oiseaux qui tournoyaient sans cesse à son sommet. Les parois rocheuses semblaient grandir et s'escarper au fur et à mesure qu'ils approchaient. Il faisait très beau, la mer était sans vagues ; le skipper coupa les moteurs pour dériver tranquillement et les laisser admirer le paysage majestueux. Les parois volcaniques, presque noires, s'enfonçaient dans la mer comme des lames de rasoir. Les vagues se fracassaient contre les brisants, inlassablement. C'était d'une beauté à couper le souffle.

— Nous ne pouvons pas nous approcher davantage, expliqua Rafe.

On ralluma les moteurs. Sienna se pencha par-dessus bord. Les récifs n'étaient pas loin sous la surface. Elle comprenait pourquoi le passage pouvait se révéler cauchemardesque sous la tempête et parfois meurtrier. D'ailleurs, même sous un soleil radieux, la pyramide d'Iseo jetait une ombre lourde de menaces.

Elle scruta la montagne en essayant d'imaginer quelle forme avait pu frapper l'imagination d'Iseo en cette nuit de naufrage.

— Où se terre la Bête d'Iseo pendant le jour, quand elle n'a pas de pauvres marins à se mettre sous la dent ?

— Elle dort dans les profondeurs de la mer, en se nourrissant de restes d'épaves.

— Il ne doit plus y avoir beaucoup de naufrages, depuis qu'on a décrété l'embargo par les nuits sans lune.

Rafe esquissa un sourire amusé.

— Je n'y avais jamais pensé mais… Il serait peut-être sage de lui offrir une victime en sacrifice de temps à autre pour s'attirer ses bonnes grâces. Sinon, la Bête risque de déchaîner sa fureur un jour prochain.

— Une jeune vierge alors, suggéra Sienna. De cette façon, je n'ai rien à craindre.

Rafe éclata de rire.

Pourquoi ces instants de paix et de bonheur ne pouvaient-ils durer éternellement ? s'interrogea Sienna avec mélancolie. Rafe se sentait forcément bien avec elle, puisqu'il s'était libéré pour lui consacrer un peu de son précieux temps. Et il ne s'agissait pas uniquement de plaisir physique. Sinon, ils seraient restés au *castello* au lieu de partir en croisière.

Peu après, le vent se leva et la radio annonça un orage, alors qu'ils reprenaient le chemin du retour. Pourtant il n'y avait pas un nuage dans le ciel. L'immense étendue de la mer rappelait à Sienna les années qu'elle avait passées en Australie avec sa mère, avec ces paysages de bush qui n'en finissaient pas et semblaient faire reculer l'horizon. Elle aimait cette impression d'espace, elle qui, enfant, avait tant souffert d'être enfermée à l'étroit dans une cabine de voilier amarré au port. Elle retrouvait à Montvelatte, cette petite île perdue en Méditerranée, la sensation d'infini qu'elle adorait quand elle était aux commandes d'un avion.

Une bourrasque la déséquilibra, ébouriffant ses cheveux qu'elle essaya de rassembler en queue-de-cheval. Mais Rafe captura ses mains dans l'une des siennes et se pencha pour déposer un baiser sur son front.

— Laisse tes cheveux défaits. J'adore tes boucles folles.

Puis il lui prit le menton pour incliner son visage vers le sien et leurs lèvres se joignirent, avec les mèches désordonnées qui dansaient autour d'eux comme un halo d'or. Alors, Sienna comprit.

« Non ! s'écria-t-elle en se recroquevillant sous l'effet d'une peur panique. Non, pas ça ! »

Mais, tandis qu'elle succombait au baiser de Rafe, la vérité qu'elle s'efforçait de repousser s'épanouit en son cœur comme une fleur, remplissant l'impression de vide qui la rongeait depuis quelque temps.

Elle l'aimait.

Sous le choc, elle se dégagea en prétextant un léger mal de mer. D'ailleurs, elle commençait à éprouver véritablement une impression nauséeuse…

Ce n'était pas possible. Elle ne pouvait pas être amoureuse de lui.

Elle s'accrocha au bastingage avec la sensation que tout chavirait autour d'elle. Une espèce de terreur l'envahissait.

Comment cela avait-il pu arriver à son insu ?

Et pourtant, à Paris déjà, après une nuit d'amour étourdissante, elle s'était dit que Rafe était un homme dangereux. Il avait tout pour lui, tout pour qu'une femme un peu trop fragile ou vulnérable tombe éperdument amoureuse.

Mais il l'avait congédiée. Et c'est seulement parce qu'elle était enceinte qu'il était question entre eux de relation durable. Comment pouvait-elle aimer un homme qui la traitait de cette façon ?

Malgré tout, c'est bien ce qui se produisait. Elle s'était

laissé séduire comme une ingénue, alors qu'elle avait toutes sortes de bonnes raisons pour le haïr. Il se comportait en tyran, décidant autoritairement de l'épouser, fixant la date du mariage sans même se soucier de la consulter. En dépit de tout, elle l'aimait et avait besoin de lui. À son côté. Dans son lit. Elle était éperdue de désir.

C'était la vraie raison qui l'avait poussée à s'enfuir de Montvelatte, tout au début. Pas simplement parce qu'elle était en colère. Mais parce qu'elle savait, dès le premier instant où elle avait posé le pied sur l'île, qu'un geste de lui, un regard pouvaient la perdre. Elle voulait se sauver parce qu'il était dangereux.

Et elle était restée exactement pour les mêmes raisons. En dépit de tout, il détenait une sorte de pouvoir magique qui la maintenait à sa merci. Une attirance physique mystérieuse et souveraine.

Ce n'était pas du tout ainsi qu'elle avait envisagé la situation. Elle voulait le rendre amoureux, mais certainement pas l'aimer si ses sentiments n'étaient pas réciproques…

Sienna avala de grandes goulées d'air pour tenter de maîtriser sa nausée grandissante. Des souvenirs importuns affleurèrent brusquement à sa mémoire. Elle revoyait sa mère, le visage ruisselant de larmes, qui adjurait son père de rester à la maison, de ne pas sortir en les abandonnant toutes les deux. Elle le suppliait d'une voix entrecoupée de sanglots en lui disant qu'elle l'aimait.

Son père l'avait insultée en hurlant qu'il se moquait d'elle. Il ne l'avait jamais aimée. Il ne l'avait épousée qu'à cause du bébé qu'elle avait été bien stupide de garder. Si elle avait eu une once de bon sens, elle aurait avorté. Puis la porte avait claqué.

Il n'était pas rentré, cette nuit-là. Ni la suivante. Sienna s'inquiétait pour la santé chancelante de sa mère, de plus en plus dépressive. Elle savait depuis longtemps ce qu'il en était de sa naissance. Maintenant qu'elle avait atteint l'adolescence, elle avait décidé de partir. Elle se sentait trop coupable d'avoir gâché l'existence de cet homme et de cette femme. Son père reviendrait peut-être s'il apprenait qu'elle n'était plus là… Tout était sa faute.

Une semaine plus tard, elle avait appris par des ragots que son père s'était installé chez la tenancière du bar où il passait le plus clair de ses soirées.

Dans le microcosme de la marina de Gibraltar, l'affaire avait fait scandale…

Brusquement, le yacht piqua du nez dans un creux, et Sienna, moite de transpiration, décomposée, porta la main à sa bouche. Rafe, qui était descendu chercher de l'eau, remonta à ce moment-là et cria pour qu'on coupe les moteurs. Elle but son verre d'un trait et s'assit, toute tremblante. Elle détestait se montrer dans cet état de faiblesse. Heureusement, maintenant que le bateau était à l'arrêt, le tangage et le roulis se faisaient moins violents.

— Je vais contacter le médecin, dit Rafe. Il t'examinera dès que nous serons rentrés.

— Ce n'est pas la peine !

— Pourquoi ? Il vaut mieux consulter, si tu ne te sens pas bien.

— Rassure-toi, tes précieux héritiers se portent bien ! lança-t-elle avec une hargne qui la surprit elle-même.

Un lourd silence tomba.

— Que se passe-t-il ? demanda Rafe au bout d'un moment, déconcerté.

— Inutile de faire semblant de t'inquiéter pour moi ! Tout ce qui t'intéresse, ce sont les enfants que je porte.

— Tu dis n'importe quoi.

D'un geste, il demanda au skipper de redémarrer pour rentrer au port.

— Je ne comprends pas pourquoi tu es si fâchée, tout à coup.

— Ah bon ? Aurais-tu envisagé de m'épouser si je n'étais enceinte ?

— Cela te pose un problème ?

Il posa une main sur son épaule, mais elle recula comme si son contact la brûlait.

— Oui, cela me pose un problème. Sans ces bébés, il n'aurait jamais été question de mariage. Tu m'aurais laissée repartir depuis longtemps.

Solidement campé sur le pont, les jambes écartées, Rafe passa une main dans ses cheveux. Il était manifestement très irrité et à bout de patience.

— Nous avons déjà longuement discuté de tout cela. Nous savons tous les deux pourquoi nous nous marions. Mais ce n'est pas une raison pour ne pas nous sentir bien ensemble.

— Au lit, oui ! Mais on ne se fonde pas là-dessus pour se marier.

— Je ne suis pas d'accord. Une bonne entente sexuelle est plus que n'ont beaucoup de gens.

— Et moins que d'autres.

— Cela me suffit.

Elle éclata d'un rire amer.

— Je savais que tu dirais cela. Et que se passera-t-il quand nous n'aurons plus envie de faire l'amour ensemble ? Quand nous nous serons lassés l'un de l'autre ?

Il fronça les sourcils.

— Nous ferons chambre à part, si c'est ce que tu veux entendre. Que cherches-tu ? Qu'essaies-tu de prouver ?

Les yeux fixés sur l'horizon, Sienna secoua la tête.

— Je ne veux pas de ce mariage. Je refuse d'être cantonnée à un rôle de génitrice.

— Pas de mélodrame, s'il te plaît !

— Pourtant, c'est bien de cela qu'il s'agit.

Elle posa une main sur son ventre en poursuivant :

— Si les bébés qui sont là se révèlent être des filles, cela ne résoudra pas ton problème, n'est-ce pas ? Tu as besoin d'un fils pour te succéder sur le trône de Montvelatte.

— Ce sera des garçons, j'en suis sûr.

— Pour le moment, on ne peut pas savoir. Et si tu te trompes… Je devrai mettre d'autres bébés au monde, jusqu'à ce qu'il y ait un garçon. Ou deux, on ne sait jamais. Combien de fois serai-je obligée de partager ton lit pour…

— Assez ! la coupa-t-il brutalement. Tu ne me feras jamais croire que tu n'y prends pas plaisir. *Dio* ! Qui s'est habillée comme une call-girl pour parader devant la haute société de Montvelatte ?

Sienna le gifla de toutes ses forces.

— Je t'interdis de m'insulter !

Rafe leva la main pour se masser doucement la joue.

— J'essaie seulement d'arranger les choses, en t'épousant, dit-il.

— Non, tu profites de la situation !

— En tout cas, c'est mieux que de l'ignorer ! Quand te résoudras-tu à voir les choses en face, Sienna ? Tu es enceinte de jumeaux. Quelle alternative as-tu ?

— Je ne sais pas. Mais tu aurais peut-être pu me demander mon avis, au lieu de m'imposer ce mariage.

— Tu aurais dit oui ?

— Certainement pas ! Tu n'avais aucune chance.

Une lueur froide, métallique, brilla au fond des yeux de Rafe.

— Dans ce cas, j'ai bien fait de ne pas te le demander.

Chapitre 12

Le skipper ralentit l'allure en rentrant dans le port et Rafe se tint à la proue pendant la manœuvre d'amarrage. Sebastiano les attendait sur le ponton. Dès qu'il les aperçut, il fronça ses épais sourcils broussailleux.

— Qu'y a-t-il ? questionna sèchement Rafe.

— La princesse Marietta est arrivée au *castello.*

— Déjà ?

Rafe sauta à quai en ajoutant :

— Je prends l'Alfa pour rentrer plus vite. Sebastiano, occupez-vous de *signorina* Wainwright, elle ne se sent pas très bien.

Après son départ, Sebastiano aida Sienna à descendre sur la terre ferme.

— Quelque chose ne va pas, *signorina* Wainwright ?

— Tout va bien, répondit-elle. Rafe s'inquiète beaucoup trop.

— Le prince n'a pas vu sa sœur depuis des années. Ils ont beaucoup de choses à se dire.

— Marietta a bien de la chance, commenta Sienna.

Au moins, il avait essayé. Il avait annulé tous ses rendez-vous pour l'emmener en croisière autour de l'île. Il lui avait montré les sites enchanteurs le long de la côte, en lui apprenant le nom des villages…

Rafe négocia un peu trop vite un virage en épingle à cheveux, les pneus crissèrent et il donna un coup de poing sur le volant. Oui, il avait fait tout ce qu'il pouvait. Pourtant, Sienna regimbait en l'accusant de tous les maux et se débattait contre l'inéluctable comme un agneau innocent qu'on mène à l'abattoir.

Christo ! Où était le problème ?

La veille, c'était elle qui était venue le chercher, le provoquant telle une sirène au charme ensorceleur. N'avait-il pas répondu à son attente ? Elle semblait tout à fait satisfaite de leur arrangement. Qu'est-ce qui avait changé entre hier et aujourd'hui ?

L'Alfa Romeo se propulsa sans effort au sommet de la falaise escarpée sur laquelle se dressait la masse imposante du *castello*. Sienna avait peut-être raison. Leur mariage était voué à l'échec si elle pouvait passer ainsi d'un extrême à l'autre en l'espace de vingt-quatre heures. Il ne s'expliquait pas ses sautes d'humeur.

Peut-être serait-il mieux avec une femme plus douce, plus souple. Peut-être aussi que la grossesse de Sienna la rendait nerveuse.

De toute façon, il n'avait pas envie de chercher une autre femme. Et cela n'aurait eu aucun sens puisqu'elle était enceinte de lui. Des jumeaux… Quoi qu'elle en dise, il était sûr d'avoir au moins un fils. Sa succession serait donc assurée, ainsi que l'avenir de la principauté.

Tout était pour le mieux. De quoi se plaignait-elle ?

Dès que Rafe se gara, sa sœur dévala l'escalier du perron à sa rencontre en poussant des hurlements de joie. Comme elle avait changé ! Elle était devenue superbe, ressemblant étonnamment à leur mère quand elle était jeune. Marietta avait hérité de la blondeur maternelle, alors que lui avait le teint mat des Méditerranéens.

À quand remontait leur dernière rencontre ? Il n'osait même pas se le demander.

— Rafe ! s'écria Marietta en se jetant dans ses bras. Comme j'ai regretté de manquer les cérémonies de l'intronisation !

Elle avait maintenant l'accent néo-zélandais, mais il reconnaissait bien la spontanéité de sa petite sœur.

— Tu n'as rien raté, répondit-il avec une grimace. C'était ennuyeux au possible. Mais tu es en avance ! Tu devais arriver juste pour le mariage.

— J'ai décidé de prendre des vacances bien méritées. Tu ne m'en veux pas, j'espère ? Cela me fait tellement plaisir de te revoir !

Elle l'embrassa sur les deux joues et se recula pour le considérer avec une pointe de malice.

— Comment dois-je t'appeler ? Prince ? Votre Majesté ?

Il éclata de rire et la fit tournoyer devant lui avant de l'embrasser à son tour.

— Toi aussi, tu es une vraie princesse, maintenant.

Elle eut un sourire éblouissant, probablement le même qui avait valu à leur mère d'être remarquée par leur père… avant d'être envoyée en exil quelques années plus tard. Le cœur de Rafe se serra à cette pensée. Sa mère n'avait pas été heureuse très longtemps dans ce palais. Elle avait aimé un homme qui cherchait seulement à se consoler de la mort de sa femme. Et elle avait donné le jour à deux enfants illégitimes…

La voix de sa sœur le tira de ses réflexions mélancoliques.

— J'ai déjà fait le tour du château. En fait, je le connaissais déjà par les photos et par les souvenirs de maman.

Rafe la conduisit dans la bibliothèque où on leur servit le thé.

— Je ne suis pas encore remise de ce qui est arrivé à notre père, lui confia Marietta. Il n'a jamais éprouvé de tendresse pour nous, mais il aimait ses deux fils. Comment ont-ils pu commettre un acte pareil…

Elle s'interrompit avant de demander :

— Les as-tu revus, Carlo et Roberto ?

Rafe étendit ses longues jambes devant lui.

— Je leur ai rendu visite en prison. Une fois.

— Et… ?

Il ne savait même pas pourquoi il avait pris cette peine. Sans doute pour parler avec eux, essayer de comprendre leur geste… À leur habitude, ils l'avaient écrasé de leur haine et de leur mépris. Comme par le passé, quand ils lui faisaient sentir son infériorité devant eux, les enfants légitimes.

Il secoua la tête.

— Il n'y a rien de changé…

Elle lui adressa un sourire tendre.

— Parlons plutôt du présent, eu lieu de ressasser les vieilles histoires. Alors, tu te maries ! Quelle nouvelle !

— Il est grand temps, non ? J'ai trente-trois ans.

— Sauf que tu n'as jamais eu l'intention de fonder une famille.

Rafe jeta un coup d'œil à sa montre. Pourquoi Sienna et Sebastiano n'étaient-ils pas rentrés ?

— Où est-elle ?

— Qui ?

— Ta fiancée.

— Oh… Elle ne va pas tarder. Accepterais-tu d'être demoiselle d'honneur ? Finalement, tu as bien fait d'arriver un peu plus tôt.

— Évidemment. Y aura-t-il des gens que je connais ?

— Seulement Yannis. Je lui ai demandé d'être mon témoin, bien sûr.

Une ombre voila un instant le regard de sa sœur, puis elle eut de nouveau un de ses sourires irrésistibles.

— Bien sûr. Alors, parle-moi d'elle. C'est tellement étonnant de ta part ! Toi qui n'es jamais resté plus d'un mois avec la même femme, il me semble. Elle doit être formidable.

— Oui, acquiesça-t-il, un peu surpris.

— Elle est jolie ?

Il tambourina des doigts sur l'accoudoir de son fauteuil,

des fourmis dans les jambes. Soudain, il ne tenait pas en place. Était-elle jolie ? Le visage de Sienna flotta un instant devant ses yeux, avec ses boucles rebelles dont le bel or cuivré rehaussait la transparence de son teint. *Dio*, elle n'était pas simplement jolie, elle était d'une beauté à couper le souffle !

— Elle sera une première dame parfaite pour Montvelatte, déclara-t-il en se rendant compte immédiatement combien ses mots paraissaient gauches.

Marietta le considéra en battant des cils.

— Mais tu l'aimes, j'espère ?

Elle avait tout gâché. Détruit la complicité naissante qui s'installait entre Rafe et elle. Soudain, elle avait pris conscience de la vanité des efforts qu'elle déployait pour le rendre amoureux d'elle. Et depuis elle rêvait de disparaître dans les profondeurs de la mer. Pour toujours.

Mais il n'y avait pas d'issue. Rien ni personne ne changerait la terrible vérité. Elle était amoureuse de Rafe Lombardi. Le prince Lombardi.

Elle aurait beau lutter contre ses sentiments, rien n'y ferait.

Sebastiano respecta son besoin de silence. Il conduisit doucement jusqu'au *castello*, dans la semi-obscurité du crépuscule. Cette pénombre seyait bien à ce que Sienna ressentait. Un avenir en demi-teinte semblait désormais s'offrir à elle. Avec la perspective d'un amour qui ne serait sans doute jamais payé de retour…

En arrivant, elle remarqua tout de suite l'hélicoptère aux couleurs de son ancienne compagnie aérienne, et la douleur se raviva aussitôt en elle. Comme les choses avaient changé pour elle…

— Qui est le pilote ? Où est-il ? demanda-t-elle avec empressement.

— Je vais me renseigner, promit Sebastiano. En attendant, rejoignez le prince. Il vous attend avec sa sœur.

Sienna hésita une fraction de seconde, les yeux fixés sur l'horizon qui se chargeait de gros nuages gris. Finalement, la météo ne s'était pas trompée : un orage se préparait.

Elle emboîta le pas à Sebastiano, puis se dirigea vers la bibliothèque, où s'élevait l'écho d'une conversation. Au moment d'entrer, Sienna s'immobilisa sur le seuil en entendant la question de Marietta à son frère :

— Mais tu l'aimes, j'espère ?

Elle retint son souffle dans l'attente de la réponse de Rafe.

— T'ai-je dit qu'elle était enceinte ? dit enfin celui-ci, au bout d'un silence interminable.

Quelle façon d'éluder la question…

Les yeux fermés et les poings serrés, Sienna entendit les félicitations émues de Marietta. Mais elle ne pouvait pas continuer à écouter aux portes indéfiniment… Il fallait entrer pour faire la connaissance de la sœur de Rafe, comme si tout allait pour le mieux dans le meilleur des mondes.

Sauf que tout allait mal. Cette journée qui avait si bien commencé virait à la catastrophe. Elle n'avait plus grand-chose à espérer.

Non, impossible, comprit-elle. Elle ne pouvait pas rencontrer Marietta et prendre un air radieux.

Aussi doucement qu'elle était arrivée, elle tourna les talons et se dirigea vers l'escalier.

— Eh bien, mon cher frère, tu n'as pas vraiment répondu à ma question. Est-ce que tu l'aimes ?

Sa sœur n'avait pas changé. Rafe avait habilement changé de sujet, mais elle s'obstinait. Il se leva pour regarder par la fenêtre. Le ciel s'était obscurci. Puis il remarqua la voiture garée à côté de la sienne. Sebastiano et Sienna étaient enfin rentrés.

Où était-elle ?

Il se tourna vers sa sœur.

— Tu seras toujours incorrigiblement romantique, Marietta.

— Et toi épouvantablement cynique.

— J'ai de bonnes raisons de l'être !

Elle le rejoignit pour glisser un bras sous le sien.

— Rafe, ce qui s'est passé pour maman ne se répétera pas forcément.

— Cela ne risque pas. J'ai pris mes précautions. Sienna fera une épouse parfaite.

« Une fois qu'elle aura recouvré son équilibre émotionnel… »

— Sans amour ?

— Nous nous entendons bien.

— Donc, reprit Marietta, tu t'apprêtes à épouser une femme enceinte de jumeaux, mais tu n'es pas amoureux ?

— C'est mieux ainsi, plus facile, commenta-t-il en jetant un coup d'œil à la pyramide d'Iseo.

Les habituelles nuées d'oiseaux avaient déserté son sommet, comme s'ils redoutaient la tempête qui s'annonçait.

— Même pour elle ?

— Elle réalise le rêve de toutes les petites filles, devenir une vraie princesse.

Marietta hocha la tête.

— Cela lui suffit ?

— Sans doute.

— Elle n'est pas amoureuse, elle ?

— Bien sûr que non !

Il secoua la tête avec irritation. Non seulement Sienna ne l'aimait pas, mais, après les horreurs qu'il lui avait dites aujourd'hui, il aurait de la chance si elle consentait à lui adresser de nouveau la parole.

— Encore heureux, commenta Marietta.

— Que veux-tu dire ?

— Mon cher frère, je te rappelle que notre mère adorait notre père. Elle a souffert toute sa vie parce que ce n'était pas réciproque. Elle est morte dans la solitude, rongée par l'amertume. Je ne souhaite pas le même sort à cette femme.

Rafe dut faire un effort pour articuler sa réponse.

— Il n'y a rien à craindre.

Il trouva Sienna dans sa chambre. Elle s'était douchée et sentait délicieusement bon, comme un matin frais après une pluie d'été. Elle était si belle qu'il en eut le cœur serré, inexplicablement.

— Marietta espérait faire ta connaissance, dit-il.

Elle avait l'air lointaine. Sans doute était-elle encore contrariée après la scène du bateau.

— Je suis désolée. J'avais besoin de me rafraîchir un peu.

Il hocha la tête en l'observant à la dérobée.

— Elle dînera avec nous, reprit-il.

— Parfait.

— Sienna…

— Oui ?

— Je regrette de t'avoir dit certaines choses, sur le bateau…

— Ah.

— J'étais en colère.

— Ce n'est pas une excuse. Les hommes ont toujours tous les droits et peuvent tout se permettre. Mais dès qu'une femme exprime son désir, elle encourt l'opprobre et la réprobation. Cela ne me semble pas très normal.

— Je suis désolé. J'ai eu tort.

— Oui. Maintenant, laisse-moi, s'il te plaît.

— Où vas-tu ? l'interrogea-t-il comme elle se dirigeait vers la porte.

— Me promener. J'ai besoin de me changer les idées.

— Le vent se lève. Nc t'approche pas de la falaise.

— Ne t'inquiète pas.

— Sienna…

Elle se retourna sur le seuil.

— Il y a autre chose ?

— Marietta s'inquiète pour toi.

Comme elle fronçait les sourcils, il ajouta :
— Il faut que je te parle.
— De quoi ?
— De nous.
Elle referma la porte et s'approcha pour se planter devant lui, les bras croisés.
— Je t'écoute.
— Notre mariage ne sera pas tout à fait comme les autres.
Elle émit un rire bref.
— Merci, je l'avais compris ! Mais pourquoi Marietta s'inquiéterait-elle pour moi alors qu'elle ne me connaît pas ?
— À cause de ce qui est arrivé à notre mère. Il y a très longtemps.
Il marqua une pause.
Sienna attendait qu'il continue, partagée entre l'envie de fuir pour se protéger et la curiosité. Rafe allait-il enfin affronter ses peurs et ses inhibitions, lui ouvrir son cœur en lui parlant de son enfance et de sa famille ? Marietta lui avait-elle ouvert les yeux ?
— La première femme de mon père est morte subitement, commença-t-il. En le laissant seul avec deux jeunes fils à élever.
— Carlo et Roberto, dit-elle d'une voix douce.
Il hocha la tête.
— Il a d'abord été terrassé par la douleur et le chagrin, incapable de faire face à ses responsabilités de père. C'est pour cela qu'il a engagé une gouvernante pour aider la nurse à s'occuper des enfants. La gouvernante, c'était ma mère. Elle était très belle et on la remarquait tout de suite à cause de sa blondeur. Tu comprendras quand tu verras Marietta qui lui ressemble beaucoup. Mon père, inconsolable, pleurait encore la mort de sa femme, mais, dans sa détresse, il est tombé sous le charme de ma mère, qui elle-même était très jeune et s'est laissé séduire. Elle en a vite été très amoureuse… Quand elle a été enceinte, il l'a installée en

dehors du château, mais en continuant à la voir. Ma mère pensait qu'il finirait par l'épouser. Mais elle est de nouveau tombée enceinte. Entre-temps, mon père s'était trouvé une autre maîtresse, plus jeune et sans enfants. Ma mère a failli sombrer dans le désespoir… Il l'a envoyée en exil, en lui offrant une pension à condition qu'elle ne revienne jamais sur l'île.

La pendule qui était sur le manteau de la cheminée égrena des secondes interminables. On n'entendait plus que le vent qui mugissait au-dehors.

— Pourquoi me racontes-tu tout cela ? interrogea Sienna au bout de ce qui lui parut une éternité.

— Pour que tu aies conscience des risques que tu cours.

— Quels risques ? Je ne comprends pas ce que j'ai à voir avec ta mère.

Les yeux de Rafe s'assombrirent dangereusement.

— Elle est tombée amoureuse d'un homme qui était incapable de l'aimer. Je te mets en garde pour qu'il ne t'arrive pas la même chose.

Chapitre 13

Dehors, une persienne claqua contre le mur. Mais, dans la chambre, on n'entendait plus rien. Le sang de Sienna s'était figé dans ses veines et il lui semblait que son cœur avait arrêté de battre.

— Tu me demandes de garder mes distances ?

— Oui.

— Parce que tu ne m'aimes pas ?

— Parce que je ne *peux* pas t'aimer. Je suis incapable d'aimer quelqu'un.

Sienna perdit pied, comme si elle s'enfonçait dans des sables mouvants. C'était trop injuste !

— Tu n'en sais rien, protesta-t-elle.

— Je sais ce que ma mère a enduré. Je ne te placerai jamais dans la même situation.

— Si je comprends bien, nous pouvons nous marier mais pas nous aimer ?

— Absolument. Cela ne nous empêchera pas d'avoir une vie commune agréable. Bien au contraire.

Elle recula d'un pas. Le destin de sa propre mère, qu'elle refusait de toutes ses forces, serait pourtant le sien si elle épousait Rafe. Elle aurait beau se battre pour conquérir son amour, c'était peine perdue. Il avait déjà pris sa décision et lui avait fermé son cœur.

— Non, murmura-t-elle.

Il plissa les yeux.

— Comment cela, non ? demanda-t-il d'une voix où perçait soudain l'inquiétude.

— Je ne me marierai pas avec toi dans ces conditions. Je n'épouserai jamais un homme qui ne m'aime pas. Tu ne vois donc pas que ma mère était comme la tienne ? Elle aimait mon père et il s'est servi de cet amour pour la briser. Rien, pas même l'enfant qu'ils avaient conçu ensemble, n'a pu les rapprocher. Il y a des années, je me suis promis que, si un jour je me retrouvais enceinte, je ne me marierais jamais par obligation avec le père de l'enfant, et encore moins sans l'amour de cet homme.

Sienna le fixa intensément, comme pour graver à tout jamais son visage dans sa mémoire, dans le moindre détail. Car c'était peut-être la dernière fois qu'elle le voyait de si près…

— Je commençais tout juste à espérer, à y croire, reprit-elle tristement. Malheureusement non, ce n'est pas possible.

Elle jeta un coup d'œil à sa montre. L'hélicoptère avait sans doute décollé. De toute façon, elle aurait été bien incapable de bavarder avec son ancien collègue comme si de rien n'était. Elle voulait juste trouver un endroit isolé pour pleurer en paix.

Elle ouvrit la porte.

— Ma seule consolation, ajouta-t-elle, c'est d'avoir eu cette conversation à temps.

Rafe referma violemment la porte et se tint devant pour l'empêcher de sortir.

— Tu dis n'importe quoi !

Elle le considéra avec une immense lassitude. N'avait-il pas encore compris ?

— Sur quel ton faut-il te le dire, Rafe ? Je ne me plierai pas à cette farce. Bébés ou pas. Je ne resterai pas avec un homme qui ne m'aime pas. Je ne revivrai pas les épreuves que ma mère a endurées.

— Personne ne t'y oblige, répondit-il avec une insistance

déconcertante. Ta mère était amoureuse. Notre situation est différente.

Quelle ironie ! Elle se mit à rire alors que des larmes amères lui montaient aux yeux.

— Il est déjà trop tard. Parce que je... je t'aime.

Rafe était stupéfait. Elle ne parlait pas sérieusement ! Ce n'était pas possible... *Dio !* Il porta les mains à ses tempes, dans un geste de désespoir. C'était la pire chose qui puisse arriver.

— Je ne te crois pas.

« Je ne veux pas te croire », corrigea-t-il mentalement.

— Je m'en moque, répliqua Sienna.

Atterré, Rafe ne trouva rien à répondre. Il avait seulement conscience qu'une chose effroyable était en train de se produire. Ce mariage qui lui avait paru si commode lui échappait et se transformait en désastre.

Un désastre qu'il essayait d'éviter depuis son enfance.

« Ne gâche jamais ta vie pour l'amour de quelqu'un. Ne donne ton cœur à personne... »

Il avait suivi scrupuleusement le conseil de sa mère. Mais Sienna venait tout compliquer.

Il contempla son visage au teint de porcelaine, avec ses grands yeux remplis de questions auxquelles il ne répondrait jamais. Inexplicablement, un chagrin déchirant le submergea.

— Tu dois partir d'ici, commanda-t-il d'une voix rauque.

Il se rappela les larmes de sa mère quand elle venait l'embrasser dans son lit pour lui dire bonsoir, ses traits marqués par la dépression et le désespoir. Il ne voulait pas infliger le même destin à Sienna.

— Va-t'en avant qu'il soit trop tard ! répéta-t-il, éperdu.

Sienna hésita, puis posa une main sur son bras. Se trompait-elle ? Avait-il les yeux brillants ?

— Rafe... Rien n'est inéluctable. Nous pouvons encore parler, toi et moi. Il doit y avoir une solution.

— Non, il n'y en a pas !

— Pour nos bébés. Nous allons avoir des enfants, peut-être même les héritiers que Montvelatte attend. Réfléchis encore.

— Envoie-moi le premier-né si c'est un garçon ! hurla-t-il sans savoir ce qu'il disait. Tu garderas l'autre.

Elle vacilla, comme s'il l'avait frappée physiquement.

— Rafe, je suis désolée…

— Ce n'est pas vrai. Depuis le premier jour, tu cherches un moyen d'échapper à ce mariage. Et tu l'as enfin trouvé ! Cette fois-ci, tu tiens l'argument décisif, car tu sais bien que je n'imposerai jamais à une femme les tourments que mon père a fait subir à ma mère.

— Ce n'est pas du tout cela, Rafe. Écoute-moi. Je t'aime.

— Pour la dernière fois, je ne veux pas de ton amour ! Sors d'ici ! Va-t'en. Je ne veux plus jamais te revoir.

Aveuglée par les larmes qu'elle ne pouvait plus retenir, Sienna sortit de la pièce en titubant. Sur son passage, des domestiques inquiets lui adressèrent la parole, mais elle les ignora. Cette fois-ci, les gardes du palais qui l'avaient empêchée de sortir, le premier jour, s'écartèrent pour la laisser passer.

Dehors, le vent violent la déstabilisa, mais elle poursuivit sa course précipitée vers la seule personne capable de l'aider. Son seul moyen de s'enfuir.

Dieu merci, il n'avait pas encore décollé, mais le pilote grimpait déjà dans l'habitacle. Il ne l'entendit pas crier.

En se dépêchant, elle avait encore le temps. Elle accéléra. Le rotor tournait déjà quand elle atteignit son but. Elle se plia en deux et tambourina sur la porte de la cabine.

Le pilote, Randall, sursauta d'un air soucieux. Puis, en la reconnaissant, il lui sourit.

— Hé ! lança-t-il en rouvrant la cabine. Qu'est-ce qui se passe ? On m'avait dit que tu voulais me voir. Mais je ne t'attendais plus.

Sienna s'essuya vivement les joues et respira un grand coup.

— Pas le temps de t'expliquer. Emmène-moi loin d'ici.

— J'adore recevoir des ordres d'une jolie femme, dit-il en riant.

Il attendit qu'elle soit installée à côté de lui, puis lui cria, pour couvrir le bruit du moteur :

— Tu as failli me rater. Un peu plus et nous étions coincés pour la nuit. Avec ce maudit embargo.

Elle hocha la tête.

— Tu nous as manqué, reprit-il. Tu étais en vacances ?

— En quelque sorte.

— Tu as oublié tes bagages !

— Je me suis décidée au dernier moment.

— On commençait à croire que tu t'étais installée pour de bon à Montvelatte.

— Il va faire un sacré orage, dit-elle pour changer de sujet.

— Oui, cela risque de secouer. Accroche-toi.

Sienna se retourna et laissa échapper un long soupir de soulagement. Ils montaient en altitude. Le *castello* paraissait tout petit, maintenant.

À leur gauche s'élevait l'impressionnante pyramide d'Iseo, comme un prince noir régnant sur son royaume obscur. Malgré sa taille et son relief imposants, Sienna n'avait pas peur. Elle avait laissé derrière elle une créature infiniment plus inquiétante que la Bête d'Iseo.

Brusquement, quelque chose d'anormal attira son attention. Un passager ordinaire n'aurait rien remarqué, mais son expérience de pilote la mit immédiatement sur ses gardes.

— Qu'est-ce qui se passe ? demanda-t-elle à Randall en surveillant le tableau de bord.

— Je ne sais pas.

Il scruta vainement les différents cadrans et écrans de contrôle. Puis le petit bruit, de nouveau, cliqueta et l'appareil perdit de sa vitesse. Aussitôt, Randall s'affaira aux manettes.

— Il y a un problème. Nous allons être obligés de revenir vers Montvelatte, annonça-t-il.

Le moral de Sienna s'effondra. Échouer si près du but !

Elle n’envisageait pas de gaîté de cœur de se retrouver devant celui qui l’avait bannie parce qu’elle avait eu la sottise de tomber amoureuse…

Mais elle n’avait pas le choix.

Soudain, un éclair déchira le ciel et le monde apparut en noir et blanc, comme un négatif. Pris de panique, terrorisés, des centaines d’oiseaux surgirent alors de l’ancien cratère, voletant dans toutes les directions, ne songeant qu’à leur survie.

— Attention ! hurla Sienna.

Mais c’était déjà trop tard. Quelque chose heurta les pales, déséquilibrant l’appareil qui pencha sur un côté, tandis qu’une odeur de fumée remplissait l’habitacle.

— Nous descendons ! annonça Randall en poursuivant ses tentatives désespérées pour redresser l’hélicoptère. Nous n’atteindrons pas l’île.

— Droit sur la falaise ! commanda-t-elle avant de lancer un S.O.S. par message radio. Tout en bas, il y a une petite plage où nous pourrons atterrir.

Heureusement qu’elle avait repéré l’endroit au cours de sa croisière en yacht…

L’espace de quelques secondes, la partie sembla gagnée. Jusqu’à ce qu’un second oiseau percute de plein fouet le pare-brise et le fasse voler en éclats. Dans un spectacle horrible à voir, il s’écrasa sur le pilote.

— Randall !

La pyramide se rapprochait dangereusement. Randall à moitié assommé, Sienna prit les commandes. Le vent se déchaînait et l’obscurité grandissante rendait la visibilité quasiment nulle.

Enfin, la petite plage apparut, minuscule, au bas de la falaise.

— Le sort en est jeté, murmura-t-elle entre ses dents serrées, en livrant un dernier combat contre les éléments.

Furieux, Rafe faisait les cent pas dans la chambre de Sienna. C'est là que Sebastiano le trouva.

— Votre Majesté…

— Pas maintenant ! s'écria Rafe.

Sienna venait de lui dire qu'elle l'aimait. Comment était-ce possible ? Alors que leurs mères respectives avaient toutes les deux été si malheureuses en amour… Après ce que sa mère avait enduré…

Mais Sienna n'y était pour rien. Il repensa à leur discussion, à ses protestations. Elle n'avait pas fait exprès de tomber amoureuse, évidemment.

Elle l'aimait.

Sebastiano toussota pour rappeler sa présence.

— Vous n'avez pas entendu ? J'ai dit pas maintenant ! cria Rafe.

Il essayait d'y voir clair. Pourquoi se sentait-il si mal, si torturé, alors qu'il avait pris la seule décision qui s'imposait ? Avant tout, il devait se protéger.

Sauf qu'il n'éprouvait aucun soulagement, aucune satisfaction. Bien au contraire. Il ne s'était jamais senti aussi mal de toute sa vie.

Un souvenir affleura à son esprit. Le soir où ils s'étaient promenés sur la falaise, un espoir fragile était né. Il s'était dit que ce mariage pouvait les rendre heureux et cette émotion avait grandi au fond de lui, à son insu. Sienna avait trouvé un accès pour atteindre son cœur fermé à cause de son histoire familiale tragique et douloureuse.

Non, il ne pouvait pas la renvoyer. Il avait trop besoin de sa présence à son côté, chaque jour de son existence. Sans vraiment comprendre pourquoi, il sentait qu'il avait manqué une occasion de s'expliquer avec elle, de lui dire et d'analyser ce qu'il ressentait. Car il ne pourrait pas nier indéfiniment ces sentiments qui l'habitaient…

— C'est au sujet de *signorina* Wainwright, Votre Majesté, insista Sebastiano.

En entendant le vent mugir au-dehors, un sombre pressentiment s'empara de Rafe.

— Eh bien ?

— Elle est partie en hélicoptère. Celui qui avait amené la princesse Marietta.

Rafe jeta un coup d'œil par la fenêtre. La cime des arbres ployait sous l'orage, le tonnerre grondait.

— Quelle folie ! Personne n'a cherché à l'en empêcher ?

Sebastiano courba la tête.

— Ce n'est pas tout. L'hélicoptère a envoyé un S.O.S. Ils ont eu une panne dans le circuit électrique, et il s'est produit une collision avec des oiseaux.

Les paroles de Sebastiano résonnèrent aux oreilles de Rafe. Il eut l'impression d'avoir reçu un coup de poignard en plein cœur.

— Jusqu'où sont-ils allés ?

— Nous avons alerté la *guardia costiera*, mais avec ces conditions météorologiques…

— Jusqu'où sont-ils allés ?

Sebastiano hésita avant de déclarer :

— La pyramide d'Iseo.

Le sang de Rafe se figea dans ses veines. Et c'est lui qui l'avait envoyée à la mort ! *Christo*, pourquoi avait-il mis si longtemps à accepter une évidence ? Il l'aimait. En dépit de tous les avertissements, toutes les mises en garde.

Et il voulait qu'elle lui revienne.

Affolé, il sortit sur la terrasse battue par la pluie, scrutant le contour familier du volcan escarpé qui se détachait contre le ciel noir et la mer déchaînée. Malheureusement, il n'y avait pas à s'y tromper, même dans cette semi-obscurité. Un nuage de fumée s'élevait lugubrement dans les airs.

Chapitre 14

Rafe dut déployer des trésors d'énergie et de ruse pour convaincre la *guardia costiera* de sortir en mer par le temps qu'il faisait, surtout pour porter secours à des accidentés du côté de la pyramide d'Iseo. Il réussit même à les accompagner ! Il était trempé jusqu'aux os, mais ne sentait rien. Que cette horrible sensation qui le rongeait au creux de l'estomac.

Pourquoi avait-il jeté Sienna dehors aussi brutalement ? Elle n'avait fait que lui obéir, en partant.

Était-il devenu fou ? La chose qu'il désirait maintenant le plus au monde était celle-là même qu'il avait rejetée tout à l'heure avec une véhémence insensée.

Il voulait son amour.

Comment avait-il pu la laisser partir ? Dans la nuit et la tempête, triste et désespérée ? Brusquement, la vérité, inéluctable, fondit sur lui.

Il était comme son père. Il reproduisait le même comportement.

Il repoussait la femme qui l'aimait. Et, en cherchant à se protéger, il se détruisait. Parce qu'il fustigeait la seule personne capable de le changer en lui montrant comment aimer.

Rafe scrutait l'obscurité, inlassablement, à l'affût du moindre signe, du moindre détail. La fumée avait disparu depuis longtemps, mais il retrouverait l'hélicoptère. Et Sienna.

C'était lui qui aurait dû embarquer à sa place. Lui qui

aurait dû se fracasser contre la falaise. Il ne se pardonnerait jamais sa sottise.

La vedette contourna le récif. Sous la lumière des puissants projecteurs qui balayaient le rivage, chacun des hommes à bord cherchait sans relâche des traces de l'accident ou des vestiges de l'appareil.

Tout à coup, une lueur blanche attira les regards. Aussitôt, on largua le canot pneumatique.

— J'y vais, dit Rafe en se précipitant à l'avant.

Elle avait froid. Pourtant, c'était l'été. Elle aurait dû avoir chaud. C'était bizarre.

Sienna essaya de bouger, mais quelque chose pesait lourdement sur elle. Une masse qui grognait et la réveillait constamment. Alors qu'elle avait sommeil.

Randall.

La mémoire lui revint brusquement. Ils avaient atterri en catastrophe sur la pyramide d'Iseo. Et ils étaient vivants ! Pour le moment en tout cas, jusqu'à ce que la Bête les découvre… Une sorte de rire hystérique la secoua intérieurement.

Elle tendit la main vers la radio, mais une douleur atroce lui arracha un cri et elle sombra dans l'inconscience.

Il fallait avancer très prudemment pour ne pas risquer de déchirer l'embarcation pneumatique sur les rochers. Avec une lenteur exaspérante, le canot finit par gagner le rivage. Rafe avait l'impression qu'une éternité s'était écoulée.

Était-il trop tard ?

Il fut le premier à sauter dans l'eau. Les vagues lui fouettaient les mollets, mais il se mit à courir vers l'épave dont les pales tordues gisaient à côté de la cabine.

Il secoua la porte du passager de toutes ses forces et elle finit par céder.

Sienna était là.

Pourvu qu'elle soit seulement endormie !

— Sienna !

Quand elle entrouvrit les paupières, sous la lumière vive de la lampe torche, il recommença à respirer. Elle le fixa d'un air égaré.

— Je savais que la Bête viendrait, murmura-t-elle confusément avant de perdre de nouveau connaissance.

Un médecin poussa Rafe pour examiner la jeune femme, tandis qu'un autre sauveteur s'occupait du pilote.

Rafe se tint légèrement à l'écart, avec de l'eau jusqu'aux chevilles.

Oui, s'il existait une Bête d'Iseo, il méritait ce titre…

Il n'était pas prudent de repartir dans la nuit. Heureusement, on avait acquis la certitude que ni le pilote ni Sienna n'étaient grièvement blessés. Après avoir posé une attelle à son poignet, on installa la jeune femme sur un matelas, sous l'abri d'une tente.

Vers le milieu de la nuit, le vent tomba quand l'orage se dissipa.

— Tu es là, murmura Sienna en se réveillant.

— Bien sûr.

— Tu es venu par la mer ? C'est de la folie !

— Il fallait que je te retrouve. Rien ne m'aurait arrêté.

— Je dois sans doute te remercier. Comment as-tu convaincu la *guardia* de sortir en pleine tempête ? Tu as dû leur parler des futurs héritiers de Montvelatte…

Il porta sa main à ses lèvres pour y déposer un baiser.

— Non. Je leur ai dit que, si je perdais mon joyau le

plus précieux, je les jetterais personnellement en pâture à la Bête d'Iseo, chacun leur tour.

— Tu leur as vraiment dit cela ?

— Mot pour mot.

— Mais pourquoi ?

— Après ton départ, j'ai pris conscience de mon erreur. Il est ridicule de chercher continuellement à éviter l'amour… Et, quand on m'a annoncé l'accident, j'ai eu affreusement peur qu'il soit trop tard pour…

— Pour quoi ?

— Pour te dire que je t'aime, Sienna.

Il lui sourit et sa joie décupla quand il aperçut le visage de la jeune femme transfiguré de bonheur.

— Je suis désolé de t'avoir fait souffrir, d'avoir pris toutes ces décisions sans te demander ton avis.

— Tu le regrettes sincèrement ?

— Oui. J'ai mis beaucoup de temps à m'en rendre compte… Rétrospectivement, pourtant, tout me semble si évident. Déjà, à Paris, j'étais ennuyé que les événements de Montvelatte m'empêchent de te revoir. J'avais envie de te connaître mieux…

Il s'interrompit un instant, songeur.

— Acceptes-tu de devenir ma femme, Sienna ?

Elle cilla des paupières.

— C'est vraiment une question ?

— Oui. Et, si tu refuses, je te supplierais de partager mon existence malgré tout, sans nous marier, mais pour toujours.

Puis il l'embrassa, et Sienna sut que l'éternité ne serait jamais assez longue à son côté.

Épilogue

La lumière du soleil filtrant à travers les vitraux multicolores jetait des taches vives sur l'assistance. Les grandes orgues retentissaient avec solennité et le parfum des fleurs d'oranger embaumait.

Sienna attendait le signal pour remonter l'allée jusqu'à l'autel où l'attendait le prince Raphaël de Montvelatte, irrésistible dans son habit de cérémonie. Marietta lui adressa un sourire, et elle s'avança, le cœur battant. Quelle journée magnifique !

Quelques minutes plus tard, lorsqu'ils échangèrent leurs vœux de fidélité sous les caméras de télévision qui retransmettaient l'événement dans le monde entier, Sienna éprouva une joie et une plénitude inouïes, dont elle n'aurait jamais osé rêver.

— Je t'aime, murmura Rafe.

Il scella sur ses lèvres la promesse d'un avenir radieux. Tout leur souriait puisqu'ils avaient vaincu les pires épreuves. N'avaient-ils pas triomphé de la Bête d'Iseo ? Ils n'avaient plus peur de rien, même pas de l'amour.

Retrouvez prochainement,
dans votre collection

DIADÈME

Soumise à un prince, d'Olivia Gates - N°4

« Tu seras mon épouse. » Glory croit défaillir. Comment Vincenzo D'Agostino, prince de Castaldini, ose-t-il la soumettre ainsi, après l'avoir rejetée six ans plus tôt ? Certes, elle n'est pas en mesure d'opposer un refus à cet ordre royal, mais jamais elle ne pourra supporter de passer sa vie auprès de Vincenzo. Même s'il ne peut s'agir que d'un mariage temporaire, les sentiments qu'elle éprouve pour lui sont, quant à eux, malheureusement éternels...

Un jeu si innocent, de Clare Connelly

Le jour où elle a accepté de se faire passer pour une autre, Matilda jugeait la mascarade innocente. Et puis, jouer le rôle d'une héritière sur une île splendide, la perspective était tentante. Seulement, quand elle fait la connaissance de Rio Mastrangelo, elle craint d'être démasquée... Comment lui faire croire qu'ils appartiennent au même monde, alors qu'elle perd tous ses moyens face à lui ?

Séduite par le sultan, de Susan Stephens - N°5

En pénétrant dans le palais de Kemal Volkan, à Istanbul, Lizzie a la sensation d'entrer dans un lieu magique et hors du temps. Mais elle n'oublie pas qu'elle est à la merci du sultan tout-puissant, qui la contemple d'un regard brûlant. Et qu'elle va devoir bientôt affronter cet homme arrogant et ténébreux...

La princesse interdite, de Lucy Monroe

Pour échapper au mariage que son père, le souverain de Marwan, veut lui imposer, Lina décide de fuir. Mais c'est compter sans la redoutable efficacité de l'homme chargé de la retrouver et de la ramener à sa famille, Sebastian Hawk ! Un homme qu'elle connaît bien, puisqu'elle est déjà tombée amoureuse de lui autrefois...

Retrouvez prochainement,
dans votre collection

DIADÈME

SÉRIE : ROIS ET SÉDUCTEURS 2/2, **de Kelly Hunter - N°6**

Royal secret

Il y a sept ans, Casimir a eu une liaison avec Anastasia, sans lui révéler qu'il était prince. Le temps de quelques baisers, il fut libre. Hélas, maintenant qu'il s'apprête à contracter un mariage de convenance, Casimir fait face à une incroyable découverte. La belle Anastasia est aujourd'hui maman d'une petite fille qui lui ressemble étrangement…

Reine par devoir

Depuis l'enfance, on prépare Moriana à embrasser son destin royal. Il n'a jamais été question que de réputation et de devoir. Alors qu'elle rêve de connaître l'ivresse de la passion, voilà qu'elle a reçu une demande en mariage d'un roi play-boy, qui la déteste depuis toujours ! Comment pourrait-elle épouser Theodosius et devenir sa reine ?